Merced[illegible] à Chicago. Sa première nouvelle, *A Different Kind of Courage*, fut publiée en 1985 dans l'anthologie de Marion Zimmer Bradley *Free Amazons of Darkover*, et son auteur s'est révélé ensuite très prolifique puisque, depuis 1987, elle a signé plus de soixante volumes, de la Fantasy au polar fantastique, de l'humour à l'horreur, de la science-fiction aux mythes de la terre américaine, seule ou en tant que coauteur, avec Anne McCaffrey, Piers Anthony, C.J. Cherryh et bien d'autres.

Dans le domaine du fantastique elle s'est illustrée avec les aventures de Diana Tregarde, sorcière et détective spécialisée dans les enquêtes occultes. Dans celui de l'humour et de ta fantaisie légère, sa série la plus célèbre est celle du *Bedlam's Bard* commencée en 1990 avec Ellen Guon et poursuivie avec Rosemary Edghill. On y découvre un Los Angeles perméable à la magie et envahi par des Elfes malfaisants.

Le cycle des *Hérauts de Valdemar* (plus de vingt-cinq volumes parus depuis 1987) eut un succès immédiat et la rendit célèbre du jour au lendemain. Les aventures qui y sont décrites recouvrent près de deux mille cinq cents ans et sont réparties en romans isolés, recueils et trilogies, dont l'une, la Guerre des Mages, signée avec son mari Larry Dixon, qui se contente plus souvent officiellement d'illustrer l'intérieur de chaque livre.

La trilogie des Tempêtes qui débute avec *L'Annonce des Tempêtes*, fait suite à celle des *Vents*. On y retrouve les mêmes personnages et on y apprend beaucoup sur les Compagnons, ces chevaux blancs magiques qui servent de montures aux Hérauts.

DU MÊME AUTEUR
CHEZ POCKET

LES HÉRAUTS DE VALDEMAR

1. SŒURS DE SANG
2. LES PARJURES
3. LES FLÈCHES DE LA REINE
4. LE VOL DE LA FLÈCHE
5. LA CHUTE DE LA FLÈCHE
6. LA PROIE DE LA MAGIE
7. LES PROMESSES DE LA MAGIE
8. LE PRIX DE LA MAGIE
9. PAR LE FER
10. LES VENTS DU DESTIN
11. LES VENTS DU CHANGEMENT
12. LES VENTS FURIEUX
13. LE GRIFFON NOIR
14. LE GRIFFON BLANC
15. LE GRIFFON D'ARGENT
16. L'ANNONCE DES TEMPÊTES

À paraître

17. L'ARRIVÉE DES TEMPÊTES (juillet 2003)
18. AU CŒUR DES TEMPÊTES (2004)

SCIENCE-FICTION

Collection dirigée par Jacques Goimard

MERCEDES LACKEY

LES HÉRAUTS DE VALDEMAR

L'ANNONCE DES TEMPÊTES

Traduit de l'américain par
Anne-Virginie Tarall

POCKET

Titre original :
STORM WARNING

Ouvrage publié sous la codirection de
Marc Duveau

ISBN 2-266-08871-8

Dédié à Elsie Wolheim,
Avec mon amitié et mon respect

CHRONOLOGIE OFFICIELLE DE LA

Par Mercedes Lackey

1000 AF

Préhistoire
Les Guerres Magiques
Ère du Griffon Noir

LA GUERRE DES MAGES
Le griffon noir
Le griffon blanc
Le griffon d'argent

0

Fondation de Valdemar

750 PF

Règne d'Elspeth la Pacifique

LA TRILOGIE DU DERNIER HÉRAUT-MAGE
La Proie de la Magie

798 PF

Règne de Randale

LA TRILOGIE DU DERNIER HÉRAUT-MAGE
Les Promesses de la Magie
Le Prix de la Magie

AF : Antérieur à la Fondation
PF : Postérieur à la Fondation

CHAPITRE PREMIER

L'empereur Charliss, assis sur le Trône de Fer, n'était en rien accablé par le poids visible des ans ou celui — invisible — de son pouvoir. Il ne portait pas la pesante Couronne du Loup et l'encombrant manteau d'Etat. Les deux reposaient sur un banc en marbre, à côté de lui. Le manteau en satin de soie écarlate couvrait la pierre et cascadait tout autour. Il était si lourd qu'il fallait deux jeunes hommes vigoureux pour le soulever et le mettre sur les épaules de l'empereur. La Couronne du Loup, posée dessus, l'empêchait de glisser.

Que les simples rois se contentent de leur couronne en or ! L'empereur, lui, arborait un diadème en électrum serti de treize diamants jaunes. Il fallait avancer — assez pour voir ses yeux — avant de découvrir que ce qui semblait être un motif abstrait, ou floral, représentait douze loups dont des diamants scintillants figuraient les yeux. Onze étaient de profil, cinq regardant vers la gauche et six vers la droite. Le douzième, le chef de meute, était de face. Et il rivait son regard jaune — qui ne cillait jamais — sur la personne que dévisageait l'empereur.

Que les petits rois s'enorgueillissent de leurs trônes d'or ou de marbre ! L'empereur réunissait sa cour autour de son Trône de Fer, composé des armes de tous les monarques que ses prédécesseurs avaient vaincus, et qu'on avait vitrifiées contre la rouille. Le siège faisait six pieds de haut et quatre de large. Un vrai monolithe. Il n'avait pas été déplacé d'un pouce depuis des siècles. Tous ceux qui le regardaient étaient frappés par sa… masse — et devaient se demander combien d'épées, de haches et de lances étaient entrées dans sa fabrication…

Evidemment, rien de tout cela n'était dû au hasard. Tout ce qui entourait l'empereur, de son trône au Château A-Pic, en passant par sa salle d'audience, était calculé pour inspirer à ses visiteurs un respect mêlé de crainte. Ils devaient sentir le pouvoir qu'il détenait et comprendre que le convoiter était de la folie. Les empereurs n'avaient aucun intérêt à inspirer une peur abjecte à leurs sujets, car cela pouvait les inciter à en éliminer la cause. Ils ne devaient pas davantage les inciter à devenir trop ambitieux. Si ce trait de caractère pouvait être cultivé chez un vassal, sous étroite surveillance, il ne fallait pas qu'il puisse se débarrasser de sa longe.

Derrière tout ce que faisait l'empereur se cachait une longue réflexion et un savant calcul. Il n'avait pas succédé à Lioth à l'âge de trente ans sans apprendre que ces deux éléments étaient indispensables. Et il n'avait pas passé les cent cinquante années suivantes sans les appliquer.

Charliss était le dix-neuvième empereur à monter sur le Trône de Fer. Tous ses prédécesseurs, très brillants, avaient régné au moins un demi-siècle. Aucun n'avait été assassiné, et un seul n'avait pas su choisir son successeur.

Certains appelaient Charliss l'« Immortel ». Une ineptie ! Il savait qu'il ne lui restait plus beaucoup d'années. Bien entendu, il était un mage puissant, mais la sorcellerie ne pouvait pas prolonger la vie éternellement. Le corps devenait simplement trop las pour continuer à l'abriter. Même un feu laissé à couver finissait par n'être plus que cendres. La rumeur sur son immortalité était un des mythes très utiles qu'il avait lui-même propagés.

Le trône gris terne reposait sur du marbre blanc veiné de noir — le même que celui des murs et de la voûte de l'alcôve. Les robes de l'empereur, couleur de sang, et les gemmes de sa couronne constituaient les seules taches de couleur. Cela avait pour effet de concentrer l'attention sur l'unique occupant de l'estrade. Les bannières de guerre, les magnifiques tapisseries, les riches tentures... tout cela était derrière et sur les côtés de l'homme qui attendait à ses pieds.

Charliss portait des robes courtes, des hauts-de-chausses et des bottes de cour gris ardoise. Dès sa jeunesse, l'utilisation de la magie l'avait blanchi, délavant son regard sombre, désormais de la couleur d'une aube nuageuse.

L'homme agenouillé devant lui savait qu'il ne restait plus que quelques années à vivre à l'empereur. Mais il n'en avait jamais soufflé mot — une sage attitude. Le grand duc Tremane avait à peu près le même âge que Charliss quand Lioth lui avait transmis son pouvoir et ses responsabilités, avant de s'acharner trois années durant à repousser la Mort avec le même entêtement qu'il avait mis à s'accrocher au pouvoir.

Leur seul point commun… Charliss était un des nombreux fils que Lioth avait eus de ses épouses d'Etat, Tremane étant seulement son cousin éloigné. Charliss avait déjà le rang d'Adepte en montant sur le trône. Tremane ne serait jamais plus qu'un Maître et ne commanderait en aucun cas un tel pouvoir.

Si la magie et les liens du sang étaient les seules caractéristiques requises pour occuper le Trône, Charliss aurait dû classer une centaine d'autres candidats devant Tremane. L'intelligence et la ruse ne suffisaient pas en elles-mêmes. Dans un pays fondé par des mercenaires, ces qualités étaient aussi communes que des flocons de neige en hiver. Personne ne survivait longtemps à la cour de Charliss sans les posséder. Avec la volonté de les employer quelles que soient les circonstances.

Tremane avait de la chance. C'était déjà important. Mais surtout, il savait la reconnaître et modifier ses plans pour en profiter au maximum. Quand il n'avait pas de chance — une occurrence rare — il avait également le courage de revoir sa stratégie et parvenait souvent à arracher la victoire alors qu'il avait déjà un pied dans le précipice.

Tremane n'était pas l'unique candidat qui eût cette qualité, mais il avait la faveur de l'empereur. Il n'était pas foncièrement impitoyable, contrairement aux autres. Etre sans pitié était un avantage, mais l'être entièrement devenait dangereux. Ceux que rien n'arrêtait se faisaient généralement des ennemis qui n'avaient rien à perdre. Or, mettre un adversaire dans cette position était une erreur. Par définition, un homme qui n'a rien à perdre est prêt à tout risquer pour obtenir ce qu'il désire.

Tremane inspirait une loyauté indéfectible à ses

subordonnés. Charliss avait eu beaucoup de mal à infiltrer un espion dans sa maisonnée. La loyauté était un gros atout pour un chef. En bénéficiant aussi, Charliss savait préférable d'avoir des sujets prêts à se jeter sur la lame d'un assassin plutôt que de devoir croiser le fer avec lui.

A part ça, il avait peu de chose en commun avec le successeur qu'il s'était choisi. Dans sa jeunesse, Charliss avait été très beau. Aujourd'hui encore, les femmes le dévoraient des yeux — pas seulement parce que être une maîtresse impériale avait des avantages. Tremane, pour être franc, était plutôt laid. Seuls son pouvoir, son rang et son prestige personnel devaient attirer les femmes dans son lit. Ses cheveux étaient beaucoup trop courts et cette calvitie naissante lui donnait un air un peu hagard. Ses petits yeux étaient trop écartés, sa barbe clairsemée ne dissimulant pas ses joues ridiculement creuses. Enfin, son corps mince et sec ne trahissait pas ses aptitudes de guerrier. Charliss pensait souvent que le tailleur de Tremane méritait d'être pendu. Il l'habillait de couleurs — le marron et le noir — qui ne mettaient pas son teint en valeur et choisissait des coupes qui lui donnaient l'air d'un épouvantail.

Tremane n'était qu'un des nombreux candidats au Trône et il le savait. L'air inoffensif, il semblait d'une intelligence moyenne. Mais cela pouvait faire partie d'un plan. Si c'était le cas, les espions de Charliss lui avaient confirmé que cela marchait, au moins parmi ses rivaux. De tous, il avait le moins d'ennemis.

Les héritiers présomptifs étaient autant occupés à s'entre-tuer qu'à améliorer leur position et à prouver leur valeur à l'empereur. Lui était libre de se concentrer sur ses compétences. Une position enviable…

Etait-il plus intelligent que Charliss ne le croyait ? Bien… Il aurait besoin de toute l'intelligence dont il disposait pour mener à bien la tâche que son maître allait lui confier.

L'empereur n'avait pas revêtu ses emblèmes impériaux pour cette entrevue privée. Il n'y avait que Tremane et lui — plus les incontournables gardes du corps —, et les fastes n'impressionnaient pas le grand duc. Le vrai pouvoir, en revanche, lui en imposait, et Charliss en avait en abondance. Il était le pouvoir ! Pour ceux qui savaient le voir, il n'avait nul besoin de le prouver avec des ornements.

Il s'éclaircit la gorge.

Tremane s'inclina plus bas.

— Je compte me retirer au cours des dix années à venir. (Charliss avait parlé d'une voix calme. Un muscle de l'épaule de Tremane tressauta, trahissant son excitation et sa tension.) Il est de coutume pour un empereur de choisir son successeur au cours de la dernière décennie de son règne, afin d'assurer une bonne transition.

Tremane acquiesça avec juste ce qu'il fallait de respect. Charliss nota qu'il n'avait pas répondu par une phrase stupide du genre : « Comment pouvez-vous songer à vous retirer ? » ou « Il est bien trop tôt pour penser à cela ». Mais il n'en attendait pas moins de lui. Tremane était beaucoup trop habile.

L'empereur se renfonça dans son trône et continua :

— Vous n'êtes pas idiot, Tremane. Donc vous devez vous douter depuis longtemps que vous figurez parmi les candidats les plus sérieux…

Tremane s'inclina sans quitter des yeux le visage de Charliss.

— Je m'en doutais, bien entendu, empereur, répondit-il d'une voix neutre. Seul un imbécile ne se serait pas aperçu de votre intérêt. Mais j'ai également conscience d'être un postulant parmi tant d'autres.

Charliss eut un petit sourire d'approbation. Bien. Même si cet homme n'avait pas une once d'humilité, il était capable de la feindre de manière convaincante. Encore une qualité !

— Mon choix s'est porté sur vous. (L'empereur sourit de nouveau en voyant le front du grand duc se plisser de surprise.) Il est vrai que vous n'êtes pas un Adepte et que vous n'appartenez pas à la lignée impériale. Mais il est également vrai que onze empereurs sur dix-neuf seulement étaient des Adeptes, et que j'ai survécu à ma descendance. Si l'un de mes fils avait hérité de mon pouvoir, cela n'aurait pas été le cas, évidemment…

Il s'accorda un instant pour réfléchir à cette injustice. De tous les enfants qu'il avait eus, aucun n'avait réussi à devenir plus qu'un simple acolyte. Insuffisant pour prolonger la vie — à moins d'avoir recours à la magie du sang. Même si un empereur ou deux s'y étaient adonnés, c'était une route pavée d'embûches — comme l'avait démontré cet imbécile d'Ancar ! Un homme qui pratiquait la magie du sang découvrait souvent qu'elle était devenue le maître et lui l'esclave. L'empereur qui régnait à grands renforts de sacrifices sanglants était suspendu par un fil d'araignée au-dessus d'un abysse, et les monstres, au fond, attendaient son premier faux pas.

L'important était qu'il avait devant lui un candidat sérieux. Un homme doté d'une force et d'un caractère dignes du Trône de Fer.

De plus, Tremane allait avoir l'occasion de prouver sa valeur, montrant qu'il était le seul à posséder ces qualités.

— Votre duché est dans l'ouest, n'est-ce pas ? demanda Charliss avec une désinvolture feinte.

Si Tremane fut surpris de ce changement de sujet, il n'en laissa rien paraître.

Il acquiesça.

— A la frontière orientale ? continua l'empereur. Entre l'Empire et Hardorn ?

— Un peu plus au nord par rapport à la frontière avec Hardorn, répondit Tremane. Dois-je conclure que tout cela a un rapport avec la récente conquête par l'Empire de ce pays dévasté et désorganisé ?

— Oui. (Charliss s'amusait beaucoup.) Hardorn vous offre une possibilité unique de faire vos preuves. Une chance de me montrer que vous êtes digne de la Couronne du Loup.

Tremane écarquilla les yeux et ses mains tremblèrent — juste un instant.

— Si l'empereur voulait bien expliquer à son serviteur comment il est censé s'y prendre… ? s'enquit-il, non sans diplomatie.

Charliss eut un petit sourire.

— Pour commencer, voici quelques informations supplémentaires. Juste avant la destruction du palais d'Hardorn, notre ambassadeur revint de la cour d'Ancar par un Portail. Il ne dit pas grand-chose, cependant, car il avait un couteau planté dans le cœur. Un superbe couteau de lancer, que j'ai justement ici.

Il tira l'arme d'un étui dissimulé dans sa manche

et le tendit à Tremane. Celui-ci l'examina de près et sursauta en découvrant les armoiries.

— Ce sont les armes royales de Valdemar, dit-il en rendant le couteau à Charliss.

L'empereur acquiesça, content que Tremane les aie reconnues.

— En effet… Et on peut se demander comment cette lame a pu se retrouver là où elle était. (Il se permit de lever un sourcil.) Mais ce n'est pas tout. Nous avions un agent infiltré à la cour d'Ancar, pour le tuer. Un espion qui travaillait auparavant à Valdemar. Cet agent a disparu.

L'espion était une magicienne appelée Hulda — Charliss n'était jamais parvenu à retenir le reste de son nom. Il ne la pleurait pas. La bougresse était très ambitieuse et il savait qu'elle n'aurait tôt ou tard plus aucune valeur pour lui. Sa disparition pouvait avoir de nombreuses explications. Mais qu'elle ait fui ou qu'elle soit morte, le résultat serait le même.

Tremane plissa le front.

— La conclusion la plus évidente, c'est que votre agent a trahi, dit-il après mûre réflexion, et tué l'ambassadeur avec cette dague pour faire accuser les ennemis d'Ancar et nous inciter à entrer en guerre contre Valdemar. Un plan qui aurait servi ses propres ambitions en Hardorn. Pour le moment, nous n'avons aucune raison de nous en prendre à Valdemar. Inutile de précipiter les choses.

Charliss sourit, satisfait. Ce qui semblait « évident » pour Tremane l'était beaucoup moins pour ceux qui regardaient seulement à la surface des choses.

— Bien entendu, je n'ai aucune intention d'entrer en conflit avec Valdemar pour le moment, dit-il. L'ambassadeur n'avait rien d'exceptionnel. Je connais une bonne dizaine de diplomates capables de le remplacer. Quant à la femme, elle était dévorée d'ambition. Si elle utilise ses pouvoirs, même une unique fois, nous saurons où elle est et nous l'éliminerons.

« Non. Ce qui m'inquiète, c'est Valdemar. En Hardorn, la situation est instable. Nous avons conquis la moitié du pays sans effort, mais ces barbares ont décidé de refuser d'appartenir à l'Empire.

Charliss sentit une douleur sourde dans sa hanche droite et changea de position pour soulager l'articulation. Un avertissement. Le signe que ses sorts perdaient de leur efficacité. Encore deux décennies et ils ne seraient plus actifs du tout.

Tremane eut un rictus montrant qu'il avait tout compris.

Tous les deux savaient ce qu'avait voulu dire l'empereur. Les citoyens d'Hardorn entendaient reprendre leur pays et ils s'étaient organisés de manière à résister à l'envahisseur.

— De plus, Valdemar est submergé par les réfugiés d'Hardorn, et cela a commencé bien avant la mort d'Ancar. Les Valdemariens pourraient décider d'aider le peuple d'Hardorn, ce qui nous poserait un réel problème. Nous savons qu'ils se sont alliés avec ces fanatiques de Karsites, ce qui nous donne un prétexte pour les attaquer, en cas de besoin. Valdemar est un endroit très particulier...

— Il n'a jamais été facile d'y infiltrer des agents, dit Tremane avec la modestie requise.

Charliss se demanda s'il parlait d'expérience ou s'il l'avait appris en gardant à l'œil ses propres espions.

Les murmures des courtisans qui attendaient

que les portes de la salle du trône s'ouvrent parvenaient à leurs oreilles. Qu'ils patientent... et qu'ils voient quel genre d'affaire avait retenu leur empereur ! Ils sauraient, sans qu'il ait besoin de faire une annonce officielle, qui était son favori. Dès cet instant, le pouvoir changerait subtilement de mains, un peu comme un rocher dévie le courant d'un ruisseau.

— C'est vrai, répondit Charliss. Hulda était déjà mon agent quand elle travaillait à Valdemar. J'ai hésité à l'employer de nouveau, malgré ses capacités, jusqu'à ce que je comprenne à quel point il est difficile de travailler dans ce royaume. Ses progrès là-bas étaient négligeables ! Très insatisfaisants... A la cour, elle ne réussit jamais à monter au-delà du rang de servante. Et pourtant, elle avait plus d'une identité et plus d'un employeur...

Tremane se raidit imperceptiblement. Charliss savait pourquoi : le duc ne travaillait jamais volontairement avec quelqu'un qui servait d'autres maîtres que lui.

— Pourquoi lui avoir fait confiance en Hardorn, alors ? demanda Tremane d'un ton neutre.

— Je ne lui ai jamais fait confiance, corrigea Charliss, d'une voix où perçait une froide désapprobation. Je ne me fie à aucun agent, surtout pas s'ils sont aussi ambitieux qu'elle. Mais je me suis assuré, cette fois, qu'elle avait un seul employeur, et que ses plans étaient compatibles avec les miens. Et quand j'ai commencé à sentir qu'elle se libérait de sa longe, j'ai envoyé un ambassadeur à la cour d'Ancar lui rappeler qui était son maître. Et l'éliminer si elle décidait d'ignorer l'avertissement. Voilà pourquoi j'ai choisi un mage, un Adepte de son niveau, mais dépourvu de ses vices.

— Je vous demande pardon, fit Tremane en s'inclinant. J'aurais dû savoir. Mais… au sujet de Valdemar ?

Charliss se radoucit un peu.

— Comme je l'ai dit, Valdemar est un endroit étrange. Jusqu'à maintenant, ces gens n'utilisaient rien qui ressemble à la vraie magie. Tout ce qu'ils contrôlaient, c'était celle de l'esprit. D'après mes agents, une barrière interdisait de pratiquer la magie à l'intérieur des frontières du royaume, et ce, depuis des siècles.

— Mais alors comment Hulda…, commença Tremane. (Puis il sourit.) Bien sûr. Elle n'utilisait pas ses pouvoirs. Une tactique difficile pour un mage. L'usage de la magie devient vite une habitude très difficile à perdre.

Charliss cligna les yeux de satisfaction. Tremane n'était pas idiot. Il voyait aussitôt la solution, et les difficultés de son exécution.

— Précisément. Voilà pourquoi j'ai continué à l'employer. Cette femme pouvait se montrer très disciplinée.

« Quant à Valdemar… Même si ses habitants ont commencé à pratiquer la magie telle que nous la connaissons, cela reste un royaume étrange. Tous les mages qu'ils ont accueillis viennent de pays dont mes agents n'ont jamais entendu parler ! Mais c'est du passé. Il faut affronter la situation présente. Et c'est là, grand duc Tremane, que vous intervenez.

Tremane attendit, comme un bon serviteur, que son maître continue. Mais ses yeux se plissèrent et Charliss comprit qu'il réfléchissait intensément. Dans son dos, un courant d'air agita les tapisseries mais les flammes des chandelles piquées dans les candélabres, protégées par des abat-jour en verre, ne frémirent même pas.

— Votre duché et Hardorn étant frontaliers, vous devez être familiarisé avec cette région, reprit Charliss d'un ton qui excluait toute contradiction. La situation, en Hardorn, est de plus en plus instable. Je nomme donc un nouveau commandant. Une personne qui a des raisons très sérieuses de régler cette affaire le mieux et le plus vite possible.

Charliss croisa les jambes et se pencha en avant, ignorant sa hanche douloureuse.

— Je vous offre l'occasion de prouver, à moi, à vos rivaux et à vos sujets potentiels, que vous êtes digne de la Couronne du Loup. Je compte vous mettre à la tête des Forces Impériales en Hardorn. Vous répondrez de vos actes exclusivement devant moi. Prouvez que vous êtes digne de ma confiance en apportant une heureuse conclusion à cette affaire.

Les mains de Tremane tremblaient, et Charliss nota qu'il avait un peu pâli. Combien de temps faudrait-il pour que tous connaissent sa nouvelle position ? Probablement moins d'une heure.

— Et Valdemar, empereur ? demanda Tremane d'une voix calme.

— Et Valdemar ? répéta Charliss. Eh bien, je n'attends pas que vous conquériez également ce pays. Il suffira que vous attiriez Hardorn sous notre bannière. Mais si vous parveniez à infiltrer un agent à Valdemar, tant mieux. Et si vous continuiez vos conquêtes, de l'autre côté de la frontière, ce serait encore mieux.

« Cela dit, je tenais à vous prévenir au sujet de Valdemar. C'est un royaume étrange et je ne puis prédire comment il réagira. Mais Valdemar peut attendre ! Hardorn est notre unique souci. Nous devons conquérir ce pays, maintenant que nous avons commencé. Sinon nos provinces verront que nous avons échoué et elles pourraient tenir ça pour un aveu de faiblesse.

— Et si je réussis à amener Hardorn dans l'Empire ? insista Tremane.

— Alors, vous deviendrez mon successeur officiel et je commencerai à vous former. Au bout de dix ans, je me retirerai, vous laissant le Trône, la Couronne et l'Empire.

Le regard de Tremane s'éclaira et ses lèvres dessinèrent un sourire.

— Si j'échoue, je présume que je devrais me contenter de mon duché.

Charliss examina ses mains manucurées et plongea son regard dans les yeux de topaze du loup de sa chevalière, identiques à ceux du chef de meute de la couronne. Le loup lui renvoya calmement son regard. Comme cela lui arrivait souvent, Charliss crut y voir briller une étincelle de vie. De faim et d'avidité, aussi. Pas de celles d'une bête affamée, mais prospère et puissante…

— Il ne manque pas de candidats valables pour le Trône, répondit-il en tournant l'anneau pour mieux voir les yeux jaunes et brûlants. Si vous surviviez à un échec, je vous conseillerais de vous retirer directement dans votre duché. Le candidat suivant sur ma liste est le baron Melles.

Melles était ce qu'on appelait un « baron de cour ». Un titre, mais pas de terres… Et il n'en avait pas besoin. C'était un Adepte, et sa magie lui avait rapporté plus de richesses que la plupart des nobles en possédaient. Ses coffres regorgeaient de trésors, mais il en voulait toujours plus.

Il appartenait à la faction politique opposée à

celle de Tremane. La lignée du duc possédait des terres depuis des générations. Melles était le fils d'un marchand. Bizarrement, c'était un des rares ennemis de Tremane et un des seuls candidats à la succession qui n'ait jamais sous-estimé le grand duc. Il existait entre ces deux hommes une animosité personnelle que Charliss ne parvenait pas à comprendre. Parfois, il se demandait si ces deux-là n'avaient pas une querelle sans rapport avec leurs positions respectives.

Melles serait très content de voir échouer Tremane et de devenir le successeur de Charliss. Donc, si le duc devait survivre à son échec, il ne ferait pas de vieux os. Sa mort suivrait de près le couronnement, voire la nomination de son rival. Melles était le candidat le plus impitoyable. Charliss et Tremane savaient qu'il pouvait tuer par magie et faire passer cela pour un accident.

Il était en outre suffisamment intelligent pour ne pas commettre ce genre de faute, conscient que ses rivaux se protégeraient contre ce type d'attaque. Melles était assez riche pour se payer les services d'un tueur discret, ce qu'il ferait sans doute. Il était trop rusé pour ne pas consolider sa position en éliminant assez de rivaux pour s'assurer que les autres se tiendraient tranquilles.

Après tout, c'était une des réalités de la vie dans l'Empire.

Lutter. Survivre.

Se protéger des assassins.

Et le premier à mourir serait Tremane… si Melles devenait l'héritier du Trône.

Charliss le savait. Et Tremane aussi. Un élément qui rendait la situation d'autant plus piquante.

Le plus drôle, si Tremane réussissait, c'était

qu'il ne ferait pas éliminer Melles. Ni aucun autre candidat potentiel. Il essaierait plutôt de les gagner à sa cause, ou trouverait un moyen de les neutraliser en leur donnant un autre problème sur lequel se casser les dents.

Charliss avait utilisé les deux méthodes par le passé. En règle générale, il préférait la subtilité à l'élimination. Mais des empereurs tout à fait capables avaient régné à la pointe de leur dague. A temps difficiles, solutions difficiles. Et l'époque qu'il vivait était dure...

Cette situation offrait à Charliss un faible écho de l'excitation qu'il avait connue au début de son règne, quand il avait compris qu'il détenait le pouvoir de vie et de mort sur ses sujets, et qu'il pouvait les manipuler aussi facilement qu'un marionnettiste joue avec ses pantins. Il jugeait amusant d'offrir à Tremane une épée... dont la pointe était empoisonnée. Et encore plus drôle de savoir que Melles devinerait que c'était une épreuve, et qu'il garderait un œil sur son rival avec l'espoir de le voir tomber. Peut-être même enverrait-il quelques-uns de ses hommes pour hâter sa chute et consolider sa propre position à la cour.

Le temps des manœuvres habiles et des profondes réflexions commençait. Charliss allait beaucoup s'amuser.

Il étudia le visage de Tremane et le regarda s'assombrir. Le grand duc parvenait à la même conclusion et il n'y avait aucun risque qu'il décline son offre. D'abord, Tremane était un excellent commandant. Et s'il refusait, cela équivaudrait à s'avouer vaincu. Cela ferait de Melles l'héritier de l'empereur... et mettrait sa vie en danger.

Il fallut peu de temps à Tremane pour analyser

les faits et en tirer la même conclusion que Charliss. Il s'inclina vivement.

— Je ne puis dire à mon empereur à quel point je suis flatté de sa confiance. J'espère m'en montrer digne.

Charliss se contenta de hocher la tête.

— Et je n'ai de compte à rendre qu'à vous, empereur ? A aucun chef militaire ? A aucun civil ?

— N'est-ce pas ce que j'ai dit ? (Charliss agita une main.) Je suis sûr que vous n'avez pas de temps à perdre, grand duc Tremane. Faire vos bagages et organiser votre expédition devraient vous occuper le reste de la journée. Je vous enverrai un mage pour vous transférer sur le front hardornien dès que vous aurez rompu le jeûne, demain…

— Messire…

Cette fois, Tremane se fendit d'une profonde révérence. Il s'était fait congédier — implicitement — et il le savait.

Charliss fut content de son comportement, considérant le peu de temps qu'il lui avait laissé pour s'habituer à l'idée de son départ et l'organiser. Il n'avait émis aucune objection et aucune plainte.

Tremane se releva et sorti à reculons, les yeux baissés, comme il était approprié. Charliss ne trouva rien à redire sur sa posture, ni sur les signaux que lui envoyait son corps. Il était parfait.

Les grandes portes s'ouvrirent et se refermèrent sur Tremane. De nouveau seul dans la salle du Trône, l'empereur Charliss, maître du plus grand pays au monde, se pencha sur le côté et éclata de rire.

La représentation la plus réjouissante de son règne ! Et elle venait à la fin, alors qu'il pensait s'être lassé de regarder ses courtisans se disputer les restes qu'il leur jetait.

Mais là, c'était un morceau de choix et les disputes n'en seraient que plus amusantes.

Charliss jubilait.

Une partie avec un enjeu pareil était si rare !

CHAPITRE II

Des volutes de vapeur montaient de la surface de l'eau. An'desha entra avec précaution dans le bassin de la Vallée miniature de Flammechant.

Une Vallée au cœur de Valdemar... et pas plus grande qu'une Tente de Rassemblement. Je n'aurais jamais cru ça possible, et encore moins avec si peu de magie... et pourtant !

Incroyable ce qu'on pouvait faire sans magie ! Ce jardin enchanteur avait été créé par des gens ordinaires avec des matériaux non magiques. A deux exceptions près : les grandes fenêtres et la source chaude. Les fenêtres n'étaient pas comme ces horreurs composées de carreaux pleins de bulles qu'An'desha avait vues dans le Palais. Triangulaires et sans imperfection, les huit vitres — deux de chaque côté de la pièce — allaient du sol au plafond. Flammechant avait utilisé la technique employée par les Frères du Faucon pour les fenêtres de leurs *ekeles*. Et il avait également créé la source qui alimentait le bassin en eau chaude.

Tout le reste — le jardin qui fleurissait en plein hiver et le pseudo-*ekele* suspendu au-dessus — avait été fabriqué ou monté par des gens ordinaires.

Flammechant avait honteusement profité de la reconnaissance de la reine de Valdemar.

S'il devait être l'ambassadeur des Tayledras dans le royaume primitif de Valdemar, pensait-il, il méritait d'avoir tout le confort d'une Vallée !

Valdemar. Un an plus tôt, An'desha ignorait l'existence de ce pays. Enfant des clans, il connaissait seulement ce qui s'étendait à l'intérieur des Murs. Les seuls lieux dont il avait entendu parler, c'était la Forêt des Pelagirs et Kata-shin'a'in, la ville-marché. Les Shin'a'in ne s'intéressaient pas à ce qu'il y avait au-delà des Plaines. Seuls les Tale'sedrin, parmi les clans, avaient dans leurs veines du sang étranger.

Dans certains clans, comme celui d'An'desha, ce genre de chose était considéré comme une disgrâce — pas pour l'enfant, mais pour le parent. « N'a-t-il donc pu séduire aucune Femme des Plaines ? », disait-on, ou « Est-elle donc si laide qu'aucun mâle shin'a'in n'a voulu d'elle ? » An'desha était né d'une telle alliance... Etait-ce pour cela que son clan n'avait jamais mentionné en sa présence rien qui se trouvât à l'extérieur des Plaines de Dhorisha ? Les siens avaient-ils craint, en évoquant le monde extérieur, de l'inciter à découvrir d'autres lieux et d'autres climats.

Eh bien, j'ai connu les deux... malgré moi.

Le Mage Noir qui se faisait appeler Mornelithe Fléaufaucon n'avait jamais entendu parler de Valdemar avant que les deux étrangers vêtus de blanc ne pénètrent sur le territoire du clan k'Sheyna des Frères du Faucon.

An'desha était alors un prisonnier silencieux et effrayé à l'intérieur de son propre corps. Possédé par l'Adepte, il avait appris qui étaient les étrangers et d'où ils venaient. Il n'avait pas eu le choix, puisqu'il était un intrus dans l'enveloppe que Fléaufaucon s'était approprié bien des années plus tôt.

Il aurait dû mourir. C'était toujours ce qui arrivait quand Fléaufaucon s'emparait d'un corps. Mais il avait survécu — peut-être parce qu'il avait pris la fuite, plutôt que d'essayer de résister.

Prisonnier de mon propre corps... Il ferma les yeux et s'enfonça un peu plus dans l'eau chaude. Comme c'était étrange... Les souvenirs qu'il gardait des années pendant lesquelles il n'avait eu aucun contrôle lui semblaient plus réels que cet instant, alors que son corps était de nouveau sien.

La dernière d'une série d'enveloppes volées par Fléaufaucon... La victime devait avoir des pouvoirs magiques et être le descendant d'un mage nommé Ma'ar. S'il en croyait ses souvenirs, Ma'ar avait perdu la vie — ou son corps, selon les points de vue — au cours des Guerres Magiques...

Cela faisait si longtemps qu'An'desha en avait le tournis rien que d'y penser.

Il se laissa glisser dans l'eau chaude et ferma les yeux plus fort, laissant la vapeur danser autour de son visage. Son visage, plus le faciès à demi félin de Mornelithe Fléaufaucon. C'était également son corps — plus musclé qu'à l'époque où l'Adepte s'en était emparé. Fléaufaucon adorait sculpter les corps. Il essayait chaque changement sur sa fille avant de le reproduire sur lui-même. Il avait tellement modifié celui d'An'desha que celui-ci avait cru devoir le garder ainsi même après que l'Adepte eut été détruit.

Mais ses actes — avoir risqué la mort de son âme pour débarrasser le monde de Fléaufaucon — lui avaient valu bien plus que la liberté. Il avait récupéré son corps et les Avatars de la Déesse l'avaient « guéri » !

Il restait deux choses qu'ils n'avaient pas pu lui rendre : la couleur naturelle de ses yeux et celle de ses cheveux. Désormais, ses cheveux étaient du blanc le plus pur et ses yeux restaient bleu argent à cause de l'énergie que Fléaufaucon avait fait circuler dans son corps. Quand An'desha se regardait dans un miroir, il y voyait un étranger.

Au moins, c'est le visage d'un étranger vaguement familier, et plus celui de la Bête... même si Fléaufaucon était beau.

L'eau chaude aidait un peu ses muscles à se détendre, mais il craignait de devoir recourir à des moyens plus radicaux.

Cet endroit est si étrange...

Flammechant adorait jouer les étrangers exotiques. An'desha, lui, n'était pas à l'aise. Les seules personnes qu'il connaissait vraiment, c'était Nyara, l'épée magique Besoin et l'Adepte tayledras Flammechant. Des trois, il fréquentait uniquement Flammechant. Nyara passait son temps avec son compagnon, le Héraut Skif. C'était aussi bien, car il avait du mal à la regarder en face, sachant qu'elle était la fille de Fléaufaucon — donc un peu la sienne —, qui l'avait atrocement torturée. Maintenant que la crise était passée, Nyara semblait partager sa gêne. Bien qu'elle ne fût jamais méchante avec lui, elle n'aimait pas être en sa compagnie.

Quant à la vieille épée qui abritait l'esprit d'une sorcière malicieuse — une entité qui se faisait appeler Besoin — elle avait fort à faire. Ayant pris Nyara sous son aile, elle l'aidait à s'adapter à sa nouvelle vie. Mais Besoin avait de l'entraînement. Elle faisait cela depuis des siècles...

Après tous les changements qu'elle a vus, plus rien ne doit la surprendre.

Quant à Flammechant...

Il rougit — à cause de la chaleur de l'eau. *Je ne comprends pas*, se dit-il, sa logique et ses sentiments entraient en conflit chaque fois qu'il pensait à Flammechant. *Pourquoi ça, et pourquoi lui ?* Les Shin'a'in acceptaient parfaitement les couples du même sexe, mais An'desha n'avait jamais été attiré par un homme. Pourtant, Flammechant devenait le centre émotionnel de son univers. Pourquoi ?

Flammechant. Que vais-je faire ? Est-il mon prochain maître ?

Ses pensées partirent en vrilles de plus en plus serrées, comme un faucon pris dans une bourrasque, jusqu'à ce qu'il se secoue rudement.

Il s'aspergea le visage d'eau et se redressa.

Reprends-toi. Concentre-toi sur des problèmes ordinaires. Affronte un problème à la fois. Pense à des choses paisibles. Tes amis ne cessent de te répéter de ne pas t'inquiéter, de te reposer, de te détendre.

Il rouvrit les yeux et se concentra sur le jardin, cherchant des endroits qui pourraient sembler vides ou pas tout à fait finis. Il s'était découvert un don surprenant — car les Shin'a'in n'étaient pas connus pour leur aptitude à faire pousser grand-chose. Et Fléaufaucon détruisait davantage qu'il ne créait, quand il était actif...

Je n'aurais jamais cru être un jardinier. Je pensais que c'était réservé aux Tayledras.

Il adorait sentir la terre entre ses doigts. Regarder une feuille s'épanouir lui donnait autant de plaisir que s'il avait composé un poème. Bien que les plantes d'ici lui fussent étrangères, à leur manière, elles étaient comme lui. Elles le touchaient, comme ses ancêtres l'avaient été par le ciel et l'herbe haute. L'odeur des pousses vertes lui donnait l'impression de renaître. An'desha avait une affinité avec les plantes ornementales et une patience, devant elles, qui faisait défaut à Flammechant. Si l'Adepte aimait regarder un parterre, il ne s'intéressait pas aux plantations, ni à leur entretien. Bien qu'il ait voulu ce jardin intérieur, qu'il l'ait planifié, et qu'il en ait sculpté les pierres, c'était An'desha qui lui avait donné vie. En un sens, ce jardin fragile était son corps, son esprit et son âme.

An'desha n'avait pas limité ses efforts au jardin intérieur qui s'étendait autour des deux bassins, un froid et un chaud, et de la cascade. Il avait planté des espèces résistantes au froid devant les fenêtres. Puisqu'elles étaient si hautes, il n'y avait aucune raison, selon lui, pour qu'il ne puisse pas générer l'illusion d'une continuité entre l'intérieur et l'extérieur. Ainsi, à part en hiver, il avait l'impression d'être dans la grotte ornementale d'une Vallée tayledras.

L'illusion n'était pas parfaite. Fronçant un peu les sourcils, An'desha observa la frontière entre l'intérieur et l'extérieur. Les sentiers de gravillons se prolongeaient bien, mais on remarquait toujours la vitre, avant ce qui poussait derrière.

An'desha gagna le bord du bassin et, le menton posé sur les bras, étudia le problème.

Il devait y avoir un moyen pour que la fenêtre ne soit qu'une interruption accidentelle de la fluidité du jardin et du mouvement des plantations.

Des buissons, décida-t-il. *Si je plante des buissons pour délimiter un chemin fantôme de l'autre côté de la vitre, l'illusion sera parfaite.*

Il s'était inquiété quand Flammechant avait annoncé que les « propriétaires » du terrain pouvaient s'opposer à toutes ses transformations. L'Adepte avait élu domicile dans le coin le plus reculé de la grande prairie connue sous le nom de Champ des Compagnons. Les partenaires des Hérauts de Valdemar auraient pu protester contre cette intrusion. Mais ils ne semblaient pas s'en émouvoir. Au contraire, ils avaient émis quelques suggestions, afin que l'*ekele* se fonde mieux dans le paysage, ce que devait faire tout bon *ekele*. De l'extérieur, les piliers de roche brune et verte qui le soutenaient se confondaient avec les troncs des arbres, et le deuxième étage disparaissait dans les branches. Flammechant avait choisi cet endroit parce que la légende disait que le Héraut Vanyel, leur ancêtre commun, à Elspeth et à lui, rencontrait ici son amant. Selon lui, aucun site n'aurait mieux convenu à son *ekele*.

Dès son arrivée, Flammechant avait décidé de bâtir son « nid » dans le Champ des Compagnons plutôt que dans les jardins du Palais, parce qu'il ne voulait pas que la vue des bâtiments le déconcentre.

Etrange. Je me serais attendu à ce genre de comportement de la part de Ventnoir. A une époque, devenu un gardien et un protecteur, il ne supportait plus de vivre enfermé dans une Vallée ! Mais il profite du confort du Palais avec la fille de la reine... et c'est Flammechant qui s'isole ici.

Flammechant ne connaissait pas d'autre loi que la sienne et il imposait sa volonté à tout le monde — même à la reine. Adepte le plus puissant du royaume, il profitait de la situation. Un jour, Elspeth et Ventnoir deviendraient ses égaux. Mais Flammechant était un Adepte depuis l'adolescence et il aurait toujours plus d'expérience que le Frère du Faucon k'sheyna et le Héraut de Valdemar.

Peut-être s'isole-t-il pour mon bien, pas pour le sien. Cela pouvait être le cas. Le regard perdu dans l'ombre des arbres, An'desha soupira.

Il savait à quel point sa santé mentale était précaire. Il était toujours le Shin'a'in de quinze étés qui avait fui son clan pour aller demander à ses « cousins », les Frères du Faucon, de lui enseigner la magie. Pendant sa captivité, il avait eu de très brefs aperçus de ce que faisait Fléaufaucon. N'ayant retiré aucune expérience de toutes ces années, il aurait tout aussi bien pu ne pas les avoir vécues. Car la plupart du temps, il était resté caché dans le noir.

J'avais peur qu'il ne me sente regarder le monde avec ses yeux... Et ce qu'il faisait était horrible.

An'desha aurait pu consulter les souvenirs de Fléaufaucon... Mais il s'y refusait. Ces monstruosités le rendaient malade et lui faisaient redouter que la Bête ne soit pas partie. N'avait-il pas survécu pendant des années caché à l'intérieur de lui-même sans que l'Adepte Noir n'en sache rien ? Alors pourquoi Fléaufaucon, un mage expérimenté, n'aurait-il pas fait de même ? Il n'avait que la parole de Flammechant, certain que Fléaufaucon était mort. Mais l'Adepte admettait qu'il n'avait jamais rien vu qui ressemble au mécanisme diabolique inventé par le Mage Noir pour survivre. Alors, comment pouvait-il jurer que Fléaufaucon ne l'avait pas envahi au dernier moment ? An'desha vivait dans la peur : un jour, en regardant dans le miroir, il y verrait Mornelithe Fléaufaucon sourire, prêt à frapper. Et cette fois, il ne s'échapperait pas.

Flammechant enseignait la magie à An'desha et

cela n'avait rien pour le rassurer. La magie avait déjà ramené Fléaufaucon à la vie une fois…

An'desha craignait tout autant de ne pas apprendre à contrôler ses pouvoirs. Flammechant était un Adepte Guérisseur. Soit la personne la plus qualifiée pour l'aider à guérir de ses blessures spirituelles et à surmonter ce qui lui était arrivé. Donc, An'desha pourrait sûrement s'épanouir à la lumière de Flammechant.

Si seulement j'avais moins peur…

Peur d'apprendre et de ne pas apprendre !

Il y avait une autre complication, comme si la vie d'An'desha n'était pas déjà assez difficile. Quand il avait déclaré qu'il refusait de toucher à sa magie, Flammechant avait répondu qu'il n'avait pas le choix. Il devait apprendre à contrôler ses pouvoirs. Fléaufaucon ne subtilisait pas le corps d'un de ses descendants quand il n'avait pas le potentiel d'un Adepte. Et ce don ne disparaîtrait pas. Il était peut-être même impossible de le garder en sommeil.

Autrement dit, An'desha détenait toujours les pouvoirs destructeurs de Mornelithe Fléaufaucon, un Adepte que même Flammechant n'aurait pas voulu affronter sans le soutien d'autres mages.

Ces pouvoirs pouvaient rester latents, jusqu'à ce qu'il soit bouleversé et réagisse instinctivement, avec pour seul entraînement des bribes de souvenirs qui appartenaient à la Bête.

Ce n'était pas une perspective réjouissante. Surtout s'il ne voulait pas mettre toute vie en péril autour de lui.

Pour pratiquer son art, un mage devait avoir confiance en ses capacités. Sinon, elles se retournaient contre lui et le dévoraient. Si Fléaufaucon ne manquait pas d'assurance, An'desha en était dépourvu.

Je ne peux même pas supporter de rencontrer les habitants de ce royaume ! C'était stupide, bien sûr. Ils ne le mangeraient pas... Et ils ne lui en voulaient même pas de ce qu'avait fait Fléaufaucon ! Mais l'idée de marcher jusqu'au Palais et de croiser tous ces étrangers lui donnait envie de ramper sous la cascade et de ne plus jamais sortir.

Il restait donc ici, protégé, mais pas rassuré.

A vrai dire, il avait du mal à croire que personne ne lui tenait rigueur des ignominies de Fléaufaucon. Incapable d'affronter les souvenirs de la Bête, il n'arrivait pas à imaginer qu'on puisse, en le voyant, ne pas se rappeler les crimes qu'« il » avait commis.

Et j'en ignore plus de la moitié... Mes souvenirs les plus précis concernent Nyara.

En vérité, il ne voulait pas savoir ce que Fléaufaucon avait fait... Et tant pis si Flammechant insistait pour qu'il assume tous ses souvenirs, convaincu qu'il devait connaître chacun de ses actes, même les plus vils.

An'desha décida qu'il avait mariné assez longtemps. Quelques minutes de plus, et il aurait l'air d'avoir bouilli. Il n'y avait pas de hertasi à Valdemar pour répondre à leur moindre désir — une lacune dont se plaignait amèrement Flammechant — mais il avait grandi dans une tente des Plaines. Là-bas, si une personne ne s'occupait pas d'elle-même, nul ne le faisait à sa place — à moins qu'elle ne soit handicapée. Il avait apporté des serviettes et des robes, pour lui et pour Flammechant. Il se sécha puis s'habilla.

Le bassin chaud était la réplique du froid, situé

à l'autre bout du jardin. Il était muni d'un dossier plus haut que la tête d'un homme. L'eau chaude montait de quelque part au centre, et une cascade y déversait de l'eau plus fraîche. Le tout était entouré par des « arbres » et des rideaux de plantes. Si Flammechant se fichait qu'on le voie nu, An'desha était plus pudique.

Alors qu'An'desha sortait de l'eau, l'oiseau blanc de l'Adepte traversa gracieusement la salle-jardin et atterrit près du petit bassin qui alimentait la cascade, dans la vasque que Flammechant avait faite pour lui. Il y plongea avec le même enthousiasme qu'un moineau, envoyant des éclaboussures partout. Quand il eut fini de prendre son bain, on aurait juré qu'il avait une maladie du plumage. Ses ailes étaient si trempées qu'il pouvait à peine voler. D'ailleurs, il n'essaya pas, et sautilla jusqu'à sa perche pour se lisser les plumes. Les oiseaux des Frères du Faucon étaient généralement des rapaces qu'ils élevaient spécifiquement. En cela aussi, Flammechant faisait exception.

An'desha s'entendait plutôt bien avec l'oiseau, qui s'appelait Aya, surtout depuis qu'il avait fait pousser sur des arbustes les baies dont il était très friand. Aya paraissait heureux et ne semblait pas regretter les Vallées.

Même l'oiseau de feu était plus à l'aise ici que lui.

An'desha savait qu'il s'apitoyait sur son sort, mais il s'en fichait. L'oiseau leva la tête, comme s'il avait lu dans ses pensées, et lui jeta un regard écœuré avant de se secouer et de lui tourner le dos.

Eh bien, tant pis ! Ce volatile n'avait pas été privé de son corps par une entité maléfique presque immortelle !

An'desha se sécha les cheveux, puis s'enveloppa dans sa sortie-de-bain et gagna son refuge.

Il avait planté une rangée d'arbres, dans le coin sud-ouest du jardin, pour dissimuler une petite étendue herbeuse où il avait dressé une tente. Assez haute pour qu'il puisse y tenir debout, elle était très étroite. Comme il ne s'agissait pas d'une tente shin'a'in, elle n'était pas imperméable. Mais quelle importance puisque ici, l'été durait toute l'année ? C'était le seul endroit où il pouvait s'allonger, regarder un toit de toile et se croire presque à la maison. Aussi longtemps qu'il ne faisait pas de bruit, personne ne pouvait savoir si la tente était occupée. Flammechant n'avait émis aucun commentaire. Avait-il compris qu'il en avait besoin, comme lui de sa Vallée ?

Une mèche de ses cheveux s'enroula autour de ses doigts quand il poussa le rabat. Il secoua sa main avec impatience. Des cheveux blancs... Il avait l'air d'un Tayledras, tout autant que Flammechant et Ventnoir. Personne ne devinait qu'il était shin'a'in. Flammechant lui avait dit que c'était dû à la magie. Mais si la Déesse l'avait voulu, elle aurait pu lui rendre les couleurs de sa jeunesse. Pour un temps.

Il s'assit sur sa paillasse. Recouverte d'une couverture shin'a'in — cadeau d'un Héraut qui l'avait rapportée d'une tournée — elle sentait encore le cheval, la fumée et l'herbe sèche. C'était suffisant, s'il fermait les yeux, pour lui donner l'impression d'être de retour chez lui.

Si la Déesse a pu me redonner mon corps, ne pouvait-elle pas me reprendre la magie ?

La magie. Pendant longtemps, il avait désiré être un mage. Aujourd'hui, il souhaitait qu'Elle lui ait enlevé ses pouvoirs. Mais Elle avait toujours une bonne raison de faire ou de ne pas faire une chose.

Il regarda la paroi de toile qui laissait passer le soleil de l'après-midi, et se mordilla la lèvre.

Si Elle m'a laissé mes pouvoirs, c'est pour que je m'en serve à des fins qu'Elle est seule à connaître. Flammechant répète sans cesse que c'est mon devoir envers Elle et envers moi-même.

Il en éprouvait du ressentiment. N'avait-il pas tout risqué pour vaincre Fléaufaucon — pas seulement la douleur et la mort, mais la destruction de son âme ? N'était-ce pas assez ? Qu'allait-il encore devoir faire ?

Puis il rougit d'embarras, car il n'était pas le seul à avoir tout misé sur un seul coup de dés. Et ceux qui s'étaient aventurés en Hardorn pour débarrasser le monde d'Ancar, d'Hulda et de Fléaufaucon, alors ? Si Elspeth avait été capturée, Ancar l'aurait torturée et s'en serait servi pour son plaisir. Ancar vouait à la princesse une haine farouche proche de l'obsession. Si ce que les servantes murmuraient était vrai, Elspeth aurait connu un sort atroce entre les mains d'Ancar.

Et Ventnoir... Fléaufaucon haïssait Ventnoir k'Sheyna plus qu'aucun autre humain au monde, et seulement un peu moins que les griffons. S'il avait été fait prisonnier, son destin n'aurait rien eu à envier à celui d'Elspeth.

Quant à Nyara... Si le roi avait reconnu en elle la fille de Fléaufaucon, il aurait su qu'elle était un moyen de contrôler l'Adepte Noir, et il l'aurait gardée vivante. Sinon...

Si Ancar l'avait rendue à son père...

Elle aurait été sage de se donner la mort avant que ça n'arrive. Dans son cas, ce n'était pas la haine qui aurait motivé les atrocités de Fléaufaucon, mais la rage — une de ses « possessions » s'était révoltée et l'avait trahi. Cependant, le résultat aurait été le même.

Skif et Flammechant, maintenant… Etant un Héraut, le premier aurait été exécuté sur-le-champ. Quant au second… Ancar et Fléaufaucon auraient sans doute été ravis de mettre la main sur lui. Même un Adepte de sa puissance pouvait être brisé et utilisé contre son gré.

Non, An'desha n'était pas l'unique personne qui avait tout risqué pour vaincre Fléaufaucon. Alors, il devait cesser de s'apitoyer sur son sort. Mais cela n'en faisait pas moins mal…

C'était précisément ce que lui aurait dit Flammechant, s'il avait été là, et pas en train d'enseigner la magie à de jeunes Hérauts-Mages.

Flammechant… De nouveau, une vague de gêne et de désir provoqua en lui une montée de chaleur inconfortable. Il était passé du rôle de consolateur à celui d'amant, et An'desha n'était pas sûr de la manière dont s'était opérée la transition. Pour tout dire, il n'était pas certain que l'Adepte le sût mieux que lui. Cela avait compliqué une situation qui l'était déjà bien assez.

Et je n'ai pas besoin de plus de complications…

Il se coucha sur le dos et ferma les yeux. Comment une personne pouvait-elle s'y retrouver quand elle avait une nouvelle vie, une nouvelle maison, une nouvelle identité et un nouvel amant ?

Que ce dernier veuille être une partie de la solution n'arrangeait rien.

Les choses auraient-elles été plus faciles si Flammechant n'avait été qu'un étranger — ou peut-être un ami, comme Ventnoir et les deux griffons ?

Il est diablement patient… N'importe qui aurait abandonné depuis longtemps. Un étranger l'aurait certainement malmené, puis maudit pour sa timidité, avant de se dire qu'il ne pouvait pas être sauvé, puisqu'il refusait de se sauver lui-même.

Mais tôt ou tard, la frustration de Flammechant aurait raison de sa patience. Il serait incapable de se montrer impartial. Il souhaitait ardemment qu'An'desha réalise son potentiel, afin qu'ils puissent partager le genre de relation d'égal à égal qu'avaient les griffons.

Mais est-ce ce que je désire ? Une partie de lui le voulait de tout son cœur… et l'autre s'en effrayait. Parfois, Flammechant lui faisait peur. Il était si sûr de lui et de ce qu'il cherchait.

Je me demande s'il a jamais eu des doutes. Comment pourrais-je avoir quelque chose en commun avec un homme comme lui ?

Puissant, charismatique, intelligent et beau comme un dieu, Flammechant était tout ce qu'An'desha avait rêvé de devenir à l'époque où il avait fui son clan. Mais plus maintenant. Il avait trop souffert. Jamais il ne pourrait être si naïf. Si plein d'espoir.

Flammechant rayonnait et il ne manquerait jamais de partenaires sexuels. An'desha ne pouvait pas imaginer que quelqu'un comme lui attende qu'un sang-mêlé shin'a'in recouvre ses esprits.

Pourquoi gâcherait-il un temps précieux ?

Et pourtant…

Il est gentil et patient… De fait, Flammechant l'avait courtisé et cajolé avec une maladresse typique d'un certain manque de pratique. *Et pourquoi aurait-il eu besoin de séduire ? Il peut avoir n'importe qui. Je parie qu'ils sont nombreux à se jeter à ses pieds, au Palais.*

Cela rendait d'autant plus surprenant le comportement de Flammechant. Au lieu de passer son temps à le guider comme un poulain effrayé, il aurait pu l'employer à des choses plus amusantes, avec d'autres personnes.

Au fond, il refusait de croire que Flammechant pensait réellement tout ce qu'il lui disait la nuit. Car il ne voulait pas de ce genre de dévotion.

N'est-ce pas ?

Tout ça ne le menait nulle part. Plutôt que de devoir affronter d'autres pensées inconfortables, An'desha préféra se lever et sortir dans le jardin.

L'oiseau de feu avait lissé ses plumes et les faisait gonfler, les ailes déployées pour mieux sécher. Il ne fit pas attention à An'desha quand celui-ci passa près de lui pour gagner l'escalier en fer forgé qui conduisait au second étage et à l'*ekele* qu'il partageait avec Flammechant.

An'desha monta et entra dans la pièce centrale de l'*ekele*, conçue pour recevoir. Elle ressemblait à la pièce « publique » de n'importe quel *ekele* tayledras. Bien éclairée et ouverte, en dépit du peu d'espace au sol, elle était meublée de coussins disposés çà et là, de perches et de tables basses. Les lattes du parquet — deux essences de bois, l'une ambrée et l'autre couleur de miel doré — formaient un motif de chevrons.

An'desha gagna sa chambre, aux murs drapés de tissu noué au milieu du plafond pour donner l'illusion d'une tente shin'a'in. Une idée de Flammechant. An'desha n'osait pas lui dire que ce décor était aussi éloigné de la réalité que les jardins du Palais d'une Vallée. La chambre abritait le coffre où il rangeait ses vêtements, ses maigres possessions et un lit plus confortable que sa paillasse. Il ne s'en servait pas beaucoup, cependant, sinon pour s'allonger et réfléchir.

Le jeune homme tira les rideaux des fenêtres et laissa son regard errer sur les branches. Il se demandait si l'histoire entendue par Flammechant était vraie — et si oui, quel genre de fin elle avait eu. Heureuse ? Tragique ?

Quelle importance ? Je pense trop !

Il se tourna vers le centre de la pièce, retira sa sortie-de-bain et enfila une chemise et des hauts-de-chausses, essayant de ne pas penser à leur coupe bizarre. Ce n'était pas des vêtements shin'a'in et ils ne lui sembleraient jamais… normaux.

Mais ils remplissaient leur rôle, alors peu importait qu'ils ne soient pas shin'a'in.

Il regarda de nouveau par la fenêtre…

Soudain, de nulle part, la peur revint. Pas une de ses stupides petites peurs personnelles, mais quelque chose de bien plus important. An'desha agrippa des deux mains le bord de la fenêtre tandis que le soleil devenait aussi froid que le blizzard qui balayait les Plaines. Il commença à claquer des dents et à trembler, incapable de bouger, et tout juste apte à respirer. Son estomac se noua. Il entendait son cœur battre à ses oreilles et il aurait voulu courir, fou de terreur, jusqu'à cc qu'il ne puisse plus aller plus loin.

Quelque chose ne va pas…

Puis, tout aussi soudainement, la peur disparut. Comme chaque fois.

Pourtant, le message restait…

Assis sous une lanterne en forme de crocus, Flammechant grattait la crête de son oiseau de feu. Perché sur son autre bras, celui-ci avait fermé les yeux. Ceux de l'Adepte s'étaient voilés tandis qu'il se concentrait sur le récit d'An'desha.

— ... c'est toujours la même chose, conclut An'desha, le souvenir de la terreur le faisant frissonner. C'est la troisième fois, et à chaque occasion, les circonstances étaient différentes.

Flammechant hocha lentement la tête et poussa une mèche blanche dans son dos. L'oiseau de feu entrouvrit un œil désapprobateur... jusqu'à ce que la main de l'Adepte recommence à le caresser.

— Je ne crois pas que cela vienne de toi, dit-il, alors qu'une fleur nocturne exhalait son parfum près d'An'desha. Ton impression est bonne : une menace approche. Nous ne savons pas encore de quoi il s'agit et cette peur est un pressentiment.

An'desha soupira de soulagement. Les deux premières fois, Flammechant avait semblé croire que ce n'était qu'une réaction post-traumatique à ce qu'il avait subi. Pourtant, il était troublé.

— Flé... Fléaufaucon n'a jamais été doué de prescience, bredouilla-t-il.

Flammechant se contenta de hausser les épaules.

— Fléaufaucon n'a jamais souhaité connaître l'avenir... Il présumait qu'il serait tel qu'il le ferait. Et tu n'es pas lui. La Déesse t'a peut-être fait ce cadeau en plus de tous les autres.

C'était possible. Dans ce cas, il aurait voulu qu'Elle le reprenne.

Son expression dut trahir sa pensée, car Flammechant sourit.

— Si une menace est en route, elle viendra probablement de l'est. L'Empire que Valdemar redoute tant regorge de mages. Selon moi, ses conquêtes ne s'arrêteront pas à la frontière d'Hardorn.

Alors qu'An'desha restait assis sans mot dire,

Flammechant continua ses spéculations. L'Empire était une menace, l'Adepte avait raison. Mais An'desha ne pouvait se débarrasser de la certitude que le danger ne venait pas de là.

C'était quelque chose de bien pire qu'une guerre.

Quand j'étais caché à l'intérieur de Fléaufaucon, et que les deux Avatars sont venus m'enseigner un moyen de regagner ma liberté, n'ont-ils rien dit à ce sujet ?

Oui, maintenant qu'il y pensait, il se souvenait qu'ils avaient fait quelques allusions...

Il avait été guidé par deux esprits qui étaient jadis des êtres humains. La femme avait été une Tayledras et l'homme un chamane shin'a'in. Ils lui avaient enseigné comment s'insinuer dans l'esprit de son ennemi afin que Fléaufaucon croie que ses pensées étaient les siennes. Ils lui avaient également appris à accéder aux souvenirs des vies antérieures de la Bête.

Une fois au moins, ils lui avaient laissé entendre cela : s'il réussissait à récupérer son corps, il aurait un péril encore plus grand à affronter.

S'il avait pu se rappeler ce qu'ils avaient dit ! Mais à l'époque, il était trop inquiet de sa survie pour prendre garde à des allusions concernant un danger futur. Le danger, il en faisait son quotidien !

Flammechant continuait ses spéculations. An'desha essaya de lui suggérer que le péril pouvait venir d'ailleurs. En vain.

Il finit par abandonner. Quand l'Adepte était parti, impossible de l'arrêter ! Mieux valait prendre un air pensif, hocher la tête et le laisser continuer.

Mais les pensées d'An'desha avaient une nouvelle cible autour de laquelle tourner jusqu'à en avoir des vertiges.

Le danger ne venait pas de l'est. Mais d'où, alors ? Et que pouvait-il y avoir de pire qu'une armée renforcée par des mages puissants ?

Ah, s'il avait pu se rappeler…

CHAPITRE III

Karal tapota nerveusement le cou humide de sa monture et se retint de jeter des regards en coin aux gardes valdemariens. Ayant senti son malaise, le cheval piétinait sur place. Karal sauta à terre pour le tenir par la longe, juste sous le menton. L'animal souffla contre sa poitrine, mais se calma dès qu'il fut debout près de sa tête. La brise lui sécha peu à peu le cou.

Karal continua de caresser sa monture, les narines pleines de l'odeur familière des chevaux, qui finit par le rasséréner. Rien de mal ne lui était jamais arrivé en leur compagnie, se rappela-t-il, tenant le sien par la bride comme s'il s'était agi d'un talisman.

Un bon petit hongre. Son maître précédent l'avait bien dressé avant de s'en servir pour payer sa dîme à Vkandis. Sa robe était parfaite et son œil vif. L'ancien propriétaire devait être un homme qui prenait au sérieux ses devoirs envers le Dieu du Soleil, n'envoyant que « les meilleurs fruits de son labeur » comme le demandaient les Ecrits. Tant de gens trichaient pour se débarrasser de l'inutilisable et du superflu...

Une bonne chose pour nous, Trenor…

Le hongre était trop petit et trop léger pour un guerrier, et trop nerveux pour un éclaireur. Alors, il avait été donné au Temple. Karal savait reconnaître un bon cheval quand il en voyait un. Il avait réquisitionné celui-là à l'instant où son maître et mentor avait déclaré qu'il avait droit à une monture.

Le hongre était un beau bai, parfait si on excluait le tempérament qui lui venait d'un ancêtre pur-sang. Il l'avait appelé Trenor, comme son petit frère, qui ne tenait pas davantage en place. Trenor était sans doute le meilleur cheval des écuries des novices. Chaque fois qu'il le montait, Karal ne pouvait s'empêcher de se pavaner sous les regards envieux de ses camarades. Aucun n'avait une meilleure monture, même si les leurs présentaient mieux. Ces gentilshommes se croyaient trop bien pour choisir leur cheval — si tant est qu'ils sachent reconnaître un gentil petit palefroi comme celui-là. Et aucun ne se serait abaissé à lui demander conseil. Ils avaient préféré envoyer un serviteur leur sélectionner une bête « digne de leur rang ».

Leurs fesses payaient le prix de leur fierté, parce que les autres chevaux n'étaient pas des cadeaux. Beaux à regarder, avec leur longue crinière, leur haute stature et leur robe brillante, ils avaient mauvais caractère et les chevaucher s'avérait un véritable calvaire.

Bien sûr, aucun défaut n'était incurable. Karal aurait pu tout arranger. Mais pourquoi l'aurait-il fait, alors que ses camarades ne lui avaient rien demandé et ne méritaient pas son aide ? Qu'ils souffrent ! Vkandis était témoin qu'ils l'avaient torturé de bien des manières.

Mais tout cela était derrière lui… Quand il aurait terminé sa mission de secrétaire auprès de son maître, il serait un prêtre de Vkandis, l'égal de n'importe quel homme à Karse, à l'exception du Fils du Soleil.

Personne ne pouvait lui refuser ce rang, quel que soit son lignage.

Karal regarda le soleil en plissant les yeux.

Nous sommes tous égaux dans la Lumière de Vkandis, se rappela-t-il. *Ouais ! Et les vaches ont des ailes et volent comme des faucons !*

Trenor voulut piaffer, d'impatience cette fois, mais Karal le tenait d'une main ferme. Il le calma d'un roucoulement. Depuis combien de temps n'avait-il pas vu la version humaine de cette boule de nerfs ? Trois ans ? Non, seulement deux.

Si notre guide ne se montre pas très vite, il sera adulte avant que je ne retourne à la maison !

Une exagération, bien sûr, mais il lui semblait être debout depuis des jours sous le regard impassible des deux jeunes hommes en uniforme bleu et argent. Ulrich et lui attendaient sur un tronçon de route, récemment aménagé pour relier une voie karsite à son homologue valdemarienne. Du côté karsite, deux soldats étaient postés dans un corps de garde placé à la jonction entre l'ancienne et la nouvelle route. De l'autre côté de la frontière, on trouvait la même installation et le même nombre de gardes. Tout ce qui les distinguait, c'était la coupe et les couleurs de leurs uniformes.

La version en vigueur à Valdemar semblait sévère à Karal, habitué à la tenue rouge et or agrémentée d'une large ceinture brodée, d'un turban piqué d'une plume et d'une veste à brocards. Avec leur tunique et leurs braies sans ornements, à part une barrette d'argent ici et un ourlet de la même couleur là, on aurait pu prendre les Valdemariens pour des serviteurs ou des garçons d'écurie.

Ce que j'étais... Et même père s'est toujours vêtu avec plus de goût que ces deux-là.

Le père de Karal n'avait jamais eu de vêtements si simples. Le chef des écuries de l'*Auberge du Soleil Levant* portait des habits brodés par son épouse et ses filles. Si sa paye n'était pas énorme, il avait une position sociale à défendre. Les vêtements que portait Karal avant d'être emmené par les prêtres du Soleil n'avaient rien de raffinés, mais il n'était qu'un garçon d'écurie de neuf ans. N'ayant pas encore atteint l'âge d'homme, il n'avait rien à prouver.

Si seulement il y avait de l'ombre...

Le soleil qui lui avait semblé si agréable dans les montagnes était ici un fardeau. Ses robes noires l'absorbaient et conservaient sa chaleur. Mais la situation était trop délicate pour que des aménagements aient été conclus entre Valdemar et Karse. Tous les buissons et les arbres avaient été coupés sur vingt pas de chaque côté de la nouvelle route, afin que les gardes voient arriver les voyageurs de loin. Karal comprenait cette nécessité. Il n'aurait pas aimé faire ce travail. Les Karsites étaient visiblement nerveux. Les Valdemariens aussi.

C'était la deuxième fois qu'il voyait un Valdemarien, une de ces Créatures de l'Enfer...

Non, pas une Créature de l'Enfer. Sa Sainteté, le Fils du Soleil, Solaris, a dit que tout ça n'était qu'une invention des prêtres corrompus. Ce ne sont pas des Créatures de l'Enfer mais des êtres humains — différents de nous, voilà tout.

Mais il était difficile de se défaire d'une pensée ancrée en lui depuis sa naissance. Et si ça l'était pour lui, ce devait l'être encore plus pour les militaires. Qu'avaient-ils éprouvé en apprenant soudain que leurs ennemis de toujours, par décret divin, étaient devenus leurs alliés ? Qu'ils n'étaient pas des démons et n'en avaient jamais été ?

Une guerre qui avait tué des milliers de gens sur des générations n'aurait jamais dû commencer et aurait pu être arrêtée depuis longtemps !

Karal soupira. Son maître descendit de sa mule. Ulrich n'était pas un bon cavalier… mais un puissant Prêtre-Mage. Il devait pouvoir lâcher les rênes de sa monture à tout instant, sachant qu'elle ne bougerait pas, quoi qu'il arrive. La mule — Ulrich l'appelait Abeille, parce qu'elle était douce, avec un certain piquant — était plus âgée que Karal. Le jeune homme l'aimait bien et il la savait capable de tirer Ulrich de n'importe quelle situation. Rien — que ce fût un orage ou une apparition — ne l'effrayait. Elle savait quand se battre et quand fuir, et elle avait le pas sûr.

Mais elle était ennuyeuse à chevaucher. Si Karal n'aurait pas pu trouver de meilleure monture pour son maître, il ne l'aurait jamais choisie pour lui-même.

— Patience, Karal, dit Ulrich à voix basse. Notre guide arrivera d'un moment à l'autre. Il sera surpris de nous trouver là. Nous sommes arrivés en avance. Tu pourras t'inquiéter s'il ne se montre pas avant le coucher du soleil.

Karal inclina la tête. Ulrich avait sans doute raison, mais…

— Il me paraît impoli de vous faire attendre à la frontière. Vous êtes l'ambassadeur de Sa Sainteté. Et vous déléguer un simple guide… Cela me semble une insulte. Ne devrions-nous pas avoir des gardes à foison, peut-être même un membre de la cour…

Ulrich leva la main pour l'arrêter.

— Nous sommes deux voyageurs venus du sud qui portent des robes de prêtre. Si la reine Selenay nous affectait une escorte impressionnante, que penserait-on ? Que nous sommes les ambassadeurs de Sa Sainteté, bien sûr. Or, il y a sans doute encore des gens qui estiment que la guerre entre nos deux nations n'est pas terminée.

Il attendit que Karal imagine les périls auxquels ils s'exposaient. Une meute de frontaliers en colère, ou même un seul fou, pouvaient décider de les tuer pour écraser l'Alliance dans l'œuf. Des mercenaires risquaient de les assassiner, histoire que la guerre continue, leur garantissant un emploi. Et le danger ne venait pas seulement de Valdemar. En les tuant, un Karsite pouvait espérer raviver les flammes de la « guerre sainte contre les Créatures de l'Enfer ».

Karal secoua tristement la tête.

— C'est pour ça que je suis ambassadeur et que tu n'es que secrétaire, mon garçon ! J'ai demandé qu'on nous envoie un simple guide, quelqu'un de fiable. Pour avoir une idée pareille, je crains qu'il faille avoir trempé des années dans l'infamie et le mensonge...

Ulrich tapota l'épaule d'Abeille, qui soupira d'aise. Il désigna leurs montures et leur équipage.

Pour le moment, Karal et lui portaient leurs tenues les plus simples.

— Tels que nous sommes vêtus et accompagnés d'un guide... Certes, nous sommes à l'évidence des prêtres étrangers, mais nous pourrions venir de n'importe où. A moins d'avoir la malchance de tomber sur une personne qui a déjà vu un prêtre du Soleil, nul ne reconnaîtra nos robes et notre médaillon. Valdemar grouille d'étrangers qui sont escortés jusqu'à Haven. Nous n'attirerons pas l'attention.

Karal ne répondit pas. Mais pour une fois, il pensa qu'Ulrich avait tort. Il jeta un bref coup d'œil aux gardes valdemariens, compara leurs vêtements aux leurs et parvint à une tout autre conclusion.

Ils étaient habillés avec une grande modestie par rapport aux magnifiques atours qu'ils revêtiraient une fois dans la capitale. Mais il y avait des moyens de les reconnaître…

Ils arboraient au bout d'une chaîne en or leur médaillon de Vkandis : un disque en or gravé d'un soleil flamboyant. Combien de gens portaient une telle quantité d'or ? Et existait-il une autre secte qui eût un soleil pour blason ? Leurs vêtements avaient une coupe typiquement karsite. Karal n'avait jamais vu un étranger venu se présenter devant Sa Sainteté avec quoi que ce fût qui ressemblât à leur costume…

Je suppose que je m'inquiète trop... Ulrich a raison. Si ce que nous avons entendu dire est vrai, beaucoup d'étrangers arrivent quotidiennement à la cour et certains sont si exotiques qu'on ne nous accordera pas plus d'un regard.

Ulrich n'avait rien de remarquable. Les novices ne faisaient pas attention à lui, persuadés qu'il était un prêtre sans importance. A vrai dire, son apparence et son comportement étaient ceux d'un homme très ordinaire. De taille moyenne, il n'était ni jeune ni vieux, ni beau ni laid, ni musclé ni squelettique. La vivacité de son regard n'allait pas avec l'allure débonnaire que lui donnaient sa barbe, ses cheveux gris et son expression perpétuellement avenante. Une expression qui pouvait changer en un clin d'œil pour devenir implacable.

Il n'y avait pas de « type » valdemarien. Un des gardes était longiligne et brun, l'autre blond et musclé. En revanche, les deux Karsites étaient faits sur le même moule : des cheveux noirs, des yeux sombres et des traits anguleux.

Peut-être était-ce bien ainsi. Les gens penseraient qu'ils étaient parents. Oui, c'était parfait. Peu de non-karsites devaient savoir qu'un prêtre du Soleil n'était tenu ni au célibat ni à la chasteté, bien qu'ils fussent nombreux à choisir les deux. Si Ulrich et lui étaient pris pour un père et son fils, personne ne verrait en eux deux prêtres du Soleil.

Karal se massa les tempes. Ces réflexions lui donnaient la migraine. Ulrich lui tapota l'épaule sous le regard impassible des gardes.

— Ne t'inquiète pas tant, mon garçon, dit-il avec une lueur de sympathie dans le regard. Essaie de t'habituer à ce pays avant de chercher à voir les intrigues et les dangers cachés. Tu auras déjà bien assez de mal avec tout ce qui te semblera étrange.

Le prêtre du Soleil — un Robe Rouge qui avait été un Robe Noire, un des prêtres détenteurs de grands pouvoirs et capables d'invoquer les démons — regarda derrière lui et soupira.

— Tu as connu tant de changements au cours de ta courte existence. Je suis sûr que tu te feras plus facilement que moi à l'endroit où nous allons. A tes yeux, tout ça doit être une grande aventure.

Karal ravala une réponse acide. Il y avait pire que cet exil volontaire : rentrer au pays frappé du sceau de la disgrâce. Mais il ne voyait pas cela comme une « aventure », ni grande ni petite. Au fond, il était plutôt casanier. Sa définition d'une vie réussie ? Avoir quelques succès dans ses fonctions d'érudit, trouver une partenaire parmi les prêtres de sexe féminin, puis devenir vieux et sage, entouré de ses enfants et petits-enfants. Oui, il avait connu des changements depuis qu'il avait été arraché à sa famille, alors qu'il avait neuf ans. Mais même si son monde avait explosé quand il en avait douze, ça ne l'avait pas préparé aux bouleversements qu'il avait connus à treize, quatorze, quinze, et maintenant seize ans.

En fait, depuis quelque temps, il était troublé en permanence. Et si stressé que cela devait se voir.

N'est-ce pas une malédiction barbare : souhaiter à quelqu'un que sa vie soit intéressante ? S'il avait pu trouver celui qui lui avait fait cela, il l'aurait supplié de lever sa malédiction ! Car il trouvait assez d'excitation dans les livres.

A neuf ans, la vie de garçon d'écurie lui convenait parfaitement. Il adorait les chevaux et rêvait de succéder à son père. Il avait deux sœurs, l'une plus vieille et l'autre plus jeune, qu'il tourmentait et taquinait, comme tous les garçons de son âge, et un petit frère qui le suivait partout, de l'adoration affichée sur son visage joufflu. Ils avaient toujours eu assez à manger et si la nourriture était simple, eh bien, beaucoup de gens n'en avaient pas autant, et il le savait. Il était heureux, et n'éprouvait pas le moindre désir de changement.

Aujourd'hui, il avait vu suffisamment de familles pour savoir que la sienne était idyllique, comparée à nombre d'autres. Ses parents étaient tout aussi prompts à féliciter qu'à réprimander. Peu importait la bêtise qu'il avait faite, il pouvait compter sur leur pardon s'il se montrait repentant. Son père était fier de lui et lui enseignait tout ce qu'il savait sur les chevaux. Son univers était plein de choses et de gens qu'il aimait. Qu'aurait-il pu souhaiter de plus ?

Un seul nuage planait au-dessus de leur bonheur : la Fête des Enfants. Une fois par an, les parents étaient priés d'amener leurs rejetons au Temple pour qu'ils soient examinés par les prêtres du Soleil. Un enfant était évalué chaque année, de cinq à treize ans. La Fête était synonyme de peur pour les parents. Ceux de Karal la craignaient tout particulièrement, car l'un et l'autre avaient vu un de leurs frères être brûlé vif parce qu'il avait des « pouvoirs de sorcieré ». Ils tremblaient à l'idée qu'un de leurs enfants soit emmené ou pire, livré aux Feux. Même ceux dont la vie était épargnée ne revoyaient jamais leur foyer. C'était la méthode des prêtres du Soleil. Et il en avait « toujours » été ainsi.

Karal n'ayant pas retenu l'attention des prêtres pendant quatre ans, ses parents avaient commencé à se rassurer — pour lui, sinon pour son frère et ses sœurs. Karal lui-même avait fini par croire que la Fête ne signifierait jamais plus qu'une poignée de sucres d'orge — les Flammes de Vkandis — que distribuaient les serviteurs du Temple après l'examen.

L'année de ses neuf ans, son monde et ses certitudes avaient basculé.

Un nouveau prêtre — un Robe Noire, pas un Robe Rouge — l'avait regardé en plissant les yeux…

… et voué au service du Dieu du Soleil.

Un instant il était en rang avec les autres. Le suivant, une main s'était posée sur son épaule et deux serviteurs l'avaient entraîné dans le Temple, derrière l'autel, où aucun citoyen n'allait jamais.

Karal ne se souvenait pas de cette journée, ni

même de la semaine qui avait suivi — peut-être un effet du choc, ou de la potion que le prêtre lui avait fait prendre pour le calmer. Aucun autre enfant n'ayant été choisi dans sa ville natale, il était parti seul en exil. Il se rappelait vaguement un chariot obscur qui s'arrêtait de temps en temps pour qu'un gamin aux pupilles dilatées y monte. Comme lui, ces gosses n'avaient pas eu droit à leur poignée de bonbons, mais à une coupe de breuvage amer qui les avait plongés dans une étrange torpeur. Ils s'étaient réveillés dans un endroit sinistre : le Cloître des Enfants, où ils étudieraient jusqu'à ce qu'ils soient acceptés comme novices ou deviennent des serviteurs.

Ou jusqu'à ce que quelqu'un décrète qu'ils avaient des pouvoirs de sorcier. Karal frissonna, le froid s'insinuant en lui, comme si le soleil avait perdu le pouvoir de le réchauffer.

Karal avait fini par accepter de ne jamais plus revoir les siens, et d'être entré dans une famille bien plus vaste : la Fraternité de Vkandis. Ses geôliers l'avaient laissé se rebeller, et même tenter de s'échapper — une fois. Bien sûr, il n'avait pas réussi — personne n'y était jamais arrivé. Un démon de feu l'avait arrêté à la grille et l'avait poursuivi jusqu'au Cloître des Enfants. Il n'avait pas fait de deuxième tentative, même s'il savait que certains s'y étaient risqués.

Karal s'était résigné.

Puis les leçons avaient commencé.

La plupart des enfants réussissaient tout juste à apprendre à lire et à écrire. A dix ans, ils devenaient des serviteurs. Parmi les rares élus, quelques-uns étaient emmenés par les prêtres pour des « leçons spéciales », qui n'avaient rien à voir avec la poursuite du savoir. Certains d'entre eux étaient livrés aux Flammes. Karal et les autres avaient assisté aux exécutions. Les trois bûchers qu'il avait vu flamber lui donnaient encore des cauchemars.

Karal avait brillamment poursuivi ses études, sans pour autant être retenu pour les « leçons spéciales ». Il aimait apprendre. Très vite, il avait dépassé ses condisciples et été admis dans un autre groupe composé d'enfants de la noblesse envoyés à Vkandis par leurs parents en guise de dîme. Ayant reçu un enseignement depuis leur plus tendre enfance, ils avaient vu d'un mauvais œil l'intrusion dans leur univers de ce fils de pauvre.

Il fallait bien qu'ils passent leur ressentiment sur quelqu'un. Alors, il était devenu leur souffre-douleur à l'insu de leurs professeurs. Karal étant un étudiant brillant, ils ne pouvaient rien contre lui en classe. Mais dehors, il devenait la cible de tous les mauvais coups qu'ils pouvaient inventer sans s'attirer les foudres de leur surveillant.

Karal secoua la tête pour chasser ces souvenirs pénibles. *Rien de tout cela n'avait d'importance à l'époque, et ça n'en a pas plus maintenant.*

L'important, c'était qu'il soit devenu un novice malgré l'opposition des autres. Et quand le temps était venu d'être choisi par un mentor, il avait été sélectionné par le Robe Noire qui l'avait remarqué au cours de la Fête des Enfants.

Désormais, il savait ce que signifiait cette couleur. Son maître était un Prêtre-Mage : il utilisait la magie au nom de Vkandis et invoquait les démons.

Il aurait été terrifié si Ulrich ne s'était pas montré tellement gentil avec lui. Depuis, chaque matin, il remerciait Vkandis de lui avoir donné un si bon maître. Ulrich avait une position assez élevée pour que ses condisciples n'osent plus le tourmenter, se contentant de l'ignorer.

Karal s'en fichait. Son maître, un érudit, lui confiait des tâches convenant à sa nature. Et quand il avait appris son amour des chevaux, il lui avait permis de choisir une monture avant les autres. Ulrich s'arrangeait même pour qu'il puisse passer une ou deux heures par jour avec Trenor. Pendant quelques semaines, la vie de Karal avait été parfaite, et il avait commencé à croire que tout était rentré dans l'ordre.

Il avait connu deux grands bouleversements — être arraché à sa famille puis être intégré, bon gré mal gré à un groupe d'étudiants d'une classe sociale infiniment supérieure à la sienne. Aujourd'hui, il vivait le troisième. Mais cette fois, son Ordre « souffrait » avec lui.

Vkandis — le dieu Lui-même — avait choisi une femme pour devenir le Fils du Soleil, agissant de telle manière que personne ne puisse contester cette nomination. Cette femme, Solaris, avait mis la hiérarchie sens dessus dessous, puis affirmé que certaines pratiques en vigueur depuis des générations, étaient des perversions de la Parole et de la Volonté de Vkandis.

Ulrich approuvait. Il était même un des plus fervents soutiens de Solaris. Donc, son protégé devait l'être aussi.

Non que ces changements me déplaisent... Un des premiers décrets qu'elle a passés permet aux novices d'avoir des contacts avec leurs parents et de leur rendre visite. Jusque-là, les enfants emmenés par les prêtres n'avaient plus le moindre contact avec leur famille. Aujourd'hui, Karal avait le droit d'écrire à la sienne et de lui rendre visite deux fois pas an, un privilège impensable sous les anciennes Règles. Et quand Solaris avait nommé Ulrich pour la représenter à Valdemar, elle avait permis à Karal de prendre une semaine de vacances avec les siens avant de suivre son maître. Depuis quand un Fils du Soleil s'inquiétait-il d'une réalité aussi triviale que les besoins d'un simple novice ?

Se souriant à lui-même, Karal caressa le cou de Trenor. La première fois qu'il était retourné chez lui, il avait passé quinze jours mémorables. Sa mère avait été si fière de lui… Et son père ! Son fils était le secrétaire d'un puissant prêtre. Son fils connaissait tous les secrets des privilégiés. Son fils côtoyait des gens et vivait des choses dont il ne pouvait que rêver.

Après que Solaris eut commencé sa révolution et que Karal fut rentré de sa première visite familiale, Karse s'était découvert un nouvel ennemi : le roi Ancar d'Hardorn. Ancar avait lancé une attaque massive contre la frontière, ce qui ne s'était jamais produit. Le pays entier avait été en état de choc. Si les Karsites faisaient des raids de l'autre côté des frontières hardornienne et valdemarienne, il n'y avait jamais eu d'attaque de leur côté.

Les escarmouches avaient tourné à la guerre, et Karse s'était découvert le plus faible des deux belligérants. Même les Robes Noires ne pouvaient rien contre Ancar et ses mages.

Solaris l'avait prédit, mais on ne l'avait pas crue. Elle avait profité de la gêne de ceux qui s'étaient défiés d'elle pour tenter une manœuvre sans précédent : se gagner un nouvel allié auquel même Ulrich n'avait pas pensé.

Valdemar.

Valdemar, patrie des Démons Blancs et des

Chevaux des Enfers. Valdemar, royaume des Créatures des Enfers, qui avait donné asile aux Holds, les ennemis jurés de Vkandis.

Une fois de plus, Vkandis avait approuvé avec des signes que nul n'aurait pu contrefaire.

Par décret de Solaris et de Vkandis Lui-même, Valdemar était devenu un royaume habité par des alliés de Karse à l'esprit noble malgré leurs errements philosophiques. Un miracle que Solaris ait trouvé assez de fidèles dans ses rangs pour que le traité devienne une réalité ! Juste à temps pour empêcher Ancar d'Hardorn de les écraser, elle, Selenay et leurs deux pays.

Secrétaire d'Ulrich, Karal avait été au courant de tout, du plan initial aux négociations complexes, en passant par l'investiture du Héraut de la Reine de Valdemar au rang de Prêtresse de Vkandis. Tout cela l'avait laissé haletant, et si ébahi qu'il pouvait seulement regarder les événements avec des yeux ronds en s'accrochant des deux mains à sa santé mentale. Aujourd'hui, avec l'avènement de la paix, il était plus difficile que jamais de réaliser que les Démons d'hier étaient désormais les meilleurs amis de Karse...

— Je crois que notre guide est arrivé, dit Ulrich, interrompant le cours des pensées de Karal.

Le jeune homme leva les yeux, les protégeant d'une main, et regarda en direction de la route. Un instant, il ne vit rien, à cause du soleil et de la poussière. Puis il capta un mouvement, et enfin, il distingua un cavalier.

Difficile de ne pas le remarquer, malgré le soleil aveuglant. Entièrement habillé de blanc, sa monture aussi était d'un blanc plus pur que celui des nuages.

Il ne s'agissait pas d'un voyageur ordinaire. Ses vêtements d'excellente qualité — il n'était pas facile de garder de tels habits immaculés — avaient l'air d'un uniforme. Mais les couleurs de Valdemar étaient l'argent, le bleu et le blanc…

Alors que l'homme approchait, Karal nota la qualité du harnachement de son cheval, teint en bleu et argent, comme les uniformes des gardes qui attendaient le cavalier avec une grande déférence. En soi, c'était intéressant. Cela signifiait-il qu'il était de plus haut rang qu'un ambassadeur, ou qu'ils ignoraient l'identité d'Ulrich ?

Eh bien, cela n'avait sans doute pas d'importance…

L'homme s'arrêta mais ne mit pas pied à terre. Il se pencha sur sa selle pour parler aux gardes. Karal se laissa aller à admirer son cheval. Il avait un crâne large, ce qui en disait long sur son intelligence. En plus — certains auraient considéré cela comme un défaut — la bête était d'une beauté extraordinaire. Il n'avait jamais vu un cheval d'un blanc si pur qu'il semblait luire, comme s'il venait d'être lavé… Et comment les Valdemariens réussissaient-ils à obtenir des sabots argentés ? Il ne pouvait pas s'agir de peinture. Elle aurait endommagé et déformé les sabots. Seul un idiot aurait pris un tel risque avec une bête pareille.

Pendant que le cavalier parlait avec les gardes, le cheval changea de position, comme pour mieux voir les Karsites. Ses mouvements étaient aussi gracieux que lui. Il arqua le cou et sa crinière ondula, comme s'il avait été conscient de l'effet qu'il produisait.

Parfait ! Ce fut le seul mot qui vint à l'esprit de Karal, et il se réjouit de passer plusieurs jours sur la route en compagnie d'une bête aussi magnifique.

Après une brève conversation avec les gardes, l'homme en blanc leur fit signe d'approcher. Maintenant qu'il avait bien observé le cheval de loin, Karal fut content de se remettre en selle et de suivre Ulrich. Il en avait assez d'attendre !

Mais ce n'est sans doute pas la dernière fois que ça m'arrive…

Leur guide avait des cheveux blonds qui grisonnaient aux tempes, une mâchoire carrée, des yeux noisette et un nez qui avait dû être cassé. Il montait avec une grande raideur, un détail bizarre, comparé à la grâce de son cheval.

L'homme hésita un instant, puis il tendit la main à Ulrich.

— Ambassadeur Ulrich ? demanda-t-il, sa monture parfaitement immobile sous lui, telle une statue d'albâtre, comme si aucune bête étrangère n'approchait. Je suis votre guide. Vous pouvez m'appeler Rubrik.

Le cheval a les yeux bleus, constata Karal, déçu. La plupart des créatures blanches aux yeux bleus étaient sourdes. Etait-ce le défaut de ce cheval si parfait ? S'il n'entendait pas, cela pouvait expliquer son immobilité.

Ulrich serra la main de l'homme tandis qu'Abeille lorgnait le cheval aux yeux bleus, s'attendant probablement à ce qu'il la morde. Le karsite de leur guide était parfait ; bien meilleur que le valdemarien de Karal. Il n'avait presque pas d'accent et ne semblait pas devoir se traduire ses phrases avant de les dire.

— Vous parlez très bien notre langue, dit Ulrich. J'espère que vous voudrez bien m'excuser, mais je suis loin de maîtriser la vôtre aussi bien.

« Voici mon secrétaire, Karal.

L'homme tendit la main à Karal. La poignée de

main de Rubrik était ferme et chaude, et n'avait rien d'une épreuve de force.

Karal décida qu'il aimait bien ce Valdemarien.

Rubrik regarda le soleil en plissant les yeux.

— Vous avez déjà fait une longue route, et je suis sûr que vous savez que votre voyage est loin d'être terminé, ambassadeur. Le temps, à Valdemar, n'est pas très stable. Nul ne peut dire si le ciel restera dégagé. J'aimerais continuer pendant qu'il l'est, si vous n'y voyez pas d'inconvénient.

— Aucun. Vous serez uniquement limité par le nombre de lieues que nos bêtes peuvent parcourir en un jour. Mon secrétaire et moi sommes de bons cavaliers et nous n'aurons aucun mal à rester en selle de l'aube au crépuscule.

Karal tressaillit. Il était loin d'être aussi optimiste qu'Ulrich. Avec un peu de chance, Rubrik ne prendrait pas son mentor au mot.

— Solaris a bien choisi son ambassadeur, dit-il. Si vous voulez me suivre…

Le trio passa devant les gardes.

Pour la première fois de sa vie, Karal mit les pieds dans un pays étranger.

Karal s'était attendu à éprouver… quelque chose… dès qu'il aurait passé la frontière. Une différence dans l'air, ou en lui. Il avait pensé que cette terre étrangère ne ressemblerait pas à Karse, que les arbres et l'herbe seraient d'une drôle de couleur, et que les gens y auraient un autre aspect. Bien sûr, il n'y avait aucune raison de croire une telle chose…

… *Mais les émotions ne répondent à aucune logique, je suppose.*

Alors qu'ils chevauchaient vers le nord, il découvrit qu'il aurait pu être toujours à Karse. Les collines étaient identiques à celles qu'ils avaient traversées. Il flottait dans l'air la même odeur de poussière chauffée au soleil mêlée à celle du parfum des églantiers qui bordaient la route.

Les gens qu'ils croisèrent ne semblaient pas non plus si différents de lui, même s'il paraissait évident qu'ils n'étaient pas karsites. Leurs vêtements étaient d'une simplicité extrême : un style sévère, même, dans des tons de bruns et de gris. Les couleurs de la terre... Aucun Karsite n'aurait jamais porté de telles non-couleurs, à moins d'être très pauvre ou sur le point d'entreprendre une tâche très salissante. Même pour travailler dans les champs, ses compatriotes aimaient les indigos et les safrans... Mais pas ces gens-là.

Ils virent beaucoup de fermiers, les uns occupés à faire les foins, les autres à garder les cochons ou les oies ou à travailler dans leur potager. Les animaux tournaient la tête pour les regarder passer.

Mais les gens les ignorèrent, allant jusqu'à tourner le dos à la route pour marquer leur désapprobation.

— Des Holds, dit Rubrik la troisième ou quatrième fois qu'on se détourna sur leur passage. (Leur guide soupira.) Je suis désolé. Ils n'aiment pas beaucoup les représentants de la reine... A peine plus, en fait, qu'ils n'aiment les Karsites. S'ils le pouvaient, ils créeraient leur propre pays, qu'ils entoureraient d'un mur infranchissable.

Ulrich sourit et des rides apparurent aux coins de ses yeux.

— Eh bien, mon pays est sûrement beaucoup mieux sans eux. Je suis au courant de leur histoire. Ils semblent être une épine dans votre pied.

Rubrik haussa tristement les épaules.

— On ne peut pas dire qu'il ne vient jamais

rien de bon d'eux… Le Héraut de la Reine, dame Talia, est d'origine hold. A part ça, ce sont des gens très déplaisants, et j'aimerais qu'ils soient très loin de ce royaume.

Karal resta silencieux pendant ce dialogue, étudiant leur guide pour essayer de deviner pourquoi il chevauchait avec tant de raideur. Comment un si mauvais cavalier pouvait-il avoir une si bonne monture ? Tellement habituée à lui, en plus, qu'elle palliait ses lacunes…

Soudain, alors que Rubrik montrait du doigt un vol de canards poursuivi par un aigle, la réponse s'imposa d'elle-même.

Le bras droit de Rubrik ne semblait pas pouvoir se lever davantage qu'à hauteur d'épaule. Le côté droit de son visage paraissait… « mort ». Mais si sa jambe droite restait très raide dans l'étrier, la gauche était positionnée comme celle de tout bon cavalier.

Rubrik avait été blessé ou il avait eu une attaque cérébrale. En partie paralysé… Le tic, au coin de son œil droit, confirma sa déduction à Karal.

Rubrik avait besoin d'une monture entraînée pour compenser ses faiblesses. L'admiration de Karal pour le cheval augmenta encore, car il devait être aussi intelligent que ceux, légendaires, des Shin'a'in.

Il fut surpris de constater que le cheval de Rubrik n'était pas un hongre mais un étalon. Pourtant, il ne montrait aucun intérêt pour Abeille, une mule, certes, mais quand même une femelle. Quel genre de dressage pouvait faire acquérir pareil contrôle à un animal ?

Il aurait bien posé la question à Rubrik, si son mentor ne l'avait pas entraîné dans un débat politique. Une bonne moitié des noms qu'Ulrich employa ne dit rien à Karal. Les autres, il les reconnut pour les avoir écrits ou lus dans la correspondance de son maître.

Je suppose qu'il se passait plus de choses, au cours de ses conférences privées, qu'il ne me l'a laissé entendre.

Non que cela le surprît !

Il réprima sa curiosité et écouta les deux hommes, car cela aussi faisait partie de son travail : apprendre autant de choses que possible.

Finalement, Ulrich se lassa de poser des questions — ou il décida d'assimiler ce qu'il avait appris.

Ils avaient laissé derrière eux les terres cultivées. Si quiconque exploitait celles qu'ils traversaient, c'était pour le bois ou pour y faire paître des troupeaux. Le silence tomba sur les trois cavaliers, seulement brisé par les bruits de la faune et par le martèlement des sabots de leurs montures.

Karal s'aperçut de quelque chose. Alors que les sabots de Trenor et d'Abeille produisaient un son mat parfaitement normal, ceux du cheval de Rubrik émettaient un tintement de clochette.

Les Valdemariens devaient traiter les sabots de leurs montures… Sinon, comment expliquer leur lustre argenté et leurs sabots musicaux ?

La route suivait les contours du terrain, serpentant dans les vallées, entre les collines. Parfois, Karal sentait le musc d'un bouc ou voyait des taches blanches qui devaient être des moutons. Le reste du temps, ils étaient entourés de grands arbres qui bordaient sûrement la voie depuis des décennies. Il y avait surtout des chênes, mais on voyait parfois un sapin, un mélèze ou un hêtre. Par endroits, l'ossature calcaire des collines affleurait.

Si la forêt n'abritait pas d'habitations humaines, de nombreux animaux y vivaient. Des écureuils les haranguaient au passage et des chants d'oiseaux montaient des branches des arbres. Les croassements des jais et des corbeaux annonçaient au monde entier la présence d'intrus.

Karal vit un aigle fondre sur une proie, au beau milieu de la route, et repartir avec un serpent entre les serres.

Alors que le soleil disparaissait derrière les arbres, ils longèrent une rivière. Karal l'apercevait par moments entre les troncs, l'onde reflétant la lumière et parant les buissons de scintillements cristallins.

A cette heure, malgré l'assertion de son maître, convaincu qu'ils pouvaient rester en selle de l'aube au crépuscule, Karal commençait à se sentir courbatu. Ses fesses étaient endolories, les muscles de son dos et de ses épaules durs comme du bois. Il commença à se demander quand Rubrik voulait s'arrêter... ou comptait-il chevaucher toute la nuit ?

Mais comme il n'y avait ni ville ni village devant eux, ils ne pouvaient pas s'arrêter.

Je n'ai rien contre un peu de camping... mais Ulrich est trop vieux pour ça, pensa Karal, non sans ressentiment, car il estimait que le confort de son maître était plus important que son bien-être à lui. *Nous n'avons ni tente ni couverture. Cet homme en blanc ne s'attend sûrement pas à ce que l'ambassadeur du Fils du Soleil dorme sur un tas de feuilles, enroulé dans son manteau comme un vagabond !*

— J'espère atteindre le village juste après le coucher du soleil ! annonça Rubrik. Si vous ne pensez pas pouvoir aller jusque-là, dites-le-moi, mais j'ai pris des arrangements, et une suite vous y attend.

« Sans vouloir vous offenser, ajouta-t-il avec une grimace d'excuse, j'aimerais que très peu de gens connaissent votre identité et votre mission. Le meilleur moyen de voyager discrètement, c'est d'empêcher les curieux de vous voir.

— Je partage cet avis, dit Ulrich. Moins il y aura de personnes qui savent que deux prêtres du Soleil empruntent ces routes, mieux ce sera. C'est pour ça que j'ai demandé un simple guide à la reine Selenay.

« Mais j'ai une confession à vous faire : je crains d'avoir présumé de mes forces. (Il secoua tristement la tête.) Nous avons l'habitude de chevaucher longtemps, mais il semble qu'il y ait une grande différence entre presque toute la journée et toute la journée.

— Si cela peut vous encourager, sachez que j'ai demandé qu'on vous serve un repas chaud dans votre suite, répondit Rubrik avec un sourire engageant. Et un bain tout aussi chaud.

— Je ne dirais pas non à un flacon de liniment pour chevaux, messire, fit Karal.

— Oh, j'ai ce qu'il faut… Du baume décontractant, ce qui est encore mieux, jeune homme ! répondit leur guide en se tournant pour lui jeter un regard surpris, comme s'il avait oublié qu'il était là.

Karal en fut très content et nullement offensé. Si Rubrik avait oublié sa présence, ça signifiait qu'il avait acquis la faculté de se rendre invisible, comme tout bon secrétaire le devait. Surtout quand l'interlocuteur qui approchait son maître craignait de parler devant une tierce personne.

— J'apprécierais beaucoup, seigneur Rubrik, répondit-il en inclinant poliment la tête.

— Pas de « seigneur », mon garçon ! Juste « Rubrik » ! Chez nous, personne ne porte de titre — à l'exception de dame Elspeth, la fille de la reine. Mon père était… une sorte de cultivateur.

— Ah ? (Cette remarque avait éveillé l'intérêt d'Ulrich.) Et que cultivait-il, si je puis me permettre de poser la question.

— Des tubercules, surtout, même s'il faisait aussi pousser quelques herbes…

Les deux hommes se lancèrent dans une conversation sur les fermes et les conditions de vie des paysans dans leurs pays respectifs. Ils parlèrent aussi du temps, Rubrik demandant s'il avait autant affecté les récoltes à Karse qu'à Valdemar.

Karal se demanda s'il avait conscience de leur fournir de nombreuses informations grâce à ses questions.

La lune se leva, revêtant la route d'une patine argentée. Karal écoutait et prenait mentalement des notes. Si ce que Rubrik disait était vrai, Valdemar avait souffert du mauvais temps jusqu'à récemment — des orages et d'autres perturbations qui n'étaient pas de saison, dus à la sorcellerie pratiquée par les mages d'Ancar.

— Maintenant que nous avons des mages capables d'agir sur le climat, tout redeviendra normal, conclut Rubrik. Et peut-être même à temps pour sauver les récoltes.

S'il avait espéré entendre un discours similaire de la part d'Ulrich, il dut être déçu.

— Vkandis a toujours pris soin de ses fidèles, répondit l'ambassadeur.

Il faisait suffisamment noir pour que Karal n'ait pas besoin de cacher son sourire derrière sa main. Si cette réponse était à double sens, c'était aussi la vérité ! Vkandis veillait réellement sur le bien-être de Son peuple. Si Ses prêtres ne pouvaient pas résoudre un problème en utilisant les pouvoirs qu'Il leur avait donnés, Il s'en occupait personnellement. Karse n'avait presque pas souffert de ce qu'Ulrich appelait un « temps de mage », parce que des prêtres capables de contrôler le climat avaient été chargés de protéger les hommes, les récoltes et les biens.

Si cette phrase sibylline surprit Rubrik, il n'en laissa rien paraître. Mais il décrivit les dégâts subis par Hardorn, qui avait bien plus souffert que Valdemar.

Ulrich avait enseigné à son secrétaire que l'utilisation intempestive de la magie, à l'extérieur de boucliers protecteurs, perturbait le temps. Mais Karal n'en avait encore jamais eu la preuve. Maintenant qu'il entendait ce récit, il était stupéfié par les destructions que cela entraînait. Et Ancar n'avait rien fait pour empêcher ces horreurs.

— Ah, regardez ! s'écria Rubrik. (Karal plissa les yeux pour mieux voir dans le noir.) Voilà notre auberge. Nous y serons dans moins d'une heure !

— Ce ne sera pas trop tôt pour moi, soupira Ulrich.

Ni pour moi, pensa Karal. Il avait le postérieur meurtri à force d'être en selle, ce qui ne lui était pas arrivé depuis sa plus tendre enfance. Les lumières, dans le lointain, devenaient plus brillantes et plus accueillantes, mais il lui était de plus en plus difficile d'ignorer la douleur. Personne ne lui avait jamais dit qu'être le secrétaire d'un ambassadeur impliquait ce genre de torture !

J'espère ne plus jamais devoir chevaucher ainsi aussi longtemps que je vivrai !

CHAPITRE IV

Bien entendu, le souhait de Karal ne se réalisa pas, mais il reçut son flacon de décontractant. Il le trouva même si efficace qu'il le soupçonna d'être magique — à moins qu'il n'ait été préparé par un Prêtre-Guérisseur. Quand Karal se leva, le lendemain matin, il n'avait presque plus mal, et une nouvelle application de baume fit des miracles. Le produit avait une odeur plutôt agréable qui n'était pas sans rappeler celle du cresson. Quand Ulrich eut fini de s'en servir, il ne restait plus que la moitié du flacon.

Ils se retrouvèrent dans la cour de l'auberge, sous la grisaille précédant l'aube. Rubrik les attendait, près de son cheval blanc déjà sellé. Karal fut presque écœuré de le voir en si bonne forme. Un garçon d'écurie ensommeillé leur tendit les rênes de leurs montures. Puis un marmiton couvert de farine sortit avec un plateau lesté de tasses de thé et de petits pains beurrés.

Après avoir aidé Rubrik à monter sur son cheval et s'être mis en selle, Karal fut content de s'être tartiné de baume. « Raide » était un mot trop faible pour décrire l'état de ses muscles. Un peu tristement, il se rappela que le reste de décontractant ne durerait pas plus d'un ou deux jours.

Le marmiton réapparut avec deux sacs en toile. Il les tendit à Rubrik, qui les accrocha par-dessus ses sacoches.

— Notre déjeuner ! J'espère que manger sur la route ne vous dérange pas, mais j'aimerais aller aussi vite que possible.

Génial. Ça doit vouloir dire que nous allons chevaucher encore plus longtemps aujourd'hui qu'hier...

Karal réussit à réprimer un grognement.

— Excusez-moi, messire, dit-il d'une voix hésitante. Le baume que vous nous avez donné hier soir est très efficace... Si efficace, d'ailleurs, que j'en ai peut-être abusé. Et...

— Ne vous inquiétez pas, jeune homme, répondit Rubrik avec un clin d'œil. C'est un produit très commun à Valdemar. Je m'en procurerai dès que nous nous serons arrêtés pour la nuit.

— Nous en aurons besoin tous deux, dit Ulrich avec un petit sourire. J'en ai utilisé au moins autant que Karal. Vous êtes habitué à monter toute la journée, mais je crains qu'une vie d'érudit ne nous ait mal préparés à cette expédition.

Karal sourit à son mentor, dont le petit discours le faisait paraître un peu moins faible. Car de quoi avait-il l'air, sachant qu'un infirme de plus de deux fois son âge pouvait chevaucher plus longtemps que lui ?

Ils partirent alors que le soleil se levait, évitant ainsi de croiser les autres clients de l'auberge, et firent une première halte en milieu de matinée. Karal et son maître en profitèrent pour s'appliquer du décontractant. Comment Rubrik parvenait-il à soutenir une telle allure ? Un mystère ! Quand ils s'étaient arrêtés, la veille, il avait eu besoin d'aide pour mettre pied à terre. Il marchait avec une canne, sa mauvaise jambe si raide qu'il avançait en faisant pivoter sa hanche.

Ce matin, Karal avait dû l'aider à se mettre en selle, le garçon d'écurie ayant disparu aussitôt après leur avoir confié leurs montures. Chaque fois, le cheval de Rubrik s'était couché pour lui faciliter la tâche. Karal avait dû se mordre la lèvre pour ne pas poser de questions, car il n'avait jamais entendu parler d'un dressage si parfait. Rubrik avait surpris son expression. Il s'était contenté de sourire, sans donner la moindre explication.

Quand le soleil fut levé, il sembla, malgré les avertissements de Rubrik, qu'une autre belle journée se préparait. Il y avait bien quelques nuages noirs, à l'est, mais ils étaient loin. Sans doute ferait-il chaud vers midi. Mais en ce moment, l'air était assez frais pour que la chevauchée soit plaisante.

A condition que mes mollets ne se nouent pas à notre prochain arrêt.

Le deuxième jour de voyage fut très semblable au premier. Ils firent quelques brèves haltes pour se dégourdir les jambes, se soulager et manger.

Vers le milieu de l'après-midi, les collines boisées cédèrent la place à des vallons cultivés. Ils commencèrent à apercevoir des gens, sur la route ou au travail dans les champs. Très différents des Holds, ils savaient se vêtir de couleurs vives, et ils les saluaient poliment.

Leurs regards brillaient de curiosité, mais ils gardèrent leurs distances, puisque Rubrik ne les invita pas à approcher. L'accoutrement des deux Karsites ne sembla pas éveiller leurs soupçons, ni leur méfiance, ce qui soulagea Karal. Depuis qu'il avait vu l'animosité des Holds, juste avant qu'ils ne détournent la tête, il craignait d'être chassé de Valdemar par une foule de paysans en colère.

D'autres angoisses vinrent vite remplacer les anciennes. Toute sa vie, il avait entendu des histoires au sujet des Créatures des Enfers de Valdemar, des Démons Blancs et de leurs Chevaux des Enfers. Rubrik portait-il du blanc, et montait-il un cheval blanc, en l'honneur des Démons Blancs ? Ces histoires ne pouvaient pas être toutes des tissus de mensonge. Certains Karsites — et en particulier les Robes Noires — avaient suffisamment d'expérience des démons pour savoir en reconnaître un quand ils en voyaient. Alors, où étaient les créatures des histoires que les mamans karsites racontaient à leurs enfants ? Où étaient les démons qui l'emporteraient s'il n'était pas sage ?

La magie ne connaît pas de frontière, pensa-t-il en regardant Rubrik. *Nos Robes Noires peuvent contrôler les démons, et je parie que certains mages valdemariens en sont également capables. Alors, où sont-ils ? Si notre guide veut nous prouver la puissance de Valdemar et des mages de la cour, c'est le moment ou jamais de nous montrer quelques horreurs. Il n'y a personne d'autre que nous, pas de témoin…*

Ils atteignirent une autre auberge, après le coucher du soleil, sans avoir vu de démon, ni eu de démonstration de magie.

Etait-cc unc insultc voilcc ?

Karal était si fatigué qu'il dut se concentrer pour ne pas tomber de cheval. Le bain chaud qui l'attendait à l'auberge lui décontracta les muscles, mais dès qu'il se fut enduit de baume, il eut toutes les peines à garder les yeux ouverts. Il mangea en somnolant. Après avoir aidé son mentor à se coucher, il s'écroula sur son propre lit et s'endormit comme une masse.

Comme la veille, ils se levèrent et quittèrent l'auberge avant l'aurore. Leur petit déjeuner se composa de baies et de pain beurré.

Ulrich ne semblant pas trouver bizarre leur hâte de rejoindre la capitale, Karal tint sa langue tandis qu'ils mangeaient en selle. Si Rubrik voulait garder leur existence secrète, sans en arriver à des extrêmes telles que chevaucher la nuit et dormir le jour, sa tactique était un succès. Ils n'avaient eu aucune occasion de parler à quelqu'un !

Quand ils atteignaient une auberge, après la tombée de la nuit, fourbus, personne ne s'étonnait qu'ils souhaitent manger dans leur chambre puis se couchent sans être descendus dans la salle commune.

Et si l'intention de Rubrik était de les empêcher de remarquer les détails militaires… Eh bien, Karal était effectivement trop las pour cela. D'autant plus qu'il n'y était pas formé. Ulrich était ce qu'il semblait être : un érudit. Il avait passé sa vie à étudier la magie et les Ecrits et les Règles de Vkandis. Karal n'était qu'au début de ces études. Croire qu'il aurait le temps d'étudier la stratégie militaire était ridicule.

Mais comment Rubrik aurait-il pu le savoir ? S'il n'avait que seize ans, c'était l'âge auquel de nombreux jeunes hommes entraient dans l'armée. Il aurait très bien pu être un espion — un agent digne de ce nom ne devait-il pas avoir l'air inoffensif ?

Comme le jeune secrétaire d'un prêtre, je suppose…

Karal se frotta les yeux et étouffa un bâillement, laissant Trenor trotter derrière Abeille. Il s'énerva de voir qu'Ulrich, qui aurait dû être dans un pire état que le sien, était parfaitement reposé par sa nuit de sommeil. Son mentor conversait avec leur guide — en valdemarien, pour s'y habituer. Karal écouta Rubrik leur parler de la région qu'ils traversaient, de ses habitants, puis des cultures et de l'élevage qu'ils pratiquaient. Relativement ennuyeux, ce discours l'aida à rafraîchir son valdemarien.

Le paysage devint de plus en plus plat. Vers le milieu de l'après-midi, ils ne furent plus entourés que de champs cultivés. Des arbres plantés au bord de la route faisaient office de coupe-vent. Il y en avait d'autres, en ligne, entre les parcelles. Une brise soufflait, si douce que Karal sentit ses yeux se fermer. Il se surprit à dodeliner de la tête plus d'une fois, se réveillant en sursaut alors qu'il glissait de sa selle.

Désormais, ils ne pouvaient plus éviter les indigènes. Chaque fois qu'ils s'arrêtaient pour se reposer, des fermiers ou des marchands venaient demander qui ils étaient et ce qu'ils venaient faire. Rubrik, amical mais peu bavard, répondait simplement qu'ils étaient des « étrangers ». La plupart du temps, cela satisfaisait ses interlocuteurs.

— On a vu des tas d'étrangers, ces derniers temps, fit remarquer un vieil homme pendant qu'ils puisaient de l'eau à son puits pour abreuver leurs montures.

Rubrik acquiesça, mais n'ajouta rien, le laissant sur sa faim. Ulrich et Karal prétendirent n'avoir pas compris un mot de ce dialogue.

Alors qu'ils repartaient, Karal décida d'observer leur guide. Pour rester éveillé, il s'imposa un exercice mental : en quoi le choix de cet homme affectait-il leur statut, et donc leur mission ? Bien sûr, il n'avait pas réellement à s'en soucier. Mais Ulrich pouvait décider de lui poser des questions, plus tard, pour connaître le fond de sa pensée.

Pendant que son mentor parlait en valdemarien du temps, des récoltes et des autres étrangers arrivés à la cour de Valdemar, il écoutait et réfléchissait.

Etant handicapé, Rubrik pouvait sembler un choix étrange pour cette mission. Mais il supportait mieux le rythme de marche que les deux personnes « valides » qu'il escortait. En fait, il avait seulement besoin d'un petit coup de main pour monter en selle et en descendre. Son cheval faisait le reste.

Il parlait couramment le karsite, comme Ulrich s'en était déjà aperçu. Combien de Valdemariens le connaissaient ? Sans doute bien peu.

Rubrik savait ce qui se passait à la cour de Valdemar, et il avait pu répondre à toutes les questions d'Ulrich. Les pressait-il pour leur éviter de commettre une bévue — voire pire ? En limitant leur relation avec la population, il réduisait leurs risques d'erreur. Après tout, ils étaient les premiers ambassadeurs envoyés par Karse auprès d'un souverain valdemarien depuis des siècles… et personne à Valdemar ne savait comment ils réagiraient.

Nous pourrions être deux des « vieux bâtons » dont Solaris se plaint constamment à Ulrich. Ils ont l'esprit si étroit que tout leur semble une hérésie. Ils refusent son interprétation des Ecrits et des Règles simplement parce que les choses étaient différentes à leur époque. A notre place, n'importe lequel d'entre eux saisirait la première occasion de causer un incident. Rubrik ne peut pas savoir que nous ne sommes pas comme ça.

Oui, Rubrik était sans doute le meilleur choix que pouvait faire la reine.

Karal commençait à apprécier cet homme. Il aurait pu rester assis à s'apitoyer sur son sort, racontant à qui voulait l'entendre ses moments de gloire passée. Au lieu de cela, il agissait, permettant sans doute à une personne plus valide de ne pas quitter son poste. Un homme compétent qui parlait la langue d'Ulrich et de son secrétaire... et qui était plutôt sympathique.

Alors que le soleil se couchait sur leur troisième jour de voyage, Karal décida que trouver ces trois critères réunis en une seule personne — ils étaient d'anciens ennemis, après tout — avait dû être difficile. Donc, au lieu de se demander si le choix de Rubrik était une insulte, il valait mieux se dire que c'était un compliment. Et être reconnaissant à celui ou celle qui le leur avait fait.

Après cela, l'épuisement eut raison de lui. Alors que les lumières d'un village devenaient visibles, son esprit se tourna vers le lit qui l'attendait.

Un lit douillet, des draps propres, un bain chaud... dormir. Pas dans cet ordre, bien sûr. Manger. Des tas d'oreillers de plumes. Dormir. Un peu de baume. Dormir...

La cour de l'auberge que Rubrik avait choisie était éclairée par des lanternes et des torches. La lumière chaude des chandelles filtrait par les fenêtres. Des arômes merveilleux leur chatouillèrent les narines.

Un garçon d'écurie vint aider Rubrik puis s'approcha d'Abeille et de Trenor tandis que leur guide entrait en boitant dans l'auberge. Il ressortit très vite, un serviteur sur les talons, alors que Karal aidait son maître à descendre de sa monture.

Son expression fermée ne laissait rien présager de bon.

Est-ce à cause de nous ? Le patron sait-il que nous sommes karsites ? Refuse-t-il de nous laisser entrer ?

C'était une possibilité... avec le risque d'un incident diplomatique qui pouvait être fatal à leur mission.

— Ils sont complets, dit Rubrik en guise d'excuse.

Karal se rembrunit.

Ulrich resta imperturbable.

— Cet idiot d'aubergiste s'est trompé de date. Ce n'est pas une insulte délibérée ! J'ai demandé à vérifier le registre et toutes leurs chambres sont louées. On vous servira à dîner pendant que je cherche un autre logement pour la nuit, si vous êtes d'accord.

— Nous n'avons pas vraiment le choix, répondit Ulrich en haussant les épaules. Personnellement, je serais incapable d'aller plus loin ce soir. Aucun voyage ne tourne jamais comme prévu, et après tout, le monde entier n'est pas là pour satisfaire nos caprices.

Rubrik grimaça, la lumière des torches transformant son visage en un masque hideux.

— Dans ce cas précis, oui, répondit-il, l'irritation prenant le pas sur la gêne. Je me suis arrêté ici à l'aller pour les réservations. Et... bah, ça n'a pas d'importance. J'ai fait une belle peur à l'aubergiste, qui se trancherait les poignets plutôt que de nous déplaire davantage. Vous dînerez dans un salon privé — j'en ai fait expulser les amis de l'aubergiste, qui jouaient aux dés. Suivez ce garçon, il vous y conduira et vous servira à dîner.

Ulrich hocha la tête, comme si tout cela était

son idée, et tendit les rênes d'Abeille au palefrenier. Puis il brossa ses robes de voyage de la main et suivit le garçon de salle.

Karal leur emboîta le pas. Ils entrèrent…

La salle était incroyablement bondée. Toutes les places assises occupées, les tables croulaient sous les plats, les assiettes et les chopes. Sur le sol tout collant de boisson renversée, il restait à peine assez de place aux serveurs pour passer. Karal fut content de ne pas dîner là. Il faisait chaud et son odorat était assailli par tant d'odeurs douteuses que son estomac se souleva. De plus, ce brouhaha était en valdemarien. Il se sentit d'autant plus étranger. Entre la confusion et l'épuisement, il eut l'impression d'avoir tout oublié de ce langage.

Le serviteur les guida jusqu'à une porte, l'ouvrit très vite et leur fit signe d'entrer. Même s'il avait voulu dire quelque chose, ses paroles se seraient perdues dans la cacophonie.

Ulrich entra et Karal le suivit.

Dès que le garçon de salle eut refermé derrière eux, le silence fut total. Les murs devaient être très épais pour les isoler ainsi du bruit.

Le « salon privé », silencieux et frais, était une version miniature de la salle. La table portait encore les signes de la partie de dés — des tasses vides et des jetons éparpillés. Le serviteur s'empressa de la débarrasser, puis il les invita à prendre place et leur servit à chacun une chope de bière fraîche, avant de disparaître.

Il revint peu après avec deux jeunes filles sur les talons, chacune portant un plateau chargé de victuailles. Karal était si affamé qu'il aurait mangé les restes qu'on jetait aux chiens. Mais il semblait que Rubrik avait dit sa façon de penser à l'aubergiste. Le repas, très fin, aurait suffi à nourrir une demi-douzaine de personnes. Les serveuses découvrirent les plats fumants et attendirent, anxieuses, un signe d'approbation des deux Karsites.

Pour approuver, Karal approuvait ! Le repas commença par une soupe de légumes à l'orge et finit sur une tarte aux baies accompagnée de crème fouettée. Karal mesura à quel point il avait eu faim lorsqu'il sauça le reste de la chantilly avec la croûte. Levant les yeux, il vit qu'Ulrich et lui avaient englouti un dîner qu'il avait cru pour six personnes.

Jusque-là, le jeune homme n'avait prêté attention à rien, sinon à la nourriture posée devant lui. Sous le regard ironique de son mentor, il balaya la pièce du regard.

Il n'y avait pas de fenêtre — le salon devait être au centre du bâtiment — mais de nombreuses lanternes, accrochées aux murs, ajoutaient leur lumière à celle des bougies posées sur la table. Aucun feu ne brûlait dans l'âtre froid, mais le temps était assez chaud pour que ça ne soit pas nécessaire.

En plus de la table et de la demi-douzaine de chaises, il y avait trois canapés tendus de cuir brun. Plutôt bizarres : sans dossier, chacun était pourvu d'un unique accoudoir.

— Cette pièce ne sert pas uniquement à jouer aux dés, dit Ulrich, qui ne s'était pas départi de son petit sourire ironique.

Karal cligna des yeux, puis regarda l'un des canapés… et rougit. Il n'était plus le garçon d'écurie innocent qu'on avait arraché à ses parents. Entre ce qu'il avait appris de la bouche des autres novices et les bribes de conversations qu'il avait entendues ici et là en servant Ulrich, il savait bien des choses.

Il comprit donc à quoi servaient ces canapés.

Mais un canapé restait un canapé, et Rubrik n'était toujours pas revenu. Il repoussa sa chaise, faisant grincer les pieds sur le sol de bois, et se leva.

— Je doute que quiconque ose venir nous importuner avant le retour de notre guide, maître Ulrich, dit-il. Vous devriez prendre un peu de repos en l'attendant.

Le sourire d'Ulrich s'élargit un peu. Il se leva avec une certaine raideur, s'assit en grimaçant sur le canapé qu'indiquait Karal, puis s'y allongea.

Pour l'imiter, le jeune homme attendit que son mentor soit bien installé.

Les coussins étaient moelleux et il en montait une odeur musquée qui confirma ses soupçons. Pas étonnant que ces meubles soient tendus de cuir souple, bien plus facile à nettoyer que du tissu !

Mais il n'avait pas l'intention d'attendre leur guide assis sur une chaise à dossier droit, alors qu'il pouvait le faire bien plus confortablement.

Au moins, pendant que son maître et lui occupaient la pièce, l'aubergiste ne pouvait pas l'utiliser à d'autres fins. Karal en vint à souhaiter que Rubrik ne leur trouve pas d'autre logement pour la nuit. Ces canapés n'étaient certes pas des lits — à moins d'être habitué à dormir dans certaines positions — mais ça valait mieux que coucher par terre, sur de la paille ou sous un arbre. Et ils étaient plus mous que sa paillasse, au Cloître des Enfants.

Le jeune homme n'osa pas s'endormir malgré sa fatigue. Ils étaient seuls et sans arme et l'aubergiste ne devait pas être ravi de leur présence. Karal décida que c'était le moment idéal pour réviser son vocabulaire valdemarien, y compris les conjugaisons, dans l'ordre alphabétique.

Il arrivait à la quatrième lettre quand Rubrik revint, réveillant Ulrich, qui s'était assoupi. Le prêtre s'assit lentement. Il bougeait plus difficilement que lorsqu'il s'était allongé. Karal fronça les sourcils. Un mauvais signe. Son maître était très fatigué, mais ses articulations le faisaient particulièrement souffrir quand le temps allait se gâter…

— J'ai de bonnes nouvelles, en quelque sorte, annonça Rubrik. Je vous ai trouvé une chambre pour la nuit, mais vous pourriez avoir envie de la refuser… Votre hôte… est une hôtesse. C'est le commandant de la Garde locale — originaire de ce village. Elle met sa chambre d'amis à votre disposition.

Ulrich réfléchit un instant. Karal se contenta de cligner des yeux, stupéfait, essayant d'imaginer une femme officier. A Karse, aucune Prêtresse-Guérisseuse n'avait le droit de servir au côté des soldats. Les anciennes Lois l'affirmaient : une femme qui revêtait des habits d'homme était un démon qu'il fallait contrôler ou tuer, selon ce qui était plus rapide. Les femmes mercenaires capturées par les Karsites étaient toujours maltraitées — Ulrich ne l'avait pas caché à son élève.

A Karse, la loi interdisait aux femmes de posséder quoi que ce fût. Selon leurs critères, cette militaire était doublement choquante.

Mais Sa Sainteté avait fait savoir que les jours des lois interdisant aux femmes de faire ce que bon leur semblait étaient comptés. Vkandis avait manifesté sa volonté…

Un jour nous aurons des femmes commandants dans notre armée.

Karal ne trouva pas cela si horrible, mais peut-être était-ce dû à la fatigue.

A moins qu'en côtoyant Sa Sainteté Solaris, il n'ait fini par comprendre qu'il ne fallait jamais sous-estimer une femme.

— Si notre vue n'offense pas cette dame, je ne vois pas pourquoi la sienne nous offenserait, répondit finalement Ulrich. Je serais très heureux de faire la connaissance de notre hôtesse. Je n'ai jamais rencontré de femme soldat. A coup sûr, ce sera une expérience enrichissante.

Il se leva tant bien que mal et défroissa un peu ses robes. Karal s'empressa de se mettre debout, soudain conscient que son maître venait d'accepter l'invitation.

— Je lui ai dit qui et ce que vous êtes, prévint Rubrik, les lèvres frémissantes. Puisqu'elle commande la Garde locale, je devais l'informer... Elle a tenu à peu près le même discours que vous.

— Je veux bien vous croire, fit Ulrich.

Ils suivirent leur guide à travers la salle, toujours aussi pleine et bruyante qu'à leur arrivée, et sortirent dans la nuit.

Apparemment, quelqu'un s'était occupé de leurs montures — les conduisant à l'écurie de l'auberge ou les emmenant chez leur hôtesse. Rubrik avait pensé — à raison — qu'Ulrich et son secrétaire n'étaient pas en état de remonter à cheval. Ils traversèrent la cour et partirent à pied. Karal fut surpris par l'étroitesse des maisons. Chacune avait une boutique au rez-de-chaussée et des quartiers d'habitation au-dessus.

La grosse maison, au bout de la rue, était si grande qu'on aurait pu y caser trois petites.

Elle n'était pas aussi imposante que certaines demeures de la noblesse qu'avait vues Karal, ni même que l'auberge, mais elle restait impressionnante dans ce voisinage modeste. La porte d'entrée donnait directement sur la rue pavée, dont elle était séparée par une unique marche de pierre. Pour les guider, des torches avaient été allumées et placées dans les torchères de chaque côté de la porte peinte en blanc. Un serviteur leur ouvrit avant que Rubrik n'ait pu saisir le heurtoir.

Il les fit entrer dans un grand corridor lambrissé, éclairé par des bougies. Mais ils n'eurent pas à attendre leur hôtesse sur les bancs capitonnés. L'homme les invita à le suivre et ils gagnèrent une pièce, au bout du couloir.

Karal s'attendait à être conduit dans un solarium, ou dans une salle de réception. Il fut donc surpris quand la porte s'ouvrit sur un bureau austère. Leur hôtesse était assise à sa table de travail en bois, très sobre et couverte de documents. Elle fit un signe de tête au serviteur, qui salua et se retira.

Rubrik leur fit signe d'entrer. Il les suivit à l'intérieur et ferma la porte.

La femme écarta les documents qu'elle lisait et étudia ses visiteurs de pied en cap. Karal rougit, mais Ulrich sembla amusé par l'attitude de leur hôtesse. Si elle était vraiment un officier supérieur, comme l'avait dit Rubrik, rien ne l'indiquait dans sa tenue. Du moins, aux yeux de Karal. Elle portait l'uniforme qu'il avait déjà vu, avec peut-être un peu plus d'argent ici et là.

Cette femme séduisante, qui pouvait avoir entre la trentaine et la cinquantaine, avait un de ces visages qui restent beaux malgré le passage des ans et une silhouette mince et athlétique. Il émanait d'elle une impression de confiance. Elle savait qu'elle faisait bien son travail, et ne se donnait pas la peine de le cacher. Karal se sentit intimidé. Une seule femme avait jamais eu cet effet sur lui : Solaris, le Fils du Soleil. Or, elle semblait asexuée comparée à ce commandant de la Garde.

Il se félicita de ne pas être le centre de son attention.

— Eh bien, dit-elle, lentement, en joignant les mains. J'ai fait face à vos semblables sur les champs de bataille, messire prêtre, mais jamais dans un bureau. Je dirais qu'il y a du mieux…

— Je partage cet avis, répondit Ulrich. Mais peu de Valdemariens doivent voir les choses ainsi…

— Hum…, fit la femme. (Puis elle sourit et hocha la tête.) Je ne sais pas grand-chose de votre Vkandis, mais les dieux que j'honore m'apprennent qu'une bataille passée… appartient au passé. Je suis une sorte d'historienne amateur qui aime connaître le pourquoi des choses. Un jour, j'espère avoir l'occasion de m'asseoir avec l'un de vos érudits pour essayer de découvrir comment a commencé cette guerre absurde entre nos deux peuples. Mais pour le moment… (elle désigna la porte, sans doute pour indiquer la maison) … permettez-moi de sceller notre amitié naissante en vous offrant l'hospitalité.

Le front plissé, elle continua, dans un mauvais karsite :

— Je vous offre l'âtre, le gîte et le couvert. Mon feu pour vous réchauffer, un lit pour vous reposer et une place à ma table pour vous nourrir. Nous partagerons le pain et serons des frères.

Karal en resta bouche bée. Il ne s'attendait pas à l'entendre prononcer l'invocation de paix rituelle qui mettait fin à une querelle entre deux familles de paysans karsites.

Sa réaction fit sourire leur hôtesse.

Ulrich ne semblait pas particulièrement troublé. Mais Karal vit ses lèvres frémir.

— Merci de votre hospitalité, répondit-il. Nos épées sont tranchantes pour vous protéger, nos chevaux sont forts pour vous porter, nos torches brûlent pour éclairer votre route. Que la paix règne entre nous et nos familles. (Puis il ajouta à la réponse traditionnelle :) J'entends le mot « famille » au sens large.

— Je l'avais compris. Sinon, je ne vous aurais pas fait ce discours. (Elle hocha la tête, comme si elle était satisfaite.) Bien, je vous ai gardé ici assez longtemps. Vous avez chevauché toute la journée, et vous devez avoir envie d'un bain et d'un bon lit. Vous trouverez l'un et l'autre dans les chambres que je vous ai fait préparer. Mon serviteur vous y conduira.

L'homme reparut comme par miracle. Elle les congédia d'un hochement de tête.

Karal se dit qu'un vrai diplomate se serait peut-être senti offensé par ses propos et ses manières brusques. Mais il était beaucoup trop fatigué pour jouer au « vrai diplomate ».

D'ailleurs, seul un imbécile se vexerait qu'un soldat agisse comme un soldat.

Non, elle n'a rien voulu dire de plus ou de moins que ce qu'elle a dit…

Au lieu d'essayer d'analyser cette rencontre, il suivit le serviteur, qui les conduisit dans une pièce couverte de carreaux de céramique blanche du sol au plafond. Elle contenait deux baignoires, l'une permanente et l'autre ajoutée pour l'occasion.

Karal n'aurait pas à attendre pour prendre son bain.

Ulrich et lui avaient très souvent partagé la même salle de bains. Ils se dévêtirent et s'enfoncèrent dans une eau délicieusement chaude. Dès qu'ils furent installés, le serviteur revint prendre leurs vêtements et leur indiqua, par geste, que leur chambre était juste à côté.

Karal laissa tremper ses muscles douloureux, puis s'enveloppa dans une sortie-de-bain et suivit Ulrich dans la chambre. Il fut touché de voir qu'on y avait déposé des chemises de nuit valdemariennes.

Prenant le baume dans sa sacoche, il s'en enduisit, puis se coucha. Une fois sa tête sur l'oreiller, il s'endormit comme une masse…

… Et ne bougea plus jusqu'à ce que le serviteur vienne le réveiller.

CHAPITRE V

Après trois jours de chevauchée, Karal commença à se faire à ce train infernal. Il s'habituait également à Rubrik — et inversement. L'homme en blanc se détendit un peu et commença à s'adresser directement au jeune Karsite.

A cette occasion, Karal dut réviser à la hausse son opinion de leur guide. Rubrik était bien plus instruit qu'il ne l'avait pensé. Parlant quatre langues en plus de la sienne, il connaissait la géographie, la population et l'économie des terres qu'ils traversaient comme s'il en était le propriétaire.

Tout cela éveilla la curiosité de Karal. Qui était cet homme pour savoir autant de choses ? Car il n'avait certainement pas mémorisé tout ça pour les impressionner ou les occuper pendant le voyage.

Ils quittèrent la maison du commandant de la Garde, resplendissants dans leurs vêtements de voyage lavés par les serviteurs de leur hôtesse. Le ciel était gris et menaçant, mais il ne plut pas avant la fin de l'après-midi, où les nuages s'amoncelèrent. Les articulations d'Ulrich le faisant souffrir, ils s'arrêtèrent tôt, pour changer — deux heures au moins avant le coucher du soleil.

Ils descendirent dans une nouvelle auberge. Le bâtiment entourait sur trois côtés une cour carrée, le quatrième étant occupé par l'écurie.

On accédait à la salle commune par une porte placée au milieu de l'écurie, un arrangement qui faisait office de coupe-vent.

Ulrich mit pied à terre avec un petit grognement de douleur. Alarmé, Rubrik lui proposa les services du guérisseur local.

— C'est inutile, à moins qu'il ne puisse me donner le corps d'un homme de trente ans mon cadet, répondit le prêtre avec l'ombre d'un sourire. Tout ça est dû à mon grand âge. Je vais me coucher avec une brique chaude… Si nous avons de la chance, il ne pleuvra pas et nous pourrons continuer.

Mais alors que Karal finissait d'installer son mentor, il commença à bruiner.

La salle de l'auberge était pratiquement déserte. Le mauvais temps avait sûrement dû convaincre les gens de rester chez eux. Un bon feu ronflait dans l'âtre…

Un endroit plutôt agréable, avec ses poutres et ses boiseries noircies par la suie. Les tables et les chaises en bois satiné avaient été disposées en demi-cercle autour de la cheminée.

Alors que la bruine cédait la place à une pluie d'orage, Karal s'assit près d'une fenêtre et regarda les éclairs zébrer le ciel.

— Impressionnant, hein ?

Le regard de Rubrik croisa le sien dans la vitre. Quand l'homme sourit, Karal l'imita timidement.

— Vous préférez que je vous laisse à vos méditations ? demanda poliment Rubrik.

— Non. Vous pouvez vous joindre à moi, si vous voulez. J'ai toujours été fasciné par les orages. Quand j'étais petit, dans une auberge très semblable à celle-là, je me cachais dans le grenier à foin pour les regarder passer.

— Laissez-moi deviner... Pour aller à l'écurie, vous prétendiez vouloir rassurer les chevaux. (Rubrik s'assit en face du jeune homme.) Mon père n'a jamais cru à ce mensonge, mais son maître d'écurie me soutenait. Il disait que j'étais doué pour calmer les bêtes et les empêcher de se blesser...

Karal s'avisa que l'homme venait enfin de lui révéler quelque chose sur son passé.

Rubrik n'était pas très bavard quand il s'agissait de lui.

Le maître d'écurie de son père. Il vient donc d'une famille aisée, sinon noble. Son père n'était pas un simple fermier comme il nous l'a laissé croire.

— Mon père à moi n'y voyait pas d'inconvénient. Quand il pleut, les employés d'une auberge ont peu de travail. Les gens préfèrent rester chez eux, au coin de leur feu, à boire leur bière. Une fois les rares voyageurs au chaud à l'intérieur et leurs montures bouchonnées, les garçons d'écurie n'avaient plus rien à faire.

Voilà. Si Rubrik devait s'offenser d'avoir adressé la parole à quelqu'un d'aussi basse extraction...

— Probablement les seuls moments où vous étiez en paix. J'ai souvent eu de la peine pour les employés des auberges, les jours de beau temps. Ils n'ont jamais de vacances et ça ne me semble pas très juste. Pendant que tout le monde s'amuse, ils doivent travailler plus pour satisfaire la clientèle. Je parie que regarder passer les orages était pour vous comme de petites vacances.

Karal sourit.

— Ce n'était pas si terrible, vous savez, à condition d'aimer les chevaux. Mon père ne me facilitait pas plus la tâche qu'aux autres garçons, mais c'était un maître juste. (Il croisa les mains et regarda par la fenêtre.) Et comme les prêtres du Soleil m'ont emmené quand j'avais neuf ans, je n'ai jamais eu à faire les plus durs travaux.

Rubrik observa longuement Karal, puis tourna la tête et regarda dehors.

Le novice sentit que l'homme brûlait de lui poser une question, mais qu'il ne voulait pas se montrer indiscret.

Sans doute quelque chose qui concerne Karse et les prêtres du Soleil. Aucun problème. Ulrich m'a déjà informé de ce que je n'ai pas le droit de dire. Donc, je n'ai aucune raison d'éviter ses questions. Cela dit, Rubrik cherchait un prétexte pour me parler seul à seul, pensant que je serais plus vulnérable que mon maître.

Karal se raidit. Il allait devoir rester sur ses gardes.

Rubrik toussota poliment.

— Je… hum… suppose que vous savez que bien des histoires courent sur les prêtres du Soleil et leurs raisons d'enlever des enfants. Elles sont sans doute aussi ridicules les unes que les autres…

— Elles ne peuvent pas être pires que la vérité, soupira Karal.

Rubrik hocha la tête et patienta. Karal lui raconta son enfance. Il lui révéla comment il avait été arraché à sa famille, décrivit l'éducation qu'il avait reçue, et insista sur la chance qu'il avait eue en devenant le protégé d'Ulrich. Il n'omit aucun détail, pas même les Feux. Voyant l'expression de Rubrik, il comprit qu'il en avait déjà entendu parler.

— Les enfants sélectionnés sont intelligents ou ils ont reçu du dieu le don de la magie. Ulrich m'a dit un jour que je remplissais ces deux critères, bien que ma magie ne soit pas active. Il affirme que je suis un « canal », mais j'ignore ce que ça signifie. J'étais terrifié à l'idée de développer des pouvoirs de sorcier et d'être remarqué par un Robe Noire, comme mes oncles, qui ont été brûlés vifs. Mais ça n'est jamais arrivé… En un sens, j'ai pourtant été remarqué par un Robe Noire.

Rubrik attendit qu'il continue. Par pure malice, Karal ne répondit pas à sa question muette.

Ce fut l'homme qui céda le premier.

— Que voulez-vous dire ?

Karal sourit. Sa réponse ne manquerait pas de surprendre leur compagnon.

— Ulrich était un Robe Noire — autrement dit un Invocateur de Démons — avant que Sa Sainteté Solaris ne change tout. Aujourd'hui, bien sûr, il n'y a plus de Feux. La cérémonie de Purification est redevenue ce qu'elle était. Ulrich et moi avons retrouvé le Rite d'origine dans un ancien Livre des Litanies.

Cette fois, il n'attendit pas que Rubrik le questionne.

— Avant d'être détourné, il s'agissait simplement d'un Rite de Passage. Les jeunes sur le point de devenir adultes apportaient un objet symbolisant leur enfance, qu'ils jetaient dans le feu, montrant ainsi qu'ils étaient prêts à assumer des responsabilités. Ulrich affirme qu'il est facile de modifier les rites, parce qu'ils sont subjectifs. La fête des moissons et les rites de fertilités vont redevenir tels qu'ils étaient dans l'ancien temps.

Rubrik écoutait avec un air pensif.

— Solaris a modifié beaucoup de choses, je crois ?

— Sa Sainteté a surtout annulé les changements apportés par les prêtres corrompus, dont le but était de s'approprier le pouvoir.

Il ignorait pourquoi c'était important, mais il voulait que ce soir bien clair. Solaris n'était pas une illuminée. Elle avait entrepris un travail de restauration, pas une révolution.

— Ulrich ignore pendant combien de temps nous avons été dans l'erreur, mais sans doute pendant des siècles… Les vrais miracles ayant disparu, l'illusion les remplaça. Les pouvoirs magiques conférés par dieu, qui auraient dû servir à assurer le bien-être du peuple de Vkandis et Sa gloire, furent détournés par les prêtres à des fins personnelles.

« Or, Vkandis est bien réel. Pas comme les dieux imaginaires que vénèrent certains peuples.

Rubrik sourit, mais sans aucune ironie.

— Je sais…

Bizarrement, Karal crut qu'il était sincère.

— D'après Ulrich, nous apprendrons quand tout ça a commencé le jour où nous découvrirons la date de la création de l'Ordre des Robes Noires. Ils étaient le cœur et l'âme de la corruption.

La foudre tomba sur un arbre, pas très loin de l'auberge. Karal tressaillit, mais n'en apprécia pas moins le frisson qui courut le long de son échine.

Je suis content d'être au chaud ici, pas à la merci des éléments…

— Je croyais avoir compris qu'Ulrich était un Robe Noire, dit Rubrik. De fait, vos robes sont toujours noires.

— Il l'était, confirma Karal. D'après les Ecrits et les Règles de l'époque, son devoir était d'invoquer les démons, selon les ordres du Fils du Soleil, et de les envoyer contre les ennemis de Karse. Il n'y prenait aucun plaisir. Et il s'attirait souvent les foudres des autres prêtres en refusant de simuler un miracle.

Le jeune homme tourna la tête pour croiser le regard de son interlocuteur.

— Il m'a montré tous les tours qu'il connaît, histoire que je ne me laisse pas abuser. (Il vit les yeux de Rubrik s'arrondir.) Ça lui aurait valu de périr sur le bûcher, si je l'avais trahi. Certains trucs étaient si grossiers que les gens auraient dû s'en apercevoir… Mais je suppose que la foi faisait le reste.

Karal se tourna de nouveau vers l'extérieur. Rubrik ignorait encore beaucoup de choses au sujet d'Ulrich, mais il préférait que ce soit son maître qui lui en parle.

D'ailleurs, comment pourrais-je lui raconter toutes les fois où Ulrich est rentré troublé, le cœur lourd, parce que l'expression « ennemis de Karse » finissait par définir tous les autres peuples ? Non, c'est à mon maître de dire ça ! Pas question que ce Valdemarien croie que j'ai l'habitude de répéter les confidences qu'il m'a faites.

— Vous avez dit que Solaris voulait changer tout ça, fit Rubrik après un long silence. C'est pour ça qu'elle a pris la tête du culte de Vkandis ?

Karal eut un petit sourire. C'était la partie de l'histoire qu'il aimait le plus.

— C'est pour ça qu'elle est devenue le Fils du Soleil. Un miracle… Un vrai miracle ! J'étais là. Ulrich aussi, et il s'y connaît en faux miracles. Il n'existe aucune illusion, pas un tour qu'il serait incapable de détecter…

La Cérémonie du Rallumage du Feu au Solstice d'Hiver avait été étrange du début à la fin. Ce jour-là, tous les feux de Karse étaient rallumés en utilisant ceux qui brûlaient sur les autels de Vkandis. Il aurait dû faire froid…

— La plus étrange Fête du Solstice d'Hiver à laquelle j'ai assisté, dit le jeune homme. Il faisait chaud et sec. Assez pour que les prêtres aient revêtu leurs robes d'été. Au-dessus de la ville, il n'y avait pas un nuage, alors qu'ils s'amoncelaient sur le reste du pays. Ulrich et moi marchions en tête de la Procession. Solaris était tout près de mon maître.

Karal ferma les yeux un moment, pour revoir la scène et trouver les mots qui la décriraient le mieux.

— Nous, les prêtres et les novices, entourions le Grand Autel. Le rayon de soleil que nous appelons la Lance de l'Espoir passait à travers l'Œil, au plafond, et avançait lentement vers le bois odorant et l'encens posés sur l'autel. La statue en or de Vkandis, coiffée de la Couronne de la Prophétie, brillait comme le soleil lui-même. Lastern — le faux Fils du Soleil — était debout à côté, prêt à utiliser la magie pour enflammer le bois, si le soleil ne le faisait pas très vite.

— Je suppose que c'était une pratique courante ? demanda Rubrik.

Karal lâcha un grognement dédaigneux.

— Je n'ai jamais vu le Faux Fils faire un authentique miracle. D'ailleurs, ses pouvoirs magiques étaient si limités que tout ce qu'il réussissait, c'était d'enflammer du bois très sec arrosé d'huile. Mais ce jour-là, il n'a pas eu le temps de le faire…

Il se tourna vers Rubrik et baissa la voix, comme un conteur chevronné.

— Imaginez ça… les croyants était dans le Temple, et le Faux Fils du Soleil se tenait derrière l'Autel comme une grosse araignée noire. La Procession arriva au moment où le rayon de soleil tombait sur le bois. Solaris n'était qu'à cinq pas, mais elle ne voyait pas Lastern. Elle n'avait d'yeux que pour la lumière…

« La plupart des prêtres importants étaient là. Ils mouraient d'ennui, bien que ce soit le plus sacré de tous les Jours Saints de Vkandis. Ils étaient impatients de rentrer au Cloître pour festoyer…

Les prêtres de rangs inférieurs évitaient de participer au festin, car les favoris du Fils du Soleil en profitaient pour écraser les autres. Ulrich se faisant une autre idée de la manière de passer un Jour Saint, il se retirait généralement pour lire.

— Le rayon de soleil recouvrit lentement l'Autel pendant que le Chœur des Enfants chantait. J'ai vu se lever la main du Faux Fils. Il se préparait à allumer le feu. Mais alors que la Lance de l'Espoir allait toucher le bois sec…

Fort à propos, un éclair déchira le ciel. Les faisant sursauter, il fut suivi par un roulement de tonnerre retentissant.

Karal dut attendre que ses oreilles cessent de tinter. Heureusement qu'il n'était pas tourné vers la fenêtre, ou il aurait été aveuglé !

Rubrik eut un petit rire nerveux.

— La prochaine fois que vous voudrez donner plus d'impact à votre histoire, faites-le-moi savoir.

— Je ne suis pas responsable, répondit Karal. Peut-être devriez-vous demander à Vkandis s'il a décidé d'étendre son influence sur Valdemar. Parce que c'est exactement ce qui s'est passé... Tombé du ciel sans nuage, un éclair a traversé l'Œil et a fait disparaître le Faux Fils du Soleil.

Rubrik eut l'air sceptique, comme s'il le soupçonnait de vouloir rendre son histoire plus intéressante. Mais Karal secoua la tête.

— C'est la vérité, je vous assure ! J'étais là et Ulrich aussi. Il confirmera ce que je vous dis. Il n'est rien resté de Lastern, à part ses robes et ses bottes. Je n'avais jamais rien vu de semblable. Et ce n'était que le premier miracle !

— Que s'est-il passé ensuite ? demanda Rubrik.

S'il n'était pas entièrement convaincu, il pensait à l'évidence que Karal racontait la vérité telle qu'il l'avait perçue.

— Quand nous vîmes de nouveau, nous constatâmes que toutes les colonnes du temple avaient été retournées — comme elles portent des inscriptions, c'était facile à voir. Mais nous ignorions que les nuages avaient disparu du ciel de Karse, et que les feux des Autels s'étaient embrasés tout seuls. Ils brûlèrent pendant une semaine, sans qu'on ait besoin d'ajouter du bois.

Il ne mentionna pas les « petits » miracles. Les enfants qui devaient être brûlés vifs avaient disparu. Plus tard, on les avait retrouvés dans leur famille. Les bâtons de certains prêtres s'étaient désagrégés, d'autres s'étant couverts de feuilles et de fleurs.

Et tous ceux qui sont tombés en poussière appartenaient à la clique du Faux Fils du Soleil — les Robes Noires qui prenaient plaisir aux Feux.

Karal tenait le bâton d'Ulrich, qui s'était couvert de tant de feuilles et de petites fleurs rouges qu'on ne voyait plus le bois. Une semaine plus tard, Ulrich et les autres prêtres dont les bâtons avaient fleuri les avaient plantés dans les jardins du Temple, en souvenir du jour des miracles.

— Mais rien de tout ça n'aurait pu faire de Solaris le Fils du Soleil. Aucune femme n'avait jamais reçu ce titre et personne n'aurait eu l'idée de le lui donner. Si rien d'autre ne s'était produit, les prêtres auraient élu un nouveau Fils du Soleil. Peut-être un homme un peu plus pieux que le précédent, mais…

— Tout se serait déroulé comme d'habitude, acheva Rubrik avec une certaine ironie, montrant qu'il avait compris la situation. Bon, mais que s'est-il passé ?

— Il y eut un autre miracle. Le dernier et le plus grand de tous. Le silence régnait dans le Temple, car les adorateurs étaient encore trop abasourdis pour parler ou remuer. Soudain, la statue en or de Vkandis se mit à bouger…

Karal ferma les yeux pour mieux se remémorer la scène.

— Ses mouvements n'étaient pas saccadés, mais fluides comme ceux d'un homme, quand il descendit de la niche, derrière l'Autel. Cela m'a convaincu qu'il ne s'agissait pas d'un automate qu'on aurait substitué à la statue. Je me souviens d'avoir pensé, en le regardant, combien il ressemblait à un homme. Ses muscles roulaient sous sa peau…

« Il enjamba l'Autel pour venir se camper devant Solaris, toujours extatique, même si la plupart des autres prêtres s'étaient mis à marmonner la litanie de leurs péchés.

Un moment plutôt drôle. Karal n'avait pas pensé une seule seconde à avoir peur. Comme Solaris et Ulrich, quelques autres prêtres regardaient la manifestation, l'air béat. Le visage de la statue exprimait toujours une absolue sérénité... mais il y avait de l'amusement dans son regard, comme si Vkandis partageait l'amusement de Karal.

— La statue retira la Couronne de son front. Le bijou commença aussitôt à rapetisser, jusqu'à ce qu'il puisse convenir à un être humain. Alors, Vkandis se pencha et le posa sur la tête de Solaris.

Les yeux de la statue et de Solaris s'étaient croisés. Quelque chose s'était passé entre eux ! Karal l'aurait juré, même s'il ignorait quoi. Et d'ailleurs, c'était très bien ainsi.

Je ne suis pas prêt à être l'objet de l'attention de Vkandis. Je me contenterai de rester auprès d'Ulrich pour l'aider à retrouver les Anciens Rites, sans que le dieu s'intéresse jamais à moi.

— Puis le dieu retourna sur son piédestal, derrière l'Autel. Le feu s'embrasa si soudainement, et brûla si haut, que tout le monde crut qu'il y avait eu un autre éclair. Quand les flammes moururent, et que nous pûmes de nouveau voir la niche, la statue avait repris sa place habituelle. Mais elle n'avait plus sa Couronne, à présent sur la tête de Solaris.

— Vous êtes sûr que ce n'était pas une illusion ?

— Absolument ! Ça n'était pas une illusion, sinon, comment Solaris aurait-elle eu la Couronne ? Ce n'était pas non plus un automate, car aucun n'aurait pu se déplacer ainsi. Et s'il s'était agi de magie humaine, Ulrich l'aurait su. En plus de pouvoir invoquer les démons, c'est le mage le plus puissant de notre Ordre. Personne n'a jamais vu Solaris pratiquer la magie, sinon pour remplir ses fonctions de Robe Noire. Et d'ailleurs, selon Ulrich, aucun mage n'aurait pu faire jaillir un éclair aussi énorme, animer la statue, embraser le bois sec et tenir encore debout après de telles prouesses. Et admettons que Solaris ait bénéficié de l'aide de plusieurs complices, comment aurait-elle pu s'approprier la Couronne et l'adapter à sa taille ? Ce n'est pas un simple bijou. Elle faisait partie intégrante de la statue, pour décourager les voleurs.

— Hum…

Rubrik regardait la pluie, qui tombait à verse. Karal l'observa attentivement, essayant de deviner ce qu'il pensait.

— Eh bien, fit-il d'une voix traînante, je vous aurais volontiers dit que je ne crois pas aux miracles, si je n'en avais pas vu un ou deux moi-même. De petits miracles, bien sûr, comparés à ceux que vous m'avez décrits. (Il marqua une pause ; Karal comprit qu'il choisissait ses mots.) La Déesse des Frères du Faucon et des Shin'a'in intervient parfois pour le bien de son peuple, alors pourquoi le Dieu du Soleil ne ferait-il pas pareil ?

Karal hocha la tête, dubitatif. Il n'était pas certain de souscrire à une comparaison entre Vkandis et une Déesse barbare… Mais si Rubrik l'avait vu accomplir des miracles…

Dans les anciennes chroniques, Vkandis était supposé avoir une Déesse-Consort, mais on l'avait évincé par la suite. Les prêtres de l'époque avaient-ils eu raison d'agir ainsi ?

Tout cela était terriblement déroutant.

— Une Déesse ? répondit-il. Quelle Déesse ?

Rubrik secoua la tête en riant.

— Toutes ces histoires théologiques sont trop compliquées pour une âme simple comme moi ! Laissez-moi commander à dîner. Ensuite vous me raconterez ce qu'a fait Solaris après avoir reçu la Couronne, d'accord ?

Rubrik appela une serveuse. La jeune femme regarda Karal d'une manière qui le fit rougir… et regretter de partager une chambre avec son maître. Encore novice, il n'avait pas prononcé ses vœux, surtout pas celui de rester célibataire ou chaste…

Rubrik avait dû choisir un plat déjà prêt, car la fille revint aussitôt avec un plateau. L'estomac de Karal gargouilla quand des effluves de tourte à la viande vinrent lui chatouiller les narines. L'odeur ne lui sembla pas familière — rien ne l'était depuis son arrivée à Valdemar — mais même s'il n'avait pas eu si faim, il l'aurait trouvée appétissante.

Il se sentait prêt à avaler la tourte et la tourtière !

Rubrik commença à manger.

— Alors ? demanda-t-il, agitant sa fourchette.

— Après ce qui s'était passé, il n'était pas question de nommer un autre Fils du Soleil, répondit Karal avant d'enfourner une grosse bouchée de hachis et de croûte. (Il avala. C'était délicieux. Finalement, les épices n'étaient pas si différentes de celles qu'on utilisait chez lui.) Tous ceux qui auraient pu protester avaient assisté aux Miracles, et ils avaient peur d'en faire les frais. Solaris fut investie dans l'heure, en Robes Blanches — elle portait déjà une couronne — et les acolytes balayèrent les restes du Faux Fils avec les cendres du feu de l'année passée.

« Le lendemain, Solaris convoqua tout le monde. A l'avenir, déclara-t-elle, les devoirs des Robes Noires seraient les mêmes que ceux des Robes Rouges, même s'ils conservaient leur rang.

Invoquer les démons devint un blasphème, et les textes qui enseignaient comment s'y prendre furent brûlés.

— Un bon début, même si je désapprouve qu'on brûle des livres, dit Rubrik. Détruire un objet qui peut encore faire le mal au lieu de consumer des innocents, voilà une belle façon de commencer son règne.

Karal acquiesça avec enthousiasme et avala deux bouchées avant de continuer.

— Solaris dit qu'elle avait des visions depuis des mois, et que ce qui s'était passé au Temple lui avait confirmé qu'il ne s'agissait pas de rêves de grandeur. Elle annonça que Vkandis lui avait révélé que les Ecrits et les Règles étaient des faux. Il ne s'agissait pas des textes d'origine.

— Je n'en attendais pas moins, dit Rubrik. Si elle voulait établir son autorité, elle devait tout mettre sens dessus dessous dès le premier jour.

Karal se mordit la langue pour ne pas lâcher une réponse qu'il aurait sans doute regrettée et se contenta de manger un moment en silence. Solaris n'était pas une politicienne. Elle comprenait la politique, mais uniquement par nécessité. Et quand elle n'allait pas dans le sens de ses projets, elle la contournait.

— Elle fit des changements dès la première semaine. Plus tard, Ulrich et moi découvrîmes dans les textes qu'il s'agissait seulement de la restauration des antiques us et coutumes. « Le Dieu du Soleil a toujours été le dieu de la vie, et non de la destruction », dit-elle. « Son Feu est le Feu qui donne la vie, celui du Soleil, pas les Feux qui dévorent la vie des enfants. » Elle mit fin aux Cérémonies de Purification telles que nous les connaissions. Et si la Fête des Enfants restait l'occasion de tester leur intelligence et leur magie, plus aucun ne devait être arraché à sa famille. Ils devaient venir au Temple de leur plein gré, avec le consentement de leurs parents.

Rubrik fronçant les sourcils, Karal précisa :

— Pour les familles nombreuses et sans grandes ressources, elle ordonna que le Temple subvienne à tous les besoins des enfants sélectionnés. Je dois admettre que j'ai été bien mieux nourri, vêtu et logé au Cloître que je ne l'aurais été chez mes parents. Et le travail y était également moins pénible. Aujourd'hui, les enfants pleurent quand ils ne sont pas acceptés…

— Ah, fit Rubrik, réprimant un sourire. Comme on dit ici, la carotte vaut mieux que le bâton.

— Précisément. (Karal termina sa tourte et but une longue gorgée de bière.) Solaris changea également les règles pour les enfants et les novices. Dorénavant, ils peuvent garder le contact avec leur famille et lui rendre visite deux fois par an, comme les recrues de l'Armée. Mais tout cela fait partie des changements qui sont en fait des restaurations des us et coutumes antiques.

— Les us et coutumes antiques…, répéta Rubrik. Comment les connaissait-elle ? Encore des visions ?

— Oh, non, pas du tout ! Elle a demandé à plusieurs de ses amis de chercher dans les archives.

— Ne me dites rien…, fit le Valdemarien. Un des endroits où elle passait le plus clair de son temps, c'était les archives ? Je sais que Solaris est une linguiste et une érudite, elle a donc pu déchiffrer les textes anciens. Et c'est comme ça qu'elle a découvert que les us et coutumes antiques n'étaient pas les mêmes que ceux décrits dans les… comment les appelez-vous, déjà ?

— Les Ecrits et les Règles, répondit Karal. J'ignore la réponse à votre question, mais est-ce si important ? Elle savait que les us et coutumes antiques étaient conservés dans les archives. Et tout ce que nous y avons trouvé a confirmé ses proclamations. Ulrich est un des anciens Robes Noires à qui elle a demandé de lire les archives. Etant son secrétaire, j'y ai travaillé avec lui.

La serveuse revint pour débarrasser les assiettes vides, remplir leurs chopes et leur apporter des fruits et du fromage. Rubrik attendit qu'elle s'éloigne en épluchant une pomme.

— Valdemar n'a jamais rien su de tout ça, déclara-t-il enfin. Nous avons seulement entendu dire qu'il y avait eu des bouleversements et que le nouveau dirigeant de Karse était une femme. Puis plus rien, pendant deux ans. (Il leva la tête et fronça les sourcils.) Y a-t-il un lien entre Solaris et la femme qui se faisait appeler le « Vrai Prophète de Vkandis », il y a dix ou quinze ans ? Celle qui décida que sa place était à la tête de votre armée et mena une politique de conquête ?

Karal secoua la tête.

— Non... En réalité, c'est à cause d'elle que la vraie Couronne de la Prophétie a disparu. Depuis, plus personne n'a revu le bijou ni la femme.

Inutile d'entrer dans les détails. Si Rubrik ignorait la partie de l'histoire de Solaris à laquelle sa compatriote Talia avait participé, il n'était pas si bien informé qu'il l'avait cru.

— J'imagine que les prêtres n'ont pas laissé Solaris n'en faire qu'à sa tête ?

Et comment ! pensa Karal. Mais Ulrich lui avait ordonné de ne pas aborder ce sujet. De nombreux prêtres s'étaient opposés aux Ecrits et aux Règles de Solaris, et à ses décrets. Et ils n'avaient pas été les seuls.

Beaucoup de gens approuvaient la corruption du système. Les nobles n'appréciaient pas que les prêtres se mêlent de certains domaines politiques. Des « arrangements » avaient été conclus entre les deux parties : les prêtres ignoraient certains... excès... des nobles, en échange de cadeaux « au Temple ».

Ces prêtres avaient été aussi corrompus que leurs complices.

Solaris avait mis un terme à ces magouilles, ainsi qu'à la traite d'esclaves et à un marché lucratif d'hallucinogènes divers. Fini les commerces ignobles sur lesquels les prêtres avaient choisi jusque-là de fermer les yeux !

Bien sûr, en agissant ainsi, elle ne s'était pas fait que des amis. Ni d'ailleurs en interdisant l'invocation des démons. Beaucoup de prêtres avaient perdu leur position et leur prestige — ils n'inspiraient plus la peur —, et ils lui en avaient tenu rigueur.

Certains frontaliers avaient réclamé le retour des invocateurs. Au moins, quand les démons parcouraient la campagne, la nuit, les bandits se terraient dans leurs cachettes et sévissaient le jour, quand il était plus facile de les combattre.

Et il y avait également ceux qui craignaient les Rethwellans, les Valdemariens et les Hardorniens, et voulaient qu'ils soient tenus à distance...

Les deux années après le Miracle n'avaient pas été faciles. Solaris avait dû livrer une bataille silencieuse contre beaucoup d'ennemis. Mais Karal n'en souffla mot à Rubrik. Si les espions valdemariens n'étaient pas assez compétents pour en avoir informé leur reine, tant pis. S'ils l'étaient, et que personne n'avait pensé à mettre leur guide dans la confidence, ce n'était pas son problème.

— Après qu'Ancar eut usurpé le trône de son père, il a pensé que Karse serait une proie facile, n'est-ce pas ?

Rubrik avait dû deviner sa réticence. Rusé, il relançait la conversation avec un sujet plus anodin.

Karal haussa les épaules.

— J'imagine. Je ne connais pas d'Hardorniens. Ceux qui ont fui leur pays se sont réfugiés à Valdemar. Je crois qu'ils n'ont pas voulu tenter leur chance contre les démons — comment auraient-ils su qu'il n'y en avait plus ? Tout ce que je sais, c'est que soudain, une armée était prête à nous écraser. Solaris avait nommé des généraux de génie, mais qu'auraient-ils pu faire contre… Les soldats d'Ancar ne semblaient pas… humains.

— Ils ne l'étaient plus vraiment, confirma Rubrik.

Son expression indiqua à Karal qu'il n'avait pas l'intention de s'étendre sur la question. Parfait… Ils avaient chacun des sujets qu'ils ne devaient pas aborder.

— Vous connaissez la suite, dit Karal. Solaris se retira dans la Tour du Soleil et en redescendit avec un décret sorti de la bouche de Vkandis en personne.

— Faire la paix avec Valdemar.

C'était une affirmation, pas une question, mais Karal acquiesça quand même.

Si la situation n'avait pas été si désespérée, ç'aurait été la fin de Solaris. Mais les soldats et les mages d'Ancar commettaient tant d'atrocités que même ses plus farouches opposants approuvèrent.

Il ne restait plus une famille dans Karse qui n'ait pas été touchée. Les tortures et les rapines étaient les moindres exactions des hommes d'Ancar…

Rubrik secoua la tête, plein de sympathie.

— Vous savez, quand votre messager est arrivé et que nous avons été enfin convaincus que Solaris pensait ce qu'elle disait, certains d'entre nous ont cru que le monde s'était arrêté de tourner. Faire la paix avec Karse ? Sans doute l'idée la plus folle de tous les temps. Et la plupart des gens ont été convaincus que cela ne durerait pas.

Quelque chose dans le regard de Rubrik apprit à Karal qu'il avait été de ceux-là.

— J'imagine que les vôtres n'ont pas sauté de joie à cette idée, et surtout pas les membres de la Garde.

— Quand vos Prêtres-Mages sont venus nous aider à contenir les armées d'Ancar, dans le nord, cela a fini de convaincre les plus sceptiques que vous étiez prêts à tenir parole. A ce moment, la population a commencé à accepter la situation — plus ou moins à contrecœur. Mais il y a encore des gens qui ne s'y sont pas faits. Tant de choses ont changé, si vite, à Valdemar et en dehors, que la moitié de la population du royaume ne sait plus très bien où elle en est.

Karal soupira, puis se surprit à bâiller. Etait-il donc si tard ?

— On peut dire la même chose de la population karsite, répondit-il. Deux catégories mises à part…

Rubrik leva un sourcil interrogateur.

— Ceux qui soutiennent Solaris, comme Ulrich, parce qu'elle est le Fils du Soleil, désignée par Vkandis en personne. Et ceux qui sont trop jeunes pour avoir combattu Valdemar et n'ont pas de griefs contre ce royaume. Quand on est jeune, le monde est neuf chaque jour.

— Ah. (Le Valdemarien réfléchit — notant peut-être que Karal n'avait pas précisé à quelle catégorie il appartenait —, puis il s'étira.) Sur cette note optimiste, je suggère d'aller nous coucher.

Optimiste ? Oui, je suppose — si on considère qu'un jour ou l'autre tous les vieux auront disparu. Alors, il ne restera plus que les jeunes générations, qui n'auront pas connu la guerre.

— Bonne idée, acquiesça Karal. Et pardonnez-moi de souhaiter que le mauvais temps dure au moins jusqu'à ce que le soleil soit bien au-dessus de l'horizon.

— Je ne vous promets rien. S'il s'agit d'un orage magique, il ne durera pas jusqu'à minuit.

Karal soupira et se leva.

Ulrich ne dormait pas. Karal lui rapporta la conversation qu'il avait eue avec leur guide. En bon secrétaire, il avait appris à tout mémoriser, car la situation ne se prêtait pas toujours à la prise de notes. Le prêtre l'écouta, puis hocha la tête, approbateur.

— Tu t'es bien débrouillé. D'abord, tu ne lui as rien dit qu'il ne doive pas savoir. Et puisque tu as assisté aux Miracles, il se peut qu'il les raconte à ses supérieurs comme des faits, pas des ouï-dire.

Karal s'étira et grimaça.

— Maître… Bien que j'apprécie la compagnie de cet homme, je préférerais affronter une armée que d'avoir une autre conversation de ce genre avec lui. Il est si… subtil. S'il l'avait voulu, je suis sûr qu'il aurait pu me faire parler. Il espérait me voir seul à seul, pour me questionner. Et il sait désormais tout ce que Valdemar doit savoir. Mais si je devais me retrouver dans la même situation, je pourrais laisser échapper une information… ou dire une chose qu'il risquerait de mal interpréter.

Ulrich prit le temps de réfléchir.

— Tu as raison, dit-il enfin. Ce n'est sans doute pas une coïncidence qu'il t'ait posé ces questions alors que je n'étais pas là. Il faudra que je participe à la prochaine conversation de ce style…

Karal soupira de soulagement. Il s'était tellement concentré pour dire la vérité, mais pas l'entière vérité, qu'il ne s'était pas aperçu de sa tension. Avant de dormir, il allait devoir recourir à tous les exercices de relaxation qu'il connaissait !

Rubrik était vraiment subtil. Inconsciemment, Karal y avait réagi. Parmi les prêtres, « subtil » était synonyme de « dangereux ».

Surtout, ça signifiait que la personne ne devait pas être sous-estimée.

Karal se coucha et moucha la chandelle.

Il fallait espérer que dans ce cas, « subtil » ne signifiait pas également « traître ».

CHAPITRE VI

Malheureusement, Rubrik avait vu juste. Un coup frappé à leur porte à une heure indécente prouva que l'orage avait cessé — sinon à minuit, au moins avant l'aube. Karal sortit à regret de son cocon de couvertures. Par bonheur, les servantes n'apportaient pas seulement de l'eau pour qu'ils se lavent et une chandelle, mais un vrai petit déjeuner.

Je survivrai peut-être, pensa le jeune homme, après avoir mangé des œufs au lard, des tartines encore tièdes, du beurre et du miel, le tout arrosé de cidre bien frais.

Les repas pris à la sauvette, sur la route, ne lui profitaient jamais très longtemps, et il avait toujours faim longtemps avant que Rubrik ne décide de faire halte.

— Notre guide a dû oublier la quantité de nourriture dont a besoin un jeune homme, dit Ulrich en le regardant dévorer. Je me chargerai de le lui rappeler.

— Merci, maître Ulrich, répondit Karal. Non qu'il ne soit pas attentionné, mais…

— … Il est aussi éloigné que moi de l'âge où on dévore son poids chaque jour !

Karal se contenta de sourire, puis il alla se laver les mains et le visage, tout collants de miel. Les sucreries étaient une de ses rares faiblesses.

Je ferais bien de ne jamais devenir un véritable érudit, sinon je finirai par ressembler au coussin de Vkandis.

— Etes-vous sûr de pouvoir monter à cheval ? demanda-t-il à son mentor.

Ulrich se déplaçait lentement, un signe que ses articulations lui faisaient mal. Il n'était pas seulement du devoir de Karal de prendre soin de son maître, il en avait également reçu l'ordre.

Mais Ulrich l'ignorait, bien sûr.

Solaris avait convoqué Karal juste avant leur départ, pour lui faire promettre qu'il s'occuperait de son mentor. Un moment en compagnie de cette femme formidable, dont l'attention était exclusivement rivée sur lui, lui avait suffi. L'Œil de Vkandis lui-même ne pouvait pas être plus pénétrant que le regard de sa représentante sur terre ! Karal ne voulait surtout pas devoir lui apprendre qu'il était arrivé malheur à Ulrich.

— Oh, je survivrai, répondit le prêtre avec un soupir. (Puis il sourit tristement.) Ne t'inquiète pas tant, Karal. Ces douleurs ne sont pas le symptôme d'un mal dangereux.

Comme le novice continuait de l'observer en fronçant les sourcils, il grimaça et ajouta :

— Je te promets de demander à notre ami de faire halte si j'ai besoin de repos. Ça te va ?

— Je suppose qu'il faudra m'en contenter, répondit Karal, sur un ton aussi sévère — espérait-il — que celui d'un de ses professeurs. Je doute de pouvoir vous arracher une promesse plus raisonnable.

Ulrich le regarda, sourcils froncés.

— N'essaie pas d'imiter Ophela, mon garçon. Ça ne convient ni à ton âge ni à ton caractère.

Karal rougit et s'empressa de s'occuper de ses bagages. Non qu'il en ait beaucoup. Tout ce dont il aurait besoin à la cour avait été envoyé avec une caravane de marchands et devait déjà l'attendre à Haven. Ulrich ne voulait pas attirer l'attention en voyageant avec les chariots qui transportaient leurs affaires. Il leur aurait fallu des gardes et ils auraient eu les mêmes problèmes qu'avec une escorte pléthorique.

Par esprit de rébellion et de contrition, Karal empaqueta également les affaires de son maître. Ulrich se rembrunit, comprenant sans peine qu'il le croyait incapable de le faire lui-même.

Quand il eut tout rangé, Karal prit les sacs et s'écarta pour laisser passer son mentor. Comme d'habitude, Rubrik les attendait dans la cour. Cette fois, il était déjà sur son magnifique cheval blanc.

Karal attacha le sac d'Ulrich sur Abeille, puis le sien sur Trenor et s'empressa de monter en selle pour observer son maître. Ulrich se hissa sur sa mule sans trop d'effort. Peut-être s'inquiétait-il réellement pour rien...

Mais je n'ai pas envie de me présenter devant Sa Sainteté en ayant échoué. Mieux vaut prévenir que guérir, comme on dit.

Ils avaient déjà parcouru quelques lieues quand Rubrik amena son cheval à côté de la mule d'Ulrich et fit signe à Karal de les rejoindre.

— J'ai eu une intéressante conversation avec votre secrétaire, dit-il.

Impassible, il attendit la réponse d'Ulrich.

— Je sais. Il me l'a racontée…

— C'est ce que je pensais, répondit Rubrik. Votre supérieure et vous l'avez bien choisi. Je suis certain qu'il m'a seulement dit ce qu'il avait le droit de me révéler — sans me mentir, mais en omettant ce qu'il a reçu l'ordre de ne pas dévoiler.

Ulrich éclata de rire.

— Parfait, mon ami ! Et maintenant qu'il vous a mis en appétit — vous et votre supérieur —, vous venez me voir avec l'espoir d'en apprendre davantage. Car le jeune Karal ne pouvait pas entièrement satisfaire votre curiosité, puisque nous voulions que vous vous adressiez à moi.

Rubrik lui fit une révérence gentiment ironique.

— Maintenant que nous avons tous deux admis être trop malins pour les semi-vérités diplomatiques, permettez-moi de vous donner un point de départ : quelle a été la réaction des Karsites envers l'alliance après que nous eûmes vaincu Ancar ? Vous pouvez omettre tout ce que vous n'avez pas la liberté de me révéler.

— Oh, j'en ai bien l'intention, lâcha le prêtre. (Puis il hocha la tête et réfléchit un instant avant de répondre.) Beaucoup de Karsites pensaient que l'alliance ne survivrait pas à la fin de la guerre. Un certain nombre, mais pas la majorité, jugeait qu'elle n'avait jamais été une bonne idée. Mais soudain, l'armée de l'Empire a commencé à envahir Hardorn, en direction de Karse et de Valdemar.

— Oui. Ce fut une très mauvaise surprise.

A l'est, le ciel commençait à se colorer. L'aube serait superbe — ce qui ne laissait pas présager une chevauchée agréable. A Karse, pareil lever de soleil annonçait des orages. Karal n'avait aucune raison de penser que les règles avaient changé parce qu'il était de l'autre côté de la frontière.

— Nous ne savons pas plus de choses sur l'Empire que vous, continua Ulrich. Certains avaient fini par tenir les pouvoirs de l'empereur et la puissance de son armée pour des mythes. Et soudain, le voilà qui surgit à la tête d'une horde de soldats. Alors, nous avons découvert avec stupeur que rien ne se dressait entre nous et cet Empire capable d'engloutir des pays entiers… Nous n'avions rien à lui opposer… sinon notre ingéniosité et notre dieu… et une alliance insignifiante et pesante avec Valdemar.

— Une alliance qui n'est pas si insignifiante, ni si pesante, tout bien considéré, quand on fait le compte des troupes, répondit Rubrik.

Karal lui pardonna volontiers sa fierté presque enfantine.

— Il y a un autre aspect, dit Ulrich, après un court silence. Je parle de la crédibilité que l'apparition de l'Empire a apportée à Sa Sainteté.

Il fit signe à son secrétaire, qui fut ravi d'intervenir dans la conversation.

— Selon elle, Vkandis l'avait avertie d'un danger encore plus grand. Mais seul Ulrich et quelques autres prêtres l'ont crue, bien qu'elle soit le Fils du Soleil.

Il redouta d'en avoir trop dit. Le regard approbateur de son mentor dissipa vite ses craintes.

— C'est tout à fait ça, fit Ulrich. Aujourd'hui, elle apparaît comme un vrai prophète, car personne n'aurait pu prédire que l'Empire s'intéresserait à Hardorn — et aux pays qui s'étendent au-delà, peut-on présumer. Désormais, plus personne à Karse, ne doute d'elle.

Ce n'était pas tout à fait vrai, mais…

— Hélas, notre peuple est un peu sonné. Les gens ont du mal à se faire aux changements décidés par Solaris, mais il est évident, même pour ses détracteurs, qu'elle sait, au sens large du terme, ce qui doit être fait pour nous sauver. Il est clair que si ses instructions — ou plutôt celles que Vkandis nous fait passer par sa bouche — ne sont pas suivies à la lettre, Karse ne survivra pas aux attentions de l'Empire. Pour le peuple, c'est difficile. Pour ceux d'entre nous qui croient en Solaris, en notre terre et en notre dieu, c'est une reconnaissance longtemps attendue.

— Intéressant, répondit Rubrik. J'espère que ça ne vous dérange pas que je rumine ça un moment.

— Faites donc, dit Ulrich avec un petit sourire. Je suppose que vous aurez autant de difficultés avec les détails que certains Karsites.

Rubrik ne répondit pas. Karal était très satisfait. Son mentor avait donné plus d'informations à ce Valdemarien qu'il n'était capable d'en digérer.

Pour la première fois, Rubrik semblait croire que Solaris était le Fils du Soleil, pas une prêtresse dévorée d'ambition. Les Valdemariens auraient peut-être préféré avoir affaire à un Faux Fils — à condition qu'il promulgue des décrets en leur faveur. Karal n'était pas si naïf. Car une dirigeante dotée du vrai pouvoir de son dieu, c'était autre chose.

Mais Rubrik continuait peut-être à voir Vkandis comme une marionnette manipulée par les prêtres. *Un point pour nous*, pensa Karal.

Peu après, Rubrik revint avec d'autres questions. Mais pas sur la situation politique. Elles concernaient Ulrich. Peu à peu, Karal comprit ce que cherchait leur guide : il voulait savoir de quel bois était fait l'ambassadeur, et à quel point Solaris avait confiance en lui.

Il était souvent difficile pour le novice de deviner ce que pensait Rubrik. Mais il paraissait satisfait — et plutôt étonné de l'être. Il ne semblait pas s'être attendu à un duo comme Karal et Ulrich !

Karal trouva amusant de spéculer sur ce qu'il avait attendu. Un politicien chevronné comme le Faux Fils du Soleil, que seul son prestige et son pouvoir intéressaient ? Un ascète comme Ophela, n'ayant nul intérêt personnel, aveugle et sourd à tout ce qui n'était pas son dieu ou Karse ?

Tout au long de la matinée, les nuages avaient menacé de crever. A midi, quand ils s'arrêtèrent pour déjeuner, il devint évident qu'ils allaient au-devant d'un terrible orage.

Cette fois, Rubrik avait choisi une auberge décente, où s'arrêtaient une quantité raisonnable de voyageurs. Mais aucun ne fit attention aux deux prêtres en noir et à leur compagnon en blanc, car la plupart étaient uniquement préoccupés par leur repas.

Pendant qu'Ulrich et Karal terminaient leur bière, Rubrik sortit dans la cour pour étudier le ciel, puis regarda un moment son cheval dans les yeux. Finalement, il signala au garçon d'écurie de mettre sa monture, Trenor et Abeille à l'abri et rentra en boitillant dans l'auberge.

— Inutile d'essayer d'aller plus loin aujourd'hui, dit-il, visiblement contrarié. L'orage frappe entre ici et l'auberge où je comptais m'arrêter pour la nuit. Si seulement Elspeth avait plus de Hérauts-Mages… Le temps magique empire au lieu de s'améliorer.

Comment le sait-il ? se demanda Karal.

Rubrik n'avait parlé à personne. Mais une fine

connaissance du terrain lui permettait peut-être de déchiffrer des signes qui échappaient à Karal.

— Je ne sais pas quelle est la situation ici, dit Ulrich, mais parfois, avec la magie, les choses doivent s'aggraver avant d'aller mieux.

— Pas le genre de choses que j'avais envie d'entendre..., soupira Rubrik. (Il se tourna vers les nuages, de plus en plus épais, et de plus en plus noirs, et secoua la tête.) J'espérais gagner un peu de temps...

— Pas aujourd'hui, mon ami, fit Ulrich. Si nous ne nous arrêtons pas ici, nous serons obligés de le faire très vite. J'ai peur que cette humidité ne convienne pas à mes vieux os.

Au fond de lui, Karal exulta. Ulrich tenait sa promesse !

Rubrik chercha l'aubergiste du regard.

— Bien, je vais voir s'il reste des chambres. Au moins nous sommes arrivés avant la cohue.

Il devait avoir raison, car il revint de bien meilleure humeur au moment où le garçon d'écurie apportait leurs sacs.

— Je crois que vous apprécierez cette étape, dit-il. Ça devrait racheter l'affront que nous a fait l'autre imbécile en louant nos chambres. (Il se tourna vers le garçon.) Emmenez-nous au Cottage des Bardes.

Leur guide les conduisit devant une porte, au fond du bâtiment. Karal fut surpris. D'habitude, ce genre d'issue était réservé aux serviteurs, alors pourquoi les avait-on amenés là ?

La porte ouverte, il vit la petite bâtisse reliée à l'auberge. Elle était censée ressembler à un cottage, mais aucun fermier n'avait jamais bâti quelque chose comme ça. On eût dit une maison de poupée, tellement elle était parfaite et colorée.

Cette extension avait dû coûter autant que les trois autres bâtiments réunis. *On dirait la vision que se fait un noble d'une fermette*, pensa Karal en contemplant les moulures exquises, les bacs de fleurs aux fenêtres et la façade fraîchement repeinte.

— D'habitude, cet endroit est réservé, expliqua Rubrik. Les gens qui peuvent se le permettre en sont fous. Il y a une petite chambre pour chacun de nous, avec des lits dignes d'un prince, un salon accueillant et une salle de bains privée. Le dîner nous sera servi ici. Sans doute la meilleure façon d'attendre la fin de l'orage…

Les chambres étaient minuscules, mais les lits se révélèrent aussi moelleux que promis. Karal avait l'impression absurde d'être enfermé dans une maison de poupée. Nul doute qu'il pouvait devenir pénible, à la longue, pour trois adultes, de partager un espace si restreint.

Quand ils eurent fini de prendre leur bain, à tour de rôle, Karal dut convenir que Rubrik avait raison : l'endroit était idéal pour attendre la fin d'un orage !

Il était le dernier à s'être lavé. Quand il sortit de la salle de bains, une odeur alléchante de thé et de muffins chauds vint lui chatouiller les narines.

Karal gagna le salon, où une servante venait de déposer un plateau. Ulrich leva la tête en l'entendant arriver.

— Apparemment, l'aubergiste a plusieurs garçons de ton âge, dit-il. Son cuisinier t'a envoyé ça avant que Rubrik n'ait pu trouver une servante pour t'apporter un en-cas.

Rubrik se tourna pour regarder Karal.

— Votre maître m'a rappelé que les jeunes

garçons ont toujours faim, et j'ai glissé un mot à l'oreille de notre hôte. Il a aussitôt saisi l'allusion.

Karal entra et s'assit dans le troisième et dernier fauteuil juste au moment où l'orage éclatait. Un coup de tonnerre fit trembler le cottage et une pluie torrentielle martela le toit. Karal fut bien content de ne pas être sur la route !

Les fenêtres du « cottage » étaient petites — un défaut pour regarder l'orage. En mangeant, le jeune homme se contenta donc d'écouter le tonnerre et la pluie. Heureusement, il avait toujours aimé contempler un feu de cheminée. Il serait agréable de passer une ou deux nuits ici. Ulrich avait besoin de repos et il pourrait en profiter pour lire un peu.

Rubrik ne voudra jamais s'arrêter si longtemps, décida-t-il en écoutant les deux hommes converser. *Il veut arriver à Haven aussi vite que possible. Je me demande ce qui est si urgent...*

C'était au tour d'Ulrich de questionner leur guide, qui répondait sans hésitation — une belle preuve de confiance.

Ulrich venait de lui demander — avec son tact habituel — comment il avait été blessé. Karal tendit l'oreille et oublia la pluie.

— Une... question intéressante, ambassadeur...

— J'espère que vous voudrez bien excuser mon impertinence, ajouta Ulrich, mais je ne peux m'empêcher de penser, puisque la cicatrice est récente, que c'est arrivé pendant la guerre contre Ancar. Alors, je me dis que c'est peut-être pour ça qu'on vous a chargé de nous escorter. Un détail de cette histoire pourrait expliquer que vous parliez si bien notre langue.

— Votre question n'est pas si impertinente... Les regards appuyés le sont bien plus ! Et vous avez deviné juste. Ça a bien quelque chose à voir avec ma présence ici… et avec ma connaissance du karsite. J'ai été blessé alors que j'essayais de protéger un de vos confrères.

Ulrich hocha gravement la tête.

— Je me disais aussi que vous en saviez très long sur nous… (Il but une gorgée de thé.) Bien plus que vous n'auriez pu en apprendre d'un certain maître d'armes qui, nous le savons tous les deux, est au service de votre reine.

— Exact… (Rubrik sourit du coin des lèvres.) Votre confrère n'était pas particulièrement heureux que je le protège. Et je ne l'en blâme pas, car je n'étais moi-même pas ravi de ma mission. Nous avions conclu une sorte de trêve, mais nous ne nous faisions pas confiance.

Je n'en suis pas vraiment surpris, pensa Karal.

Rubrik posa sa tasse.

— Nous nous en étions bien tirés jusque-là, mais notre groupe fut attaqué par une compagnie de soldats d'Ancar qui comptait plusieurs mages. Le prêtre se porta volontaire pour fermer la marche pendant notre retraite — j'ai trouvé ça très brave de sa part. Il comptait sur moi pour le protéger pendant qu'il utiliserait ses pouvoirs. Il commença à lancer un sort et devint incapable de bouger…

— Il était en transe, répondit Ulrich. Sans cela, beaucoup d'entre nous ne peuvent pas pratiquer la magie…

Rubrik toussa, reprit sa tasse et but.

— Oui, eh bien, la troupe se retira, mais nous ne suivîmes pas le mouvement, et personne ne s'en aperçut avant longtemps. Et puisque j'avais été désigné pour protéger cet homme, c'est ce que j'ai fait.

— Et ?

Rubrik eut une nouvelle quinte de toux.

— Nos ennemis étaient nombreux, et il ne restait plus que Laylan et moi. Je ne suis pas un mauvais combattant, mais Kerowyn non plus. Un adversaire perça ma garde au moment où la magie de votre confrère commençait à fonctionner. Au même moment, les gens de notre troupe se sont aperçus que nous étions restés en arrière et sont venus nous chercher.

— Un coup oblique ? Il a fait beaucoup de dégâts…

Rubrik frissonna malgré la chaleur du feu.

— J'ai été à un cheveu d'y passer. Le prêtre resta près de moi, avec Laylan, jusqu'à ce que les secours arrivent. Il était si reconnaissant qu'il alla chercher un autre prêtre pour me soigner, car aucun des guérisseurs valdemariens présents n'en avait la compétence.

« Grâce à lui, tout ce qui m'est resté d'une blessure qui aurait dû être fatale, c'est une paralysie partielle. Votre Prêtre-Guérisseur était un type bien. Il me traita comme si j'avais été karsite. Quant à mon « partenaire », il se répandit en remerciements. Dès lors, il a agi comme s'il croyait en notre alliance. C'est à ce moment que mon point de vue sur vous a changé.

Ulrich se resservit du thé et acquiesça.

— Et le sien sur les Valdemariens, je présume ?

— Je n'irai pas jusqu'à dire que nous étions les meilleurs amis du monde, mais nous nous entendions bien. Il était surpris qu'un Démon Blanc ait reçu une blessure presque fatale en le défendant et que le Cheval des Enfers ait veillé sur son maître et sur lui.

Karal pâlit. Un Démon Blanc ? Un Cheval des Enfers ? Rubrik ?

Ulrich eut un grand sourire.

— Je n'en doute pas. A quelque chose malheur est bon, et…

— Si seulement ça ne m'était pas arrivé à moi, coupa Rubrik. Mais la vie d'un Héraut n'est pas censée être facile. Je devrais m'estimer heureux que le coup de hache ne m'ait pas fendu le crâne.

« Voilà, c'est pour ça que je suis votre guide et pas quelqu'un comme… disons, dame Elspeth. J'ai été assez impressionné par le revirement de votre confrère, et par le Prêtre-Guérisseur, pour demander à être chargé de toute mission concernant des prêtres du Soleil. Je voulais que l'homme qui vous accueillerait vous traite comme des êtres humains.

Héraut ? Démon Blanc ? Cheval des Enfers ? Oh, dieu…

Rubrik était un Héraut. Un Démon Blanc. Et le magnifique cheval que Karal admirait tellement… n'en était pas un du tout.

Le novice regardait le feu, pétrifié de stupéfaction.

Jusqu'à ce que la porte se referme derrière lui, il ne s'aperçut pas que Rubrik s'était excusé pour aller chercher quelque chose à l'auberge.

— Mon enfant, on dirait qu'on t'a flanqué un coup sur la tête, fit Ulrich. Tout va bien ?

Karal se leva, les jambes flageolantes, et regarda son mentor.

— N'avez-vous pas entendu ce qu'il a dit ? C'est un Démon Blanc ! Le…

— Je sais, je sais, répondit Ulrich. Je le savais depuis le début. Si l'uniforme du genre « je suis là, abattez-moi ! » ne suffisait pas, il y avait aussi le Compagnon...

— Et vous ne m'avez rien dit ! gémit Karal.

— Je pensais que tu savais ! Nous sommes à Valdemar, envoyés par Sa Sainteté. Les Hérauts sont les représentants officiels de leur reine, les seuls en qui elle ait toute confiance pour mener à bien les missions les plus délicates. Nous les avons toujours appelés les Démons Blancs. Je pensais que c'était logique.

Karal se contenta de regarder fixement son maître.

— Mais quand même, continua Ulrich, je m'excuse... J'aurais dû te le dire, tu as raison. Je ne devrais pas être surpris que tu n'aies pas reconnu notre ami... Comme base, tu n'avais que les ridicules descriptions des Chroniques. J'aurais dû te prévenir.

— Mais..., commença Karal, très agité, il...

— ... reste le même homme qu'il y a quelques minutes, avant que tu ne connaisses sa véritable position à Valdemar. Il est toujours le même. Tu es toujours le même. La seule chose différente, c'est la manière dont tu le vois, et elle est inexacte.

Karal essaya de reprendre son souffle. En vain.

— Mais...

— Dévore-t-il des bébés au petit déjeuner ? demanda Ulrich.

Karal secoua la tête.

— Non, mais...

— Sa monture et lui soufflent-ils le feu ? Laissent-ils des empreintes de pas calcinées ?

— Non, mais...

— S'est-il jamais montré méchant envers nous ?

— Non, répondit Karal. Mais... (Il se rassit lourdement.) Je ne comprends pas...

Ulrich prit la tasse du jeune homme et la lui glissa entre les mains.

— Mon enfant, il a entendu sur notre sujet des histoires au moins aussi horribles que celles que nous avons entendues sur le sien. Le problème, c'est que dans notre cas, elles sont en partie vraies. Nous avions les Feux de Purification. Nous invoquions les démons pour faire des choses terribles, souvent pour les lâcher sur des personnes innocentes. Et pourtant il a la bonté de cœur de supposer que nous n'avons rien fait de tout ça.

« Qu'est-ce que ça te dit ?

— Que… qu'il est toujours l'homme dont j'appréciais la compagnie ce matin, répondit Karal, non sans difficulté.

Son esprit était lent et ses pensées semblaient peser des tonnes. Pourtant, il ne pouvait pas nier qu'Ulrich avait raison.

— Je te suggère de te détendre et de continuer à jouir de sa compagnie. Moi, j'en ai bien l'intention. En fait, après avoir entendu son histoire, je suis enclin à lui accorder tous les mérites que Sa Sainteté attribue aux Hérauts.

Mais… Karal serra sa tasse et regarda le thé fumant comme s'il pouvait y trouver des réponses. Ulrich avait raison : rien n'avait changé, sinon un mot.

Héraut. Ce n'était qu'un mot. Un nom… Karal, à une certaine époque, en avait reçu plus d'un.

Mais ça n'a jamais fait de moi un être méprisable.

Le mot « Héraut » en lui-même n'était d'ailleurs pas si terrible.

Ulrich avait également raison à propos du reste. Il n'avait jamais rencontré de Créature des Enf…

Un Héraut !

Il n'avait encore jamais rencontré de Héraut. Les descriptions des Chroniques étaient puériles… Un mélange de toutes les horreurs que les mères utilisaient pour faire peur à leurs enfants. Dans ces histoires, il n'était pas question d'un uniforme immaculé, comme celui de Rubrik, mais de lambeaux de tissus dégoulinants d'humeurs visqueuses.

Même si toutes les choses qu'il avait crues sur leurs anciens ennemis étaient fausses, il avait continué de penser que les Hérauts étaient des monstres.

Si on veut faire d'un ennemi quelqu'un qu'on puisse haïr, il faut commencer par lui retirer toute humanité… Etait-ce Ulrich qui lui avait dit cela ou l'avait-il entendu au cours d'un discours de Solaris ? C'était vrai, quel qu'en soit l'auteur. Les Chroniques avaient effectivement ôté leur humanité aux Hérauts. *Ils n'étaient plus que des icônes, pas des individus. Ainsi, il devenait plus facile pour les fanatiques de les haïr.*

Karal ne pensait pas être un fanatique, mais quel fanatique avait conscience d'en être un ?

Il lui faudrait un peu de temps pour s'habituer…

— Je crois que je vais aller… euh… méditer un moment, dit-il à son mentor, qui regardait le feu, l'air ravi.

Le prêtre agita paresseusement la main.

— Va. Tu as subi un choc, et tu as besoin d'y réfléchir. Je suis certain que ton nez te signalera que notre dîner est là — si ton estomac ne te le rappelle pas avant.

Karal posa sa tasse, se retira dans sa chambre et se demanda comment sa vie avait pu devenir à ce point compliquée.

Et comment il allait pouvoir en rassembler les morceaux.

Quand leur dîner fut servi, il n'avait pas réussi à faire la paix avec le concept « Rubrik alias le Démon Blanc, le Démon Blanc alias le Héraut ». Il mangea vite, écoutant la conversation de son maître et de leur guide, mais sans y participer.

Ulrich et Rubrik ne semblèrent s'apercevoir de rien.

— Vous êtes bien pâle, fit le Héraut, alors que Karal finissait son dîner. Si vous êtes malade, dites-le-moi. Nous sommes dans une ville de bonne taille, et il y a des guérisseurs. A moins que vous ne préfériez un Prêtre-Guérisseur — il y en a au Temple du Dieu du Soleil…

— Ah, j'avais justement l'intention de vous parler de ça, dit Ulrich. Plus tard, si vous voulez bien…

— Ce n'est rien, messire, mon maître sait de quoi il s'agit, répondit Karal d'une voix rauque. (Puis il ajouta, pour ne pas paraître trop impoli :) Un banal mal de tête. Je vais aller me coucher.

Il s'enfuit avant que Rubrik ait pu lui poser d'autres questions. Au creux de son estomac, son repas pesait comme une boule d'argile humide. Il avait dû être excellent, mais il l'avait englouti trop vite pour le savourer.

Karal passa une partie de la nuit à regarder le plafond sans pouvoir trouver le sommeil. Les murmures qui lui parvenaient de la pièce voisine étaient inaudibles, car noyés par la pluie. Il ne pouvait tout simplement pas faire face à ce qu'il avait appris… Comment pourrait-il se comporter normalement avec Rubrik ?

Finalement, le martèlement de la pluie et le

moelleux de sa couche le firent sombrer dans un sommeil sans rêve.

Le lendemain matin, il se sentit vraiment stupide. Il resta allongé un moment dans son lit, penaud, se demandant pourquoi la « révélation » lui avait paru si dure à avaler, la veille. Ulrich avait raison : Rubrik était toujours le même homme... Et les Hérauts, tels que les Chroniques les décrivaient, ne pouvaient pas être réels. Après tout, Solaris avait prouvé que bien des choses qui avaient « toujours été vraies » ou qui incarnaient la « volonté de Vkandis » étaient des mensonges...

Karal se leva et alla au salon, où il retrouva Ulrich. Son maître semblait d'excellente humeur, sans doute parce que ses articulations ne le faisaient plus souffrir. Les portes et les fenêtres étaient ouvertes pour laisser entrer la brise. Le petit déjeuner attendait sur la table. Rubrik n'était nulle part en vue.

L'orage n'avait laissé aucune trace, le matin étant aussi brillant qu'une pièce nouvellement frappée. L'air était si pur que respirer devenait un plaisir. D'autant plus que Rubrik n'avait pas envoyé un serviteur les réveiller, attendant pour cela le lever du soleil. Après un excellent petit déjeuner, ils rejoignirent leur guide dans la cour.

— Ça va mieux ? demanda Rubrik à Karal, alors que le garçon d'écurie amenait Trenor, le tenant pour que le jeune homme puisse monter.

— Oui, merci, messire...

— Bien. J'ai eu un peu mal à la tête, moi aussi, à cause de l'orage magique. On dit que les personnes douées de magie de l'esprit y sont sensibles.

Il étudia Karal, qui haussa les épaules, ne comprenant pas de quoi il parlait.

— Oui, mais cela explique-t-il mes articulations douloureuses ? demanda Ulrich, taquin. Je n'entends pas les pensées avec mes genoux !

Rubrik rit de bon cœur.

— Une excellente question ! Et qui prouve que ce « on » nébuleux est probablement aussi stupide que les choses qu'« on » dit.

Sur cette note joyeuse, Rubrik donna le signal du départ sous un soleil radieux.

C'était un excellent présage pour la suite. Au cours de la matinée, Karal réussit à chasser les doutes qui lui restaient. Le Héraut et Ulrich avaient dû beaucoup parler, car ils se comportaient comme de bons amis.

Plaît-il ? pensa Karal, étonné. Ulrich n'avait jamais été ami avec quiconque. Et pourtant, il y avait entre eux une complicité qui devait être de l'amitié.

Ulrich l'a respecté dès notre rencontre... Après, il y a eu entre eux une sorte de... fraternité... Quelque chose qu'il aurait pu partager avec un des capitaines de l'armée, par exemple — un homme digne de respect, intéressant et intelligent, avec qui il ait des points communs. Là, c'est différent. Je ne sais pas pourquoi, mais ça l'est. Ulrich semble plus heureux, plus ouvert, et le ton de sa voix est plus chaleureux que de coutume, quand il est en compagnie d'étrangers.

Il s'avisa que Rubrik faisait de gros efforts pour l'inclure dans leur conversation. A son grand étonnement, il s'avisa qu'il commençait à se détendre. Le Héraut lui rappelait beaucoup son oncle préféré — garde dans une caravane marchande, il avait toujours des histoires à raconter.

Rubrik commença par leur décrire certains des « étrangers » qu'ils côtoieraient à la cour. En d'autres circonstances, Karal ne l'aurait sans doute pas cru. Mais quel intérêt le Héraut aurait-il eu à leur mentir ?

S'il disait la vérité, alors… certains de ces étrangers n'étaient pas humains…

Ulrich n'eut pas l'air surpris, tandis que le Héraut leur décrivait les créatures les plus étranges dont Karal ait jamais entendu parler. Avec leurs costumes exotiques, leurs oiseaux-liges et leurs longs cheveux blancs, les Frères du Faucon étaient déjà difficiles à imaginer. Mais les griffons — Treyvan, Hydona et leurs deux petits… Ce dernier point convainquit Karal que Rubrik ne se moquait pas d'eux. S'il avait voulu leur jouer un tour, ce détail aurait été superflu. Deux griffons adultes étaient bien suffisants !

— On m'avait averti, dit Ulrich, laconique. Après tout, plusieurs de nos prêtres ont travaillé avec les griffons, dont une jeune dame qui en a retenu une leçon de… hum…

— Coopération, suggéra Rubrik avec un sourire ironique.

— Je songeais à « humilité », mais « coopération » fera l'affaire, répondit Ulrich, une lueur amusée dans le regard. Karal, tu dois te souvenir d'elle. Vous avez eu des cours ensemble. Gisell.

— Gisell ? Humilité ?

Ces deux mots n'allaient tout simplement pas ensemble ! Gisell était une des nobles les plus fières qu'il ait eu le malheur de rencontrer. Rien ne pouvait lui faire oublier son lignage.

Rubrik rit aux éclats.

— Un griffon peut couper un homme en deux et se repaître de ses jambes sous les yeux de la moitié restante. Alors quand l'un d'eux dit que vous travaillerez avec le fils d'un porcher et que vous aimerez ça, vous apprenez très vite à être humble.

— Si Gisell a pu assimiler ça, je veux bien croire à l'existence des griffons, répondit Karal, provoquant l'hilarité de son maître et de leur guide.

— Les griffons sont aussi réels que Laylan, mon Compagnon, dit Rubrik. Et ce ne sont pas des monstres non plus.

Le dilemme « Rubrik alias le Héraut » avait relégué au second plan les questions au sujet de son cheval... ou plutôt, de son Compagnon. Les légendes karsites regorgeaient de détails concernant les montures des Hérauts ! Maintenant, il s'expliquait enfin son comportement exemplaire.

Laylan n'était pas un cheval. C'était évident.

Ce n'est pas un monstre... Mais il ne peut pas être magique comme sont magiques les oiseaux des Frères du Faucon. Même si nous appelons les Compagnons « Chevaux des Enfers ».

Mais alors, qu'est-il donc ?

S'il se retint de poser la question, elle l'agaça comme une piqûre d'insecte qu'on ne peut pas gratter. Laylan sembla deviner qu'elle le tourmentait, car il ne cessa pas de le regarder. Jusque-là, l'ayant pris pour un animal, Karal ne s'était aperçu de rien. Mais Laylan les dévisageait souvent, Ulrich et lui. En un sens, il semblait participer à la conversation.

Finalement, il ne put tenir plus longtemps.

— Messire ? Votre... Laylan... qui est-il vraiment ?

Rubrik cligna des yeux, surpris par la question et se tourna sur sa selle.

— Eh bien... La meilleure explication, c'est que les Compagnons sont des esprits qui habitent dans des corps mortels. Un peu comme les griffons, sauf qu'ils choisissent de s'allier avec les Hérauts pour aider Valdemar. Nous croyons qu'ils ont pris l'apparence de chevaux parce qu'ils n'attirent pas l'attention.

— Ah ! (L'exclamation de compréhension ravie d'Ulrich les surprit.) C'est la meilleure explication que j'ai entendue sur l'apparence de vos Compagnons. Mais il me semble qu'elle n'est pas sans inconvénients…

Rubrik renifla dédaigneusement, imité par Laylan.

— Redites-moi ça après l'avoir vu charger ! Il n'est plus qu'une masse de muscles et de sabots, mon ami, et il sait comment se servir des uns et des autres ! Dans un combat, je le préfère à vingt hommes armés. (Inclinant la tête, il ajouta, l'air pensif :) Je trouve étrange que les Karsites n'aient rien qui ressemble à nos Compagnons. Votre Vkandis étant toujours occupé à…

Il rougit et ne termina pas sa phrase.

Mais Ulrich sourit.

— Fourrer son nez divin dans nos vies, c'est ce que vous alliez dire ? (Rubrik tressaillit, mais le prêtre le rassura.) Inutile de vous excuser. Sa Sainteté elle-même a déjà fait des remarques de ce genre. En fait, Vkandis peut se manifester de deux manières à nos prêtres ordinaires. L'ennui, c'est que l'une d'elles est facile à imiter.

Il jeta un regard interrogateur à Karal.

— La Voix de Flamme ? répondit le novice, interprétant ce coup d'œil comme une invitation à prendre la parole.

Ulrich acquiesça.

— Bien, tu te souviens de ce que je t'ai appris. (Il se tourna de nouveau vers le Héraut.) La Voix de Flamme est un halo de feu qui apparaît au-dessus de la tête d'un prêtre et parle par sa bouche. C'est la plus fréquente manifestation de la Volonté de Vkandis. Mais puisque les prêtres sont souvent des mages, vous comprendrez qu'il nous est facile de la simuler.

— Personne ne peut tricher avec un Compagnon…

— Justement, coupa Ulrich. Vkandis a une autre manière de se manifester, impossible à contrefaire celle-là, mais qui n'était plus qu'une légende — jusqu'à ces derniers temps. Il me semble que nos Chats de Feu sont très semblables à vos Compagnons.

— Des Chats de Feu ? (Rubrik secoua la tête.) Je n'en avais jamais entendu parler.

— Comme presque tout le monde, dit Karal. Jusqu'à ce que l'un d'eux apparaisse au côté de Solaris, même nos prêtres doutaient de leur existence !

— Un chat ? Comment un chat ordinaire…

— Pas plus que votre Laylan n'est un cheval ordinaire, mon ami, dit Ulrich. D'abord, il y a leurs couleurs… Ils sont crème avec les oreilles, les pattes, la queue et le museau rouges. De plus, comme vos Compagnons, ils ont les yeux bleus. Et pour finir, ils sont énormes — de la taille d'un mastiff. Oh, et ils parlent.

— Ils parlent ? fit Rubrik, incrédule. Attendez… vous voulez dire qu'ils Parlent par l'Esprit ?

— D'esprit à esprit, oui, confirma Ulrich. Mais ils peuvent s'adresser à qui bon leur semble, alors que je me suis laissé dire que vos Compagnons ne parlent qu'à leur Héraut attitré.

Le Valdemarien acquiesça.

— Depuis toujours, continua Ulrich, les Chats

de Feu apparaissent aux moments décisifs. Pas seulement au Fils du Soleil, mais à toute personne qui joue un rôle important dans ces événements. Par le passé, le Fils du Soleil était toujours accompagné d'un ou deux Chats de Feu. (Ulrich haussa les épaules.) Je crois que cela a cessé à l'époque où les Feux de Purification ont commencé. Depuis, selon moi, il n'y a pas eu une seule véritable manifestation de la Voix de Flamme — au moins, pas parmi les prêtres des grandes cités. Jusqu'à récemment…

Rubrik se redressa autant que le lui permettait son infirmité.

— Vous voulez dire que…

— J'ai entendu Sa Sainteté parler avec ce que je crois être la vraie Voix. Plus important, Solaris a un Chat de Feu. Il dit se nommer Hansa — le nom d'un des plus anciens Fils du Soleil. Même un démon ne pourrait se faire appeler ainsi impunément. Non seulement on l'a vu avec Solaris, mais il est apparu peu de temps après la disparition du Faux Fils. (Il hocha la tête en voyant Rubrik plisser les yeux.) Oui, sa venue a confirmé la légitimité de Solaris aux yeux de la population. Mais si vous avez encore des doutes, sachez que je tiens de Solaris — et de l'esprit d'Hansa — que c'est sur son conseil que le Héraut Talia a été fait Prêtresse du Soleil honoraire, pour sceller notre alliance.

La bouche de Rubrik s'arrondit de surprise.

Mais Ulrich n'avait pas encore terminé.

— Tous les Chats de Feu ont prétendu porter les noms d'anciens Fils du Soleil. Nous avons toujours pensé que leurs esprits adoptent une forme physique pour nous guider et nous conseiller. (Il jeta un coup d'œil à Laylan, qui lui retourna son regard, puis battit des cils.) Apparemment, ils sont exactement comme vos Compagnons, en moins nombreux. Sans doute parce qu'il y a eu moins de Fils du Soleil que de Hérauts.

Ce fut au tour de Rubrik d'avoir l'air sonné. Laylan lâcha un petit hennissement.

— Bien sûr…, souffla le Héraut. C'est évident.

Apparemment, cette idée ne lui était jamais venue.

L'étonnement de Rubrik était si sincère que Karal faillit gaffer en demandant : « *Vous voulez dire que ça ne vous avait jamais traversé l'esprit ?* » Il se retint juste à temps.

Primo, ç'aurait été terriblement grossier et Ulrich aurait eu tous les droits — et même le devoir — de le renvoyer à Karse sur-le-champ. Un diplomate ne posait pas ce genre de question.

Secundo…

Il est possible que les Compagnons aient empêché les Hérauts de deviner la vérité. Seuls les prêtres savaient ce qu'étaient vraiment les Chats de Feu. Le peuple voyait en eux une manifestation de Vkandis. Et il ignorait que les Chats s'adressaient aux prêtres. Après tout, s'ils détenaient la Voix, quel besoin avaient-ils d'un félin parlant ?

Plusieurs raisons justifient le silence des Compagnons au sujet de leur passé de Hérauts, décida Karal après quelques minutes de silence propice à la réflexion.

Il y avait jadis eu une tentative d'assassinat contre un Chat de Feu, perpétrée par le traître qui avait tué le Fils du Soleil du même nom.

Bien sûr, il a échoué. Les Chats de Feu savent se défendre. Et on raconte que le félon a fait un excellent combustible pour un feu de joie.

Il devait sûrement exister des gens qui seraient

très mécontents que certains Hérauts réapparaissent après leur mort. Et les Compagnons, contrairement aux Chats, pouvaient être tués.

Et même un Karsite sait que si on tue un Cheval des Enf... un Compagnon... on abat son Héraut du même coup.

Sans compter de probables conflits moraux parmi les Hérauts. Que ressentirait un être aimé, sachant que le défunt cher à son cœur pourrait revenir s'il le voulait — bien que sous une autre apparence ? Qu'il le fasse ou pas, cela risquait d'être une torture...

Pendant qu'il réfléchissait, Karal surprit Laylan en train de le regarder par-dessus son épaule... Quand leurs yeux se croisèrent, le Compagnon hocha imperceptiblement la tête, comme s'il connaissait ses pensées.

On dirait qu'il peut lire dans mon esprit...

Une fois de plus, il se pétrifia, stupéfait.

Comme Hansa ! Les Chats sont comme les Compagnons...

Laylan hocha de nouveau la tête.

Une seule idée réussit à émerger de l'esprit de Karal, troublé jusqu'aux tréfonds de l'âme.

Si les Chats sont comme les Compagnons, alors nous ne sommes pas si différents de nos anciens ennemis...

Sur sa vie, il n'aurait su dire si c'était une découverte réconfortante.

CHAPITRE VII

D'humeur morose, An'desha regardait par la fenêtre. Le soleil de la fin d'après-midi filtrait à travers les branches des arbres qui entouraient l'*ekele* de Flammechant.

Ah, le silence, quel don du ciel… Mais il était loin d'en profiter. Le jardin intérieur résonnait de rires et de conversations qui couvraient les clapotis et les murmures de la cascade et des fontaines.

Le jeune homme était assis sur le rebord de pierre, à une extrémité du bassin chaud, et il faisait un gros effort pour ne pas montrer son mécontentement. Mais il n'arrivait pas à étouffer son amertume, et il n'était pas sûr d'en avoir envie ! Flammechant ne lui avait pas demandé son avis. Il ne l'avait même pas averti de la venue de visiteurs — qu'il n'avait pour la plupart jamais vus. Un manque d'égards frappant… et An'desha ne se sentait pas d'humeur à faire contre mauvaise fortune bon cœur.

Cet endroit était son refuge… Alors pourquoi Flammechant y avait-il amené la moitié de Valdemar ?

Enfin, peut-être pas vraiment la moitié, mais

c'était l'impression que ça donnait. Le petit jardin semblait surpeuplé. La paix fragile qu'il y avait entretenue était brisée.

An'desha n'avait pas eu une très bonne journée. Non que tout soit allé de travers, mais rien ne s'était passé comme il l'avait voulu. Flammechant lui répétait sans cesse qu'il avait besoin de sortir et de rencontrer des gens. Il avait donc serré les dents et fait une tentative, espérant s'attirer l'approbation de l'Adepte — et pouvoir lui rapporter son succès, aussi minime soit-il.

Quelques jours plus tôt, il avait proposé d'aider un groupe d'aspirants en gris, rouille et bleu à apprendre le shin'a'in. Leur professeur avait accepté avec joie. La première leçon avait eu lieu le matin même. An'desha s'était dit qu'il devrait parler un peu à la fin des cours.

La leçon s'était très bien passée. Mais après leur avoir suggéré de l'interroger librement, An'desha avait dû prendre la fuite au bout de quelques minutes. Ces Valdemariens étaient simplement trop bizarres, sans rien en commun avec les Shin'a'in de son clan. Curieux et avides de tout savoir, ils lui avaient posé des questions impertinentes et terriblement indiscrètes. Bien sûr, ils n'avaient peut-être pas conscience d'avoir osé demander *cela*, leur shin'a'in étant peut-être plus balbutiant qu'il n'y paraissait. Mais pourquoi toutes ces questions au sujet de Flammechant ? Et que diable pouvait être un « cercle d'accouplement tayledras » ?

L'impolitesse était une chose, mais il les avait également trouvés superficiels — ce que leurs questions tendaient à démontrer. A ses yeux, ils ne se préoccupaient que d'eux-mêmes et de trivialités. Il leur en avait voulu d'être si cavaliers et insouciants, puis avait été choqué de la colère qu'il éprouvait à les voir se conduire comme des enfants.

Un jeune shin'a'in était considéré comme un adulte après avoir réussi à monter le cheval qu'il élevait et à survivre seul une semaine dans les Plaines. Certains y arrivaient parfois dès l'âge de neuf ans. Mais ces Valdemariens élevés dans des villes n'avaient pas la même maturité. Des enfants ! Ou plus précisément, car ils n'étaient pas beaucoup plus jeunes que lui — en apparence —, des enfants protégés. Il avait cru comprendre que la majorité n'avait pas été touchée par la guerre. Et aucun ne pouvait imaginer, même dans ses pires cauchemars, le genre d'horreurs qu'il avait vécues. Mais comment pouvait-il leur en vouloir d'être ce qu'ils étaient ?

Cela dit, ils n'avaient rien en commun avec lui, si différents qu'ils auraient tout aussi bien pu être des griffons ou des kyrees. A ce propos, An'desha se sentait plus proche de Rris que d'eux ! Au moins, il comprenait pourquoi le kyree posait toutes ces questions : en bon historien, il désirait connaître les faits, plus les raisonnements et les sentiments qui y avaient conduit.

Ces enfants n'avaient pas la même excuse pour se montrer si curieux.

Confus et bouleversé, An'desha s'était réfugié dans le seul endroit où il pensait être en sécurité et trouver la tranquillité... Tout ça pour découvrir que Flammechant l'avait exposé à une invasion d'amis — prévue sans l'avoir consulté.

D'accord, il n'y avait qu'une demi-douzaine d'intrus, mais ils semblaient être trois fois plus nombreux. Et ils l'avaient à peine salué avant de traverser son jardin et de plonger dans son bassin d'eau chaude. Il aurait pu se réfugier en haut, mais Flammechant aurait voulu savoir pourquoi, et il aurait probablement été agacé qu'il n'essaie pas d'être poli et sociable.

Il était donc resté, très vite exclu de la conversation parce qu'il ignorait de quoi parlaient ces gens.

A sa droite se tenaient Elspeth et Ventnoir — au moins, ceux-là, il les connaissait. Le Héraut Elspeth était la fille de la reine et elle possédait une créature appelée un « Compagnon », qui ressemblait à un cheval et communiquait par l'esprit. Mince et vibrante de vie, la jeune femme avait des cheveux désormais plus blancs que noirs et des yeux bleu gris, à force de manipuler l'énergie de la Pierre-Cœur située sous le Palais. Elle était unique en son genre : à la fois forte et belle, et pleine de confiance en elle — d'aucuns auraient dit têtue. Ventnoir était un Frère du Faucon et un Adepte — mais inférieur à Flammechant. Il avait les traits de rapaces caractéristiques de son peuple, plus les cheveux argentés et les yeux bleus que les Tayledras gagnaient à force de côtoyer les Pierres-Cœurs de leurs Vallées. Elspeth et Ventnoir avaient connu Flammechant bien avant qu'An'desha ne fasse son apparition dans leurs vies. Le Shin'a'in supposait qu'il avait été leur professeur.

Plus loin, dans l'eau jusqu'au cou, s'ébattaient une femme blonde qu'ils appelaient « Kero » et un homme dont il n'avait pas bien saisi le nom. Quelque chose comme « elder », mais ça n'était sans doute pas ça. Ces deux-là étaient plus âgés, mais An'desha n'aurait pas voulu les affronter en combat singulier. Leur musculature et leur façon de bouger indiquaient qu'ils étaient bien plus dangereux qu'ils n'en avaient l'air. Avant d'entrer dans le bassin, l'homme s'était débarrassé d'un uniforme blanc — celui des Hérauts. La femme était vêtue de cuir noir. Pourtant, comme Elspeth, ils possédaient tous les deux des créatures-esprits.

A côté d'eux, Flammechant jouait les hôtes attentionnés. Près de lui se tenaient l'ambassadrice shin'a'in et un mage que connaissait « Kero » et qui semblait avoir beaucoup de sang shin'a'in. Ce dernier était un peu plus jeune que la femme blonde. Mais s'il avait les cheveux noirs et la peau dorée des Hommes des Plaines, il arborait aussi des yeux émeraude. De plus, c'était un mage, ce qu'aucun Shin'a'in ne pouvait devenir, à moins d'être un chamane. Il semblait parfaitement à l'aise — bien plus qu'An'desha, qui vivait pourtant ici.

Ce n'était pas un groupe important — six personnes, huit en comptant Flammechant et lui — mais tous les invités avaient une si forte personnalité qu'An'desha se sentait rabaissé et ignoré. Ils bavardaient comme de vieux amis — ce qu'ils étaient sans doute — oubliant qu'il ne les connaissait pas très bien, sinon pas du tout.

Cette invasion, à la fin d'une très mauvaise journée, lui donnait envie de se comporter comme un enfant. Il voulait être seul avec Flammechant — même s'il lui était difficile de gérer ses sentiments pour le mage, celui-ci le comprenait. Flammechant lui chercherait des excuses et l'aiderait à trouver des réponses ! An'desha voulait entendre la musique de la cascade, pas le brouhaha des conversations. Ou s'il fallait qu'il y en ait une, il désirait que ce soit entre Flammechant et lui, au sujet de ses difficultés avec ces Valdemariens si indiscrets.

Ils étaient bien gentils, mais ils adoraient fouiner.

An'desha aurait volontiers dit qu'il voulait rentrer chez lui, mais il n'avait pas de chez lui, l'*ekele* étant ce qui s'en rapprochait le plus. Et voilà que ces étrangers venaient de lui prouver qu'il n'était pas chez lui…

Il ne voulait pas partager Flammechant, ni cet endroit, avec un groupe d'envahisseurs qui riaient et s'éclaboussaient. Ils conversaient en trois langues, dont il ne comprenait que deux — son shin'a'in natal et le tayledras —, à propos de gens et de situations qu'il ne connaissait pas.

Mais ce n'était pas tout. Quelque chose, dans cette assemblée, lui mettait les nerfs à vif. Un élément intangible qui n'avait rien à voir avec l'invasion de son intimité. Il sentait une sorte de frénésie fiévreuse dans leurs conversations, mais sans parvenir à en deviner la cause. En parlant fort, ils occultaient ce qui les dérangeait.

Et comme si tout ça ne suffisait pas, il devenait de plus en plus évident que Flammechant flirtait avec Ventnoir. Et devant tout le monde, en plus !

Flammechant essayait-il de l'humilier ?

An'desha sortit de l'eau. Il prit une serviette et commença à se sécher, ignoré par leurs visiteurs, et même par Flammechant, tout à son flirt avec Ventnoir.

O dieux… Comment avait-il pu ignorer que cela se terminerait ainsi ? Les Frères du Faucon n'avaient-ils pas la réputation d'être aussi légers en amour que leurs compagnons ailés ?

Mais fallait-il que Flammechant séduise quelqu'un juste sous ses yeux ? Et pourquoi Ventnoir ?

Ce sont des Tayledras, des Adeptes, et Ventnoir est beau, intelligent et mûr. Moi, je suis un monstre à moitié shin'a'in avec plus de problèmes que vingt personnes normales. Un lâche stupide qui ne comprend pas la moitié de ce que Flammechant lui explique.

— ... maintenant que tu as recouvré ta chevelure argentée, comme celle d'un Adepte doit l'être, et que tu as une garde-robe décente, tu fais honneur aux k'Sheyna, dit Flammechant.

An'desha enfila sa tunique et ses hauts-de-chausses, un petit exploit quand on avait la peau mouillée.

— Je me demande comment Elspeth a pu être attirée par toi, avec tes cheveux teints de la couleur de la boue et pleins de morceaux d'écorce. Tu ressemblais à un ermite fou, et certainement pas à un Frère du Faucon qui se respecte !

— Oh ? (Ventnoir fronça les sourcils et, avec un sourire malicieux, éclaboussa Flammechant.) Vraiment ? Et qui a dit à Elspeth qu'il voulait tresser des plumes dans mes cheveux ? Je pensais que tu aimais mon apparence rustique, que tu la considérais comme un défi.

— Foutaises ! répondit Flammechant en lui renvoyant les gouttelettes d'une « pichenette » magique. Si je lui ai dit ça, c'était que j'espérais te faire comprendre qu'il fallait soigner un peu ton apparence.

Ventnoir fit la moue.

— Dire que je croyais que tu avais envie de moi.

— Eh bien, maintenant que tu as l'air d'un être humain civilisé, et plus d'un buisson sauvage...

Flammechant battit de ses longs cils argentés à l'attention de l'Adepte k'sheyna, qui fit de même, avec un petit sourire satisfait.

An'desha les regarda, anéanti, embarrassé et humilié. Oh, il savait que les Frères du Faucon accordaient très librement leurs faveurs, mais...

Mais comment pouvaient-ils se comporter ainsi ? Sous ses yeux ? Ils voulaient le torturer ! Qu'avait-il donc fait pour qu'ils le traitent comme ça ?

An'desha sentit sa peau devenir glacée, puis brûlante. Sa gorge se serra, comme son estomac. Alors qu'il luttait pour se contrôler, son étonnement fit place à quelque chose de plus sinistre.

Il rougit de nouveau. De « comment peuvent-ils ? », sa pensée passa à :

Comment osent-ils ?

An'desha ferma les poings ; son estomac se contracta. Il serra les mâchoires si fort qu'il craignit que ses dents ne se cassent.

Il ravala une exclamation de peine et de rage.

Flammechant continuait de flirter avec Ventnoir, sans se rendre compte de rien.

Son cœur battait si fort qu'il se sentait trembler en rythme avec le rugissement de son sang, à ses oreilles.

Flammechant se pencha vers Ventnoir pour lui chuchoter quelque chose. Le jeune k'Sheyna rit aux éclats, dévoilant deux rangées de dents blanches et parfaites. Le k'Treva lui posa une main élégante sur l'épaule.

La rage d'An'desha flamba, alimentée par la jalousie, donnant naissance à une seule pensée :

Je vais... je vais l'éviscérer !

Qui, il n'aurait su le dire ! Il luttait contre sa colère impuissante et ses sentiments, qui menaçaient de le pétrifier sur place.

Au fond de lui, une entité noire bondit, tel un serpent. Elle envahit ses veines et vibra le long de ses nerfs.

Un instant, il ne trouva pas de cible à sa rage, tellement il était déchiré entre Ventnoir et Flammechant. Puis le k'Sheyna fit mine d'arracher une plume à son oiseau lige pour l'offrir au k'Treva, et An'desha tourna sa colère contre l'intrus.

Comment ose-t-il ?

A l'instant où il trouva sa cible, sa colère ne fut plus du tout impuissante.

La noirceur l'envahit et lui brûla le bout des doigts, désirant être libérée. Il sentit le pouvoir enfler en lui, monter dans sa gorge, avec le goût familier des attaques rageuses de Mornelithe Fléaufaucon. Un pouvoir conçu pour arracher les tripes du corps de Ventnoir et les lui jeter à la figure…

… l'éviscérer…

… l'évisc…

L'horreur le pétrifia juste avant qu'il ne lance son attaque.

Que suis-je en train de faire ?

An'desha s'arrêta, épouvanté, avant que le pouvoir lui échappe. Il le ramena en lui, l'écrasa puis le dispersa, tremblant comme une feuille. Mais pas de rage. De terreur.

J'ai failli le tuer.

… Dieux…

Sa rage se retourna contre elle-même pour s'auto-dévorer. Avec un sanglot étranglé, il tourna les talons et s'enfuit.

J'aurais pu le tuer. J'aurais pu. J'ai failli le tuer.

La panique fournit à ses jambes la force qui faisait défaut à son corps. Il devait s'éloigner, avant que quelque chose de terrible se produise. Qu'était-il donc ? Qu'était-il devenu ?

Pire encore… qu'était-il toujours ?

Un monstre. Je suis un monstre. Je suis la Bête…

Fléaufaucon était vivant, au fond de lui. Il

attendait de se libérer, ou pire, de le transformer en l'horreur sadique et pervertie qu'il avait été.

An'desha entendit quelqu'un arriver en courant derrière lui et se retourna pour renvoyer l'intrus d'où il venait. Il fallait qu'il l'éloigne de lui... avant qu'il ait eu l'occasion de le contaminer avec l'ombre de Mornelithe Fléaufaucon. Il n'était pas capable de penser plus clairement que ça. La certitude, c'était qu'il valait mieux que personne ne l'approche.

Mais il n'eut pas le loisir de parler. Elspeth était sur ses talons. Trompé par le bruit léger de ses pieds nus, il ne s'attendait pas à ce qu'elle soit si près de lui. Montant les trois dernières marches, elle le rejoignit en haut de l'escalier. Elle le prit dans ses bras, impulsivement, oubliant qu'elle était trempée et qu'elle ne portait qu'une tunique courte.

Cette étreinte bouleversa An'desha.

Oh, dieux...

Il se laissa aller, incapable de penser, et commença à pleurer. Elle le tint serré contre elle et lui caressa les cheveux, comme elle l'aurait fait avec un enfant victime d'un cauchemar. Soudain, il se ficha éperdument que la tunique de la jeune femme soit mouillée. Des larmes de peine et de panique débordaient de ses yeux et trempaient l'épaule contre laquelle il enfouissait son visage. Sa gorge était douloureuse tant il faisait d'efforts pour réprimer ses sanglots hystériques. An'desha s'accrocha à Elspeth, son unique refuge, et elle lui apporta son soutien.

— Tout va bien, An'desha, murmura-t-elle. Mon cher cœur, ce n'était pas du tout ce que tu crois ! Ventnoir et moi sommes ensemble, Flammechant le sait, et Ventnoir sait ce que Flammechant éprouve pour toi ! Ils se taquinaient, c'est tout, et ils n'auraient jamais fait ça s'ils avaient su à quel point ils te blessaient. Nous pensions que tu étais fatigué, et que tu voulais être tranquille, et Flammechant a été impossible toute la journée.

— Mais toi…, réussit-il à articuler, à travers ses larmes. Tu…

— J'étais la seule assez près pour voir ton visage, *ke'chara*. Ce n'était qu'un jeu. Maintenant, ils taquinent Kero. Tu étais si silencieux que nous avons pensé que tu te joindrais à la conversation plus tard, quand tu serais prêt. Personne d'autre ne t'a vu t'enfuir. Tu ne dois pas laisser ce genre de chose t'atteindre !

Elspeth le serra très fort un instant, et il sentit la flamme de son inquiétude le réchauffer. Il voulait que ça l'aide, il avait tellement besoin de réconfort.

Mais le cœur glacé de sa peur ne fondit pas.

Elle pensait qu'il s'était comporté comme un amant trompé — le personnage romantique d'une ballade. Elle n'avait pas la moindre idée de la véritable raison de sa fuite. Il fallait qu'il lui dise. Elle avait le droit de savoir. La prochaine fois, ce serait peut-être sa vie qu'il mettrait en danger, si Fléaufaucon avait son mot à dire.

— Ce n'est pas… (Il refoula les larmes qui menaçaient de le rendre incohérent.) Elspeth. Ce n'était pas ça… ne l'as-tu pas senti ? J'étais en colère, et le pouvoir m'a… m'a submergé. J'ai failli frapper Ventnoir ! J'ai failli le tuer !

Il s'écarta, effrayé à l'idée de la contaminer.

— C'est Fléaufaucon ! Il est toujours… là. Il me contrôle et je… je…

An'desha tremblait, terrifié. Comment aurait-il pu faire ça ? Ce devait être un coup de la Bête !

Contrairement à ce qu'il attendait, Elspeth ne tourna pas les talons. Elle le prit de nouveau dans ses bras et le serra très fort.

— Y a-t-il un endroit où nous pourrions parler tranquillement ? demanda-t-elle, alors qu'il recommençait à pleurer.

Il indiqua la droite et elle l'aida à marcher jusqu'à sa chambre. Là, elle l'aida à s'asseoir sur un coussin et s'installa près de lui, sans le lâcher, jusqu'à ce qu'il se calme.

— Reprenons depuis le début, dit-elle, alors que le crépuscule s'installait, inondant la pièce d'une lumière bleutée. Tu étais fatigué, et un peu bouleversé, et nous sommes venus détruire la paix à laquelle tu aspirais. C'est ça qui t'a fait sortir de tes gonds, pas vrai ?

Il acquiesça, ne l'écoutant que d'une oreille. Tout ça n'avait vraiment plus d'importance.

— Et alors que tu étais déjà mécontent et en colère contre nous, tu as cru que Flammechant essayait de séduire Ventnoir. Mais tout ce que tu as vu, c'était Flammechant en train de taquiner un ami capable de plaisanter avec lui, sans arrière-pensée.

« Une Shin'a'in m'a dit un jour que les taquineries des Frères du Faucon impliquent généralement des sous-entendus et un flirt. Elle a ajouté que je ferais bien de m'y habituer, puisqu'il serait aussi stupide de me fâcher à propos d'un comportement qui fait partie de leur éducation que de reprocher aux oiseaux de voler. Alors… je m'y suis accoutumée, et à ce jeu-là, je me défends très bien.

— Alors, je dois l'accepter ? demanda An'desha, non sans une certaine colère.

Il la sentit hausser les épaules.

— Si tu ne le fais pas, tu risques de souffrir…

An'desha, j'ignore si tu as jamais aimé quelqu'un, mais tu dois savoir une chose : tu ne peux pas changer la personne que tu aimes. Pour qu'un couple fonctionne, il faut être prêt à faire des compromis.

Il secoua la tête, un peu sonné et furieux à l'idée qu'elle croie que ses problèmes se résumaient à ça. Une fois de plus, elle devina ses pensées sans qu'il ait besoin de rien dire.

— Euh… ce n'est pas ça ?

Il acquiesça, puis secoua la tête, impuissant.

— C'est davantage que ça, alors ?

Il hocha la tête.

Elspeth ne dit rien pendant un moment. Sourcils froncés, elle réfléchissait.

— Très bien. Je veux que tu m'écoutes, à présent, et que tu me croies. Ventnoir et moi sommes amants, partenaires et amis. Rien ne pourrait s'immiscer entre nous, et Flammechant le sait. Il sait aussi que je ne suis pas tayledras, et que je serais terriblement blessée si ce que tu as vu et entendu était autre chose que des plaisanteries entre amis. Et Ventnoir aussi. C'est un des compromis que nous avons fait. (Elle rit.) Qui plus est, il sait qu'il y aurait des risques qu'il soit blessé, lui aussi — physiquement, je veux dire. J'ai quelques défauts, An'desha, et le premier, c'est mon mauvais caractère. Je refuse de partager Ventnoir, et je ne me laisserai pas humilier, surtout pas en public. Et si je pensais que ça risquait d'arriver, bien quelqu'un aurait besoin d'être pansé, ou d'un guérisseur.

— Oh.

Ce fut tout ce que le jeune homme réussit à dire.

— Alors… si je n'ai pas de raison d'être jalouse — et crois-moi, je suis la fille la plus jalouse de Valdemar — tu n'as pas à l'être.

Pas très sûr de lui, il se frotta les yeux avec le dos de la main. Un proverbe shin'a'in, peu flatteur, lui vint à l'esprit.

— Ne dit-on pas que…

— Femme trompée est toujours la dernière à savoir ? acheva-t-elle pour lui. Oui mais « on » n'a pas pensé aux oiseaux liges et aux Compagnons. Vree n'apprécie guère Aya, mais il nous aime beaucoup, Gwena et moi. Si Ventnoir m'était infidèle avec Flammechant, il deviendrait aussi bavard qu'un jais et se confierait à Gwena ou à moi, voire aux deux.

An'desha s'essuya de nouveau les yeux. Cela semblait logique.

— Mais…

— Mais ce serait n'accorder ni sentiment, ni décence, ni honneur à Flammechant. Et présumer qu'il est aussi superficiel qu'il voudrait le laisser croire. Ce qui serait injuste envers lui, et tu le sais. Et moi aussi. (Elle lui prit le menton et lui releva la tête pour le regarder dans les yeux.)

« *Ke'chara*, c'est un Adepte Guérisseur. Ne sais-tu pas ce que ça signifie ? Tu devrais être le mieux à même de le comprendre. Il ne le montre pas, mais il est sans doute l'homme le plus concerné que je connaisse par le bien-être d'autrui. Il t'aime et je crois que l'intensité de ses sentiments pour toi le surprend lui-même. Il s'est beaucoup investi pour te guérir, et il serait prêt à dépenser jusqu'à sa dernière étincelle d'énergie pour toi. Il est aussi digne et honorable qu'un Héraut, et c'est le plus grand compliment que je puisse faire.

An'desha déglutit lentement, pour ravaler la boule qui s'était formée dans sa gorge.

— Je…

— Il a des défauts, des tas, même, mais ne pas

s'inquiéter pour toi n'en fait pas partie. Lui et moi sommes très semblables quand il s'agit d'histoire de cœur. Peut-être parce que nous avons un ancêtre commun, je ne sais pas… (Elspeth prit un air sévère qui lui rappela Besoin.) Il a la capacité d'aimer, et il ne risquerait pas son amour pour une chose sans importance.

« Ce n'était qu'un jeu. Il ne mettrait jamais en péril ce qu'il partage avec toi.

An'desha devait la croire. Elle savait. Elle connaissait bien les gens, et en particulier Flammechant et Ventnoir. Il cligna des yeux — ils étaient brûlants et douloureux — et hocha la tête. Puis ses peurs revinrent à la charge, plus vives qu'avant, quand il pensa à ce qu'il aurait pu faire, sans la moindre raison. D'une certaine manière, c'était encore pire.

— Mais Flé…, commença-t-il.

Elspeth le fit taire d'un regard et lui posa un doigt sur les lèvres.

— Fléaufaucon n'a rien à voir avec la manière dont tu as réagi. Ta promptitude à te sentir blessé, oui. Fléaufaucon est mort, et bon débarras !

— Non ! Cette fois, c'est toi qui ne comprends pas ! Il n'est pas mort, il est toujours là, à l'intérieur de moi, et il guide mes pensées et mes actes…

— Dieu, non ! Bon sang, je doute que Fléaufaucon ait jamais tenu assez à quelqu'un pour éprouver de la jalousie ! Pour être jaloux, il faut aimer quelqu'un — en dehors de soi-même !

Cette remarque le prit de court. An'desha n'avait jamais pensé à ça. Il dut acquiescer, bien qu'avec circonspection. Fléaufaucon n'avait jamais aimé personne — il adorait posséder les gens, c'était tout.

Elspeth sourit tristement.

— Quant à ta réaction, aussi violente et irrationnelle qu'elle ait pu être… eh bien, des tas de gens ordinaires ont des crises de jalousie. Ça arrive tout le temps. (Son sourire se transforma en grimace.) Les Hérauts le voient tous les jours.

— Je ne suis pas ordinaire…

— Non… Les gens ordinaires n'ont pas le pouvoir de démembrer ou d'éviscérer une personne d'une simple pensée. Mais ils trouvent un autre moyen de le faire, s'ils sont assez en colère. Ça leur demande juste un peu plus d'effort. Et comme je viens de le dire, les Hérauts voient quotidiennement le résultat des crises de jalousie. Les dieux savent que dans cette cité, on trouve de nombreux exemples de violence humaine, ces choses que les hommes sont capables de s'infliger sous le coup de la jalousie ou de la colère. La seule différence entre eux et toi, c'est qu'ils sont obligés d'avoir recours à des moyens ordinaires pour agir. (Elle toussa et se frotta l'aile du nez.) C'est horrible et tragique, mais c'est comme ça.

— Mais ce que je veux dire, c'est…

— Ce qui te rend différent de ces gens ordinaires et stupides, c'est que tu as maîtrisé tes instincts. Tu t'es contrôlé. Puis tu as été horrifié à l'idée que tu aurais pu blesser Ventnoir, alors qu'il venait de te faire du mal.

— J'aurais pu ne pas me contrôler !

— Mais tu l'as fait ! Tu l'as fait, même si tu ignorais que c'était un jeu et que ça ne voulait rien dire. Tu t'es maîtrisé alors que tu pensais avoir toutes les raisons de te venger.

« Désormais, tu as vu à quoi ressemble un échange de plaisanteries entre deux excellents amis, et tu ne referas plus la même erreur. Tu sais à quel point tu comptes pour nous, n'est-ce pas, et que nous ne ferions jamais rien qui puisse te blesser ? A l'avenir, j'espère que tu te renseigneras avant de tirer des conclusions.

— Je…

Il s'arrêta, parce qu'il ne savait pas quoi dire. Elspeth avait réponse à tout. Et peut-être avait-elle raison. Il n'avait aucun moyen de le savoir…

Elle attendit patiemment qu'il termine sa phrase, puis haussa les épaules.

— Je crois qu'il faut faire quelque chose pour sauver les apparences. Je suis sûre que tu ne tiens pas à ce que les autres soient au courant… Si j'étais à ta place, je sais que je ne le voudrais pas.

An'desha était entièrement d'accord. Il se sentait tellement stupide ! Mais il refusait que tout le monde le sache.

— Bien, il faut trouver une raison à notre absence. (Elle se mordilla un ongle, perdue dans ses pensées.) De la nourriture, peut-être ? Ou un truc à boire ? Avez-vous quelque chose ici ?

— Oui, répondit-il. Et tous nos invités doivent avoir soif.

— Bon, allons préparer un plateau.

Elspeth se leva et lui tendit la main. Il la prit et elle l'aida à se relever. Elle était beaucoup plus forte qu'elle n'en avait l'air.

Sa tunique avait séché et ses cheveux aussi. Ils bouclaient et formaient un nuage noir autour de son visage. Il se demanda comment elle pouvait être à la fois si réelle et irréelle.

— Montre-moi le chemin, *ke'chara*. Je suis une piètre cuisinière, mais je peux porter un plateau.

Elle lui fit un clin d'œil, et An'desha se surprit à lui sourire. Il l'emmena dans la petite cuisine où il lui arrivait de préparer leurs repas.

Ils rassemblèrent assez de nourriture et de boissons pour justifier une longue absence. Elspeth fit disparaître les traces de ses larmes avec un linge humide. Puis elle réussit à le persuader de se joindre aux autres, promettant qu'ils ne l'excluraient plus.

Malgré cela, quand il redescendit, le poids invisible qui pesait sur lui était un peu plus lourd qu'avant. Elspeth avait probablement raison au sujet de Flammechant et de Ventnoir, mais pour lui…

Car malgré les paroles rassurantes de la jeune femme, Fléaufaucon avait laissé des traces en lui, sous la forme de connaissances et de souvenirs. Même s'il savait contrôler ses émotions, il ne pourrait jamais plus avoir totalement confiance en lui après avoir servi d'hôte à un dément pendant des décennies. Non, sur l'avenir, il ne partageait pas l'optimisme d'Elspeth. Il n'avait plus une once d'espoir… et encore moins l'assurance qu'il serait capable de maîtriser sa rage la prochaine fois.

Il existait bien des moyens de devenir fou.

CHAPITRE VIII

Les chevaux ne sont pas faits pour voyager la nuit, surtout quand il n'y a pas de lune.

Karal était un bon cavalier et il sentait la tension du hongre par l'intermédiaire d'une multitude de signes physiques. Le cheval était anxieux et fatigué, l'absence de visibilité exacerbant sa nervosité.

Trenor trébucha sur la route accidentée. Karal le rassura de la main et de la voix. Le hongre hennit pitoyablement. Le jeune homme se demanda s'il n'allait pas devoir dire au Héraut Rubrik qu'il allait mettre pied à terre pour conduire son cheval par la bride, avant qu'il ne se casse une patte.

— Nous y sommes presque, Karal. Haven est derrière la prochaine colline, tu verras, dit la voix de Rubrik, flottant dans le noir. (Il aurait pu être un esprit désincarné, ou à des lieues de là. Impossible de le dire !) Ou plutôt, tu verras les lumières. Et dès que ton cheval saura où il met les sabots, tout ira mieux.

— Je refuse de pousser Trenor jusqu'à l'épuisement, ou qu'il tombe avec moi sur son dos ! S'il trébuche encore, je mettrai pied à terre.

Une forme blanche apparut et il s'avisa que Rubrik et Ulrich l'attendaient sur le bord de la route.

— Personne ne te demande ça, Karal, dit le Héraut d'une voix lasse. Si je le pouvais, je vous épargnerais. Mais entre ici et Haven, il n'y a que des buissons. Et une fois que nous serons là-bas, autant aller au Palais ! Je suis navré de vous torturer ainsi, mais du mauvais temps magique se prépare, et le dernier pont menaçait de céder.

Il se répète. C'est la troisième fois qu'il me dit ça. Il prétend être en meilleure condition physique qu'il ne l'est réellement. Je parie qu'il souffre plus qu'il ne nous le laisse voir.

Ils avaient franchi le dernier pont au coucher du soleil. Ayant pu constater à quel point il était branlant, Karal n'avait pas protesté quand leur guide avait décidé de continuer. Comme il avait vu l'arbre qui était tombé dessus quelques heures avant leur passage, il n'avait pas non plus demandé pourquoi une structure de cette importance n'avait pas été réparée.

Maintenant qu'il y repensait, il se souvenait d'un autre détail, qui ne l'avait pas frappé sur le moment : l'arbre avait un tronc énorme — deux hommes auraient eu du mal à en faire le tour avec leurs bras — et il avait été déraciné. Pas été emporté par la rivière, mais arraché du sol. Karal préférait ne pas imaginer quel genre de temps pouvait déraciner des arbres et faire déborder des cours d'eau en quelques heures.

Après, ils ne trouvèrent de chambre nulle part. Les auberges affichaient complet, en grande partie à cause du mauvais temps, en pleine saison des foires commerciales.

Ils avaient continué leur route, sachant qu'un lit

et un repas les attendaient à Haven. Mais après le coucher du soleil, les choses étaient devenues bien plus difficiles que prévu. C'était une nuit sans lune, et les nuages cachaient les étoiles. Cela ne gênait peut-être pas le Compagnon, mais le pauvre Trenor peinait, tout comme Abeille. Un peu d'herbe et deux poignées de grains ne remplaçaient pas un repas et une bonne nuit dans une stalle.

L'humeur de Karal était aussi sombre que celle de sa monture, même s'il comprenait pourquoi ils chevauchaient encore au milieu de la nuit. Au moins, c'était mieux, pour Ulrich, que de dormir sur le bas-côté de la route. Abeille l'avait porté des nuits entières dans des conditions bien pires, et tant qu'il restait sur son dos, ses articulations ne refroidissaient pas. S'ils s'arrêtaient, il serait trop raide pour se remettre en selle.

L'obscurité étouffait les sons parce qu'il ne leur restait quasiment aucune référence visuelle. Même les insectes, au bord de la route, semblaient bourdonner derrière un mur.

— J'ai annoncé notre arrivée, dit Rubrik.

Karal le crut, même s'il ignorait comment le message du Héraut pouvait les précéder. Sauf grâce à la magie… Ulrich estimait que leur guide faisait, d'une manière ou d'une autre, un rapport quotidien à ses supérieurs. Il devait donc utiliser la magie.

— Des serviteurs nous attendent, et le maréchal-ferrant de la reine prendra soin de votre cheval dès que nous aurons atteint le Palais.

Karal tapota l'épaule de Trenor. Aussi fatigué que fût le hongre, sa respiration n'était pas laborieuse. Et même s'il trébuchait souvent, il n'était jamais tombé. Un bon repas, une couverture et une stalle tiède, et Trenor serait en pleine forme.

Je ne dirais pas « non » à du gruau, à une bonne couverture et à un matelas de paille…

— Merci. D'habitude, je préfère m'occuper moi-même de Trenor… Mais je suis si fatigué que je risquerais de le laisser boire trop vite.

Et voilà. Je suis si éreinté que je parle pour ne rien dire. Une bonne chose que Rubrik soit trop épuisé pour s'en apercevoir, ou il pourrait tirer de moi tout ce qu'il veut en lançant la conversation et en me laissant parler. Et Ulrich est trop las pour faire attention à ce que je dis.

— C'est la dernière côte, promit Rubrik.

Je l'espère, sinon je continue à pied.

Rubrik n'avait pas menti. Quelques instants après, Karal vit les lumières de Haven apparaître au-dessus de la crête. Comme il était tard, elles n'étaient pas nombreuses, mais d'après leur espacement, il paraissait évident que la capitale valdemarienne était immense.

C'est grand. Oui, très grand.

Quelques années plus tôt, Karal en serait resté bouche bée. Mais c'était avant qu'on l'amène à Sunhame, la capitale de Karse où avait été construit le premier et le plus grand Temple, pour accueillir le Trône de Vkandis. Sunhame était au moins aussi grande que Haven…

Il n'était pas impressionné, sinon de constater qu'ils étaient beaucoup plus près qu'il ne l'avait cru.

— Nous arriverons bientôt, répéta Rubrik. Nous sommes presque à la périphérie. Les rues étant désertes, nous devrions atteindre très vite le Palais.

Trenor leva la tête et huma l'air. Il dut aimer ce qu'il sentit car il accéléra le pas.

Abeille l'imita en lâchant un braiment asthmatique.

— Ils doivent sentir les chevaux et la rivière, dit Ulrich.

Lui aussi parle pour ne rien dire. S'il est si fatigué, il ne se lèvera pas tôt demain... et je n'aurai pas à le faire non plus.

La première bâtisse appartenant à la ville proprement dite apparut sur leur droite. Il faisait trop noir pour bien voir, mais d'après l'odeur d'argile froide, de fumée et de brique chaude, Karal devina qu'il s'agissait de l'atelier d'un potier.

Cela aussi lui rappela Sunhame. Les ateliers, les entrepôts et les moulins se trouvaient à la périphérie. Peu de gens aimant le bruit, ces métiers étaient souvent éloignés des habitations.

D'autres bâtiments noirs se découpèrent de chaque côté de la route. Ici et là, une lampe ou une chandelle brûlaient derrière les rideaux, mais sans éclairer l'extérieur. Les sabots de leurs montures résonnaient dans un silence parfois brisé par les aboiements d'un chien ou les grincements d'une enseigne malmenée par la brise. On entendait quelques insectes, mais pas un seul animal. Ils auraient pu traverser une ville fantôme.

Karal frissonna. Il n'aimait pas cette image.

Des lumières apparurent. Quand ils approchèrent, Karal vit que c'était des lanternes accrochées à des poteaux, devant les boutiques fermées pour la nuit. Apparemment, il y en avait tout au long de la rue, à intervalles réguliers. Alors qu'ils dépassaient la troisième, Karal vit un jeune homme bien vivant marcher dans leur direction. Il menait par la bride un âne chargé de deux pots fermés et d'une échelle.

Qu'est-ce que c'est que ça ?

Karal eut bientôt la réponse à sa question. L'homme descendit une échelle du dos de l'âne et l'appuya contre le poteau d'une lanterne éteinte.

— Bonsoir, Héraut, dit-il d'une voix joyeuse tout en montant les barreaux.

— Bonsoir, allumeur de lanternes, répondit Rubrik. On m'a annoncé qu'il va y avoir un orage magique…

— C'est ce que je me suis laissé dire aussi. J'espère avoir terminé dans une heure et être au chaud quand ça craquera. (Il souleva la pièce en métal percé qui protégeait la mèche puis remplit le réservoir avec la bouteille accrochée à sa ceinture.) Les mages disent que ça sera un sale orage. Au moins, maintenant, nous sommes avertis, même s'ils ne semblent pas pouvoir faire grand-chose. Quel dommage !

C'est sans doute pour ça que tout est si calme… Les gens se sont calfeutrés chez eux.

Ils passèrent devant l'homme, qui descendait de son échelle. Il leur fit un signe de la main, pressé de finir sa tournée.

Pourquoi les mages ne font-ils rien au sujet du temps ? Nous pouvons…

— Il y a trop à faire, et pas assez de mages, dit Rubrik. Pour une raison quelconque, nous n'avons pas beaucoup de mages spécialistes du climat. Des gens capables de prédire le temps, nous en avons, et même à la pelle, mais peu sont en mesure d'arranger les choses sans les détériorer ailleurs.

— Nous avons beaucoup de mages spécialistes du climat, dit Ulrich. C'est un talent très commun à Karse. Peut-être à cause de nos rudes climats…

— Je sais, répondit Rubrik d'une voix très lasse. C'est un des points dont Sa Majesté veut s'entretenir avec vous. Nous pensions qu'après la défaite d'Ancar, les choses rentreraient dans l'ordre, mais elles empirent. Vous avez vu le pont…

— Hum…

Ulrich ne dit rien de plus, mais Karal devina ce qu'il pensait. Selon les critères karsites, Valdemar était un pays prospère — c'est-à-dire riche en terre arable. Karse était un pays montagneux au sol pauvre et plein de cailloux. Valdemar avait toujours des surplus de grains, de viandes et de produits laitiers. Karse ne serait pas opposé à en bénéficier en échange du travail de quelques-uns de ses mages spécialistes du climat. Ce genre de détail n'était pas entré en ligne de compte pendant les négociations de paix, ni dans les clauses de l'alliance qui avait suivi.

C'était la raison de leur présence.

Et ce type de négociation aurait été impossible si l'Empire et sa magie ne les menaçaient pas.

Les vieux crétins refusent de négocier avec les Créatures des Enfers. Seuls Vkandis et le risque d'une destruction totale les ont forcés à accepter une alliance. Mais les pactes que nous allons signer survivront peut-être à la menace impériale, si les vieux idiots meurent ou s'habituent à traiter avec les « Créatures des Enfers ».

Il était étrange que Valdemar subisse toujours autant de contrecoups magiques. Le royaume comptait beaucoup d'Adeptes, qui auraient pu enseigner aux autres comment manipuler et contenir la magie. Maintenant qu'Ancar ne semait plus sa peste magique partout, les choses auraient dû rentrer dans l'ordre. Non ?

A moins que quelque chose ne se prépare…

— Je me demande si l'Empire a un lien avec ça, se demanda Karal à voix haute.

— Avec quoi ? demanda Rubrik.

Karal rougit et fut content que l'obscurité dissimule son embarras. C'était la deuxième fois. Il allait devoir se surveiller. Et apprendre à se taire quand il était fatigué — ses pensées passaient directement dans sa bouche.

— Le… ce mauvais temps, messire, répondit-il. L'Empire ne manque pas de mages, dit-on. Ne pourraient-ils pas vous envoyer ce mauvais temps pour faire de vous une cible plus facile ?

— C'est possible… Mais j'ignorais qu'on pouvait réussir ça à une telle distance.

Rubrik jura, puis se raidit et étouffa un petit cri de douleur. Karal comprit qu'il devait beaucoup souffrir. Le rythme qu'il imposait était aussi dur pour lui que pour eux, même si son Compagnon semblait aussi frais qu'à leur départ.

— En théorie, c'est faisable, même si personne de ma connaissance n'a jamais essayé, dit Ulrich. J'ai lu quelque chose à ce sujet dans de très anciens textes sur la magie. Mais se servir du temps comme une arme n'est pas très judicieux, car ce genre d'attaque est facile à parer.

— Sauf quand l'ennemi n'utilise pas la magie. (Rubrik jura de nouveau.) Ce qui n'a pas pu échapper aux espions de l'Empire. Ils doivent se gausser de nous, s'ils sont les responsables. J'en parlerai aux personnes compétentes.

— Admettons que ce mauvais temps soit l'œuvre d'un mage, insista Ulrich, il suffirait d'un de nos spécialistes du climat pour y remédier. Et il n'aurait même pas besoin d'être très puissant. Je suis trop fatigué pour vous dire si ces perturbations vous ont été envoyées. Mais si l'Empire en est la cause, la distance joue en notre faveur. Car en travaillant d'aussi loin, nos ennemis ne pourraient pas empêcher un mage spécialiste du climat, même sans grand talent, de dissiper leur magie. Un spécialiste moyen, s'il jette son sort près de sa cible, peut disperser celui d'un mage beaucoup plus puissant.

— C'est bon à savoir, répondit le Héraut. S'il vous plaît, rappelez-moi d'en parler aux personnes concernées.

— Prends note, Karal, fit Ulrich.

Le novice obéit. Il veillerait à ce que cette conversation soit consignée dans les deux jours, pour qu'Ulrich puisse s'en servir lors de ses discussions avec les dirigeants de Valdemar.

— Qu'est-ce que c'est que ça ? demanda Ulrich, alors que Karal mémorisait ce qui avait été dit.

Le jeune homme leva les yeux. Une énorme structure leur barrait la route, beaucoup trop large pour être un bâtiment. Des lumières étaient visibles tout en haut, à des dizaines de pieds du sol.

Cette partie de Haven était plutôt surprenante.

— Ce sont les anciens murs de la ville, répondit Rubrik. Ils marquent la limite entre la vieille cité et la nouvelle. Nous sommes presque arrivés.

Très impressionnants, les murs étaient aussi très épais, comme le prouvaient les tunnels qui reliaient les deux parties de la cité, avec une porte à chaque bout.

Des gardes les arrêtèrent. Avant de continuer, ils durent attendre que le capitaine parcoure les papiers que lui tendit Rubrik et y fasse une annotation.

— Efficace, observa Ulrich.

Rubrik se contenta de hocher la tête.

On dirait que nous étions vraiment attendus…

De ce côté, les lanternes publiques étaient plus nombreuses et ils n'eurent aucun problème pour se repérer. Une fois qu'ils eurent franchi le mur, il y eut également davantage de signes de vie. Des tavernes étaient encore ouvertes. De la musique, des rires et des voix s'échappaient par leurs fenêtres ouvertes. Ici et là, un artisan industrieux brûlait une chandelle pour terminer un travail en cours. L'odeur de pain chaud apprit à Karal que les boulangers de Haven n'étaient pas différents de ceux de Sunhame : ils travaillaient surtout la nuit, quand il faisait plus frais.

Ils croisèrent aussi quelques chariots affectés au transport de grosses marchandises difficiles à déplacer de jour.

Les rues étaient revêtues d'un matériau trop lisse pour être des pavés.

Rubrik leva la tête et se rembrunit.

— L'orage qui approche doit être pire que ce qu'on m'a dit, déclara-t-il. Regardez, les volets ont été attachés de l'intérieur.

Karal hocha la tête, comprenant soudain pourquoi la ville lui avait semblé si tranquille. La plupart des fenêtres étaient barricadées et leurs volets empêchaient la lumière et les sons de sortir.

— C'est inhabituel à cette époque de l'année ?

— Très, répondit Rubrik.

Eh bien, s'ils attendent le genre d'orage capable de déraciner un arbre, à leur place, je fermerais aussi mes volets. Mieux valait passer une nuit ainsi que d'être réveillé par une fenêtre qui claque ou par une vitre brisée.

Il sembla à Karal qu'ils tournaient en rond. Il regarda autour de lui, tendit le cou et essaya de voir s'il n'y avait pas une route plus directe. Il n'avait même pas encore aperçu le Palais, alors qu'à Sunhame, ils auraient été sur le grand boulevard, juste en face !

— Haven n'a pas été bâtie selon les mêmes plans que Sunhame, dit Ulrich, tandis qu'il continuait de chercher un signe indiquant qu'ils approchaient de leur destination. Elle a été construite comme une place forte. On m'a dit que le Palais était une véritable forteresse, à l'origine, et qu'il n'est pas beaucoup plus grand que les maisons de la haute noblesse. Les rues ont été dessinées pour rendre une invasion difficile, au cas où une armée ennemie réussirait à passer le mur d'enceinte. Il n'y a pas de route directe vers le Palais.

Alors que Sunhame est dédiée à la religion. Le Temple se dresse au centre de la cité, jouxtant le Palais du Fils du Soleil, et toutes les routes y mènent directement.

De fait, la configuration de Sunhame symbolisait un soleil : les constructions principales occupaient un cercle, au centre, d'où partaient toutes les rues.

Karal espérait que l'esprit des Valdemariens n'était pas aussi tordu que leurs voies d'accès.

Les maisons et les échoppes devenant de plus en plus riches, ils devaient approcher du but !

Bientôt, il n'y eut plus de boutique ni de taverne. La route était bordée de somptueux manoirs. Enfin, alors que Karal commençait à se demander si Rubrik ne les avait pas perdus dans ce labyrinthe, ils arrivèrent devant un autre mur.

Beaucoup moins imposant que le précédent — à peine deux étages… S'il était gardé, Karal ne vit personne, malgré la profusion de lanternes. Elles étaient placées plus haut que la tête des voyageurs, assez près du sommet pour faciliter leur entretien.

De l'autre côté se dressait un grand bâtiment. Avant que Karal n'ait pu poser une question, ils gagnèrent une petite porte — si minuscule qu'il serait probablement passé devant sans la voir.

— Salut, Rubrik ! lança gaiement un jeune homme en uniforme bleu pâle. Qu'est-ce qui vous prend de faire entrer les ambassadeurs par la porte de service ? Ce ne sont pas des façons de traiter nos alliés !

Karal se raidit sous l'insulte, mais Rubrik feignit de flanquer un coup de pied au garde.

— Idiot insolent ! Ce n'est pas la porte de service mais la Porte Privée, et tu le sais très bien, Adem ! Tu veux déclencher une nouvelle guerre contre Karse ?

Karal se détendit. Le garde ouvrit la grille.

— Oh, allez, ces types ne parlent sûrement pas un mot de notre lang...

— Je la parle suffisamment bien pour savoir que vous ne pensiez pas à mal, jeune homme, mais vous devriez surveiller vos manières, dit Ulrich. Avec tous les étrangers qui arrivent à la cour, vous feriez mieux de ne pas présumer qu'ils sont ignorants, et de tenir votre langue.

Le garde pivota sur les talons, pâle comme le mur de pierres, et commença à bredouiller des excuses.

Rubrik l'interrompit. Se tournant sur sa selle, il s'adressa à Ulrich.

— Messire prêtre ? C'est vous qui avez été insulté. Je vous laisse donc le soin de décider de sa punition.

Il avait parlé dans sa langue, pour que le garde le comprenne.

Ulrich réfléchit un instant, puis répondit :

— Je crois que vous devez faire un rapport...

mais sans répéter tous ses propos. Dites qu'il n'a pas été… hum… très professionnel, et qu'il a agi en présumant que nous ne connaissions pas votre langue. Il ne pensait pas à mal, je crois, mais ce comportement pourrait être pris pour une insulte. Selon moi, la meilleure punition, c'est de lui faire apprendre les rudiments de notre langue.

Rubrik regarda durement le garde. Karal fut surpris de constater qu'il était du même âge que lui.

— Tu as entendu, Adem. Je ferai un rapport sur toi dès demain matin. Ça devrait te valoir deux semaines de corvées d'écurie — ce que tu mérites amplement. Tu représentes la reine. Même au milieu de la nuit, tu ferais bien de t'en souvenir.

Le garde salua, puis ouvrit la porte et s'écarta.

— Oui, messire ! dit-il d'une voix encore un peu tremblante, son regard trahissant son soulagement. Bien, messire !

Rubrik passa la porte, suivi par Ulrich. Le garde leva les yeux.

— Merci, messire, dit-il tout bas.

Le prêtre hocha la tête, et s'autorisa un petit sourire.

Karal suivit son maître. Quand le garde referma derrière eux, il entendit grincer les gonds. Devant eux s'étendait une route pavée qui menait au grand bâtiment que le novice avait vu de l'extérieur. Il était éclairé par une multitude de lanternes savamment disposées.

Ainsi, les patrouilles voient chaque recoin… Je me demande si la reine a reçu des visites désagréables dans un passé récent ?

Karal s'avisa que la zone délimitée par le mur était plus importante qu'il ne l'avait cru de prime abord. Elle lui parut même immense… plus grande encore que la cité elle-même. Il y avait même une sorte de forêt, là, sur la gauche…

Mais le bâtiment, sur sa droite, retint son attention. Un petit groupe en sortit et vint à leur rencontre.

Quatre personnes étaient des serviteurs. Mais il y avait également deux hommes en riches atours. Et deux autres portaient l'uniforme blanc des Hérauts.

Rubrik se tourna vers Ulrich.

— Merci de votre compréhension, messire. Le jeune Adem est bien intentionné, et comme vous l'avez deviné, il ne pensait pas à mal. Mais il me connaît depuis toujours. Issu de la haute noblesse, il est enclin à se montrer cavalier avec la hiérarchie. S'il s'est porté volontaire pour la Garde, je crains qu'il ne prenne pas son devoir au sérieux.

Ulrich haussa les épaules, mais Karal devina qu'il n'était pas mécontent.

— Eh bien, on peut se montrer cavalier avec la hiérarchie quand on a un titre, non ? S'il passe les quinze prochains jours à pelleter du crottin, il tirera une bonne leçon de cette mésaventure.

Rubrik hocha la tête. Son Compagnon poussa un hennissement qui ressemblait à un rire.

— Je dois vous quitter, à présent. Ce fut un plaisir de vous escorter jusqu'ici. J'espère que nous nous reverrons.

— J'ai beaucoup apprécié votre compagnie, et je me ferai une joie de vous revoir quand mes devoirs me le permettront, répondit Ulrich avant de se tourner vers le groupe qui approchait.

Rubrik se redressa sur sa selle du mieux qu'il put ; les nouveaux venus s'arrêtèrent devant son Compagnon. Karal nota qu'il ne faisait pas mine de mettre pied à terre, et Ulrich non plus, d'ailleurs. Mais personne ne sembla s'en offusquer.

— Seigneur prêtre Ulrich, ambassadeur de Sa Sainteté de Karse, le Fils du Soleil, le Prophète de Vkandis, permettez-moi de vous présenter le seigneur Palinor, sénéchal de Valdemar, et le Héraut du sénéchal, Kyril…

Les deux hommes les plus âgés s'inclinèrent. Le sénéchal était un peu plus jeune que son Héraut, un peu plus grand aussi, mais en moins bonne condition physique. Un diplomate jusqu'au bout des ongles… Ni gros ni mince, ni beau ni laid ! La richesse de ses habits compensait son apparence banale. Le Héraut, en revanche, était une des personnes les plus mémorables que Karal ait rencontrée, de sa façon de se tenir très droit à ses cheveux gris, de ses traits ciselés à son regard direct.

Le jeune homme songea que peu de gens devaient avoir eu la témérité de mentir à cet homme.

— Je suis honoré que vous soyez venus m'accueillir, mes seigneurs, dit Ulrich, tout aussi diplomate que le sénéchal. Car il est tard… (Il se tut pour regarder le ciel.) … Et j'ai cru comprendre que nous allons avoir du mauvais temps.

— C'est hélas vrai, dit l'autre homme en blanc.

Malgré le vent qui se levait, il avança et s'inclina. Rubrik fronça les sourcils, surpris.

Puis il se reprit.

— Et ce… gentilhomme… est le prince consort Daren, le représentant personnel de la reine Selenay.

Cet homme était le prince consort ? En uniforme de Héraut ? Karal était trop bien élevé pour que la mâchoire lui en tombe, mais il se mordit la langue. Rubrik ne s'était pas attendu à ce qu'un membre de la famille royale les accueille. Sinon, il les aurait avertis.

Karal fut soudain conscient de l'état dans lequel ils étaient après avoir chevauché depuis l'aube…

Le prince Daren sourit.

— Soyez le bienvenu, seigneur prêtre Ulrich. Je craignais, si je ne venais pas en personne, que ce premier contact se transforme en « occasion » diplomatique. Alors si vous voulez bien excuser mes manières brusques de soldat…

Une bourrasque glacée souffla, faisant voler leurs manteaux et piaffer leurs montures pourtant fatiguées. Des feuilles arrachées aux arbres et de la poussière tourbillonnèrent autour d'eux. Un grondement de tonnerre les avertit de l'imminence de l'orage, un éclair annonçant qu'il approchait aussi vite que le vent pouvait le pousser.

Que Vkandis soit loué pour la présence du prince Daren, pensa Karal. *Lui seul a un rang suffisant pour passer outre le protocole diplomatique sans se montrer insultant, et il le sait !*

— … Le « temps » que vous avez mentionné nous trempera si nous ne nous mettons pas à l'abri ! cria le prince par-dessus les hurlements du vent.

Il n'en fallut pas plus à Ulrich et à Karal. Ils mirent pied à terre aussi vite que les vieux os du prêtre et les jeunes os fatigués du novice le leur permirent et confièrent leurs montures aux serviteurs.

Alors que de grosses gouttes commençaient à tomber, tous abandonnèrent leur dignité : soulevant leurs robes et leurs manteaux, ils coururent se mettre à l'abri.

Le prince Daren se révéla un bien meilleur politicien qu'il ne le prétendait. Il coupa court au protocole avec le sourire, sacrifiant sa dignité pour préserver celle d'Ulrich.

— Je suis un soldat, qui ne connaît pas grand-chose aux ronds de jambes politiques, répétait-il souvent.

Karal et son mentor ne le crurent pas un instant. Mais ils firent semblant, car cela leur permit de conserver leur dignité tout en accélérant les choses. D'un commun accord, les manœuvres diplomatiques furent remises au lendemain. Le prince Daren les accompagna jusqu'à leur suite, et les quitta après leur avoir montré comment fonctionnait le système de clochettes qui appelait les serviteurs.

— Il est tard. Vous avez besoin de manger et de vous reposer, mes seigneurs, dit-il. L'accueil officiel aura lieu à votre convenance. Selenay et moi nous assurerons qu'un de nous soit toujours libre demain. Quand vous serez prêts à présenter vos lettres de créances, faites-le-nous savoir. Cette alliance est très importante pour nous. Voilà pourquoi il faut faire les choses dans les règles, histoire que les amateurs de ragots n'aient rien à se mettre sous la dent.

Tout bien considéré, cela augurait favorablement de l'avenir.

Situés au deuxième étage du Palais, dans l'aile réservée aux ambassades, leurs appartements étaient plus somptueux que tout ce qu'avait connu Karal. Ils se composaient de cinq pièces : une salle de bains privée avec toilettes, deux chambres à coucher, un salon et une salle de réception. La suite était bizarrement disposée. On y entrait par la salle de réception. Puis venaient le salon, et enfin les deux chambres séparées par la salle de bains. Le salon et la salle de réception étaient plus longs que larges, une configuration qui pouvait se révéler utile.

Les volets étant fermés, Karal ne put pas voir sur quoi donnaient les fenêtres. Mais le son de la grêle contre le bois lui fit apprécier cette précaution. Un repas les attendait dans le salon, présenté par un serviteur qui connaissait des rudiments de karsite. Un jeune homme costaud avec des cheveux noirs et des sourcils aussi épais que l'annulaire de Karal…

Ils s'assirent de chaque côté de la petite table. Le serviteur remplit leurs assiettes, puis sortit pour aller leur faire couler un bain.

Karal était si affamé qu'il aurait pu manger l'assiette en plus du succulent poulet rôti et des racines à la vapeur.

Ulrich se contenta de jouer avec la nourriture, et le novice comprit que son maître avait un besoin urgent du bain chaud — et de se coucher après. Le prêtre perdait toujours l'appétit quand ses articulations le faisaient souffrir.

— Ne vous embêtez pas avec ça, messire, dit Karal, quand il vit Ulrich porter la même cuillerée à sa bouche pour la troisième fois et la reposer. Allez prendre votre bain. Je vais vous faire un sandwich et préparer vos médicaments.

Ulrich ne protesta pas. Karal comprit qu'il devait beaucoup souffrir. Il permit au serviteur de l'emmener dans la salle de bains et de l'aider à se dévêtir et à entrer dans la baignoire.

Karal attendit quelques minutes. Quand il jugea qu'Ulrich était assez détendu pour avoir recouvré l'appétit, il coupa une belle tranche de blanc de poulet et la glissa dans un petit pain, avec un peu de sauce blanche et des rondelles de racines. Leurs sacs étant arrivés, il prit les médicaments de son maître avant que le serviteur ne les emporte dans leurs chambres et les versa dans un verre de vin doux.

Le novice apporta le sandwich et le verre à son maître. Ulrich était déjà plus détendu. Entendant Karal approcher, il ouvrit les yeux et sourit.

— Mangez d'abord, recommanda Karal. Si vous commencez par boire, vous vous endormirez sans avoir rien avalé.

— Surtout sur un estomac vide, ajouta Ulrich.

Il accepta le pain fourré et le dévora, ce qui ravit Karal. Quand son mentor était épuisé, il perdait l'appétit, et il devait lui rappeler de se nourrir. Le sandwich avalé, Ulrich tendit la main vers le verre, qu'il vida d'un trait.

— Sois gentil, appelle notre serviteur, pour qu'il m'aide à sortir de la baignoire. Toi, va terminer ton repas… et le mien, si le cœur t'en dit. Je file me coucher.

Karal obéit.

— S'il vous plaît, l'ambassadeur a besoin d'aide pour se mettre au lit, dit-il au jeune serviteur dans un valdemarien hésitant. Il n'est pas tout jeune, et il vient de prendre une potion pour dormir.

Le jeune homme hocha la tête.

— Oui, messire, répondit-il. Je crois qu'il faut que vous sachiez que les serviteurs affectés à votre service ne sont pas des domestiques ordinaires. Nous sommes des aspirants Hérauts.

Karal sourit. Cela expliquait pourquoi, bien que l'uniforme du jeune homme soit gris, il lui rappelait celui de Rubrik.

— Eh bien, vous ne devriez pas nous trouver

trop exigeants. Franchement, je suis plus habitué à servir moi-même qu'à être servi. Et mon maître n'est pas accoutumé à avoir d'autre serviteur que moi.

Qu'il fasse ce qu'il veut de ça ! Passer pour des ascètes ne peut pas nous nuire. Les gens y réfléchiront à deux fois avant d'essayer de nous acheter. Un vrai prêtre est aussi incorruptible que la statue de Vkandis.

Le jeune homme sourit timidement.

— Je m'appelle Arnod, messire. Je suis de service la nuit. Le jour, ce sera Johen ou Lysle. Voulez-vous qu'un guérisseur vienne examiner votre maître ?

Karal réfléchit, puis déclina l'offre.

— Merci, mais tout ce qu'il lui faut, c'est une bonne nuit de sommeil. La route a été longue, et l'orage n'arrange rien.

Comme pour souligner ses paroles, le vent fit trembler les volets. On aurait dit qu'un géant en colère essayait de les arracher.

— Je vais aller aider l'ambassadeur à se coucher, puis je reviendrai voir si vous avez besoin de quelque chose.

Après avoir jeté un coup d'œil aux volets, Arnod laissa Karal à son repas à moitié fini.

Le novice s'employa à le terminer, mais il ne but quc de l'eau. Il savait ce qui se passerait, fatigué comme il l'était, s'il prenait du vin.

Je dormirai pendant deux jours et je me réveillerai avec un mal de tête de tous les diables.

Le salon était aussi bien meublé qu'il était confortable. Deux fauteuils, un canapé, une table, un bureau et une cheminée tournant le dos à celle de la salle de réception… C'était difficile à dire à la douce lumière des chandelles, mais Karal estima que la décoration était dans des tons de gris et d'écru. Le plancher, très simple, était adouci par des tapis colorés aux dessins géométriques.

Il jugeait intéressant qu'on leur ait affecté des aspirants Hérauts plutôt que des serviteurs du Palais. C'était peut-être bon signe.

A moins qu'on ne puisse pas faire confiance aux serviteurs pour s'occuper de deux Karsites. Ou que ces futurs Hérauts soient employés pour garder un œil sur eux.

Possible aussi que ce soit une façon de nous honorer... Difficile à dire. La seule chose dont Karal était sûr ? Arnod — qui devait avoir seize ou dix-sept ans — semblait être un charmant garçon, pas du tout rebuté par le travail de serviteur. Cela leur faciliterait la tâche. Dans le cas contraire, il aurait pu leur rendre la vie pénible.

Arnod revint au moment où Karal finissait le dessert d'Ulrich.

— L'ambassadeur s'est endormi dès que sa tête a touché l'oreiller, dit-il. C'est normal ?

Karal essaya de se remémorer les effets du médicament qu'Ulrich avait pris, tint compte de la fatigue de son mentor, et hocha la tête.

— Oui. Nous sommes en selle depuis l'aube. Autrement dit, nous avons chevauché près de vingt heures.

Arnod fit la grimace.

— Excusez ma franchise, mais c'est une chance que vous ne vous soyez pas arrêtés. Le pont de Loden s'est effondré. Si vous étiez resté de l'autre côté, il vous aurait fallu passer par Poldara, ce qui aurait rallongé votre voyage d'une semaine. Je ne me montre pas trop direct ? Sinon, dites-le-moi... Je n'ai pas l'habitude de servir, mais on a pensé que j'avais des choses en commun avec vous, parce que mon père est éleveur de chevaux.

Karal fut un peu surpris par les manières du jeune homme.

Arnod lui sourit timidement.

— Montrez-vous aussi respectueux avec le seigneur Ulrich qu'avec un prêtre de votre confession, et tout ira bien. Comme je vous l'ai dit, je n'ai pas l'habitude d'avoir un serviteur, ni d'être servi. C'est tout le contraire, en fait. (Il fit un sourire de connivence à l'aspirant Héraut.) Mon père était chef des écuries dans une auberge.

Une excellente chose qu'Ulrich et lui aient pu améliorer leur valdemarien avec Rubrik. Le karsite d'Arnod était à peine suffisant pour comprendre les requêtes les plus simples. Converser dans ces conditions aurait été impossible.

Le vent ébranla de nouveau les volets.

Karal se sentit détendu comme il ne l'avait pas été depuis longtemps.

A moins que ces « serviteurs » ne soient plus subtils que tous les espions dont j'ai entendu parler, ils ne sont sans doute rien de plus que ce qu'ils semblent être. Ils ne peuvent pas être habitués aux intrigues que j'ai vues en étant au service d'Ulrich. Même s'ils répéteront sans doute tout ce qu'ils verront et entendront ici, ce ne sont pas de véritables espions.

Un réel soulagement. Si grand qu'il se surprit à bâiller.

— Oh... je vous ai fait couler un bain, messire..., commença Arnod.

— Karal. Juste Karal, corrigea-t-il. Mon maître, c'est « messire ». Je ne suis qu'un novice, alors simplement « Karal ».

Arnod hocha la tête.

— Bon… Un bain vous attend, Karal. Je me suis dit que vous apprécieriez, après avoir mangé. Puis-je vous apporter autre chose, ou dois-je débarrasser et vous laisser vous reposer ? (Il hésita un instant et ajouta :) Nous avons posté deux gardes devant votre porte, comme devant celles des autres ambassadeurs. Aucun souci à vous faire pour votre sécurité.

Oh, au fait, n'essayez pas de vous faufiler dehors pour fouiner ! Bon, eh bien, je n'en avais pas l'intention. Si Solaris avait voulu des espions, ce n'est pas nous qu'elle aurait envoyés.

— Un bain et au lit, dit Karal en bâillant…

Arnod commença à desservir tandis que le novice se levait.

Karal fut de nouveau impressionné par la salle de bains. Carrelée de céramique, elle contenait une baignoire assez grande pour se relaxer, remplie avec de l'eau chaude amenée par les tuyaux d'un chauffe-eau en cuivre. Et il y avait des toilettes, un élément de confort que Karal avait appris à apprécier depuis qu'il vivait avec Ulrich. Sortir pour gagner un cabanon extérieur lui aurait demandé plus de courage qu'il n'en avait. La seule idée de ce vent froid et chargé de grêle soufflant sur la partie la plus sensible de son anatomie…

Après ça, plus besoin de vœu de chasteté : je n'aurais plus de quoi le violer !

Quand il revint au salon, les muscles détendus, Arnod et les reliefs du repas avaient disparu et toutes les chandelles, sauf une avaient été mouchées. Karal gagna sa chambre. Un peu plus petite que celle de son maître, un de ses murs donnait sur le couloir où étaient postés les gardes. Ainsi, sa chambre protégeait Ulrich des bruits, et ceux-ci alerteraient son secrétaire, pour qu'il puisse le défendre. Bien sûr, il n'avait pas de fenêtre, mais par une nuit pareille, ça lui était égal — il entendait assez le vent, merci !

Des chandelles brûlaient et ses vêtements de nuit l'attendaient sur son lit — leurs bagages étaient donc bien arrivés. Loué soit Vkandis ! Privés de vêtements appropriés, ils n'auraient pas pu se présenter devant la reine sans déshonorer leur pays.

Et ceux de Karal contenaient également une dizaine de livres qu'il avait l'intention de lire.

Bien. Un sujet d'inquiétude de moins.

Il laissa tomber la serviette dans laquelle il s'était enveloppé et enfila les hauts-de-chausses et la tunique de nuit. Puis il souffla toutes les chandelles sauf une et se mit au lit. Il avait été tiédi, ce qui le surprit agréablement, et la bougie posée à son chevet exhalait un doux parfum.

Je pourrais m'habituer à vivre ainsi, décida-t-il.

C'était infiniment mieux que dormir dans une écurie ou sur sa paillasse du Cloître des Enfants. Oui, la vie d'un ambassadeur avait du bon.

Karal moucha la dernière chandelle et s'enfonça dans le lit en plumes.

Je n'ai pas mérité ce luxe. Au fond, je n'ai encore rien fait.

Cela dit, il allait travailler dur — pas physiquement, mais mentalement. Le lendemain, en plus de son activité de secrétaire, Ulrich lui demanderait d'observer certaines personnes et de consigner certaines situations — et il attendrait de lui des remarques constructives. Quand ils seraient présentés à la Cour de Valdemar, il devrait mémoriser les noms, les visages, les titres et les signes caractéristiques de tout le monde. Puis les réunions diplomatiques commenceraient et Karal prendrait mentalement note de tout… Pour pouvoir, plus tard, coucher sur le papier tout ce qui s'était dit.

Non, ce luxe n'était pas immérité, après tout, maintenant qu'il y pensait. Il prévoyait déjà, sans avoir besoin d'un miroir magique ni d'une boule de voyance, que certains soirs il n'irait pas se coucher avant minuit. Au moins !

Mais tout se paye, en ce monde…

Il s'endormit avant d'avoir pu réfléchir davantage à la question.

— Observe les Hérauts, dit Ulrich avant qu'ils quittent leur suite, le lendemain matin.

Il n'ajouta rien, mais Karal avait compris. Ulrich avait bien formé son secrétaire, qui n'avait pas besoin qu'on lui dise comment faire son travail.

Ulrich étudierait le prince et les autres personnages officiels de Valdemar au cours de leur introduction et des négociations préliminaires. Il voulait que Karal garde un œil sur l'autre puissance du royaume, celle qui ne se montrait jamais mais qui était partout.

Les Hérauts. Même un Karsite savait cela.

Karal était la personne idéale pour ça. Il semblait peu probable que quiconque fasse attention à lui. Un secrétaire sans beaucoup d'importance et pas beaucoup plus vieux que les adolescents affectés à leur service…

Karal doutait de réussir à ne pas se trahir s'il apprenait quelque chose — si quelqu'un lui confiait un secret important. Mais il n'avait rien à cacher. Tout ce qu'il avait à faire, c'était observer passivement.

Ils se levèrent tard — pour Ulrich, au moins,

qui avait l'habitude de se réveiller à l'aube. Un autre jeune homme, « Johen », aussi silencieux qu'Arnod était bavard, leur apporta leur petit déjeuner. Puis il alla transmettre la requête d'Ulrich, qui demandait à se présenter.

Il revint peu après avec la réponse : on les priait de venir pendant la session de la Cour, dans une heure.

Ulrich souhaitant être reçu aussitôt, ils envoyèrent Johen répondre que cela leur convenait.

Ils revêtirent les robes créées spécialement pour l'occasion. Elles étaient tellement ornées que Karal ne se sentait pas vraiment à l'aise. Il préférait les robes en laine noire, les ceintures larges et les hauts-de-chausses qui constituaient le costume normal des prêtres de Vkandis. Mais il était un des représentants de Sa Sainteté... Il devait donc en avoir l'air.

Ulrich croulait sous trois fois plus d'or que lui. Il ne voulait pas savoir quel poids de bijoux ecclésiastiques accablait son mentor — rien qu'à le regarder, il avait mal aux épaules.

Johen réquisitionna un jeune garde pour leur servir de guide jusqu'à la chambre de la Cour, ou quel que soit le nom que lui donnaient les Valdemariens. La salle du trône... Karal avait entendu Johen mentionner ce nom. Cet aspirant Héraut, qui parlait bien plus vite qu'Arnod, était difficile à comprendre.

Le garde les laissa devant la porte grande ouverte, et ils prirent simplement place parmi les courtisans rassemblés à l'intérieur, aussi visibles, au milieu des Valdemariens, que deux corbeaux dans une volière d'oiseaux exotiques. Alors qu'ils attendaient d'être présentés à la reine, ils s'avisèrent que les courtisans gardaient leurs distances, comme s'ils n'avaient pas été sûrs de leurs nouveaux alliés.

Observe les Hérauts, avait dit Ulrich. Karal gardait les yeux humblement baissés, mais il étudiait l'assistance à travers ses cils et ne repéra pas beaucoup de Hérauts.

Il en vit un près d'un homme qui ressemblait à un soldat. Il parlait avec un Héraut féminin dont l'uniforme blanc arborait une coupe très exotique.

Trois autres Hérauts se tenaient sur l'estrade — cinq si on comptait la reine Selenay et le prince Daren. Karal fut surpris que l'un et l'autre portent une variation de l'uniforme blanc. Le novice connaissait un des trois Hérauts debout près de la reine, car Talia était venue à Karse pour représenter Selenay.

Karal ignora les deux autres Hérauts — pour l'instant. S'ils n'étaient pas là pour protéger la reine, ils devaient avoir les mêmes ordres que lui : observer. Pour le moment, il se concentrerait sur Talia et les deux autres, l'homme qui suivait le soldat richement vêtu comme son ombre et la jeune femme à l'uniforme si particulier.

Il l'aurait regardée par simple curiosité. S'il était le corbeau de la volière, elle jouait le rôle de l'oiseau de proie exotique. Malgré son apparence flamboyante, sa façon de bouger et sa confiance en soi l'avertirent qu'elle pouvait être dangereuse. Et que rien ne lui échappait. Mais n'était-elle pas un peu jeune pour avoir les cheveux blancs ?

Karal se souvint de ses leçons — rudimentaires — de magie. *Ce doit être une Adepte. Manipuler l'énergie des nodes blanchit les cheveux et décolore les yeux.* Les cheveux d'Ulrich avaient grisonné puis blanchi avant qu'il n'eût atteint l'âge mûr, avait-il dit à son élève. Mais s'il s'agissait d'une Adepte, qui était-elle ? Il n'y avait pas tant de mages de ce niveau à Valdemar…

Les pièces du puzzle se mirent rapidement en place. L'uniforme exotique, l'âge, la déférence avec laquelle on la traitait…

C'est dame Elspeth. La fille de la reine partie dans un pays lointain pour apprendre la magie et qui en est revenue avec plus que de la simple magie.

Il y eut une bousculade près de la porte. D'autres personnes… et des créatures… entrèrent.

La mer de courtisans s'écarta avec un respect mêlé de crainte pour laisser passer ce groupe. En tête marchaient deux hommes aux cheveux argentés vêtus d'une manière plus exotique et élaborée que dame Elspeth. A côté, la mise de la princesse était plutôt classique. Le plus jeune et le plus beau arborait un costume extraordinaire : une superposition de couches de soie d'une dizaine de nuances différentes de vert émeraude. Les vêtements de l'autre, plus près du corps, étaient aux couleurs de la forêt.

Mais ce n'était rien à côté de leurs compagnons : un loup de la taille d'un veau nouveau-né et…

… un griffon…

O mon dieu ! Oh, Seigneur Vkandis…

Karal regarda la bête mythique, le cœur battant la chamade. Il éprouvait la même chose que lorsqu'il avait vu Hansa pour la première fois… sauf que le Chat de Feu n'était pas si gros.

Karal comprit que les descriptions ne l'avaient pas préparé à la réalité. *Primo*, cette créature était énorme, aussi haute qu'un cheval de trait — sa crête toucha le montant de la double porte quand elle franchit le seuil de la salle du trône. *Secundo*, elle était étonnamment belle. Rien à voir avec le monstre moitié félin moitié aigle auquel il s'attendait. Non, c'était une créature parfaite. Pour un peu, il l'aurait cru créée par un artiste.

Le griffon avait une tête de rapace au front large et au bec cruel. Ses ailes, pour le moment repliées, devaient avoir une envergure extraordinaire. Ses quatre pattes étaient munies de serres formidables. Karal nota, avec un amusement teinté d'angoisse, que quelqu'un avait eu l'idée de leur fabriquer des pointes en bois, pour que le griffon n'abîme pas les parquets. L'animal de légende était brun doré, avec des taches de l'or le plus pur et du noir le plus sombre. Quand il se tourna, ses grands yeux dorés plongeant dans ceux du novice, il ne douta plus qu'il était aussi intelligent que lui. Mais il y avait bien plus que de l'intelligence : une forte personnalité !

Il regarda Karal puis son maître, ses pupilles se contractant.

L'arrivée de ce cortège semblait être ce que tout le monde attendait, car la séance commença.

Ulrich et Karal en furent le point de mire. Après que les affaires courantes eurent été expédiées, on les appela devant l'estrade.

Karal suivit son mentor, veillant à garder l'esprit réceptif. Il savait qu'Ulrich avait des documents officiels à présenter — des lettres de créance et une copie du traité... Le prêtre dirait à la reine, dans un discours au style fleuri, combien Solaris était heureuse de cette occasion de transformer la paix actuelle en une véritable alliance.

Selenay répondrait de même.

Cette fois, au moins, les discours diraient la vérité — en tout cas du côté karsite.

Et peut-être aussi du côté valdemarien, si on se fie à ce que nous a dit le prince hier soir.

D'après les dégâts qu'il avait vus dans les jardins, par une des fenêtres de leur suite, il savait que la tempête avait été assez violente pour faire naître l'inquiétude. Un arbre avait été déraciné et d'énormes branches emportées ici et là. Apparemment Karse, avec ses mages spécialistes du climat, possédait un trésor qui faisait défaut à Valdemar.

Donc, le discours de la reine serait également sincère — mais cela suffirait-il à balayer des siècles de haine ?

Si on en croyait le regard sombre de Talia… oui. Elle était la preuve de la sincérité de Valdemar. D'origine hold et ayant passé son enfance sur la frontière, si elle pouvait pardonner aux Karsites et devenir prêtresse honoraire de Vkandis, alors les autres le pouvaient aussi.

Ulrich fit son discours, puis la reine tint le sien. Karal n'y prêta pas réellement attention. Il observait Talia. Elle non plus ne s'intéressait pas au discours. Son regard balayait l'assemblée, comme si elle évaluait l'humeur des courtisans.

Mais son expression neutre ne donnait pas beaucoup d'indication sur ses pensées.

— Si vous n'y voyez pas d'objection, messire prêtre, dit la reine, j'aimerais vous présenter tous les dignitaires de cette cour, y compris les représentants de tous nos alliés et amis.

C'est donc pour ça que le griffon et les autres sont venus ! Ulrich accepta — après tout, c'était ce qu'il avait espéré — et la foule se mit en ligne.

C'est là que je commence à gagner ma pitance et mon lit douillet !

Ulrich attendait de Karal qu'il se souvienne de

tous ceux qui allaient leur être présentés. Bien, c'était la raison de sa venue ici.

Le Conseil au complet parada devant eux, le sénéchal, le seigneur Palinor, en tête. Il fut suivi par le seigneur marshal, l'homme aux allures de soldat avec qui s'entretenait un peu plus tôt dame Elspeth. Puis vinrent une femme au visage chevalin, dame Cathan, qui représentait les Guildes, et un prêtre relativement jeune, le père Ricard, qui se révéla être le Patriarche de toutes les religions présentes à Valdemar.

Je croirai ça quand je le verrai ! Je n'ai jamais connu deux prêtres de confessions différentes capables de s'entendre sur un sujet — même sur le simple fait que le soleil brille.

Mais il n'était pas là pour juger, simplement pour se souvenir de tous les participants.

Ils rencontrèrent ensuite les représentants des régions de Valdemar, puis l'autre « puissance ». Les Hérauts — ceux qui avaient un office à la cour.

Kyril, le Héraut du Sénéchal. Un homme de l'âge de Talia, répondant — bizarrement — au nom de Griffon, le Héraut du seigneur marshal. Plus âgé, le Héraut Teren était le doyen du Collegium — quoi que ça puisse être. Dame Elspeth était Héraut auprès des Etrangers, un titre tout aussi énigmatique. Il se demanda pourquoi elle ne portait pas celui de « princesse » ou d'« héritière ». Vint ensuite une autre femme impressionnante, grande, blonde et pleine d'autorité, le capitaine Kerowyn, dont il avait entendu raconter les exploits. Il connaissait tous ces noms grâce à Rubrik. Maintenant il pouvait mettre un visage dessus.

Puis ce fut le tour des autres ambassadeurs : J'katha de Rethwellan, Ruvan de la cour d'Hardorn en exil, puis ceux de la Guilde des Mercenaires, des écoles de Magie des Vents Blancs et de la Montagne Bleue…

Les plus exotiques suivirent…

Le visage aquilin, les cheveux noirs, les yeux bleus et la peau dorée, Querna shena Tale'sedrin représentait les Shin'a'in des Plaines de Dhorisha. L'homme d'une grande beauté et aux cheveux d'argent, tout de vert émeraude vêtu, était Flammechant k'Treva, Adepte et ambassadeur des Tayledras.

La créature qui ressemblait à un loup était aussi un ambassadeur. Rris représentait non seulement son espèce, les kyrees, mais aussi les tervardis, les hertasis et les dyhelis. Ulrich hocha la tête, comme s'il connaissait ces créatures, mais Karal savait qu'il lui faudrait en chercher des descriptions ou, mieux, des représentations.

Et pour finir, le griffon.

La magnifique créature inclina la tête en réponse à Ulrich, et ouvrit un bec suffisamment gros pour gober la tête de l'ambassadeur karsite.

— Je m'appelle Treyvan, dit-il en valdemarien. (Et Karal aurait juré qu'il souriait.) Je suis très heureux de faire votre connaissance. Je crois savoir que nous avons un ami commun ? Un Robe Rouge nommé Sigfrid ?

Ulrich eut un sourire chaleureux.

— Oui, en effet. J'avais espéré trouver quelqu'un ici qui ait travaillé avec lui, messire griffon, mais je ne m'attendais pas à ce que ce soit vous.

Le griffon sourit.

— Nous parlerons de Sigfrid plus tard.

Il s'inclina de nouveau, puis s'éloigna pour laisser sa place aux groupes de courtisans suivants.

Aucun n'avait de signe particulier. Karal se contenta de mémoriser leur nom et leur visage.

Quand ce fut enfin terminé, la reine sortit avec son entourage, après avoir invité Ulrich à se présenter en privé devant elle après le déjeuner.

Alors que les courtisans quittaient la salle du trône, derrière les étrangers, Ulrich regarda Karal.

— J'ai besoin d'un peu de calme. Ça te chagrinerait que nous déjeunions dans notre suite, plutôt qu'en compagnie de la reine et de la cour ?

Karal songea à tous ces regards curieux, parfois hostiles, essaya de s'imaginer en train de manger avec ces gens, et frissonna. Sa position était bien plus publique qu'il ne l'avait cru.

Ulrich gloussa.

— Je prends ça pour un « non ». Bien, je vais aller consulter le Héraut Talia, pour savoir s'il s'agit d'une rencontre formelle ou non.

— Je m'occupe de notre déjeuner, répondit Karal.

Ils n'avaient plus besoin de garde. Il quitta la salle du trône seul et regagna leurs appartements.

Après avoir appelé leur serviteur, il s'installa au bureau, où il avait déjà disposé de l'encre et du papier. Quand l'aspirant Héraut arriva, il avait déjà commencé à dresser la liste des dignitaires. Il ordonna qu'on leur serve leur déjeuner dans le salon avec l'aisance d'une personne qui a l'habitude d'être obéie. Après le départ du jeune homme, il s'avisa de ce qu'il avait fait.

Il se figea, stupéfait. Il était dans ce pays depuis quelques jours et déjà il avait changé.

Mais où le mèneraient ces changements ?

CHAPITRE IX

Ulrich revint au moment où leur déjeuner était servi. Ignorant la nourriture, il alla chercher une sacoche en cuir brun dans sa chambre. Karal mangea en vitesse, puis retourna à ses notes. Son mentor le regarda faire un moment, puis déclara :

— Si tu veux bien t'interrompre un instant, j'aimerais que tu prépares une note sur ma proposition de faire venir des mages spécialistes du climat.

« Et j'aimerais connaître tes observations sur le Héraut Talia. La rencontre à laquelle j'ai été convié sera privée. Je devrai m'y rendre seul.

Karal cessa d'écrire.

— Vous croyez qu'ils me soupçonnent d'être un espion ? Ou que ma fonction les offense ?

Ulrich haussa les épaules.

Je ne suis sûr de rien. Rappelle-toi : ces gens sont habitués à la magie de l'esprit, pas à la vraie magie. Par conséquent, ils croient peut-être que tu communiques avec un de nos agents, à l'extérieur. Je vais essayer de savoir de quelle manière ils te voient. En attendant, complète tes notes sur les dignitaires, puis détends-toi. (Il sourit.) J'ai vu les livres que tu as apportés. Tu ne devrais pas avoir trop de mal à passer le temps.

Karal rougit : la moitié des ouvrages étaient des romans ou des récits d'aventure.

Ulrich sourit.

— Allons, Karal, le gronda-t-il gentiment. Un jeune homme qui lirait exclusivement des ouvrages scolastiques ne connaîtrait rien de la vie... Et il trouverait les gens ordinaires incompréhensibles. Crois-tu qu'il me serait utile ?

— Non, maître, répondit le novice, toujours rouge d'embarras.

Il se remit au travail. Prenant une feuille vierge, il écrivit quelques lignes. Voilà, cela devrait suffire à Ulrich. S'il avait pu assister à cette première conversation ! Là, il serait obligé de prendre des notes sur la base des souvenirs de son mentor.

Quand il eut terminé et saupoudré la feuille de sable fin pour sécher l'encre, il releva la tête vers son maître, qui regardait par la fenêtre.

— Une pièce d'or pour connaître tes pensées, Karal, dit-il sans se retourner.

Le jeune homme baissa les yeux sur sa liste, se rappelant leurs conversations avec Rubrik.

— Elles n'ont rien de très original, maître. Selon moi, même si nous sommes très différents des Valdemariens, nous avons des choses fondamentales en commun. Et je ne me serais jamais douté de certaines — comme la similitude entre les Compagnons et les Chats de Feu.

— Oui, même si je suis très content que les Chats soient moins nombreux que les Compagnons, répondit Ulrich. Je ne voudrais pas partager mes pensées les plus intimes avec une autre créature, comme Solaris le fait avec Hansa.

Karal ne trouva rien à répondre. Il savait

qu'Ulrich était un ami de Solaris avant qu'elle ne devienne le Fils du Soleil. Mais il ignorait qu'elle continuait de converser de manière informelle avec lui…

A quel point mon maître est-il important ? se demanda-t-il. Ce genre de réflexion lui laissait entendre qu'Ulrich était la seule personne en qui Solaris avait totalement confiance. Donc, tous ces ornements et ces costumes élaborés voulaient dire quelque chose, finalement.

Les Valdemariens avaient-ils conscience de ça ?

— J'espérais que tes pensées prendraient cette direction, dit Ulrich en approchant de la table où il avait posé la serviette. J'ai apporté un des livres que j'aimerais que tu lises, en plus des tiens.

Il toucha le sceau magique, qui brilla un bref instant, puis s'ouvrit. Plongeant la main dans le sac, il en sortit quelques livres poussiéreux, à la couverture brunie et aux pages jaunies par le temps.

Il en sélectionna trois et rangea les autres.

— Je crois que tu es prêt pour ça, dit-il en les posant sur le bureau, près de Karal. N'hésite pas si tu as besoin de discuter de certaines choses — je crois qu'elles seront nombreuses.

Ignorant la surprise de Karal avec sa sérénité coutumière, il prit les feuilles écrites par son secrétaire et sortit.

Karal ne put contenir sa curiosité et saisit le premier livre de la pile dès que la porte se fut refermée sur son maître. Déçu, il découvrit un manuscrit en karsite archaïque, difficile à déchiffrer. Les deux autres étaient du même genre. Les lire lui demanderait de la réflexion.

Et du temps… Soupirant, il reposa le livre et

reprit la liste des dignitaires là où il s'était arrêté. Le devoir avant le plaisir…

Plusieurs feuillets plus tard, il posa sa plume, se sentant assez vertueux pour faire une pause. Il pensa aux livres d'aventure restés dans ses bagages, mais bizarrement, les volumes moisis l'attiraient plus que la sorcellerie et les combats à l'épée de *L'Histoire de Gregori*.

Il saisit le premier et alla s'installer sur le canapé.

Quelques instants plus tard, il sut qu'il avait pris la bonne décision. Ce livre, très ancien, était une copie d'un journal qui l'était encore plus. Celui d'un prêtre de Vkandis.

Avec un petit frisson d'excitation, il épela le nom de ce prêtre.

Hansa.

Si ce que croyait Ulrich était vrai, le Chat de Feu qui accompagnait partout Solaris avait été lui-même un Fils du Soleil. Donc, il était l'auteur de ce journal. Et Hansa l'avait commencé à un âge proche du sien, juste après avoir prononcé ses vœux et bien avant de devenir le Fils du Soleil. Etait-ce de ce livre que Solaris et Ulrich avaient tiré certaines de leurs idées révolutionnaires ? Si oui, combien y en avait-il encore, dont ils n'avaient jamais parlé ?

L'Histoire de Gregori pouvait attendre !

Des heures plus tard, Karal reposa le journal et frotta ses yeux fatigués. Ce n'était pas une copie de scribe, mais une version manuscrite. L'écriture était petite et serrée, à peine lisible par endroits. De plus, il avait des difficultés à déchiffrer la langue archaïque. Jusque-là, il n'avait lu que deux pages, en prenant des notes.

Mais il éprouvait toujours une certaine excitation en contemplant les pages du journal. Ce ne serait pas facile, mais ça valait le coup. Les choses qu'il avait apprises sur le clergé, en cette époque reculée, lui avaient déjà ouvert les yeux. Par exemple, il savait quand avait disparu l'Ordre des prêtres de la Déesse Kalanel — la compagne de Vkandis. Mais quand sa statue, dans les temples, avait-elle été retirée de sa place à côté de Vkandis ?

La porte s'ouvrit et Ulrich entra. Karal posa le livre avec un petit sursaut coupable. Voyant ce qu'il tenait, son maître sourit.

— Je vois que tu as mis ton temps libre à profit, dit-il. Mais avant que tu te sois usé les yeux, j'ai d'autres tâches à te confier, pendant que j'assiste à des réunions privées.

Karal dut avoir l'air déçu, car Ulrich gloussa.

— Ne t'inquiète pas, il ne s'agit pas de négociations. Je dois rencontrer dame Elspeth et Ventnoir pour faire le point sur nos magies respectives. Et m'entretenir avec les mages des Vents Blancs et de la Montagne Bleue. Tu trouverais ça très ennuyeux, d'autant plus que tu n'aurais rien à mémoriser.

Karal soupira, mais dut acquiescer. Ses pouvoirs magiques étaient limités — à peine suffisants pour allumer une chandelle, et seulement en cas d'urgence. Dans une situation normale, il avait tout intérêt à garder un allume-feu sur lui.

— Bien, maître, répondit-il, obéissant. Que voulez-vous que je fasse ?

— Prendre des cours, répondit Ulrich. Je veux que tu comprennes et pratiques la langue de ce royaume comme si c'était la tienne. Certaines nuances pourraient m'échapper au cours des négociations. Mais puisque je n'ai pas le temps de parfaire mon valdemarien, je compte sur toi.

C'était tout à fait raisonnable... Arnod et lui avaient parlé, la veille, mais laborieusement, chacun devant s'arrêter sans cesse pour chercher ses mots. Un des deux Karsites devait pourtant comprendre tout ce qui se disait. D'autant plus qu'il pourrait apprendre beaucoup en écoutant les conversations, si personne ne s'apercevait qu'il parlait couramment le valdemarien.

Il acquiesça, mais Ulrich n'avait pas fini.

— Bientôt, tu passeras beaucoup trop de temps assis à un bureau. Tu as besoin de faire de l'exercice et d'apprendre à te défendre. Je peux repousser un assaillant avec la magie, mais si tu étais attaqué, que ferais-tu ?

Karal ouvrit la bouche pour répondre, puis il se ravisa. Ulrich avait raison. Il n'était plus à l'auberge ni au Cloître des Enfants. Si quelqu'un l'attaquait ici, il s'agirait d'un combattant entraîné, peut-être même d'un véritable tueur. Les Valdemariens leur avaient fourni des gardes, mais tous ceux qui avaient combattu Ancar savaient que ça n'était pas suffisant. Et certains Valdemariens pourraient vouloir sa mort, pour que la guerre reprenne.

— Johen sera là d'un instant à l'autre pour t'emmener voir ton maître d'armes, continua Ulrich. Mets tes vêtements de cheval, comme ça, tu pourras rouler dans la poussière et suer autant que tu voudras.

— Oui, maître, répondit Karal en se levant. (Il était à mi-chemin de la porte quand il pensa à demander :) Puis-je savoir qui m'enseignera le valdemarien ?

Il espérait que ce serait Rubrik. Un choix logique et un des rares visages qui lui étaient connus.

— Eh bien, une seule personne parle aussi bien le karsite que le valdemarien, répondit Ulrich. Le Héraut Alberich, le maître d'armes. Il a déjà accepté.

Karal laissa tomber les vêtements qu'il avait sortis du coffre. Alberich ? Alberich ? Le Grand Traître ? L'homme dont le nom était devenu synonyme de félonie à Karse ?

L'homme qui depuis plus de vingt ans avait empêché Karse de gagner un pouce de terrain valdemarien et d'obtenir une seule information ?

L'homme que Solaris a contacté pour arranger la paix entre nos deux pays, se rappela-t-il. *Celui à qui elle a fait confiance quand elle a envoyé ses agents négocier la venue d'un ambassadeur valdemarien. Il n'est pas l'ennemi qu'on m'a appris à voir. Sinon, Solaris ne se serait jamais tournée vers lui. Elle respecte l'honneur, presque autant que la dévotion à Vkandis. Je ne connais pas la vérité sur Alberich. La raison qui l'a poussé à déserter, il y a tant d'années.*

Mais quand même... Alberich ? Cette idée seule lui glaçait les sangs.

— Pour ce qui est de ton maître d'armes, continua son mentor, quelqu'un s'est porté volontaire avant même que je n'aie eu le temps de demander. Le Héraut Kerowyn.

Karal en refit tomber ses vêtements.

— Karal ? appela Ulrich.

Le jeune homme se força à se baisser et à ramasser ses habits. Il dut s'y reprendre à trois fois, tellement ses mains tremblaient. Quand il réussit à les poser sur le lit, il lui fallut une éternité pour se déshabiller et les enfiler.

— Karal, tu n'as rien à craindre, assura son maître, devinant à quel point il était perturbé par ces arrangements. Elle ne te traitera pas comme un aspirant Héraut. Elle sait que tu dois seulement savoir te défendre.

Mais elle fait huit pieds de haut ! pensa Karal, oubliant qu'il l'avait rencontrée le jour même et qu'elle ne ressemblait pas à un monstre. *Elle mange des bébés au petit déjeuner, avec des orties et du lait de louve ! Elle peut casser un guerrier en deux d'une seule main ! Elle…*

— Bon, bref, elle t'attend, dit gaiement Ulrich, alors que Karal se débattait avec ses hauts-de-chausses. Je suis très flatté. Elle ne prend pas beaucoup d'élèves particuliers, tu sais.

Moi, je me serais contenté d'un entraîneur gentil…

Oh, du calme, Karal.

Ç'aurait pu être Alberich !

Il enfila sa tunique et retourna dans le salon. Ulrich lui tournait le dos, examinant des documents. Johen frappa et entra.

Ulrich leva les yeux, puis leur fit signe de sortir d'un geste absent.

— Allez. Je te verrai plus tard, Karal. Essaie de ne pas prendre trop de coups. Nous dînons avec la cour et je ne voudrais pas qu'on croie que je te bats.

Karal suivit Johen en silence, incapable de réfléchir tellement il était nerveux.

Essayer de ne pas prendre trop de coups ? Oh, génial, je vais…

Johen lui fit descendre un escalier et ils sortirent. Dans d'autres circonstances, Karal aurait apprécié ce tour impromptu, car les jardins du Palais, qui ne ressemblaient pas à ceux de chez lui, étaient pleins de plantes et d'arbres qu'il ne connaissait pas. Mais il avait le cerveau trop engourdi pour leur prêter attention. Trop vite à son goût, ils gagnèrent un grand bâtiment en bois, très différent du reste du Palais.

Il ne ressemblait à aucune construction connue de Karal — mais il n'avait jamais eu l'occasion d'entrer dans une des salles d'entraînement de l'armée. Les fenêtres étaient juste sous le toit, ce qui lui sembla étrange. Il ne réussit pas à deviner la raison de cette disposition.

Mais il n'eut pas le loisir de poser la question à Johen, car il courait devant comme s'il était pressé d'en finir au plus vite avec son rôle de guide. Arnod était amical, mais pas son collègue.

Karal suivit Johen à l'intérieur du bâtiment [illegible] une seule immense pièce. Cela lui fit penser [illegible] salle d'entraînement équestre, mais avec un parquet. Séparés par des bancs, des miroirs s'alignaient sur trois murs. Le quatrième était occupé par des râteliers. Karal reconnut les équipements posés sur les sièges : des protections. Il huma l'air et reconnut un mélange de sueur, de poussière, d'huile pour le cuir et de sciure. L'endroit était désert.

Une porte s'ouvrit dans le fond et le Héraut Kerowyn entra. Elle ne portait pas l'uniforme blanc. Sans son Compagnon, il aurait été impossible de deviner ce qu'elle était.

Mais c'est peut-être ce qu'elle cherche.

Sa tenue aurait scandalisé nombre de Karsites, et pas seulement parce qu'elle portait des « habits masculins ». Personne n'aurait pu la prendre pour un homme, avec cette tunique et ces hauts-de-chausses en cuir brun, si serrés qu'ils soulignaient toutes les courbes de son corps musclé.

Karal déglutit. Elle était assez vieille pour être sa mère, mais cela ne se voyait pas. Inutile de préciser qu'elle était aussi attirante que dangereuse. Il fut ravi que sa tunique fut assez longue pour cacher sa réaction, mais cela ne l'empêcha pas de rougir.

Puis il pâlit et sa beauté perdit tout intérêt quand il se rappela son histoire personnelle. C'était Kerowyn, le capitaine des Eclairs. Mercenaire bien avant de devenir un Héraut, si elle ne mangeait pas de bébé au petit déjeuner, elle avait la réputation de dévorer certaines « parties » des hommes vaincus sur les champs de bataille.

Les jambes légèrement écartées, les mains sur les hanches, elle l'étudiait.

Johen salua, puis sortit.

— Du calme, jeune homme, dit Kerowyn dans un karsite convenable, à part l'accent. Je ne vais pas te manger. Pas sans sauce. Tu n'es pas assez tendre à mon goût.

Il rougit de nouveau, réalisant qu'elle se moquait de lui. Elle savait qu'il avait peur d'elle, et elle se fichait de lui ! Mais sa peur était plus forte que sa colère, et son bon sens aussi.

Qu'elle s'amuse... si ça peut l'empêcher de me réduire en bouillie.

Elle lui tourna autour lentement. Il ne broncha pas... parce qu'il était figé sur place. Ses pieds semblaient collés au sol et il ne parvenait pas à détacher son regard de la femme.

Elle l'étudia sous tous les angles, comme s'il était un jeune cheval qu'elle comptait acheter. Karal rougit de plus belle. Il n'avait pas l'habitude qu'une femme pareille le regarde ainsi. Solaris lui avait fait subir un examen aussi détaillé, mais Sa Sainteté était asexuée. Quand Solaris s'asseyait sur le Trône du Soleil, elle devenait le Fils du Soleil. Kerowyn, en revanche, était aussi féminine que dangereuse.

— Bien, dit-elle enfin, comme répondant à une question, alors qu'il n'avait pas desserré les lèvres. Viens ici, mon garçon. Je veux tester ta force.

Il hésita un instant. Qu'allait-elle faire ? Lui tâter les bras et les jambes, comme s'il était un jeune pur-sang et elle une acheteuse potentielle ?

Elle l'emmena dans un coin de la salle, devant une série de cordes et de poulies. Des instruments de tortures ? Mais il s'avéra qu'elle voulait savoir ce qu'il pouvait soulever, tirer ou pousser. Elle ajouta des poids au bout des cordes, et le regarda tandis qu'il les manipulait.

Quand ce fut fini, il transpirait.

Et elle semblait satisfaite.

— Mieux que je ne le pensais, dit-elle. Tu ne passes pas tout ton temps assis à un bureau. Maintenant, voilà ce qu'on va faire. Tu ne deviendras pas un combattant. Ce que je veux, c'est t'apprendre des trucs pour que tu puisses te défendre en attendant de l'aide.

— Ça me semble raisonnable…

— Tu devras faire ces choses sans y penser. Mais il faut d'abord que tu sois plus fort. Alors… (Elle désigna un des appareils qu'il avait déjà utilisé.) … Refais cinquante fois l'exercice que je vais te montrer, puis nous travaillerons le premier mouvement.

Ce n'était pas ce qu'il avait envie d'entendre.

Quand elle en eut fini avec lui, il avait les jambes flageolantes et une folle envie de se laisser tomber sur place et de ne plus bouger. Mais il avait appris un mouvement qu'il pourrait utiliser contre tout agresseur éventuel. Kerowyn lui avait expliqué le scénario le plus probable. On l'attaquerait par-derrière, pour essayer de l'étrangler. Elle lui montra comment utiliser l'élan et les mouvements de son adversaire pour se laisser rouler en avant, tout en le faisant passer par-dessus lui, et se relever pour s'enfuir.

Avec de l'entraînement, il agirait d'instinct.

Quand elle le laissa partir, avec l'ordre de revenir à la même heure le lendemain, il s'aperçut que la leçon ne l'avait pas seulement fatigué. Il n'avait plus le moindre désir pour elle ! Pourtant, ils avaient roulé sur le sol ensemble, finissant dans des positions qui auraient poussé le père de Kerowyn à lui ordonner de l'épouser — s'ils avaient été à Karse.

Il n'était pas sûr de savoir pourquoi, mais le résultat était frappant. Si elle s'était déshabillée et avait pris une pause lascive devant lui, comme une femme des rues, il aurait été incapable d'en profiter. Elle l'intimidait. Désormais, dans son esprit, elle était aussi intouchable que Solaris.

Il se traîna jusqu'à leur suite. Ulrich absent, quelqu'un avait eu la présence d'esprit d'allumer le chauffe-eau. Johen ? Dans ce cas, il n'était pas aussi antipathique qu'il le paraissait.

Après un bain chaud, le monde lui sembla beaucoup plus amical. Il était prêt à affronter Ulrich, la cour, et tout ce qui se présenterait. Une bonne chose, car on frappa à la porte…

L'homme qui se tenait sur le seuil portait des vêtements très semblables à ceux de Kerowyn — mais gris. Il était grand, mince et ténébreux ; Karal n'avait jamais rencontré personne qui le fît à ce point songer à un loup affamé. Ses cheveux étaient blancs et son visage couvert de cicatrices.

Il dévisagea Karal de ses yeux gris agate, aussi inexpressifs que des cailloux.

Un karsite — ses caractéristiques physiques étaient les mêmes que celles de Karal et d'Ulrich. Autrement dit, il devait s'agir d'une certaine personne…

Karal avait oublié qu'il devait prendre des leçons de langue.

Il déglutit, la bouche soudain très sèche.

— Hé… Héraut Alberich, je… je suis honoré, balbutia-t-il en s'inclinant.

Quand il se redressa, Alberich affichait un sourire sardonique.

— Honoré ? D'avoir le Grand Traître comme professeur ? J'en doute. (Le Héraut entra et referma derrière lui.) Mon garçon, tu es mal informé… ou tu mens, comme tout bon diplomate !

Ne sachant que dire, Karal garda prudemment le silence. Alberich le regarda et son sourire s'adoucit un peu.

— Un diplomate, donc…, décida-t-il. Quand tu lui feras ton rapport, dis à Solaris qu'elle choisit bien ses émissaires.

Il tendit la main vers une chaise sans la regarder, la tira vers lui et la retourna. Puis il s'assit, les bras sur le dossier.

— Nous allons commencer par déterminer ce que tu sais.

Alberich commença un examen impitoyable. Ou plutôt, un interrogatoire. Il crachait une question après l'autre, puis attendait que Karal y réponde. Si le jeune homme ne comprenait pas ou s'il n'avait pas le vocabulaire, il secouait la tête, et passait à la suivante.

Tout le temps que cela dura, Alberich ne

détourna pas une fois ses yeux gris de Karal. Et qu'il en fût conscient ou pas, il lui livra de nombreuses informations sur lui-même.

Il lui serait désormais impossible de se souvenir de cet homme comme du Grand Traître — enfin, pas impossible de s'en souvenir, mais de le croire. Car à l'évidence, il vivait, respirait et travaillait selon un code de l'honneur aussi dur que l'acier et aussi inébranlable que les montagnes de son pays natal.

— Suis-moi, dit Alberich après une heure de leçon. (Il se leva vivement. Karal se remit debout, se sentant gauche comme un poulain et sec comme un parchemin.) Je vais te donner des livres qui t'aideront un peu.

Il prit la tête, le novice sur les talons. Après plusieurs couloirs et des escaliers, Alberich ouvrit une double porte qui n'était pas gardée. Derrière, Karal découvrit une pièce qui ressemblait à sa vision du paradis.

Des livres. Du sol au plafond. Sur d'énormes étagères. La seule bibliothèque qui aurait pu rivaliser avec celle-là ? Celle du Temple ! Mais aucun novice n'avait le droit d'y entrer seul. Il resta sur le seuil, bouche bée.

Par où commencer ? Mais Alberich savait où trouver ce qu'il cherchait. Il gagna le fond de la pièce, prit une demi-douzaine de petits volumes, souffla dessus, et les apporta à Karal.

— Je doute que quiconque y ait touché depuis que je m'en suis servi, fit-il, avec un autre de ses sourires sardoniques. Deux dictionnaires valdemarien-karsite et un récit des origines de la guerre entre Karse et Valdemar — du point de vue valdemarien. Il a été écrit par un prêtre de la branche schismatique du Dieu du Soleil. C'est un peu archaïque, mais ça élargira ton horizon. En même temps, ça te donnera une leçon de langue. Je t'interrogerai demain sur le premier chapitre.

Sur ces paroles, Alberich le ramena dans sa suite. Cette fois, Karal essaya de mémoriser le chemin, mais pour une fois, sa mémoire lui joua des tours. Cela le déçut beaucoup. Il voulait pouvoir retourner là-bas à loisir. S'il avait apporté ses propres livres, c'était par peur de n'avoir pas accès à ceux du Palais. Mais la bibliothèque n'était pas gardée. Donc, n'importe qui pouvait y aller.

Enfin, ceux qui parvenaient à la trouver… Le labyrinthe de couloirs était peut-être suffisant pour décourager les autres.

Alberich devait lire les pensées. Avant de le quitter, après lui avoir ouvert la porte de ses appartements, il lâcha :

— Chaque fois que tu voudras aller à la bibliothèque royale, demande à un page de t'y conduire. (Voyant sursauter Karal, il ajouta :) Je sais reconnaître la « faim de lecture », mon garçon. Il n'y a rien ici qui soit interdit, et tu pourrais faire pire que d'apprendre ce que pensent ces gens à travers leurs écrits. Assouvis ta faim et ouvre ton esprit.

Puis il tourna les talons, laissant Karal le regarder partir.

Finalement, il rentra et posa les volumes sur son lit. S'asseyant à côté, il se demanda où il trouverait l'énergie pour finir cette journée. Car il était prévu qu'Ulrich et lui dînent avec la cour ! Ensuite, il pourrait s'écrouler.

Il n'avait jamais cru que sa mission serait simple, mais c'était de la folie. Comment Ulrich faisait-il ? Son emploi du temps était au moins aussi chargé que celui de Karal. Peut-être même plus.

En prenant une seule chose à la fois…

Une chose à la fois… Pour le moment, cela signifiait trouver et préparer les vêtements de cour de son maître. Il se leva et se laissa porter par la force de l'habitude.

Une chose à la fois…

Les premiers jours, il redouta de s'effondrer à tout moment. Les journées n'étaient pas assez longues pour qu'il puisse remplir tous ses devoirs. Après le dîner, son mentor et lui passaient des heures à rattraper leur retard, à la lueur des chandelles. Parfois, il accompagnait Ulrich. D'autres fois, il prenait des rendez-vous pendant ses leçons avec Kerowyn ou Alberich. Sans doute une manière pleine de tact de l'évincer sans avoir à inventer une excuse. Après tout, Ulrich était un diplomate. Karal ne se demandait plus pourquoi les Valdemariens étaient si inquiets de sa présence. Finalement, c'était déjà ça en moins dans un emploi du temps surchargé.

Il devait recopier un nombre incalculable de pages de notes pour les rendre lisibles. Plus le courrier d'Ulrich pour Karse à écrire à partir de ce qu'il lui avait dicté et les brouillons des traités à mettre au propre. Bref, un travail sans fin. Un temps, le jeune homme désespéra d'avoir jamais quelques minutes à lui. Il lui semblait que les seuls instants où il n'était pas attelé à une tâche éreintante, c'était dans son bain !

Mais les choses finirent par se calmer un peu. Les premiers accords ayant été rédigés, puis acceptés par Ulrich et le représentant de la reine — généralement le prince Daren —, ces textes étaient maintenant en route pour Karse. Les relations diplomatiques entre les deux pays étaient engagées. Elles devaient maintenant être approuvées par Solaris et par le Conseil. Solaris réfléchirait longuement aux propositions d'Ulrich, puis elle y apporterait quelques changements. Comme tout Conseil qui se respecte, celui de Valdemar se devait de débattre de toutes les questions. Bientôt, Karal n'eut presque plus de travail. Et celui d'Ulrich consista à mieux connaître les gens qui étaient au pouvoir. Le prêtre participa donc à de nombreuses rencontres informelles auxquelles son élève n'était pas convié.

Karal se retrouva de plus en plus souvent seul dans leur suite, avec rien de mieux à faire que lire les romans qu'il avait apportés, étudier le valdemarien et déchiffrer les journaux que son mentor lui avait confiés. Au début, il se réjouit de ce répit, mais il eut tôt fait d'avoir dévoré ses livres. Apprendre le valdemarien était du travail, de même qu'étudier les écrits des anciens Fils du Soleil…

Il sortit plusieurs fois pour essayer de trouver de la compagnie, mais sans succès. Quand il rencontrait les enfants des nobles, des jeunes gens de son âge, ils l'ignoraient comme s'il avait été une des statues des jardins. Ils faisaient semblant de ne pas le voir, et ne répondaient jamais à ses salutations. Quant aux aspirants Hérauts, ils paraissaient avoir peur de lui — à l'exception d'Arnod, mais il n'était là qu'en soirée.

Un après-midi, il s'assit devant la fenêtre, torturé par le mal du pays. Déprimé et profondément malheureux, il avait besoin de voir quelque chose de familier, et il était si énervé qu'il avait du mal à penser. Même s'il n'était pas fatigué, il n'arrivait pas à trouver la force de bouger. Il désirait ardemment être de retour chez lui, dans sa minuscule chambre, à côté de celle d'Ulrich. Ou au Temple, à chercher un livre pour son maître avant de recopier des passages. Cet endroit était luxueux, mais il aurait volontiers échangé tous les plats exotiques contre un simple gâteau à l'orge karsite, son lit douillet et sa salle de bains privée contre une bouffée d'air des montagnes, les tartes à la crème contre une bouchée de fruit glacé et le vin épicé contre une bonne tasse de *kava* chaud et fort.

Il n'y avait rien dans ce royaume qui lui rappelle Karse. Ni la nourriture, ni les odeurs, ni les plantes qui poussaient dans les jardins, ni le mobilier. Tout était étranger. Il ne pouvait pas dormir sans se souvenir qu'il n'était pas chez lui. Les herbes utilisées pour parfumer le linge n'étaient pas les mêmes. Il n'avait jamais eu un lit aussi épais, et aucun oiseau nocturne ne le berçait.

Surtout, il ne pouvait se confier à personne. Ulrich était trop occupé pour qu'il l'ennuie avec ça, et il le jugerait sans doute immature et incapable de remplir ses devoirs. Il était là pour servir son maître, et pas l'agacer avec ces problèmes puérils.

Je pourrais parler à Rubrik... Mais il doit avoir des choses plus importantes à faire que d'écouter un étranger lui raconter à quel point il se sent seul. A quoi bon, vraiment ? Que pourrait-il me répondre ? « Rentre chez toi ? » On m'a confié cette tâche, et je dois l'assumer.

Parler à Kerowyn ou à Alberich était hors de question. Il perdrait le peu de respect qu'ils avaient pour lui, jugeant qu'il se comportait comme un enfant écrasé par des responsabilités d'homme... Et s'ils apprenaient qu'il était malheureux, ils le diraient à leurs supérieurs. Son mal du pays pouvait nuire à leur mission. Toute faiblesse était un danger.

Je savais à quoi m'attendre quand Ulrich m'a

dit que nous venions ici, pensa-t-il, souhaitant que les parterres et les sentiers sinueux prennent soudain la précision mathématique d'un jardin karsite. *Je savais à quel point j'allais être seul.*

Mais était-ce la vérité ? Aussi misérables et solitaires qu'aient pu être ses années au Cloître des Enfants, il les avait passées au milieu de gens qui parlaient sa langue, mangeaient la même nourriture et adoraient le même dieu que lui. Ici, ses deux seuls compatriotes, des hommes beaucoup plus âgés, avaient des positions sociales bien supérieures à la sienne…

Il vivait dans un endroit merveilleux, plein de choses fascinantes, et il y bénéficiait de plus de liberté qu'il n'en avait jamais eu… Mais ce n'était pas chez lui.

Ce ne serait jamais chez lui ! Et il désespérait de trouver quelqu'un à qui parler, sans devoir s'inquiéter que ces paroles ne provoquent un incident diplomatique — ou soient utilisées pour saborder leur mission.

S'il ne pouvait pas rentrer chez lui, il lui fallait un ami. Il n'en avait jamais eu, mais aujourd'hui, il en avait besoin.

Il continua à regarder fixement par la fenêtre, sentant la lassitude le submerger. Il était trop déprimé pour penser à relire un de ses livres.

Ça ne me mène nulle part. Si je n'agis pas très vite, je ne serai bientôt plus capable de rien. Il resterait assis là jusqu'à ce que quelqu'un entre et le trouve, et ses ennuis ne feraient que commencer. Ulrich voudrait savoir ce qui n'allait pas, les gens croiraient qu'il était malade… Au bout du compte il aurait semé une pagaille indescriptible.

Je ne crois pas que les guérisseurs sachent traiter le mal du pays. Même ici.

Il y avait dans les jardins un endroit où on faisait pousser des herbes dans des carrés bien délimités, ce qui lui rappelait vaguement Karse. Puisqu'il n'y avait ni rosiers, ni profusions de fleurs, ni tonnelle, les adolescents n'y allaient jamais. S'il sortait au soleil, son humeur s'améliorerait-elle ? Peut-être que la dépression venait de sa claustration…

Ou peut-être pas… Mais ça valait le coup d'essayer. C'était mieux que de rester assis ici à se noyer dans son désespoir.

M'apitoyer sur mon sort n'arrangera rien.

Il réussit à se lever de son fauteuil — le plus difficile.

Comme il l'avait espéré, les jardins des cuisines étaient déserts — à l'exception d'un très vieux prêtre en robe jaune. Le vieillard rêvassait au soleil, comme l'aurait fait n'importe quel Robe Rouge dans les jardins de méditation du Temple. Sa présence était réconfortante.

Après quelques recherches, Karal trouva un banc dissimulé par des buissons. Il s'assit dans l'ombre, les épaules baissées, toujours aussi déprimé. Il était dehors, mais le soleil ne faisait aucune différence.

Karal ferma les yeux et une boule se forma dans sa gorge. Sa poitrine se serra à lui faire mal, comme son estomac. Pourquoi était-il venu ici ? Pourquoi n'avait-il pas trouvé une raison de se défiler ? Pourquoi n'avait-il pas laissé sa place à quelqu'un de plus vieux et de plus expérimenté ? Il aurait pu trouver un autre mentor, n'est-ce pas ? Et même s'il n'avait pas été aussi gentil qu'Ulrich, cela n'aurait-il pas été préférable à la solitude ? Etait-il important qu'Ulrich soit la seule personne qui ait été bonne avec lui depuis qu'il avait été arraché à sa famille ? Il avait déjà survécu à l'indifférence et à la cruauté... et au moins il aurait été chez lui ! Pas coincé dans ce pays étrange, où tout le monde était un ennemi potentiel !

— *« J'étais un étranger, dans un royaume étranger, et personne ne me connaissait. Le cœur de chaque homme m'était fermé, et les mains de chaque homme étaient vides pour moi. »*

Karal sursauta, ravalant un glapissement surpris, et malgré lui, rouvrit les yeux. Qui pouvait citer les Ecrits de Vkandis avec un si fort accent ?

Au début, il ne reconnut pas la femme qui lui souriait. Elle était vêtue d'une tunique et de hauts-de-chausses en cuir, comme Kerowyn, mais bien moins moulants et d'un blanc immaculé. C'était bien une femme, pas une jeune fille — il supposa qu'elle devait avoir environ trente ans. Elle n'était pas très grande. En fait, s'il s'était levé, elle lui serait probablement arrivée au menton. Des cheveux châtains aux reflets roux striés d'argent, ses yeux étaient marron pailletés de vert. Elle donnait une impression contradictoire de force et de fragilité.

Puis la mémoire lui revint — il n'avait jamais vu ce Héraut autrement qu'en tenue officielle — et il la reconnut. Talia... le Héraut de la Reine.

Elle était Prêtresse du Soleil, mais où avait-elle appris les Ecrits ? Pourquoi s'en était-elle donné la peine, puisque ce n'était qu'un titre honoraire ?

— Vous pensiez que je ne prendrais pas mon rôle de Prêtresse de Vkandis au sérieux, n'est-ce pas ? dit-elle avec un sourire malicieux. Ce titre est peut-être honoraire, mais j'ai pensé devoir apprendre certaines choses...

— Oh, répondit-il, se sentant stupide.

Puis il s'avisa qu'elle parlait le karsite. Aussi terrible que soit son accent, les mots s'infiltraient en lui comme la pluie dans un sol aride. Il voulait en entendre davantage. Il en avait besoin.

— Je me suis dit que cette citation était appropriée vu l'expression que vous aviez quand je suis arrivée, continua-t-elle. Vous sembliez si malheureux. Bien sûr, ce n'est peut-être qu'une indigestion…

Elle inclina la tête, comme pour l'inviter à se confier. Il hésita. Elle paraissait amicale, mais n'allait-il pas avoir des problèmes s'il lui parlait ?

Ce n'est pas seulement un Héraut, elle appartient aussi à la Famille de Vkandis. Et si elle faisait du mal à l'un des siens, Vkandis la punirait sûrement…

Talia attendit quelques instants, puis son sourire s'élargit.

Elle avait des yeux si doux.

— A moins qu'il ne s'agisse d'une différente sorte d'indigestion. Vous avez avalé un trop gros morceau de Valdemar et il a du mal à passer.

Karal éclata de rire, tant cette image était inattendue et imaginative.

— Je suppose que c'est une manière de voir les choses, répondit-il, se détendant un peu.

Il avait désiré se confier à quelqu'un… et elle était apparue. Pouvait-il lui parler ? Que savait-il de cette femme ? Elle était une sorte de conseillère de la reine Selenay — Solaris avait passé beaucoup de temps avec elle — mais il y avait autre chose. Quelque chose d'important…

Hansa lui faisait confiance. C'était ça. Il s'en souvenait, maintenant. Le Chat de Feu avait confiance en elle. C'était lui qui avait suggéré qu'elle soit ordonnée prêtresse.

Malgré son hésitation, elle ne fit pas mine de

partir. Ni de vouloir s'asseoir près de lui, ce qui pouvait être interprété comme une intrusion.

— J'ai éprouvé la même chose quand je suis arrivée ici, dit-elle. J'ai été élevée dans un endroit si différent qu'il pourrait être à l'autre bout du monde. Vous aurez du mal à le croire, mais les miens isolent leurs enfants de tout ce qui est extérieur à leurs fermes. J'ignorais presque tout des Hérauts et des Compagnons. Quand Rolan m'a choisie, j'ai cru avoir trouvé un Compagnon perdu et devoir le ramener à son propriétaire, comme un simple cheval fugueur !

Au moins, Karal en savait un peu plus qu'elle a son arrivée ! Rubrik leur avait dit qu'un Compagnon choisissait son élu — un peu comme un Chat de Feu portait son attention sur un mortel. Difficile de croire que personne à Valdemar n'avait été conscient de la véritable nature des Compagnons.

Cela dit, il était assez facile de contrôler les connaissances d'un enfant, comme elle l'avait souligné. Mais être choisi était particulier... Il imaginait qu'on pouvait refuser de l'être, car cela remettait tout en question, et principalement les plans d'avenir. Mais Talia devait être la seule à avoir ignoré le sens de ce qui lui arrivait.

— Sérieusement, je n'étais pas plus à ma place ici que vous aujourd'hui. Vous avez dû traverser les terres des Holds... Eh bien, c'est de là-bas que je viens. Ils disent avoir fui Karse, mais je serais tentée de croire que les Karsites les ont chassés. Il ne doit pas exister de peuple plus intransigeant ! Ces gens sont plus un problème qu'autre chose.

— Je ne saurais le dire, avoua Karal. Je n'ai pas étudié leur histoire, donc je ne peux pas exprimer une opinion. Mais je comprends que vous avez dû vous sentir… euh… étrangère, ici. Les gens y sont très différents de chez vous. Vous étiez peut-être tout autant une étrangère à Haven que moi.

Voilà. C'était parler comme un diplomate.

Talia leva les yeux vers lui.

— J'ai entendu dire que vous ne vous êtes fait aucun ami. C'est là que nos histoires diffèrent. Bien sûr, vous avez un double handicap. Vous faites partie d'une délégation, ce qui vous rend dangereux à fréquenter, et vous êtes un de nos anciens ennemis. Un de ces prêtres possédant de terribles pouvoirs ! Les Shin'a'in ont un proverbe : « Il est sage de ne pas se faire remarquer en présence de quelqu'un qui invoque les démons. » Pas facile de fraterniser quand les gens que vous rencontrez croient que vous pouvez les écrabouiller sans peine s'ils vous ennuient.

— Euh… intéressant, répondit-il, pour gagner du temps. Je n'avais pas pensé à ça.

— Oui, eh bien, les jeunes Valdemariens peuvent se montrer timides et conservateurs. Surtout les enfants des courtisans. Mais je n'en connais pas un seul qui pourrait être délibérément grossier ou agressif envers vous.

« Ils vivent une drôle d'époque… La plupart ont perdu un parent pendant la guerre contre Ancar. Certains, qui étaient en sixième ou septième position pour hériter de leur titre, se retrouvent en deuxième ou troisième position. Quelques-uns n'ont plus de parents et sont élevés par un frère ou une sœur plus âgés. Ils n'aiment pas penser à tout ça, alors ils s'évadent en se concentrant sur des frivolités. Le problème, c'est que ceux qui font quelque chose de leur temps n'ont pas pensé à vous… parce qu'ils sont aussi occupés que vous.

Le choc l'arracha à sa dépression. Combien de

représentants de l'élite valdemarienne avaient péri dans cette guerre ? Karse avait-elle autant souffert ? Non, pas au début du moins. Et une fois que l'alliance avait été rendue publique...

— Je suis navré d'apprendre ça, dit-il espérant que son ton lui apprendrait qu'il l'était réellement. Je doute que nous ayons autant souffert...

— Non, en effet, pas au début, fit Talia. (Elle se passa une main dans les cheveux, ce qui semblait une habitude.) Tout d'abord, parce qu'Ancar ne voulait pas Karse comme il convoitait Valdemar, et parce qu'il croyait que Solaris était un homme. (Elle haussa les épaules, puis écarta les mains.) Quand il a appris que c'était une femme, même si on l'appelait le Fils du Soleil, il l'a incluse dans sa guerre contre le sexe féminin. Nous supposons que c'est pour ça que Solaris a envoyé des messagers à Alberich en vue de conclure un traité.

Talia sourit.

— Mais ce n'est pas pour parler de ça que je me suis arrêtée ! J'ai vu votre air malheureux, et j'espérais vous redonner le sourire. Et je doute qu'un tel sujet y parvienne !

— Probablement pas...

— Dès que les gens sauront que vous n'invoquez pas des démons pour venger des insultes imaginaires, ils deviendront probablement plus amicaux. Certains d'entre eux seront assez curieux pour venir vous poser des questions. Vous n'êtes pas la créature la plus exotique que nous recevons à la cour, ni la plus effrayante. Ils reprendront très vite leurs esprits.

Songeant aux griffons, Karal sourit.

— Au moins, je marche sur deux jambes ! Et je crains que mes pouvoirs magiques n'aient été surestimés. Je suis incapable d'invoquer les démons

— même si Solaris ne l'avait pas interdit — et je ne peux même pas allumer un feu. Une chandelle, tout au plus. Mon maître est un mage, mais il ne m'a pas choisi pour mes pouvoirs. Plutôt pour mes aptitudes intellectuelles.

« Les Valdemariens n'ont rien à craindre de moi.

Il avait dit ça pour plaisanter, et elle renchérit.

— Oh, je n'irais pas jusqu'à prétendre ça ! Vous seriez un très beau jeune homme si vous ne sembliez pas toujours sur le point de délivrer un sermon. Souriez plus souvent, aucune jeune fille ne sera en sécurité !

Si elle pouvait citer des passages des Ecrits de Vkandis, elle devait être informée que les prêtres du Soleil ne prononçaient pas de vœu de célibat ou de chasteté. Donc, elle savait qu'il pouvait faire la cour à une jeune fille. Comprenant qu'elle l'y encourageait, il rougit.

Mais il était facile de lui parler. Elle invitait à la confidence — un peu comme sa mère, en fait.

Mère avait l'habitude d'adopter tous les malheureux qui passaient, des garçons d'écurie orphelins aux chatons. Talia est comme elle... voilà pourquoi elle s'est arrêtée en me voyant.

— J'espère que vous ne m'en voulez pas de vous taquiner ainsi, dit Talia. Nous n'avons pas une si grande différence d'âge, et si je n'étais pas bien mariée et très amoureuse de Dirk... (Elle éclata de rire et fronça le nez.) Eh bien, considérez que ma réaction est représentative de celle de la plupart des femmes de la cour.

Ses joues le brûlèrent et il cligna des yeux. Sa réaction ? Elle le trouvait attirant ? Aucune femme, ou jeune fille, ne lui avait jamais dit ça !

Talia secoua la tête.

— Ecoutez-moi ça… « Si j'avais ton âge »… on dirait une vieille femme ! Etre mère me pompe toute mon énergie…

— Ma mère dit la même chose ! Elle jure que chacun de nous la vieillit de cinq ans chaque fois qu'il fait une bêtise !

— Je confirme, fit Talia. Je ne me souviens pas que mes parents aient eu les mêmes problèmes… Avez-vous des frères et sœurs ?

— Un frère et deux sœurs, dit Karal.

Il parla de sa famille et elle l'écouta sans paraître s'ennuyer. Elle lui posa même quelques questions, montrant qu'elle ne faisait pas semblant. Encouragé, il finit par lui avouer sa solitude et son mal du pays.

Cela lui sembla naturel. Après tout, si Hansa lui faisait confiance, pourquoi pas lui ?

— J'ignore où ils ont emmené Trenor, soupira-t-il, après avoir parlé près d'une heure. Il est karsite, lui aussi… et les chevaux ont toujours été mes amis autant que les hommes. J'adorerais le monter, mais je ne sais pas où on me permettrait d'aller, si je pouvais le retrouver, ni ce que penseraient les gens si je demandais le chemin des écuries. (Karal haussa les épaules.) Ils pourraient croire que je suis une sorte d'espion qui cherche un moyen de faire sortir des messages du Palais…

Talia s'éclaira.

— Voilà une chose que je peux arranger ! Je sais où sont les écuries, et il y a des chemins dans le Champ des Compagnons — rien ne vous empêche de monter votre hongre là-bas.

« Aimeriez-vous que je vous conduise aux écuries tout de suite ? Je pourrais vous présenter au responsable et lui demander de préparer Trenor chaque jour pour une promenade.

Karal la regarda un long moment. La dernière chose à laquelle il s'attendait, et sans doute la seule qui l'aiderait vraiment !

— Oh, merci ! dit-il enfin, quand il eut remis de l'ordre dans ses pensées. C'est exactement ce que je veux ! Merci !

— Je suis contente d'avoir pu trouver un moyen de vous mettre du baume au cœur. Pour le reste, je crains qu'il n'y ait qu'un seul remède : le temps. (Elle rit de le voir grimacer.) Je sais que les jeunes de votre âge n'aiment pas entendre dire que le temps est un remède à tout ! Mais ce n'est pas pour rien que c'est un cliché !

« Quand un problème est immense, c'est parce qu'il engloutit tout le reste. Mais il suffit de s'ouvrir à d'autres choses pour qu'il semble soudain moins grave. Alors, laissez passer un peu de temps, changez-vous les idées, et ne réfléchissez pas trop.

Karal se leva quand elle lui fit signe de la suivre. Elle marchait d'un pas vif, nommant pour lui tout ce qu'ils croisaient.

— Ça, c'est la roseraie, le labyrinthe est par là. Si vous regardez à travers les rosiers, vous apercevrez une partie de l'aile des courtisans. C'est là que vous logez avec votre maître. La plupart des courtisans ne vivent pas ici, mais dans leurs manoirs, en ville…

Cela l'aida à mieux s'orienter. Karal commença à soupçonner Alberich de l'avoir fait tourner en rond, en l'emmenant à la bibliothèque. Mais peut-être ne l'avait-il pas fait sciemment — le maître d'armes était soupçonneux de nature. Ou y avait-il, ce jour-là, des travaux justifiant ces détours ? De l'extérieur, le plan du Palais semblait logique. Il croyait se rappeler que la bibliothèque était au premier étage de l'aile « officielle », parallèle à celle où il logeait…

Talia lui montra des bâtiments séparés du Palais.

— Là, c'est le Collegium des Guérisseurs, et là, celui des Bardes… Regardez, les écuries sont là. Vous pouvez les voir d'ici, à côté de ces arbres.

Mais les écuries ne retinrent pas l'attention de Karal.

Le champ boisé sur leur droite… Il semblait plein de chevaux.

Puis il comprit pourquoi son esprit avait formulé ça de cette manière, car les « chevaux » étaient tous blancs. Ce qui devait vouloir dire…

Talia suivit la direction de son regard, plissant les yeux à cause du soleil.

— C'est le Champ des Compagnons. Voulez-vous en approcher ?

Autant lui demander s'il désirait voler ! Bien sûr qu'il le voulait… en même temps, cela le terrifiait. Les Compagnons ! Ces magnifiques créatures sur lesquelles Rubrik ne tarissait pas d'éloges… et les Chevaux des Enfers des légendes karsites. Sa tête savait qu'ils n'étaient pas les monstres de son enfance, mais son estomac se révulsait à l'idée qu'il y en ait tant au même endroit.

Son expression dut le trahir, car Talia lança :

— Vous savez que ce ne sont pas des démons, n'est-ce pas ? Rubrik a dû vous expliquer ce que sont réellement les Hérauts et les Compagnons…

Je dois avoir l'air aussi tendu qu'un arc.

— Oui. Mon mentor et lui ont parlé plusieurs fois des Compagnons. Je crois qu'Ulrich compte venir ici un jour, quand il ne sera pas trop occupé à poursuivre des lapins diplomatiques jusque dans leurs terriers.

Il s'approcha de la clôture et s'appuya dessus pour regarder les magnifiques créatures.

Ce ne sont pas des démons, se rappela-t-il. La théologie affirmait que les démons pouvaient paraître très beaux, et il n'eut pas à se forcer pour le croire. Maintenant qu'il était là à les regarder, son estomac se calma, décidant que sa tête devait avoir raison. Les Compagnons avaient quelque chose de si innocent ! L'idée qu'ils puissent être des démons était absurde.

Ni des chevaux.

Cependant, ils devaient faire l'envie de tous les éleveurs. Si seulement on avait pu créer une race qui leur ressemble ! Les créatures les plus élégantes qu'il ait jamais vues — le Compagnon de Rubrik n'était pas une exception ! Selon la rumeur, les Shin'a'in avaient réussi à obtenir des chevaux dont la beauté égalait celle des Compagnons. Mais était-ce vrai ? La rumeur affirmait également qu'ils chevauchaient nus et peints en bleu.

Chevaucher nu doit être terriblement inconfortable. Avec une selle, bonjour les ampoules, et à cru, c'est l'écorchement assuré.

— Bien, dit-il enfin, s'arrachant à la rêverie où l'avait plongé la vision des Compagnons. Je n'ai pas grand-chose à faire pour le moment, mais votre temps est précieux, et j'en abuse honteusement. Alors, si vous pouvez m'accorder encore un moment et me conduire aux écuries…

— J'ai tout mon temps, répondit Talia. Venez, je vais vous présenter au maître des écuries.

Talia n'était pas une courtisane en mauvaise condition physique. Elle marchait d'un bon pas et il fut content de s'être tant entraîné avec Kerowyn. Les écuries étaient immenses, mais cela n'avait rien d'étonnant. Ils eurent de la chance : Trenor était dans la troisième stalle, après la porte. Il hennit dès qu'il sentit l'odeur de Karal.

Le maître des écuries arriva pendant que le novice examinait les sabots de Trenor. Il sembla approuver ce qu'il faisait, au lieu de prendre cela pour une insulte implicite.

— Vous vous y connaissez en chevaux, dit-il.

Ce n'était pas une question. Ayant terminé, Karal se releva et crut bon d'acquiescer. L'homme se tourna vers Talia et s'adressa à elle dans un dialecte à l'accent trop prononcé pour que le jeune homme comprenne ce qu'il disait.

Puis il tourna les talons et retourna près de la petite jument qu'il faisait travailler quand ils étaient entrés. Karal s'étonna de voir le maître des écuries s'occuper personnellement de la bête. Mais d'un autre côté… elle avait les caractéristiques d'un pur-sang élevé pour sa nervosité. Il valait donc mieux qu'il s'en charge personnellement. C'était ce qu'aurait fait son père.

— Tahk dit que vous êtes visiblement un bon cavalier et qu'il peut faire préparer Trenor pour une promenade quotidienne, si c'est ce que vous voulez. Il y a une autre option : donner l'ordre aux garçons d'écurie de vous remettre votre harnachement chaque fois que vous vous présenterez. (Talia gratta le cou de Trenor et rit quand le hongre se pressa contre sa main.) Je lui ai répondu que vous ne feriez sans doute pas autant d'histoire que les nobles, et que vous prendrez soin de votre monture. Il a simplement répété que vous êtes un bon cavalier.

— Merci, dit Karal. Je préfère que Trenor ne soit pas sellé à heure fixe chaque jour, parce que je ne sais pas toujours quand Ulrich a besoin de moi.

— C'est bien ce que je pensais. Vous savez,

vous pourriez combiner vos leçons de langue avec une promenade à cheval. Alberich doit s'assurer que son Compagnon prenne assez d'exercice, alors ils sortent le matin, quand l'un et l'autre sont perclus de courbatures. (Elle inclina la tête, comme si elle sentait l'appréhension de Karal à l'idée de proposer cela au maître d'armes.) Voulez-vous que je le lui suggère ? Je peux lui dire que c'est mon idée.

— Vous feriez ça ? Par la Lumière, ma dette envers vous augmente d'une seconde à l'autre.

— Vous ne me devez rien. Je veux seulement que vous soyez plus heureux. Ça ferait une grande différence pour moi. Et si vous êtes content, vous travaillez mieux.

— Si je travaille mieux, mon maître sera de meilleure humeur, et s'il est de bonne humeur, il sera prêt à faire davantage de concessions, hein ? (Il gloussa, et elle se joignit à lui.) Ça, je peux le comprendre. Tout le monde ici est diplomate.

Ce que je ne comprends pas, c'est en quoi mon bonheur fait une différence pour elle…

— Nous ferions bien d'y aller, dit-il, quittant Trenor à contrecœur. Sa couverture est humide, et j'en déduis qu'on lui a déjà fait faire de l'exercice aujourd'hui. Mais à partir de demain, je m'occuperai de lui.

— Je… je viens d'avoir une autre idée, dit Talia d'un ton hésitant. Vous disiez que vous aimeriez vous faire des amis ici ?

Karal n'avait rien déclaré de la sorte, mais il l'avait certainement pensé, alors il acquiesça.

Elle s'humecta les lèvres.

— Il y a quelqu'un que j'aimerais vous présenter… Il est dans une situation assez semblable à la vôtre, mais sans avoir l'autorité que vous confère votre rôle de secrétaire d'ambassade. Je sais qu'il se sent très seul, et même si vos cultures n'ont rien en commun, vous êtes tous deux originaires d'endroits si différents de Valdemar que vous avez les mêmes réactions.

Karal se tourna pour la regarder, sentant qu'elle ne disait qu'une partie de ce qu'elle savait de cet homme… Déclarer qu'il venait d'un endroit différent de Valdemar était sans doute l'euphémisme du millénaire.

— Que voulez-vous dire… exactement ?

— J'ignore ce que je peux vous raconter à son sujet. Sa situation est… eh bien, c'est le genre d'histoire dont on fait les légendes, tant il est difficile d'y croire. Mais vous avez une chose en commun. Vous êtes tous deux… déroutés, oui, c'est le terme exact, et étrangers à Valdemar. Il a terriblement besoin d'un ami, mais il est très timide. Et si réservé, aussi, qu'il a tendance à considérer les questions comme une atteinte à sa vie privée — une torture quand il est parmi nos aspirants Hérauts.

Karal acquiesça en grimaçant. Il en avait rencontré un ou deux, en dehors d'Arnod, qui n'avaient pas eu peur de lui… Et ces gamins lui avaient posé des questions qui, à Karse, auraient été considérées comme inconvenantes. Il leur avait répondu, parce que ces enfants n'avaient pas vraiment conscience de ce qu'ils faisaient.

— J'accepte de le rencontrer, dit-il, sentant qu'il devait bien ça à Talia, après tout ce qu'elle avait fait pour lui. Mais je ne peux rien vous promettre. Nous pourrions nous détester au premier regard.

— Oh, je ne pense pas… En général, je réussis à trouver des personnes qui s'apprécient. (Elle se mordit la lèvre, comme si quelque chose venait de lui revenir.) Il y a juste une chose…

Karal lui jeta un regard aigu.

— Oui ?

— Vous souvenez-vous de l'ambassadeur tayledras, Flammechant ?

Bien sûr qu'il se souvenait de Flammechant ! Même s'il n'avait pas eu la mémoire entraînée d'un secrétaire, il n'aurait pas pu oublier le flamboyant jeune homme.

Il hocha la tête.

Talia se mordilla la lèvre inférieure, le front plissé.

— An'desha est avec lui. Il a l'air d'un Tayledras, mais il n'en est pas un. En fait, c'est un Shin'a'in. Et il est bien plus jeune qu'il ne le paraît. Il a au plus un ou deux ans de plus que vous.

— Ah.

Karal hocha de nouveau la tête, même si ce discours ne l'avait pas éclairé. Cette phrase, cependant : *« An'desha est avec lui »*… Avait-elle voulu dire ce qu'il croyait ?

Quelle importance ? Bien que ce type de liaison soit contraire à la Volonté de Vkandis, l'ordre comptait nombre de couples de ce type. Tous les novices savaient ça, dès l'instant où ils quittaient le Cloître des Enfants.

L'accession au pouvoir de Solaris avait apporté un unique changement : les liaisons non consenties, à l'intérieur de l'Ordre, entre partenaires du même sexe ou de sexes opposés, étaient interdites au même titre que l'invocation des démons. *Tu ne forceras personne.* Telle était la loi, tant que Solaris était concernée.

Quant à Karal... aussi longtemps que cet An'desha ne cherchait pas un...

— Il est entièrement dévoué à Flammechant, dit Talia, comme si elle avait lu dans ses pensées. Il deviendra un mage très puissant, et Flammechant est son professeur. J'ai pensé que vous deviez le savoir.

Karal réfléchit aux réponses qu'il pouvait donner, et décida de se contenter d'un haussement d'épaules. Peut-être disait-elle ce qu'il croyait qu'elle disait. Et peut-être pas. Cela n'avait pas d'importance.

Ma vie est déjà sens dessus dessous, alors un peu plus ou un peu moins...

— Bien ! fit gaiement Talia. Venez, je vais vous en raconter plus à son sujet. Si vous croyez que votre vie a été étrange, vous n'avez encore rien entendu !

CHAPITRE X

An'desha n'était peut-être pas la moitié du mage qu'avait été Fléaufaucon, mais il savait reconnaître un empathe quand il en voyait un. Et le Héraut qui avançait vers l'*ekele*, un jeune étranger vêtu de noir sur les talons, en était justement un. Il se souvenait d'avoir vu cette femme, mais pas de son nom. Fléaufaucon aurait adoré mettre la main sur elle ! L'Empathie était le seul don qu'il n'avait pas pu développer, et aucun empathe n'aurait accepté de le servir de son plein gré.

Et il est inutile d'essayer d'asservir un empathe. Ce don ne peut pas être corrompu, même si Fléaufaucon a souvent tenté de le faire.

Encore des amis de Flammechant ? Un instant, l'idée d'une nouvelle invasion le contraria. Il quitta son siège, dans le jardin, et rentra pour les accueillir, déchiré entre le désir d'être poli et l'irritation. Fallait-il vraiment que Flammechant fasse venir d'autres étrangers sans le consulter ?

Mais le Héraut s'éclaira quand elle le vit et avança, suivi par le jeune homme.

— An'desha, dit Talia. (Elle prononçait son nom correctement, ce qui le surprit.) Vous ne me connaissez pas. Je suis une amie d'Elspeth, le Héraut Talia. Elle m'a beaucoup parlé de vous... et pour être honnête, je suis une Empathe, et comme vos boucliers ne sont pas bien en place, j'ai aussi appris ainsi certaines choses sur vous.

An'desha sursauta. Il ne s'était pas rendu compte qu'il projetait ses émotions aussi loin. Quand il pensa à ses sentiments, depuis qu'il était arrivé ici, il rougit. Tension, tristesse, désespoir... Il était navré d'avoir imposé ça à une empathe.

— Elspeth m'a dit que vous passez beaucoup de temps seul, continua-t-elle, et d'après ce que j'ai pu ressentir... eh bien, il me semble que vous apprécieriez un peu de compagnie. Je crois que ce jeune homme et vous avez des choses en commun.

Elle se tourna vers Karal.

— An'desha shena Jor'ethan, je vous présente Karal Austreben, secrétaire de l'ambassadeur de Karse. Karal, voilà An'desha, qui accompagne l'ambassadeur des Frères du Faucon.

An'desha la sentit exercer son don pour l'apaiser. Intrigué, il la laissa faire.

Maintenant qu'elle s'était présentée, il savait qui elle était. Elspeth avait en elle une confiance absolue encore plus grande qu'en Ventnoir. An'desha avait un terrible besoin d'apaisement. La veille, il avait à nouveau essayé de rencontrer des Valdemariens, et subi un autre échec. Et voilà qu'une empathe lui amenait quelqu'un. Il était raisonnable de penser, étant donné son don, qu'ils pourraient s'entendre.

— Je me suis dit que vous deviez au moins vous rencontrer, dit-elle au beau jeune homme aux yeux et aux cheveux noirs. (Elle parlait en articulant avec soin, pour qu'il — et sans doute Karal — la comprenne.) Vous n'avez l'un et l'autre rien de commun avec nous. Même Flammechant s'est mieux adapté à la vie valdemarienne. Je suis navrée d'avoir attendu si longtemps avant de vous présenter — et de me présenter moi-même — mais je voulais m'assurer que vous maîtrisiez assez de vocabulaire valdemarien pour vous comprendre.

An'desha éclata de rire.

— Bonne idée. Vous avez raison, je me sens moins à l'aise ici que Flammechant. Mais serais-je capable de m'intégrer quelque part ?

C'était un avertissement. *J'espère qu'elle ne s'attend pas à ce que nous devenions amis en un clin d'œil.*

— Je l'ignore, An'desha, mais Karal est habitué à la magie, et il ne la craint pas. Donc, il est plus fréquentable pour vous que mes compatriotes. Nombre de… comment dire… personnes réticentes ont peur de vous et de vos pouvoirs. Et celles qui ne le sont pas, ou prétendent ne pas l'être, ont tendance à se montrer trop directes. Non, c'est un euphémisme : ces gens sont odieux. Ils veulent tout savoir, tout de suite. Au moins, la magie n'est une nouveauté pour aucun de vous.

An'desha fronça les sourcils et Karal hocha la tête.

— Ulrich, mon maître, est un mage puissant, en plus d'être un prêtre. Il était de ceux qui invoquaient les démons, avant que Sa Sainteté Solaris, le Fils du Soleil, ne l'interdise.

— Il invoquait les démons ?

An'desha frissonna d'excitation. Talia avait peut-être davantage à l'esprit que la réunion de deux étrangers solitaires. Si quelqu'un pouvait le comprendre, ça devait être une personne familière des démons.

— Il n'a jamais aimé le faire, ajouta Karal. (An'desha sentit qu'il ne disait pas tout.) Moi, je ne possède pas de pouvoir magique à proprement parler. Mais j'ai d'autres talents.

Tant mieux, se dit An'desha. La dernière chose qu'il voulait, c'était un deuxième professeur. Dans cette catégorie, Flammechant lui suffisait !

— Cela cause souvent plus de problèmes que ça n'en résout, dit-il d'un ton hésitant.

Talia les regardait avec un petit sourire.

— Je croirais entendre mon maître ! répondit Karal. Les gens d'ici ne semblent pas comprendre ça. Ils veulent savoir ce que la magie peut faire pour résoudre tel ou tel problème… (Il se tut et haussa les épaules.) Enfin, vous savez.

— Oh, oui ! acquiesça An'desha.

Les coins de sa bouche se soulevèrent, et son cœur s'envola. Talia avait raison. Karal et lui avaient des points communs, même s'ils étaient issus de cultures diamétralement opposées.

Jusqu'à cet instant, An'desha ignorait à quel point il avait besoin d'un ami. Mais une empathe aussi puissante que Talia avait dû le sentir par-delà les émotions obscures engendrées par sa peur de l'avenir. Et elle avait dû capter le même besoin chez Karal, sinon elle ne l'aurait pas amené.

Une bonne chose. Une des premières qui lui soient arrivées depuis qu'il avait atterri ici.

— Jc n'ai pas voulu prcndrc la libcrté dc trop en dire à Karal à votre sujet, An'desha. Si vous le voulez, expliquez-lui votre situation, et comment vous êtes arrivé ici.

— Je ne parle pas assez couramment votre langue…

Talia ne voulut rien entendre.

— Vous la parlez mieux que vous ne le pensez.

Elle désigna l'*ekele*, et leva un sourcil interrogateur.

Si Flammechant prenait la liberté d'amener des gens sans lui demander son avis, il pouvait faire de même ! Il les invita à le suivre dans le jardin, et leur expliqua comment ce lieu avait été créé — essentiellement pour gagner du temps, mais aussi pour cerner un peu mieux Karal. Ce qu'il apprit le ravit. Les questions du jeune homme étaient discrètes, pas du tout comme celles des aspirants Hérauts.

Talia partit peu après, les laissant assis près de la cascade. An'desha s'avisa de son absence quand il nota celle de son « sort » d'apaisement. Il doutait que Karal se soit aperçu de quelque chose. Le gazouillis de la cascade créait une atmosphère de paix et d'intimité propice à la conversation.

Karal parla de lui-même et de son pays. An'desha l'écouta, fasciné — et parfois horrifié —, décrire ce que les prêtres de Vkandis avaient fait aux enfants et à leurs ennemis. Même si les récits du novice n'étaient pas comparables aux atrocités commises par Fléaufaucon, An'desha pensa que certains prêtres de Vkandis n'avaient rien à envier à Ancar d'Hardorn — et tout cela sous couvert de la religion. La seule chose qu'ils n'avaient pas faite, c'était drainer leur terre de son énergie pour augmenter leur pouvoir.

Mais avec le temps, ils y seraient peut-être arrivés.

— Tout ça, c'est du passé, maintenant, conclut Karal. Solaris a décidé que les Feux de Purification et l'invocation des démons étaient des blasphèmes. Et nous sommes ici, Ulrich et moi, pour forger une alliance avec un peuple que nous avons combattu pendant des siècles. C'est assez déroutant. J'ai été élevé dans la croyance que les gens de Valdemar, surtout les Hérauts, étaient des créatures maléfiques et dépravées. Et aujourd'hui, je découvre qu'ils sont simplement… des êtres humains. (Il haussa les épaules.) J'ai connu tellement de changements dans ma courte vie, que je me ferai à celui-ci aussi, je suppose. Mais, et vous ?

An'desha chercha les mots justes pour décrire sa situation, et décida de faire simple.

— J'étais un Shin'a'in, dit-il enfin. Il y a plus longtemps que vous ne le pensez… Mon corps est plus vieux qu'il n'en a l'air. J'étais le descendant d'un ancien mage, un Adepte. Un homme diabolique, autant qu'un de vos démons. Grâce à ça, il a pu… *(Comment dire ça ?)* … me voler mon corps.

— Ah ! fit Karal, hochant la tête. (La première fois qu'An'desha rencontrait quelqu'un qui ne le regardait pas avec des yeux vides.) Nous appelons ça la possession. Les démons ont ce pouvoir : ils peuvent s'approprier le corps d'un être comme si c'était un vêtement. Les Robes Noires l'ont utilisé à mauvais escient.

« Vkandis a également ce pouvoir. Il l'utilise pour parler par la bouche d'un prêtre — ou parfois d'une personne ordinaire — et délivrer une prophétie. On appelle ça la Voix de Flamme. Mais Fléaufaucon devait être un démon puissant pour avoir réussi à vous voler votre corps. Seuls les plus forts et les plus diaboliques ont ce pouvoir. Vous avez eu beaucoup de chance, An'desha. La plupart des gens ne survivent pas quand un démon touche leur âme. Vous devez être très fort aussi.

— Bon sang, vous comprenez ! Même si je ne crois pas que ma survie soit une question de chance…

Pour une fois, il parlait à une personne qui ne le regardait pas comme s'il était à moitié stupide et complètement fou. Les mots « puissant », « démon » et « diabolique » s'appliquaient très bien à Fléaufaucon !

— Il avait volé beaucoup d'autres corps, et je ne suis toujours pas très sûr de savoir comment j'ai survécu. Peut-être parce que je suis un lâche et que je me suis enfui au lieu de le combattre.

— Il était peut-être devenu négligent, suggéra Karal. Les démons sont connus pour leur fierté démesurée, et elle les pousse souvent à commettre des erreurs. Il a volé votre corps. Et ensuite, que s'est-il passé ?

— Il commit des atrocités et je ne pus pas l'en empêcher. Puis il voulut s'en prendre en même temps à mon peuple, aux Frères du Faucon et aux Valdemariens. Mais il avait été blessé, et ma Déesse m'envoya deux de ses… (Quel mot valdemarien pouvait-il utiliser pour décrire les Avatars ?) … êtres-esprits. Ils m'aidèrent, ainsi qu'une épée appelée « Besoin », Flammechant, Elspeth et Ventnoir. Après un combat serré, Fléaufaucon fut éliminé. Alors, ma Déesse me redonna l'apparence que j'avais quand mon corps m'avait été volé.

Une version extrêmement simplifiée, mais exacte.

Karal se mordillait la lèvre, comme pour retenir des paroles qu'il craignait de regretter.

— La possession est une chose terrible — à l'exception de la Voix de Flamme. Plus terrible encore que vous ne le pensez, et vous avez été réellement possédé.

— Que voulez-vous dire ? demanda An'desha, espérant que Karal pourrait lui apporter des réponses.

— La possession peut blesser celui qui l'a subie, répondit Karal. Elle risque de causer de profondes blessures à l'esprit. Et ces blessures, bien qu'invisibles, sont plus difficiles à guérir que celles du corps. Le mal corrompt, comme le contact de toute mauvaise chose. Il corrode autant que l'acide. Il peut imprimer sa forme dans un esprit.

C'était ce que lui avaient dit les Avatars ! An'desha acquiesça, sans prendre la peine de dissimuler son étonnement. Mais Karal n'avait pas terminé.

— Je ne vous connais pas très bien, An'desha, fit-il, hésitant. Vous n'êtes pas de ma confession et vous ne jurez pas par le Dieu du Soleil. Pourtant, quand la Voix de Flamme a possédé Solaris, Vkandis nous a donné le devoir d'apporter la guérison à ceux qui en ont besoin. *« Celui qui fait le bien au nom d'un autre dieu le fait en celui de Vkandis »*, a-t-Il dit. *« Et celui qui fait le mal au nom de Vkandis le fait au nom des démons des enfers. Que les gens de biens se secourent donc les uns les autres et se dispensent de prononcer des Noms. »*

Karal inspira profondément. An'desha retint son souffle, très raide, les nerfs à vif.

— Guérir les plaies de l'esprit fait partie de mon apprentissage, continua Karal. Mon maître en sait bien plus que moi. Nombre de gens ont été blessés ainsi par les Robes Noires, et mon maître et d'autres leur ont apporté leur aide.

Il se tut. An'desha hocha la tête, incapable de parler. Karal prit cela pour un encouragement.

— Je crois que vous avez toujours mal et toujours peur. Et je ne peux pas vous voir souffrir sans vous proposer mon assistance. Si vous le voulez, mon maître et moi essayerons de vous aider. (Il sourit timidement, car An'desha ne refusa pas aussitôt son offre.) J'ignore si nous y arriverons, mais nous pouvons essayer. Vous n'aurez pas à vous convertir. Il suffit que vous le vouliez. Et même si nous ne pouvons rien pour vous, peut-être serez-vous enfin sur la voie de la guérison.

Un instant, Karal fut entouré d'un halo doré... comme s'il avait été assis avec le soleil dans le dos. Mais la cascade était dans l'ombre...

An'desha cligna des yeux, conscient qu'il y avait quelque chose de spécial chez ce jeune étranger. Il l'avait senti, mais sans comprendre ce que c'était. Depuis que les Avatars l'avaient effleuré, il était sensible à ceux que les chamanes appelaient « touchés par dieu ». Aucune importance qu'il ne s'agisse pas de la Déesse. Quelque chose, chez Karal, lui rappelait ce qu'il ressentait quand les Avatars étaient avec lui, mais en moins fort. Et maintenant, ce halo venait confirmer ses soupçons. Il avait senti la même lumière chez l'ambassadrice shin'a'in, bien qu'il ait été trop timide pour l'approcher. Elle avait voué sa vie à la Déesse, comme le proclamaient ses vêtements noirs, et il n'avait pas osé aller lui parler — pas après s'être enfui de son clan.

La sensation que Karal faisait naître en lui, il l'éprouvait également en présence d'un Compagnon...

Qui et quoi qu'il puisse être, il n'a pas fait cette proposition pour m'impressionner. Il a les moyens de m'aider. Et Flammechant ne comprend pas quand je lui dis ce qui ne va pas...

S'il reste un peu de Fléaufaucon en moi, Karal et son maître pourront le bannir ! Ses paroles prouvent qu'il comprend les choses terribles qu'on m'a faites et celles que j'ai failli commettre.

An'desha rougit et baissa la tête.

— Oui, souffla-t-il. S'il vous plaît. J'ignore pourquoi vous me proposez ça, mais…

Karal lui tapota la main.

— Je l'ai fait parce que c'est mon travail… Oui, je suppose que c'est ça. Je dois le faire, comme un oiseau doit voler. Je crois que je comprends pourquoi le Héraut Talia nous a présentés. Vkandis s'est manifesté à travers elle — elle est prêtresse, alors Il peut faire cela, s'Il le veut.

— C'est possible, commença An'desha. *(Après tout ce que j'ai vu, comment dire ce qu'un dieu peut ou ne peut pas faire.)* Et…

Les cloches du Collegium retentirent par-dessus les murmures de la cascade. Karal compta le nombre de coups et dit quelque chose qu'An'desha ne comprit pas — même s'il saisit parfaitement son ton ennuyé.

Le jeune Karsite haussa les épaules.

— Je dois accompagner mon maître à une réunion du Conseil. J'aimerais mieux n'avoir pas à faire ça aujourd'hui, mais je n'ai pas le choix.

— Je comprends, répondit An'desha. Les membres du Conseil se fichent des besoins de gens tels que vous et moi.

— Les pauvres sous-fifres doivent danser au rythme des cloches. (Le sourire de Karal adoucit l'amertume de ses paroles.) Je reviendrai, je vous le promets. Mais pas sans vous avoir prévenu, si cela vous convient ?

— Oh oui ! Comment vous remercier, Karal ?

An'desha le raccompagna à la porte et le regarda partir en courant. Karal se retourna pour lui faire au revoir, puis disparut entre les arbres.

Voilà bien longtemps qu'An'desha n'avait pas eu le cœur si léger.

J'ai un ami. Et il y avait une autre chose, insignifiante à côté de la lumière que Karal lui avait offerte, mais réconfortante à sa manière. *Je ne le désire pas, excepté en tant qu'ami*. Il avait craint que son désir pour Flammechant vienne de ce que Fléaufaucon avait fait à son esprit. Mais maintenant qu'il y pensait, il avait trouvé Talia attirante… et Elspeth aussi, bien qu'elle l'intimidât.

Ce que je ressens pour Flammechant n'est pas l'œuvre de Fléaufaucon.

Oui, en un sens, c'était très réconfortant.

Karal courait vers le Palais, le cœur et les pieds aussi forts et légers que le héros Gregori en redescendant de la Montagne de Glace. Il s'était un peu méfié du jeune homme aux cheveux blancs et aux yeux gris-bleu. Constater qu'il s'habillait de façon bien plus conservatrice que son ami Flammechant l'avait soulagé.

Puis, alors qu'ils parlaient, quelque chose s'était produit.

Il s'était surpris à apprécier ce jeune homme si différent de tous ceux qu'il avait rencontrés. Ça ressemblait un peu à ce qu'il avait ressenti avec Rubrik, tout en étant différent. Il avait de l'admiration pour leur guide, mais trop d'années les séparaient pour qu'ils deviennent amis. Avec An'desha… Tandis qu'ils parlaient, il avait compris qu'ils avaient beaucoup de points communs : ils aimaient tous deux étudier et adoraient le même genre de musique. Mais il y avait plus que cela, même s'il n'avait pas compris tout de suite ce que c'était.

Puis An'desha lui avait avoué qu'il avait été possédé... et il avait eu son explication.

Ulrich le lui avait dit, comme ses autres professeurs : le jour où il croiserait une âme qui avait besoin de son aide, il se sentirait forcé de lui répondre. Il appartenait à la Famille de Vkandis, et le dieu le guiderait vers ceux qui souffrent. Aujourd'hui, il comprenait le sens de leurs paroles.

Si je suis incapable de l'aider, Ulrich le pourra. Je sais maintenant ce que ressent un Prêtre-Guérisseur quand quelqu'un est blessé ou malade, même s'il ne le voit pas. Oui, nous pouvons l'aider et nous le ferons !

Il quitta le couvert des arbres et continua à courir vers le Palais. Heureusement, il avait entendu la cloche qui lui laissait une demi-heure de marge avant le début de la réunion. Il lui faudrait un quart d'heure pour gagner sa suite et réunir ses affaires. Cela devrait lui laisser le temps de souffler, afin de ne pas faire une entrée indigne de son rang.

Ulrich préfère à toutes autres la magie qui guérit les âmes blessées. Il me l'a dit bien souvent. Vkandis s'est manifesté à travers le Héraut Talia, aujourd'hui, en nous présentant.

Il y avait un échalier sur la barrière qui entourait le Champ. Il passa par là, plutôt que par la porte, plus éloignée du Palais. Il sauta comme s'il voulait voler et se remit à courir dès que ses pieds touchèrent le sol. Quelques jeunes gens habillés de gris le regardèrent passer, sans doute parce qu'ils ne l'avaient jamais vu. Karal s'arrêta le temps que le garde lui ouvre la porte, puis reprit sa course. Quelques instants plus tard, il déboula dans leur suite, s'attendant à y voir Ulrich.

Il fut un peu déçu de la trouver déserte. Mais

puisqu'il devait attendre la fin de la réunion pour parler d'An'desha, il rongerait son frein.

Le travail d'abord. An'desha a attendu longtemps, alors qu'est-ce que quelques heures, voire quelques jours de plus ? Patience. N'est-ce pas ce qu'Ulrich me dit toujours ?

Ayant un peu plus de temps que prévu, il retira sa tunique et en mit une autre, plus présentable. Puis il prit son matériel d'écriture et gagna la salle du Conseil, inspirant profondément pour calmer son cœur emballé et ne pas paraître avoir couru.

Les apparences. Un ambassadeur ne doit jamais oublier les apparences.

Il était allé plusieurs fois dans la salle du Conseil, mais n'avait jamais assisté à une réunion où se trouvaient tous les ambassadeurs étrangers. Cela signifiait qu'un des griffons serait présent.

Il ne les avait pas revus depuis la présentation officielle, mais il soupçonnait Ulrich de s'être entretenu plusieurs fois avec le mâle, Treyvan. Un frisson d'excitation courut le long de son échine à l'idée d'être dans la même pièce qu'eux. Il n'y avait pas de créature magique à Karse — à l'exception des Chats de Feu, et les qualifier de « magiques » semblait blasphématoire. Gregori avait débarrassé le pays des derniers dragons des glaces. Bien qu'il y ait un crâne de basilic au Temple, on n'en avait pas vu de vivant depuis bien longtemps avant la première escarmouche contre Valdemar.

Les dragons des glaces et les basilics sont des créatures mauvaises, tout le contraire de Treyvan et de sa compagne. Les griffons sont cités dans les Ecrits, parmi les créatures aimées de Vkandis. Il y est dit qu'ils sont spéciaux et qu'ils ont « été créés sans la moindre méchanceté ». Personne n'a jamais su m'expliquer ce que ça veut dire, mais peut-être le découvrirai-je bientôt.

A part ça, il avait une autre excellente raison d'assister à cette réunion, et ça n'avait rien à voir avec son rôle de secrétaire. *Je pourrai étudier Flammechant. Si je dois aider An'desha, il faut en savoir un peu plus sur celui « avec » qui il est.*

Karal atteignit les portes de la salle du Conseil et découvrit qu'il était arrivé le premier. Il n'y avait que les deux gardes et le page de service.

Il aurait l'occasion d'impressionner son maître et de prouver aux autres la diligence des Karsites. Il était toujours bon de se montrer sous une lumière favorable.

Il demanda au page de lui indiquer la place d'Ulrich et prit le siège plus petit, à côté. Puis il ouvrit sa sacoche, sortit son matériel d'écriture, tailla sa plume et vérifia que l'encre était bien mélangée... Bref, il se prépara de manière à n'avoir pas à le faire au début de la réunion.

Alors qu'il terminait, les autres arrivèrent. Il reconnut tous les conseillers, même si aucun ne fit attention à lui. Les deux griffons arrivèrent, entourant Flammechant, et prirent place derrière lui, puisqu'ils ne pouvaient logiquement pas tenir à la table.

L'ambassadrice shin'a'in entra en compagnie d'Ulrich.

Eh bien, ça c'était intéressant. Ulrich avait-il eu une conversation privée avec elle ? A les voir, cela semblait le cas. Mais le siège de la Shin'a'in était à une extrémité de la table en forme de fer à cheval, et celui d'Ulrich à l'autre.

Ah, je vois... nous sommes placés en fonction de la situation géographique des pays que nous représentons. C'est utile et très pratique...

Ulrich s'assit à côté de Karal avec un sourire approbateur. Le novice n'était pas le seul secrétaire présent, mais indéniablement le mieux organisé. Les autres sortaient leur matériel en essayant de ne pas déranger. Sans grand succès.

L'ambassadeur de Rethwellan était censé prendre place à côté d'Ulrich. A l'étonnement de Karal, ce fut le prince Daren qui s'assit là, accompagné par son secrétaire, un jeune homme vêtu de bleu.

Le prince consort compte agir en qualité d'ambassadeur de Rethwellan. N'est-ce pas un peu irrégulier ? Mais personne ne souleva d'objection. Seule l'ambassadrice des Shin'a'in haussa un sourcil. Après tout, Daren avait été le seigneur de la guerre de son frère. Il devait pouvoir parler des affaires militaires de Rethwellan. Peut-être était-il même le meilleur choix en la matière.

La reine arriva assez discrètement. Talia vint prendre place à côté d'elle, sur le siège que Karal avait cru réservé au prince consort.

Apparemment non... Il étudia le Héraut de la Reine, se demandant quelle était exactement sa position. Elle était une sorte de conseillère, mais que faisait-elle ? *Il va falloir que je me renseigne très vite.* Les Valdemariens étaient si surprenants qu'ils lui diraient peut-être la vérité !

Quand tout le monde fut installé, et que les secrétaires eurent sorti leur matériel, la reine se leva. Selenay ne portait qu'un simple bandeau en or et sa tenue était une version raffinée de l'uniforme des Hérauts. Karal trouva cela fascinant, car Solaris faisait de même, arborant uniquement la Couronne de la Prophétie quand la Voix allait la posséder. Le seul symbole de son office qu'elle gardait toujours sur elle était le pectoral en forme de disque solaire, aussi ancien que Karse. Ses robes étaient les mêmes que celles des autres prêtres, dans un matériau plus doux et à la trame plus serrée. Cela la rendait plus abordable que ses prédécesseurs. Avait-elle suivi l'exemple de la reine de Valdemar ou cette idée lui était-elle venue d'elle-même ?

— Les forces de l'Empire Oriental sont pour le moment arrêtées en Hardorn, dit la reine dès que le silence se fit. (Bizarrement, elle semblait très calme. Karal en prit note ; les impressions étaient souvent utiles.) Nous en avons profité pour récolter des informations, et nous avons réuni ce Conseil pour les présenter à tous nos alliés. Je n'en ai moi-même pas encore pris connaissance.

Elle n'utilise pas le pluriel royal... Quand elle dit « nous » devant ce Conseil, elle parle d'autres personnes en plus d'elle-même.

Egalement bon à savoir...

Sur ces mots, elle se rassit et fit signe au premier orateur de prendre la parole.

Karal prit beaucoup de notes. L'intervenant fit un rapport sur l'étendue des territoires annexés par l'Empire, et sur la situation du gouvernement dans la partie d'Hardorn toujours tenue par les loyalistes.

Les nouvelles n'étaient pas bonnes. L'Empire avait pris la moitié d'Hardorn, non sans une certaine résistance. Mais même si elle semblait plus organisée de jour en jour, nul ne savait si elle réussirait à arrêter l'Empire avant qu'il n'atteigne la frontière valdemarienne.

— Le gouvernement actuel est un Conseil Spécial, lut le clerc, alors que Karal se demandait qui avait été assez intrépide pour obtenir cette information — car il ne s'agissait pas d'ouï-dire. Trente nobles ont survécu, ainsi que les chefs des Guildes, et un homme qui prétend être le porte-parole des mages survivants. Ceux qui ont vu ce Conseil Spécial en action le trouvent désorganisé et démoralisé. Aucun chef n'a encore émergé.

L'homme présenta ses documents à la reine, s'inclina et sortit. Selenay les accepta en regardant Ulrich, et attendit que le clerc soit parti pour demander :

— Seigneur Ulrich, Sa Sainteté s'intéresse-t-elle à ce drame tant qu'il reste confiné de l'autre côté de ses frontières ?

Karal s'attendait à ce qu'Ulrich ne réponde pas à la question.

— Je mentirais, et nous le savons tous deux, si je disais que cette crise n'est pas très tentante pour nous, Votre Majesté. Les conseillers séculiers de Sa Sainteté lui ont suggéré d'annexer une partie d'Hardorn pendant que la situation y est si instable. Ce serait chose faite… si nous n'avions pas rencontré un obstacle insurmontable. (Il fronça les sourcils.) La Voix de Flamme s'est exprimée par la bouche de Sa Sainteté et a exprimé sa Volonté de manière très explicite, en public, puis en privé, à Solaris, au cours de ses méditations. Vkandis n'approuve pas l'idée d'agrandir Karse et fera connaître son déplaisir à ceux qui oseront braver sa Volonté Sacrée. Puisque son déplaisir est généralement fatal, plus personne n'a parlé d'annexion.

Un des conseillers valdemariens ricana. Mais ce ne fut pas Ulrich qui lui répondit.

— Je vous assure, mon seigneur, que même si aucun dieu ne manifeste jamais sa colère à Valdemar, dit l'ambassadrice shin'a'in, d'une voix glaciale, nous qui vivons hors de vos frontières, nous sommes habitués à écouter nos dieux et à leur obéir. Ce n'est pas seulement une question de foi, mais de faits.

Le conseiller rougit jusqu'aux oreilles et marmonna des excuses. Ulrich s'inclina légèrement pour les accepter.

Puis la reine reprit la parole.

— C'est tout aussi tentant pour Valdemar, dit-elle gravement. Nous sommes envahis par les réfugiés hardorniens. Il serait très pratique pour nous de les renvoyer chez eux, sous notre supervision. En les faisant accompagner par des conseillers militaires, peut-être ?

Le conseiller de l'est demanda la parole.

— Nous les avons encouragés à retourner en Hardorn, mais ils refusent, car nous ne pouvons leur promettre aucune aide une fois de l'autre côté. Ancar a drainé toute l'énergie de sa terre. Les temps seraient durs pour eux, sans parler de l'armée d'occupation de l'Empire. Ils ne peuvent rien sans une aide substantielle.

— Mais si nous leur offrons de l'aide, nous ouvrirons la porte à toutes sortes d'ennuis, intervint le seigneur marshal. Pour le moment, Hardorn sert toujours de tampon entre l'Empire et nous, et l'empereur ne semble pas pressé de prendre le reste du pays. Mais si nous offrions notre aide aux Hardorniens, et si l'empereur décidait de prendre ça comme une agression, il pourrait accélérer les choses. Et pour être franc, il peut déplacer ses troupes plus vite que nous. Par conséquent, je déconseille une intervention, quelle qu'elle soit. Je suis peut-être un soldat, mais je reconnais les faits. *Primo*, nous ne disposons pas des ressources nécessaires pour prendre l'Empire. *Secundo*, nous ne pouvons pas nous permettre de nous le mettre à dos. Nous n'avons pas le choix.

— Que fait l'Empire ? demanda le prince Daren.

Pour toute réponse, Selenay invita Kerowyn à prendre la parole.

— J'ai ici un rapport à ce sujet, dit-elle. En substance, les soldats de l'Empire ont cessé d'avancer. Mes agents disent qu'ils ont un nouveau commandant, directement responsable devant Charliss. Il semble avoir imposé une halte afin de mettre en place une infrastructure derrière ses lignes. Combien de temps cela lui prendra-t-il ? Je l'ignore ! Ils ont plus de ressources que nous, et des personnes dans leur situation peuvent faire beaucoup et vite, à moins d'une catastrophe naturelle ou d'une intervention divine.

— Je vois, acquiesça le prince Daren. Et ensuite ?

— Quand ce sera en place, continua Kerowyn, il ordonnera à ses hommes de marcher, puis de s'arrêter, et ainsi de suite jusqu'à ce qu'il tienne le pays tout entier. D'après moi, il s'en tiendra à cette tactique tant qu'il ne rencontrera pas ou peu de résistance organisée.

— Que fera-t-il quand il atteindra la frontière avec Valdemar ou Karse ? demanda la représentante de la Guilde, dame Cathan.

Kerowyn haussa les épaules.

— Il a une armée si puissante… Si j'étais à sa place, je continuerais aussi longtemps que mes pertes sont acceptables. Et ne me demandez pas ce que sont des « pertes acceptables » pour lui. A ses yeux, la population de tous nos pays pourrait représenter moins d'une garnison régionale. J'ignore ce qui est « acceptable », parce qu'il n'a pas encore vraiment subi de perte. Et je n'ai pas encore pu voir les conditions qui poussent ses commandants à la retraite. Pour Ancar, toutes les pertes étaient acceptables aussi longtemps qu'il gagnait du terrain. Nous sommes plus enclins à nous retirer qu'à sacrifier des vies. Le chef impérial doit se situer entre ces deux positions. A mon avis, ces « pertes acceptables » représentent un certain pourcentage de ses troupes plutôt qu'un chiffre défini. Or, un pour cent de ses troupes représente bien plus d'homme qu'un pour cent des nôtres.

— Et notre royaume est épuisé après la guerre contre Ancar, souligna le seigneur marshal. Nous pourrions organiser une certaine résistance, mais ça ne suffirait pas à décourager l'armée de l'Empire.

— Karse n'est pas en meilleure posture, même si nous avons subi moins de dommages directs, avoua Ulrich. Indirectement, nous avons perdu des hommes face aux troupes d'Ancar, plus certains des mages que nous vous avons envoyés.

— En parlant de mages, reprit Kerowyn, ceux de l'Empire semblent faire les choses différemment des nôtres. Beaucoup d'entre vous ont entendu Elspeth décrire la façon dont l'ambassadeur impérial en Hardorn a créé un Portail sans équivalent physique. Cette nouvelle a laissé nos mages bouche bée. Peut-être ceux des Impériaux sont-ils meilleurs que les nôtres et peut-être pas. Aucune importance ! Ils sont différents, voilà où est le problème. Car ils pourraient nous frapper avec une arme que nous n'imaginons pas, même si nous avions un siècle pour nous préparer.

— L'Empire compte bien plus de mages que l'Alliance, ajouta Flammechant. C'est un fait. Le Héraut Kerowyn m'a demandé de regarder la partie de son rapport qui concerne la magie. Il m'est apparu qu'une grande partie de l'infrastructure de l'Empire repose sur les mages. D'après ce que j'ai lu, ils servent à la communication, au transport et à la construction, ce qui rend les moyens de ravitaillements de l'Empire très différents des nôtres. L'armée d'Hardorn est ravitaillée par le biais de Portails. Alors, si ces gens peuvent gaspiller autant d'énergie à ça, quel genre d'offensives magiques peuvent-ils lancer ?

— Je préfère ne pas y penser, marmonna quelqu'un dans le silence qui suivit les paroles de Flammechant.

Kerowyn est un bon commandant, qui ne se cache pas de la vérité, même déplaisante, décida Karal, qui écrivit cette remarque. *Elle a le don de dire sans détour les choses que les autres préfèrent ne pas envisager.*

Le seigneur Patriarche s'éclaircit la gorge.

— Bien, fit-il d'une voix un peu tremblante. Que proposez-vous ? Je commence à penser que prier est la seule chose qui nous reste à faire !

L'ambassadrice shin'a'in regarda Flammechant, qui hocha la tête, lui laissant la parole. Elle se leva, prit un pointeur et se dirigea vers la carte.

— Les Shin'a'in et les Tayledras ont accepté d'établir une chaîne défensive à l'ouest, dit-elle, traçant une ligne qui partait du rivage sud du lac Evendim et allait jusqu'aux Plaines de Dhorisha. Nous tiendrons une voie de retraite ouverte à tout instant, comme nous l'avons fait pendant la guerre contre Ancar. Nous pouvons également recevoir les réfugiés hardorniens qui voudraient tenter leur chance dans l'ouest, et réduire ainsi la pression sur les ressources de Valdemar.

Elle se rassit et Flammechant continua :

— Je dois vous avouer que nos peuples ne vous seront d'aucun secours. Les Shin'a'in sont d'excellents combattants solitaires, mais ils n'ont pas de force structurée. Les gardiens tayledras sont un peu mieux organisés, mais en petites unités. Nous pouvons offrir un refuge, notre soutien, mais militairement parlant… nous ne vous serons pas utiles.

— Et au sujet des mages ? demanda dame Cathan.

— Les mages…, répéta l'Adepte. Tout d'abord, les Shin'a'in n'en ont pas. Mais les Kaled'a'in — une tribu qui descend du peuple que les Shin'a'in et nous formions à l'origine — pratiquent la magie, et la Déesse leur a permis de l'utiliser ici, n'est-ce pas ?

Il s'adressait à Treyvan, qui gloussa bizarrement.

— Je dirais plutôt qu'Elle nous a donné nos ordres de marche, répondit le griffon avec un regard en coin au conseiller qui avait exprimé des doutes sur les pouvoirs de Vkandis. Comme quelqu'un l'a fait remarquer, certains d'entre nous ont l'habitude d'écouter leurs dieux.

— Ça nous fait au moins un groupe… Mais je dois admettre que je ne sais pas de quoi ces gens sont capables. Ils ont été séparés de nous très longtemps et continuent d'utiliser des connaissances que nous croyions perdues. Les Tayledras sont prêts à faire venir leurs mages ici. Nous ne mettrons pas nos Vallées en danger, mais de nombreux projets peuvent attendre.

— Les Vents Blancs, la Montagne Bleue et les autres écoles que nous contacterons feront de même, dit le représentant des Vents Blancs.

Quenten, je crois. C'est un ami de Kerowyn. Karal nota qu'ils avaient le même âge.

— Si l'Empire avance trop vers l'ouest, les mages indépendants ne pourront pas regarder sans rien faire. L'empereur nous annexera ou nous détruira. Ça a toujours été la tactique des Impériaux par le passé, et c'est ce qu'ils font aujourd'hui en Hardorn.

Flammechant hocha la tête.

— J'ai dit que nous ne pourrions jamais égaler le nombre de mages de l'Empire… et je le maintiens. Néanmoins, pratiquer une magie différente peut jouer en leur défaveur. Si nous ignorons de quoi ils sont capables, l'inverse est vrai aussi. Pour le moment, la meilleure chose à faire, c'est apprendre tout ce que nous pourrons sur l'Empire et ses mages.

— C'est vrai, et nous y travaillons, répondit Kerowyn, mais n'oublions pas que les Impériaux feront la même chose de leur côté.

Karal prenait des notes tout en s'efforçant de ne pas regarder, bouche bée, les participants de cette réunion. Flammechant était aussi flamboyant que lors de leur première rencontre. Cette fois, il avait choisi un costume écarlate avec des touches de bleu. L'ambassadrice shin'a'in était exotique dans un autre genre, aussi silencieuse et mortelle que l'une de ses flèches.

Et les griffons… Cette fois encore, il était surpris d'entendre des phrases intelligentes et intelligibles jaillir de leur bec. S'il n'avait pas vu Hansa converser avec Solaris, il aurait été plus que surpris… et enclin à soupçonner quelque tour.

Quand Ulrich se leva, tous le regardèrent.

— Je suis d'accord avec la capitaine, dit-il. Mais il y a un autre facteur important. L'Empire est immense, très ancien, et il n'a rencontré aucune opposition sérieuse depuis longtemps. Les Impériaux doivent être habitués à ces conditions favorables. Donc, ils pourraient bien nous considérer comme des « barbares » sans importance et négliger de rassembler trop d'informations sur nous.

« Bien sûr, nous ne pouvons pas compter là-dessus, ajouta-t-il quand Kerowyn sembla vouloir protester contre une telle arrogance. Mais nous devrions être attentifs à toute indication allant dans ce sens. Je crois que nous devrions leur laisser croire que nous sommes aussi désorganisés de ce côté de la frontière que les pauvres Hardorniens, et paralysés de terreur. Ainsi, s'ils devenaient trop sûrs d'eux, nous pourrions en profiter.

Kerowyn sourit et s'inclina devant Ulrich. Il lui retourna son petit salut ironique et reprit son siège.

— Qu'en est-il des mages de Valdemar ? demanda le prince Daren.

Ce fut au tour d'Elspeth de se lever.

— La réponse est évidente. La première option, c'est d'en former autant et aussi vite que nous le pouvons… Ce que nous faisons déjà. La seconde, c'est de faire appel à autant de mages indépendants que possible, comme pendant la guerre contre Ancar. Le problème, c'est qu'en dehors de ceux des Kaled'a'in, des Tayledras et des écoles que Quenten connaît, il faudra envisager que des espions impériaux se glissent parmi eux. La plupart des mages pour lesquels il est prêt à se porter garant sont déjà ici. Ça nous laisse la première option. Nous formons nos mages… mais ils ne sont pas très nombreux.

— Attendez une minute ! coupa Kerowyn, l'air concentré. Je viens de penser à quelque chose. Pourquoi courir après des mages ?

— Mais… ! s'écria quelqu'un.

Ce fut le début d'un tonnerre de protestations. Elle les balaya d'un revers de la main.

— Non, je suis sérieuse. Qui nous a mis dans la tête l'idée que les mages sont la solution à tout ?

Elle a lâché un renard dans le poulailler…

Un silence stupéfait suivit la question de Kerowyn. Il dura jusqu'à ce qu'elle le rompe elle-même.

— Oui, nous avions désespérément besoin de mages quand nous combattions Ancar, parce qu'il était capable de créer des monstres que nous ne pouvions pas combattre. Mais ce n'est pas le cas aujourd'hui. (Une nouvelle vague de protestation déferla.) Attendez, écoutez-moi !

La reine en personne ordonna le silence quand il devint évident que Kerowyn ne l'obtiendrait pas. D'après les regards paniqués, elle allait devoir expliquer son point de vue avec habileté si elle ne voulait pas déclencher un tollé général.

— Ecoutez, reprit Kerowyn, se penchant sur la table pour souligner ses paroles. Valdemar et Karse ont chacune une caractéristique à laquelle l'Empire n'est pas préparé. A Karse, il s'agit d'une chose à laquelle *nous* ne sommes pas préparés ! Le Dieu du Soleil Vkandis peut intervenir dans la vie de ses fidèles, et il le fait. Pour autant que je sache, si l'Empire décidait de passer la frontière karsite, Il pourrait lancer des boules de feu sur ses généraux !

— Il faudrait sans doute plus qu'une armée d'invasion pour le pousser à ça, murmura Ulrich. Mais il est possible qu'Il décide d'intervenir.

— Des miracles se produisent régulièrement, à Karse, rappela Kerowyn.

Le prêtre eut un petit sourire.

— Cela devrait rendre les choses difficiles, sinon impossibles, à l'Empire, de ce côté-là, dit Kero. Et je parie que votre Vkandis abreuve

Solaris d'informations meilleures que celles de mes agents. Eh bien, j'ai une bonne nouvelle pour vous et votre peuple. D'après ce qu'ont pu déterminer mes espions, les habitants de l'Empire pratiquent une religion d'Etat qui vénère l'empereur et ses prédécesseurs. Je suis sûr que ça comble Charliss, mais je n'ai aucune preuve qu'il soit davantage qu'un Adepte. Donc, s'Il décidait de lâcher quelques éclairs, le Dieu du Soleil ne combattrait pas un autre dieu.

Karal prit des notes à la vitesse de l'éclair.

— Ah ! fit Ulrich. Voilà qui renforce la possibilité d'une intervention divine, au moins à l'intérieur de nos frontières.

— C'est ce que je pensais, triompha Kerowyn avec un grand sourire. Reprenons. A Valdemar, la caractéristique à laquelle l'Empire n'est pas préparé, ce sont les Hérauts et les Compagnons. Chez nous, la magie de l'esprit est devenue un art. Je doute qu'il y ait un seul endroit au nord de Ceejay où les gens l'utilisent si… scientifiquement. D'ailleurs, je ne suis pas sûre qu'il en existe au sud de Ceejay !

Quenten haussa les épaules.

— Pas que je sache.

— C'est bien ce que je pensais ! Depuis l'époque de Vanyel, nous nous sommes débrouillés sans magie. Nous avons trouvé des solutions naturelles à nos problèmes. Les Impériaux dépendent de la magie… Vous avez tous entendu le rapport. Ils font grâce à elle des choses dont nous pouvons seulement rêver. Mais ça les rend vulnérables, s'ils comptent que nous les imitions et planifient leur attaque en conséquence.

Flammechant acquiesça vigoureusement, Ulrich

approuva avec prudence, et Elspeth eut l'air songeur.

— Ça semble un bon début, dit-elle.

— Cette fois, nous détenons une arme que nous n'avions pas avant de combattre Ancar : du temps. Pendant que nos ennemis avalent Hardorn une bouchée après l'autre… (Kerowyn haussa les épaules.) Ça peut vous paraître sans cœur, mais pour le moment, je déconseille toute aide aux Hardorniens.

« Je recommande que nous étudiions l'Empire. Essayons de lui faire des ouvertures diplomatiques pour gagner du temps et tentons de trouver un moyen de combattre sa magie sans avoir à utiliser la nôtre… Mais en utilisant la magie de l'esprit ! Nous savons nous en servir en toute confiance, et nos ennemis ne s'y attendent pas.

D'autres conseillers se rallièrent à Kero. Karal réussit à compléter ses notes pendant un court silence. Il était très content de ses leçons avec Alberich. Sans elles, il aurait été perdu depuis bien longtemps.

Le prince Daren se leva.

— L'Empire a attendu des décennies — peut-être plus — avant de se lancer à la conquête d'Hardorn, dit-il. Les Impériaux ont attaqué quand ils ont su pouvoir le faire en rencontrant un minimum de résistance. Nous savons qu'ils avaient un agent à la cour… Mieux vaut supposer qu'ils en ont toujours eu. Si nous réussissons à les convaincre que nous attaquer leur coûterait trop cher, peut-être y renonceront-ils.

— Espérons-le, dit Selenay. Nous pouvons essayer de les convaincre de ça. Mais pas prendre le risque de présumer que ça marchera.

— Je suis d'accord, gronda le seigneur marshal.

Après cela, malgré quelques commentaires pertinents, le débat s'essouffla. Quand les conseillers commencèrent à se répéter, Selenay mit un terme à la réunion.

Ce n'était pas trop tôt ! Karal avait des crampes. Et rien de tout cela n'avait chassé An'desha de son esprit. Il avait hâte de parler de lui à Ulrich et de connaître l'avis de son maître.

— Tu es très silencieux, ce soir, dit Flammechant, alors qu'An'desha fixait les reflets de la lampe dans la cascade. Ça ne va pas ?

— Je suis fatigué, c'est tout. J'ai travaillé dans le jardin, et j'ai fait jusqu'à l'épuisement les exercices magiques que tu m'as enseignés.

Flammechant eut l'air ravi et An'desha se détendit. Il avait décidé de garder secrète son amitié avec le Karsite, pour le moment, car il ne savait pas comment réagirait Flammechant. L'Adepte l'avait encouragé à être plus sociable, mais il ignorait ce qu'il ferait s'il savait qu'il s'était fait un ami, un seul, et de sexe masculin.

Flammechant pouvait croire que son amitié pour Karal était basée sur une attirance sexuelle, pas intellectuelle. Et qu'ils deviendraient très vite amants.

Non, mieux valait ne pas parler de sa rencontre avec Karal… jusqu'à ce que le Karsite le présente à son maître. Alors, il pourrait le dire à Flammechant.

Bizarrement, il ne sauterait pas à cette conclusion si mon amie était de sexe féminin. Alors qu'il serait bien plus probable que je le… hum… trompe avec une femme qu'avec un autre homme.

— As-tu encore eu une autre prémonition de malheur ? plaisanta Flammechant. Ça pourrait nous être utile, car les mages de l'Empire...

Une autre prémonition de malheur...

An'desha haleta quand le sol sembla se dérober sous lui. La voix de Flammechant se perdit dans un rugissement. Il voulut s'agripper à la roche, mais ses doigts n'obéirent pas. L'obscurité l'assaillit... puis la lumière l'aveugla.

L'obscurité revint, peuplée par les serpents rouges qui se tortillaient dans le champ de vision d'An'desha chaque fois qu'il était ébloui.

Il voulut hurler. En vain.

Alors il vit la lumière, en cercles concentriques. On aurait presque dit qu'une entité invisible l'avait attrapé et le secouait, comme les jeunes filles qui agitaient leurs foulards dans la Danse de l'Oiseau de Pluie. Partout, il sentait une peur terrible, qui le paralysait.

Puis l'obscurité l'enveloppa.

Et de nouveau la lumière, mais moins vive.

Et l'obscurité, encore.

Ce fut fini aussi vite que ça avait commencé. Il se sentit tomber en arrière, toujours sur sa pierre. Flammechant l'avait saisi par les épaules et le regardait dans les yeux.

— Que... ?

— Tu étais en transe, dit Flammechant, lui touchant le front pour vérifier s'il avait de la fièvre. Tu as crié, puis agrippé la pierre... J'ai vu tes yeux, senti le pouvoir autour de toi et ai su que tu étais en transe. Tu avais l'air terrifié.

— Je l'étais. Je le suis toujours. C'était horrible. Pourtant je serais incapable de te décrire le phénomène. La lumière et l'obscurité en vagues successives, la désorientation…

L'Adepte fronça les sourcils.

— C'est arrivé quand je t'ai demandé si tu avais eu une autre prémonition. Je doute qu'il s'agisse d'une coïncidence.

An'desha acquiesça. Sa peur et sa tension étaient plus fortes que jamais.

— Je vais te répéter ce qui s'est dit pendant le Conseil, souffla Flammechant. Mornelithe Fléau-faucon n'était pas doué de prescience… Mais tu n'es pas lui, donc il n'y a aucune raison que tu n'aies pas ce pouvoir. D'autant que c'est peut-être Elle qui te l'a donné. Comme on nous l'a rappelé aujourd'hui, il n'y a pas que des mains humaines pour remuer le ragoût dans la casserole.

Je ne suis pas si sûr que ça de ne pas être Fléaufaucon, pensa An'desha.

Mais il écouta Flammechant lui résumer la réunion.

— Mes paroles ont-elles évoqué quelque chose en toi, demanda l'Adepte quand il eut fini.

An'desha secoua la tête.

— Rien, dit-il tristement. Tu aurais tout aussi bien pu me parler des troupeaux.

Flammechant se rembrunit et tira sur une mèche de ses cheveux argentés.

— Je suis perdu, avoua-t-il finalement. Il me semble que notre ennemi est à portée de main… De quoi devrions-nous avoir peur, sinon de l'Empire et de ses mages ? Et pourtant…

— Il ne s'agit pas de l'Empire ! explosa An'desha. J'ai essayé de te le dire ! C'est autre chose, un drame que nous n'attendons pas. Et je crois… (Il déglutit et sentit sa peau devenir froide et humide quand il pensa à ce qu'il devait faire.) Je crois que la clé réside dans les souvenirs que la Bête m'a laissés.

Flammechant tressaillit, puis il posa une main réconfortante sur le poing serré d'An'desha.

— Alors, examinons ces souvenirs, dit-il avec une surprenante gentillesse. Toi et moi. J'ai eu tort de te forcer à emprunter seul ces routes. Mais je pensais que tu y trouverais les réponses à tes peurs.

An'desha le regarda, surpris par son humilité.

— Kerowyn m'a fait comprendre que les mages impériaux sont très différents de tout ce que j'ai rencontré. Je serais probablement incapable de parer leurs attaques. (Un soupçon de l'ancien Flammechant ressurgit.) Au moins la première fois. Dès que j'aurai vu de quoi ils sont capables, je saurai comment m'y prendre.

Mais son arrogance s'évanouit très vite.

— Bien sûr, il leur suffirait de changer de tactique… et Kero a clairement dit que je ne dévierai pas une attaque que je ne peux pas anticiper. (Il pâlit et croisa le regard d'An'desha.) Pour la première fois de ma vie, je ne suis pas sûr de pouvoir me protéger. C'est assez… déstabilisant. Même manipuler l'énergie d'une Pierre-Cœur sauvage ne m'a pas donné une telle conscience de ma mortalité. Je ne me sens plus si sûr de moi.

Oh, génial ! Et maintenant ?

— Mais si c'est vrai, alors il est possible que certaines choses que j'ai présumées — des choses te concernant — soient fausses. (Il soupira.) Donc, je t'écoute enfin. Et je te demande : que crois-tu que nous — toi et moi ! — puissions faire ?

Fuir ! cria une partie d'An'desha. Mais il déglutit, prit une inspiration pour se calmer et répondit d'une voix un peu tremblante :

— Aide-moi à examiner les souvenirs des vies

antérieures de Fléaufaucon. Nous devons retourner plus loin dans le passé que je n'ai osé le faire.

Si les Avatars pouvaient revenir, pensa-t-il, étouffant sa peur quand Flammechant acquiesça. *Ils savent ce que je cherche…*

Vraiment ?

Ils avaient toujours semblé frustrés de ne pas pouvoir être plus clairs. Peut-être ne savaient-ils pas eux-mêmes ? Ils étaient encore très proches des corps de chair et de sang qu'ils avaient habités. De fait, Aubefeu et Tre'valen n'étaient pas vraiment morts. C'est pour ça qu'ils avaient pu l'aider, si loin des plaines et des collines, hors du territoire de la Déesse.

Ils doivent être retournés où ils pourront faire… ce que font les Avatars. Peut-être aident-ils les Kal'enedral. Je ne crois pas qu'ils aient le pouvoir de m'assister aujourd'hui.

Mais Flammechant… Aussi périlleuse et effrayante que fût pour lui l'évocation de souvenirs de la créature qui avait possédé son corps, An'desha ne voyait aucune autre solution.

— Peut-être devrions-nous commencer dès ce soir ? suggéra-t-il timidement.

— Je crois que ce serait mieux, *ke'chara*. Avant que nous perdions tout courage.

Le mien s'est déjà envolé, pensa An'desha.

Pourtant, il ne protesta pas quand Flammechant l'aida à se lever et le conduisit dans le cercle protégé par des boucliers, dans le jardin, où il s'exerçait à la magie.

Peut-être… vais-je retrouver un peu de bravoure ?

CHAPITRE XI

— Et il ne resta rien du Faux Fils ?

Fasciné, An'desha avait écouté Karal lui raconter comment Solaris était arrivée au pouvoir. Il trouvait réconfortant que d'autres dieux interviennent autant que sa déesse dans la vie de leurs fidèles. Plus directement en fait, même si An'desha ne voyait pas comment un faux prophète aurait pu s'imposer aux Shin'a'in, et encore moins toute une succession. La Déesse se serait arrangée pour que l'impudent finisse dans l'estomac d'un prédateur avant qu'il ne devienne un problème.

— Rien. Juste un tas de cendres fumant. (Karal hocha la tête.) C'était plutôt… hum… intimidant. Depuis, je suis sûr de n'avoir pas envie d'attirer l'attention de Vkandis. Je préfère rester dans l'ombre !

— Je te comprends, répondit An'desha. La Déesse est un peu plus subtile.

C'est l'euphémisme de l'année. Kal'enel ne frappe pas les gens, même quand elle est en colère.

Le petit jardin était devenu leur lieu de rendez-vous. Là, ils étaient à peu près certains d'être tranquilles. Puisque Flammechant et An'desha y pratiquaient la magie, le jeune homme y était à l'aise. Et peu importait le temps — très instable —, c'était toujours l'été dans la Vallée miniature.

Il nota que Karal ne tressaillait plus chaque fois qu'il mentionnait la Déesse shin'a'in, et que ses yeux sombres ne se voilaient plus. *Pauvre Karal. Ça a dû être un grand choc pour lui d'apprendre que Vkandis n'est pas l'unique vrai dieu.*

— Mais tous les deux sont des dieux, continua An'desha. Alors, qui sommes-nous pour dire de quoi ils sont capables ? Même si la Déesse a posé la main sur moi, je ne suis pas qualifié pour juger ses actions.

Karal toussa poliment ; An'desha saisit l'allusion.

— A propos d'actions... J'ai parlé de toi à Ulrich.

Karal attendit la réaction d'An'desha — qui fut assez enthousiaste pour le satisfaire.

— Viendra-t-il ? Aura-t-il le temps ? Pense-t-il pouvoir m'aider ?

An'desha avait suffisamment fouillé les souvenirs de Fléaufaucon pour que le sol, déjà peu sûr sous ses pieds, se transforme en bourbier. Il ne pouvait s'empêcher de penser que seule la chance, jusque-là, lui avait évité de tomber dans un puits sans fond sans avoir le temps de crier au secours. La nuit précédente, il avait fait un horrible cauchemar après s'être penché sur les fragments du passé.

Il était resté roulé en boule sous une couverture, petit tas de misère et de peur, incapable de se calmer. Flammechant avait fini par l'abandonner pour aller dormir dans le jardin.

Je sais qu'il a raison, c'était un cauchemar. Mais si j'en restais prisonnier ? C'est ce qui me terrifie. Voilà pourquoi il n'a pas réussi à me réconforter. J'ignore combien de nuits comme celle-là je pourrais supporter de passer…

Karal hocha solennellement la tête.

— Il a dit qu'il essaierait de venir cet après-midi, à moins que tu ne sois pas encore prêt. Dois-je aller voir s'il est là ?

— Oh, oui, s'il te plaît ! s'écria An'desha. (Il se força à se détendre, même si Karal ne semblait pas alarmé par la violence de sa réponse.) S'il te plaît. Les choses sont… J'aimerais beaucoup lui parler.

— Alors, je vais le chercher.

Karal connaissait suffisamment son ami, maintenant, pour le prendre au sérieux. Il se leva et partit, laissant An'desha seul dans le jardin.

Bien que ce ne soit pas dans ses habitudes, le jeune homme se remit debout et fit les cent pas. Après tout ce temps, quelqu'un qui comprendrait sa peine et ses peurs acceptait de l'aider…

De quoi aurait l'air Ulrich ? *Pourvu qu'il ne soit pas comme le chamane de mon clan !* Il ne pourrait pas supporter qu'on lui fasse un sermon sur ses faiblesses morales. Ni de s'entendre dire qu'il devait devenir plus courageux et cesser d'avoir peur des monstres qui se cachaient dans les coins sombres de sa tente. Il faisait de son mieux ! Même si Flammechant n'en était pas persuadé…

Alors que le moment approchait, il était plus tendu que jamais.

— Nous voilà ! Je l'ai trouvé en chemin, annonça gaiement Karal.

An'desha se retourna et vit son ami arriver avec un homme beaucoup plus vieux. Alors qu'ils approchaient, il nota l'expression sereine de son visage au nez et au menton pointus. Karal et lui avaient le même type, comme les Shin'a'in, les Tayledras et les Kaled'a'in entre eux. Intéressant, car il y avait tellement de types différents à Valdemar qu'on aurait dit une portée de bâtards.

Le prêtre avait dû voir une cinquantaine d'étés. Sa chevelure argentée n'était plus mêlée que de rares fils noirs. Mais aux yeux d'An'desha, son expression comptait plus que son âge : elle ne trahissait rien de l'impatience perpétuelle du chamane de son clan.

— An'desha. (L'homme s'inclina légèrement au lieu de lui tendre la main, selon la coutume valdemarienne.) Karal m'a parlé de vous et de votre expérience, mais j'aimerais entendre ça de votre bouche. (Il eut un petit sourire et des rides apparurent aux coins de ses yeux.) Comme tout bon diplomate vous le dirait, la traduction embrouille parfois un peu les choses.

Ce sourire fut suffisant pour convaincre An'desha qu'Ulrich était très différent du chamane. Celui-ci n'avait jamais souri.

Ulrich écouta son histoire sans trahir de signe d'impatience. Il le fit même revenir sur certains points pour les éclaircir. Les questions du prêtre lui rappelèrent Besoin, l'épée que portait maintenant Nyara. Besoin l'avait pris en main pendant son épreuve, alors qu'il agissait contre Fléaufaucon — littéralement — de l'intérieur. Elle ne lui avait jamais promis davantage qu'une chance de regagner sa liberté. Et elle ne lui avait offert ni pitié ni sympathie, uniquement ses conseils.

Ulrich était pareil. Il ne voulait pas entendre d'excuses et ne les aurait pas acceptées si An'desha en avait proféré. Mais aussi longtemps qu'il faisait de son mieux, il était prêt à lui pardonner ses faiblesses.

Il l'interrogea longuement sur son expérience avec les Avatars. An'desha répondit prudemment, car il se souvenait du choc qu'avait eu Karal en découvrant qu'il existait d'autres dieux que le sien. A son grand soulagement, et à son amusement, Ulrich n'en fut pas choqué et l'accepta sans peine.

— Vous me croyez, n'est-ce pas ? demanda An'desha quand Ulrich se tut. Je veux dire, au sujet d'Aubefeu et de Tre'valen, quand je dis qu'ils sont Ses Avatars, et pas des hallucinations.

Ulrich prit le temps de réfléchir avant de répondre.

— J'admets avoir eu des doutes, au début. Vous ne m'apparaissiez pas ce qu'on appelle sain d'esprit... Mais maintenant, je suis certain qu'ils sont ce que vous prétendez. Tout comme la Déesse.

Karal laissa échapper un petit cri. An'desha se tourna vers lui et le vit prendre une couleur fascinante.

Ulrich regarda son protégé.

— Eh bien, quoi, jeune homme ? le gronda-t-il gentiment. Tu es surpris de m'entendre parler ainsi ? Me crois-tu donc si lié par les Ecrits ? Apprends que la plupart des prêtres savent que la Lumière peut prendre bien des formes et des noms, et que tous sont valables. Ça figure dans les plus anciennes versions des Ecrits, pour ceux que ça intéresse.

Il revint à An'desha.

— Un homme est défini par ses actes. Karal a dû vous le dire : selon Vkandis, faire le bien au nom du Mal, c'est agir au nom de la Lumière.

Mais faire le mal au nom de la Lumière… c'est toujours faire le mal.

An'desha hocha la tête, soulagé par ces paroles. Le chamane de son clan n'aurait jamais dit une chose pareille !

— J'ai toujours cru cela : avant de juger un homme en fonction de sa foi, il faut voir comment il se comporte envers autrui. S'il agit avec honneur et compassion, peu importe vers quel Nom se tournent ses prières.

Très bien, pensa An'desha, dans le silence qui suivit. *Je suis content qu'il pense ça. Mais qu'en est-il de moi ? Et des rêves que je fais, et… ?*

— Ça n'a rien à voir avec votre cas, An'desha, dit Ulrich, le faisant sursauter. (Lisait-il les pensées ?) Vos peurs sont réelles et demandent des réponses. Laissez-moi commencer par celle qui vous effraie le plus… l'angoisse d'être toujours possédé par la créature malfaisante qui se faisait appeler Fléaufaucon.

An'desha écouta. Point par point, avec force détails, Ulrich lui prouva qu'il savait de quoi il parlait… Comme le lui avaient dit Flammechant et les autres, Fléaufaucon était parti.

— C'est très simple… Aujourd'hui, vous pouvez ressentir les contrecoups physiques de vos émotions, après des années d'existence sous la forme d'esprit désincarné. Pour vous, c'est aussi nouveau et surprenant que de recouvrer la vue pour un aveugle ! Imaginez combien un bruit soudain doit paraître effrayant à un ancien sourd… puis pensez à la manière dont vous réagissez à une émotion soudaine. Vous sentez la moiteur de vos paumes, ou le feu ou le froid vous monter aux joues, et ce pour la première fois depuis très longtemps. Une expérience si écrasante que vous pensez être possédé. Mais elle prouve justement le contraire !

An'desha acquiesça. C'était si logique qu'il ne savait plus que penser.

Ulrich sourit.

— Si vous preniez ça bien, je vous soupçonnerais d'être toujours possédé, car aucun être sain d'esprit ne le pourrait.

An'desha lui rendit son sourire.

— Vous avez sans doute raison...

— An'desha, toutes les âmes ne sont pas faites pour être prêtre, héros ou guérisseur. Vous vous blâmez d'être un lâche alors que vous faites montre de plus de bravoure que bien des gens. Jugez-vous vous-même, pas en fonction de ce qu'on pense de vous, et soyez satisfait de vos capacités. Ce qui ne vous dispense pas d'apprendre à contrôler vos émotions !

« Les ombres du démon sont toujours là. A cause de lui, vous éprouvez plus facilement de la colère que de la joie. Ces “chemins” sont bien tracés dans votre corps, qui réagit selon de vieilles habitudes — et dans votre esprit, qui a fait l'expérience de ce que ressentait Fléaufaucon. Il est toujours plus facile d'emprunter des chemins bien tracés que d'en créer de nouveaux. Vous devez dépasser cette souillure. Les cicatrices de votre âme peuvent être effacées. Cela ne demandera pas seulement du temps, mais aussi de la volonté, pour prouver que vous n'êtes pas comme lui.

Ça aussi, c'était logique. An'desha hocha la tête, plus réconforté qu'il n'aurait pu l'exprimer. D'accord, d'autres personnes — dont Flammechant — lui avaient dit les mêmes choses, avec d'autres mots, et sans lui donner la moindre explication. Mais cette fois, il acceptait de les croire, car elles venaient d'une source impartiale.

Ulrich était peut-être un guérisseur d'esprit — ou un guérisseur d'âme, si cela existait.

Et qui suis-je pour dire que ça n'existe pas ? Karal le pense, et je lui fais confiance.

— Mais la peur que vous ressentez... La peur d'un danger qui nous menace tous... cela me trouble, continua Ulrich. C'est peut-être un phénomène auquel vous êtes sensible à cause des souvenirs que vous portez. (Il se mordilla la lèvre inférieure.) Si vous préférez, je crois qu'une petite partie de vous, celle qui garde les souvenirs de *l'autre*, sait ce qu'ils contiennent et sait qu'il se passe en ce moment quelque chose qui les lui rappelle. Mais l'autre partie de vous refuse d'affronter ces souvenirs. Alors, celle qui sait essaie de forcer l'autre à ouvrir les yeux. (Il leva un sourcil.) Suis-je clair ou tout ça n'est-il que du charabia ?

— Non, c'est très clair, répondit An'desha, un peu sonné.

Comme toujours, Ulrich était formidablement logique. Depuis quelque temps, An'desha se sentait divisé à l'intérieur, et il avait cru que c'était la preuve de la présence de Fléaufaucon. Mais maintenant qu'il avait une autre explication, il ne lui restait aucune excuse pour rester inactif...

Ce qui me fait croire que c'est la bonne explication.

— Les chamanes appellent ça « le Guerrier Intérieur ». C'est la voix qui nous dit ce que nous devons savoir. Selon eux, la Déesse nous dispensera honneur, foi et prospérité si nous l'écoutons avec sagesse.

Ulrich hocha la tête, visiblement satisfait, et leva un sourcil à l'attention de Karal.

— J'ai creusé les fondations, dit-il. Je crois que tu peux terminer. Garde ton esprit aussi ouvert qu'il l'est depuis quelque temps, et tu réussiras.

Ulrich se tourna ensuite vers An'desha.

— Les solutions sont en vous. Karal vous aidera, mais c'est vous qui ferez tout le travail. Je vous soutiendrai de mon mieux. Mais pour l'instant je ne vois rien en vous qui requière mon assistance.

Ce qui signifiait quoi ? Qu'il avait jusque-là eu besoin de l'aide d'Ulrich ?

— Je serai la dernière personne à vous affirmer que les choses ne peuvent pas changer... Dans ce cas, je serais très déçu que vous ne veniez pas me voir. En attendant, vous pouvez faire confiance à Karal. Il est sensible, son jugement est sûr, il n'a pas peur de la magie, et surtout, il a bon cœur.

Alors que Karal devenait aussi cramoisi qu'un coucher de soleil, Ulrich se leva et les laissa ensemble.

Encouragé par Ulrich, Karal passait presque tout son temps libre avec An'desha. Il était de plus en plus convaincu que son mentor avait raison : la clé des angoisses de son ami se trouvait dans les souvenirs enfouis en lui. Car c'étaient eux qui provoquaient ses accès de prescience et ses cauchemars.

Karal continua de travailler sur les « fondations » établies par Ulrich. Cela consistait à bâtir la confiance d'An'desha, à le convaincre qu'il avait des passions et qu'il commettrait des erreurs purement humaines. Mais aussi longtemps qu'il contrôlerait ses pouvoirs, ses fautes lui enseigneraient comment ne pas en faire d'autres.

— La compassion et l'honneur, dit Karal.

(C'était devenu une litanie.) Voilà ce qui importe ! Aussi longtemps que tu as de la compassion et de l'honneur et que tu te comportes selon ce qu'ils te dictent, tu ne peux pas commettre une erreur fatale.

— Vraiment ? répondit An'desha, sceptique. (Il ne souscrivait plus aveuglément à tout, la preuve qu'il pensait enfin par lui-même.) Mais…

— Avoir de bonnes intentions compte, sinon j'aurais été condamné à l'Enfer le plus froid de Vkandis depuis longtemps ! (Karal sourit et serra les épaules d'An'desha.) Si tu as de la compassion et de l'honneur, et que tu commets une erreur qui fait du tort à quelqu'un, ne dois-tu pas, à cause de ta compassion et de ton honneur, le reconnaître et essayer d'arrêter ?

— Oui, je suppose…, répondit An'desha.

— Ayant vu les résultats de ton erreur, ne dois-tu pas tenter de réparer les dégâts ? Ne vois-tu pas ? La compassion et l'honneur ne te permettent pas de te trouver des excuses. Donc, si tu fais une erreur, tu dois la réparer. Tu en ressens le besoin !

Peut-être parce que Karal n'avait pas de pouvoirs à proprement parler — et parce qu'il n'avait pas peur de la magie — An'desha en vint à lui faire confiance, comme l'avait recommandé Ulrich.

Et même si le Karsite n'en dit rien à son ami, son mentor continuait de s'intéresser à son cas. Il l'interrogeait tous les soirs, et lui demandait ce qu'il comptait faire. Très rarement, il lui donnait un conseil. Très rarement !

Karal avait le sentiment qu'Ulrich le laissait commettre ses propres erreurs et les réparer. Savoir que son maître gardait un œil sur ce qu'il faisait le stimulait, même si les progrès étaient d'une lenteur extrême.

Mais ils étaient réels ! An'desha commença à fouiller dans « ses » souvenirs les plus anciens. Il avait déjà dépassé la vie d'une étrange créature qui se faisait appeler « Leareth » — « Obscurité » dans la langue des Frères du Faucon. Et cela remontait à plusieurs siècles.

De l'aveu même d'An'desha, Flammechant était bien plus content de lui. Sa confiance balbutiante lui facilitait les choses pendant ses leçons avec l'Adepte. Il progressait lentement mais sûrement vers la maîtrise de pouvoirs qu'il aurait jusque-là aimé voir disparaître.

Le succès encouragea An'desha à s'immerger plus profondément dans les souvenirs de la créature, et à les affronter.

Il devint ainsi capable de regarder sans frémir les choses terribles que contenaient ses souvenirs. Et de reconnaître que les accès de jalousie et de haine qu'il éprouvait — mais auxquels il ne réagissait pas — pouvaient être considérés comme des ombres des actes commis par Fléaufaucon.

Ulrich fit remarquer à Karal une chose qu'il avait déjà vaguement notée. Plus An'desha remontait dans ces souvenirs, plus l'entité était humaine, et pas le contraire. Et plus elle se trouvait de raisons pour justifier l'injustifiable.

Ulrich n'ayant pas partagé ses conclusions avec Karal, celui-ci continua à se poser des questions. Il continua la lecture des anciens journaux que lui avait confiés son mentor, et trouva de nombreux passages qui lui semblèrent familiers. Et pour cause. Ulrich y avait puisé une bonne partie du discours qu'il avait fait à An'desha sur la Lumière !

Dans sa chambre, Karal lisait un des livres

d'histoire valdemarienne qu'Alberich lui avait recommandés quand Ulrich s'annonça en s'éclaircissant la gorge. Il leva vivement la tête et se redressa sur son lit. Son mentor semblait d'un sérieux inhabituel et il portait une tenue officielle, en soie noire, qui chatoyait magnifiquement.

— Je n'aime pas devoir te demander de quitter ta chambre, Karal, dit-il à son protégé. Mais je viens d'arranger une rencontre avec une personne très importante, pour débattre de sujets délicats et théoriques. Et si…

— Et si je suis ici, cette personne ne parlera pas, de peur que je n'entende ce qu'elle dit. Bien… (Karal plaça un marque-page dans son livre et se leva.) Puisque cette conversation doit être théorique, vous n'aurez pas besoin d'un rapport.

« Je suis sûr de me trouver une autre occupation disons… jusqu'au dîner ? Et puisque je suis déjà habillé, je n'aurai pas besoin de revenir me changer.

— Excellent. Merci, mon garçon.

Ulrich s'écarta pour le laisser sortir. Karal s'attendait à ça depuis quelques jours. Les négociations entre son mentor, le gouvernement de Valdemar et celui de Rethwellan en étaient arrivées à un point ou des pas significatifs pouvaient être faits. Cela impliquait des face à face privés, pendant lesquels les deux parties pouvaient discuter en toute tranquillité.

Alors qu'il longeait le couloir et saluait de la tête le garde qui y patrouillait, Karal s'avisa qu'il ne savait pas quoi faire. An'desha prenait son cours de magie avec Flammechant. Il n'avait pas envie de faire un tour dans les jardins pour être snobé par les jeunes nobles — ils le méprisaient réellement, désormais, ayant appris qu'il était de basse extraction. Quant à la bibliothèque, qui d'habitude l'attirait comme un aimant, elle était pleine de jeunes Hérauts, à cette heure de la journée. Eux ne le snobaient pas, mais il n'avait pas envie de subir leurs questions.

Je serais bien monté à cheval, mais je ne suis pas vêtu pour ça, pensa-t-il tristement. S'habiller trop tôt pour le dîner n'était peut-être pas une si bonne idée, après tout. Dommage. Une petite balade aurait fait du bien à Trenor. Mais on ne mangeait pas avec la cour en puant le cheval…

Cela lui donna une idée… Il traversait le Champ des Compagnons quotidiennement sans jamais s'arrêter pour admirer ses occupants. Pourtant, il pouvait passer des heures à regarder de vrais chevaux. Alors pourquoi ne pas tuer le temps en étudiant ces chevaux qui n'en étaient pas ? Cela pouvait l'aider à comprendre leur nature.

Il gagna la porte la plus proche et suivit le sentier qui conduisait au Champ.

Il y avait des gens partout, mais aucun ne lui prêta la moindre attention. Karal s'appuya à la barrière et observa les Compagnons. Il prit un plaisir purement esthétique à les regarder bouger, sans essayer d'analyser ce qu'ils faisaient. Au bout d'un moment, il s'aperçut qu'ils ne se comportaient pas du tout comme des chevaux. Il n'y avait aucun rituel de « troupe » entre eux, sauf peut-être dans les bandes formées par les poulains. Les juments gravitaient autour, comme des mères qui surveillent leurs enfants en échangeant des commérages. Les jeunes étalons ne se défiaient pas, ce qu'auraient fait de vrais chevaux en présence de femelles. Ils étaient aussi paisibles que les juments, le seul moyen de les différencier restant leurs attributs physiques. Un étalon semblait être unanimement respecté, mais sans la soumission habituellement réservée au mâle dominant. Les autres se conduisaient davantage comme des courtisans loyaux face à un monarque facile à aborder. Fascinant, vraiment… Toute personne qui connaissait un peu les chevaux devait avoir conscience que ça n'était pas un comportement « normal ». En réalité, il avait l'impression déconcertante d'observer un groupe de personnes qui prenaient leurs aises dans le parc…

— Parfois, j'aimerais changer de place avec eux, dit une voix familière dans son dos.

— Je comprends aisément pourquoi, Héraut Rubrik, répondit Karal en se retournant pour saluer son ami. Pourrez-vous m'expliquer un jour comment une créature comme votre étalon peut se faufiler derrière quelqu'un sans faire de bruit ?

Rubrik, qui regardait Karal du haut de son Compagnon, haussa les épaules.

— Je n'en ai pas la moindre idée. Les griffons sont doués à ce jeu-là. Treyvan m'a fichu une trouille de tous les diables. Il n'en avait pas l'intention, bien sûr, et il s'est confondu en excuses. Mais je ne sais pas comment il s'y est pris. (Le Héraut posa sur Karal un regard spéculateur.) Auriez-vous un moment pour m'aider à descendre de cheval ?

— Bien sûr. Ici ou dans l'écurie ?

— Dans l'écurie, si vous voulez bien ! Comme vous n'êtes pas vêtu pour étriller, je ne vous demanderai pas de m'aider, mais j'apprécierais un peu de compagnie pendant que je m'occupe de Laylan.

— Moi aussi, admit Karal alors que le Compagnon repartait vers la porte d'un pas mesuré et prenait place près de l'étrier du Héraut. J'étais en train de me dire que je connais trop peu de gens...

— Ah, fit Rubrik. Je comprends. Ça vient en partie du fait que vous êtes un « diplomate par association ». Ce qu'on vous dit risque d'être analysé sous tous les angles. Et pour un homme du peuple obligé de côtoyer des nobles gonflés de leur importance, je comprends que les choses ne soient pas aussi plaisantes qu'elles le devraient. Votre maître est protégé par son statut, mais vous n'êtes qu'un petit secrétaire, indigne de leur intérêt. Difficile d'avoir une conversation dans ces conditions.

Karal soupira et joua avec son médaillon de Vkandis.

— J'aimerais que ce soit moins vrai, messire.

— En tout cas, votre valdemarien s'est beaucoup amélioré, dit le Héraut alors qu'il entrait dans l'écurie.

Le jeune homme réussit à sourire.

— Le contraire m'aurait attiré les foudres du Héraut Alberich. Et vous savez combien il est difficile de s'en remettre.

Il aida Rubrik à descendre de sa monture et à retirer son harnachement, puis lui passa les brosses tandis qu'ils bavardaient.

Rubrik réussit à le faire sortir de sa coquille, comme pendant leur voyage. Ce ne fut pas très difficile. Karal avait besoin de parler, et il comprit très vite que les observations et la clairvoyance du Héraut lui avaient manqué.

— Je suppose que je me sens seul, dit-il finalement alors qu'il regardait Rubrik peigner la crinière de son Compagnon. J'étais si solitaire, à Karse, que je n'aurais jamais cru me sentir seul ici. Mais être un étranger est plus difficile que je ne le pensais. Dans mon pays, un Membre de la Famille de Vkandis se sent chez lui dans n'importe quel lieu de culte, et il y en a partout. Ici, aucun endroit ne m'est familier.

— Je crois avoir une solution à vous proposer. Plutôt qu'une foule de platitudes !

Karal ne s'attendait pas à cette réponse. Il regarda le Héraut, qui flanqua une tape sur la croupe de son Compagnon, l'envoyant rejoindre ses congénères dans le Champ. Puis il se tourna vers le novice avec un sourire indiquant qu'il avait effectivement quelque chose derrière la tête.

— Et si je vous trouvais un ami de votre âge ? La cour n'est pas tout, ni le Collegium des Hérauts... même si nous avons tendance à le croire !

Karal ne sut pas trop quoi répondre et se contenta d'un petit sourire. Rubrik ne s'offensa pas de son manque d'enthousiasme.

— Il y a ici beaucoup de jeunes gens de votre âge... Aimeriez-vous rencontrer des adolescents plus intéressés par vos talents que par votre naissance ?

— C'est tentant, mais je ne suis pas sûr... Comme vous l'avez fait remarquer, je suis membrc d'unc mission diplomatique. Ils pourraient n'avoir pas très envie de me rencontrer.

Rubrik refusa de se laisser dissuader et lui présenta une série d'arguments convaincants. Cela semblait trop beau pour être vrai, mais Karal se laissa séduire par l'enthousiasme du Héraut et garda ses réserves pour lui.

Rubrik avait encore son harnais à nettoyer et il aurait bien parlé un peu plus longtemps. Mais le temps les avait rattrapés. La cloche sonna, rappelant l'imminence du dîner. Karal rentra au Palais en se demandant qui pouvaient être ces mystérieux jeunes gens. Il n'en avait vu aucun depuis qu'il était à la cour. Et pourquoi seraient-ils différents des aspirants Hérauts ?

On verra bien, décida-t-il en entrant dans le Palais pour se joindre à la foule qui se dirigeait vers le Grand Hall. *Ça vaut le coup d'essayer. J'ai plus de temps libre que jamais... et pas tant de choses que ça à faire pour le remplir.*

Le dîner fut comme d'habitude un concert de conversations bruyantes. Karal prit place à la droite d'Ulrich. Il comprenait moins de la moitié des propos, mais il n'en attendait pas plus. Le langage subtil des corps, les expressions et les regards lui en disaient plus long que tous les discours. Il étudia soigneusement — et discrètement — le voisin de table de son maître, le seigneur Patriarche, avec qui Ulrich menait une intense conversation qui semblait prolonger un débat antérieur.

Karal ne put s'empêcher de se demander si le père Ricard était la « personne importante » avec qui son mentor avait rendez-vous l'après-midi. Il y avait à Valdemar des ramifications du Culte de Vkandis dont les membres avaient rejeté le Temple Mère quand Karse était entré en guerre contre Valdemar. Ces gens avaient placé leur fidélité à Valdemar — ou aux anciens Ecrits — au-dessus de la loyauté due au Fils du Soleil. Etant donné ce que Karal avait appris sur ce temps-là, il estimait qu'ils avaient fait le bon choix ! Mais Solaris comptait-elle ramener ces brebis égarées dans le troupeau ? Cela créerait sans doute des remous dans les Temples valdemariens, et générerait bien des incidents diplomatiques.

Karal ne fut pas surpris quand, après le dîner, il

se retrouva de nouveau seul… et exclu de la suite par d'autres « conversations confidentielles ». Au moins, à cette heure, la bibliothèque était déserte.

Ce fut donc là qu'il alla.

Et que Rubrik le trouva.

Le Héraut n'était pas seul. Une jeune femme vêtue d'un uniforme très semblable à celui des aspirants Hérauts, mais bleu clair au lieu de gris, l'accompagnait. Mince, elle avait un nez aussi pointu que celui de Karal, des yeux marron et des cheveux bruns et raides coupés court — scandaleusement court selon les critères karsites. Elle n'était pas vraiment belle, mais son visage plein de caractère respirait la bonne humeur.

— Je pensais bien vous trouver ici, dit Rubrik. (Karal feuilletait un livre sur les oiseaux valdemariens.) Voilà la personne que je voulais vous présenter. Natoli, c'est Karal. Karal, voilà ma fille Natoli.

Sa fille ? *Oh, non ! Essaierait-il de jouer les marieurs ?*

Les yeux du novice s'arrondirent à cette pensée et il essaya frénétiquement de trouver une excuse pour s'enfuir. Mais les paroles suivantes de Rubrik le rassurèrent.

— Elle est une de ceux que les aspirants Hérauts appellent les « Bleus », à cause de leur uniforme. Ça signifie qu'ils étudient avec les aspirants Hérauts, Bardes et Guérisseurs, sans être ni l'un ni l'autre. Certains appartiennent à la noblesse, mais la plupart sont des fils et des filles de basse extraction qui se sont suffisamment distingués pour être acceptés dans les rangs des Bleus. La plupart des amis de Natoli sont des mathématiciens et des inventeurs, comme elle.

La jeune fille hocha vivement la tête. Ses manières directes rassurèrent Karal.

— Je lui ai demandé de vous offrir une visite guidée du Palais et des Collegia tels que les voient les Bleus, puis de vous présenter à ses amis. (Rubrik sourit.) Vous pourriez être surpris. Certains parlent un peu le karsite.

Avant que Karal n'ait pu bredouiller des remerciements, le Héraut s'éloigna en traînant la jambe. Sa fille examina Karal un instant, les bras croisés et les pieds légèrement écartés.

Apparemment, elle approuva ce qu'elle vit.

— Père ne comprend pas ce que je veux faire de ma vie, dit-elle, sans s'embarrasser des banalités d'usage. Je désire construire des machines — c'est comme ça que nous les appelons — pour accomplir certains travaux qui mobilisent aujourd'hui des hommes et des chevaux.

— Comme des moulins à eau et à vent ? demanda Karal.

— Exactement ! Je veux construire des ponts spéciaux, qui permettront le passage de gros bateaux sans avoir à démâter… Mais ça n'a pas d'importance pour le moment. Le soleil n'est pas encore couché. Veux-tu visiter le Palais et ses alentours ?

Elle paraissait amicale, même si elle ne ressemblait à aucune fille qu'ait connue Karal. Il lui vint à l'esprit qu'il rencontrait beaucoup de femmes, à Valdemar, qui n'étaient pas du tout comme les Karsites.

Elle lui fit signe de se lever et de la suivre.

— Tu es dans la bibliothèque du Palais. Je vais te montrer les autres, et les salles de classes des trois Collegia.

Elle tint parole avec une efficacité qui lui donna

le tournis. Natoli lui montra des choses auxquelles il ne se serait jamais intéressé tout seul — des détails architecturaux et techniques. Elle lui expliqua comment les cheminées étaient conçues afin que chaque âtre tire parfaitement, puis discourut sur la disposition des gouttières et des citernes, sur le toit, qui fournissaient l'eau aux salles de bains. A l'évidence, elle aimait son travail — et flirter avec lui ne lui avait pas effleuré l'esprit.

Le soleil se couchant alors qu'elle terminait son cours magistral, elle regarda l'horizon écarlate avec un hochement de tête satisfait.

— *La Rose des Vents* devrait se remplir, dit-elle.

— *La Rose des Vents* ? répéta Karal.

— Oh, c'est une taverne. Mes amis, nos professeurs et moi nous y retrouvons chaque soir. Père m'a demandé de te présenter à quelques personnes, alors on devrait y aller.

— Une taverne ? Euh… ce soir ? Tu veux dire, maintenant ?

Je ne suis pas sûr d'être prêt à passer un moment dans une taverne étrangère, dans une ville étrangère pleine d'étrangers…

— Bien sûr ! C'est plus logique que d'attendre demain, et de devoir les débusquer un par un. Beaucoup plus efficace !

Alors qu'il lui emboîtait le pas, Karal eut le sentiment que les mots « logique et efficace » tenaient une grande place dans la vision du monde de Natoli. Il se demanda ce que certains de ses professeurs, au Temple, auraient fait d'elle…

Le garde les laissa passer sans émettre de commentaire et ils continuèrent leur route dans les rues, à la lumière des lanternes. Natoli se frayait un chemin dans la foule avec l'aisance d'une personne qui aurait pu avancer les yeux bandés. La taverne était située à la limite des manoirs de la noblesse et du quartier plus populaire. Apparemment, Natoli connaissait des raccourcis — des ruelles et des portes dans les murs des jardins — que son Héraut de père ignorait. Alors que les dernières lueurs du jour disparaissaient, ils arrivèrent devant *La Rose des Vents*.

Karal savait ce qu'il fallait chercher dans une bonne taverne et fut content de trouver tout ça à *La Rose des Vents*. Le sol et les tables étaient propres, avec assez de serveurs pour s'occuper des clients. L'aération était bonne et on ne sentait pas de relents de nourriture ni de boissons renversées.

En matière d'éclairage, *La Rose des vents* n'avait rien à envier au scriptorium du Temple, un détail qui le surprit.

La plupart des tables étaient occupées, mais Natoli semblait savoir où elle allait.

— Viens, fit-elle en balayant la pièce du regard, la main en visière. On dirait que tout le monde est là.

Elle traversa la salle encombrée, évitant les chaises et les serviteurs.

— Nous formons des groupes en fonction de nos centres d'intérêts, expliqua-t-elle tandis que Karal s'efforçait de la suivre. Les professeurs sont tous dans l'arrière-salle, bien sûr… Un élève sait qu'il a été promu quand ils lui envoient une invitation à se joindre à eux. Alors, fini les cours ! Il faut chercher du travail, un client, ou commencer à enseigner.

— Oh, répondit Karal — tout ce qui lui venait à l'esprit.

Ils venaient d'atteindre une table entourée de douze chaises, dont trois n'étaient pas encore occupées par des Bleus. Elle était couverte de chopes, de tasses et de plateaux de nourriture. Mais aussi de livres et de documents tachés d'eau et de ronds de verre. Karal comprit la raison de l'excellent éclairage. Ces gens travaillaient ici comme ils l'auraient fait dans le silence d'une bibliothèque ! Quelques-uns des étudiants qui saluèrent Natoli avaient l'air tout aussi étrangers que Karal, bien qu'il fût le seul à ne pas être en bleu. Ils l'accueillirent avec différents degrés d'enthousiasme, allant de cris tapageurs à des « bonjours » joyeux.

— Lui, c'est Karal, le présenta Natoli quand ils se calmèrent. Le secrétaire de l'ambassadeur de Karse.

— Vraiment ? fit un jeune homme aux traits anguleux et aux cheveux roux. (Il sourit et ajouta, en karsite :) Je vous serais reconnaissant, messire, de m'indiquer le chemin du Temple.

— Au sud, à environ quatre cents *meiline* d'ici, répondit Karal dans sa langue. (Puis il continua en valdemarien :) Ton accent est excellent, mais tu dois former tes gutturales au fond de la gorge. Elles ressemblent à la respiration d'un cheval, pas à un gargouillis.

— Ah ! Alberich n'a jamais pu nous expliquer ça correctement, merci ! (Le garçon tira la chaise la plus proche avec son pied.) Assieds-toi. Natoli, nous avons besoin de ton aide sur le projet de pont.

Karal et Natoli s'assirent. La jeune fille fut aussitôt engagée dans une discussion technique dont le novice comprit à peine la moitié. Au centre de la table, et de l'attention du groupe, trônait une grande feuille représentant un pont entouré d'annotations gribouillées à la hâte. Un Bleu posa une chope devant Karal, et un autre lui tendit un plat de tartines de fromage. Tout le monde agissant comme s'il avait sa place ici, il resta à écouter la conversation animée. Quand le problème du pont fut résolu à la satisfaction générale, les Bleus passèrent à d'autres sujets. Karal ne se priva pas d'intervenir chaque fois qu'il le pouvait.

Il fut heureux de constater que ces jeunes gens se fichaient de sa tenue ou de son physique et ne s'intéressaient qu'à ce qu'il pensait. D'accord, pour le moment, ça n'était pas grand-chose — il était plus à l'aise pour écouter — mais ses quelques contributions à la discussion furent traitées avec autant de respect que celles des autres.

Karal but sa bière, tendit l'oreille et garda l'esprit ouvert, cachant souvent son étonnement derrière sa chope. Il n'avait jamais rencontré de jeunes gens aussi curieux de tout. Ils parlaient et agissaient comme si rien n'était impossible, voler dans les airs tel un oiseau ou se déplacer sous la surface de l'eau sans avoir besoin de remonter pour respirer. Et ils se comportaient comme s'il n'y avait rien que « l'homme ne doive pas savoir ».

Il ne doutait pas de ce que la plupart de ses professeurs du Temple en auraient pensé. A un moment où à un autre, chacun des jeunes gens avait dit quelque chose qui aurait été considéré comme un blasphème. Avant Solaris, cela leur aurait valu de finir sur un bûcher.

Quand Natoli décida qu'il était temps de rentrer et le guida dans l'obscurité, Karal avait la tête remplie de tant d'idées et d'émotions contradictoires qu'elle bourdonnait comme une ruche. Il était partagé entre l'excitation et la peur. Heureusement que la nuit dissimulait son expression à sa compagne. Lancée dans un monologue enthousiaste sur les mathématiques, elle se contentait de vagues grognements en guise de réponse. Une chance : même s'il avait compris de quoi il s'agissait, il aurait été incapable de s'exprimer autrement.

Le garde la connaissait bien. Il secoua la tête en les voyant approcher.

— Je ne sais pas ce que je vais raconter à ton père, jeune fille, dit-il dès qu'ils furent à portée de voix. Dehors après minuit et avec un jeune homme !

— Que père m'a demandé de présenter à mes amis, alors tu peux mettre une bride à ton imagination salace, répondit Natoli. Pour ce qui est de rentrer tard… s'il ne te demande rien, tu n'as pas à lui faire de rapport !

Le garde continua de secouer la tête pendant qu'il leur ouvrait la porte.

Natoli quitta Karal sur le chemin du Palais avec la promesse de le retrouver le lendemain.

— Je loge avec les aspirants Bardes, dit-elle. La plupart des Bleus vivent en ville, mais comme père est un Héraut, on me permet d'habiter ici. Tu seras libre, demain, après déjeuner ?

— Euh… oui, répondit Karal avant d'avoir réfléchi.

— Alors je te retrouverai à la bibliothèque du Palais.

Sur ces mots, elle disparut dans la nuit.

Karal retourna chez lui dans une sorte de torpeur étrange. Les gardes qu'il croisa durent le reconnaître, car deux d'entre eux seulement l'arrêtèrent et lui demandèrent qui il était et où il allait.

Il réussit à retrouver son chemin avec un minimum de tâtonnements, car les corridors n'étaient pas très éclairés, la nuit.

Il salua le garde posté dans le couloir, qui sourit comme s'il avait une idée assez précise de ce qu'il avait fait. La porte de la suite était ouverte. Il l'ouvrit lentement, craignant qu'elle ne grince. Une seule chandelle était restée allumée. Il gagna sa chambre à pas de loup, pour ne pas réveiller Ulrich.

Il se sentait un peu coupable de ne pas avoir laissé un mot pour expliquer son absence. *J'espère que Rubrik a pensé à lui dire que j'étais avec Natoli... même s'il ignorait où elle allait m'emmener.*

Au moins, il était habitué à veiller tard. Quand Ulrich n'avait pas besoin de lui, il lisait souvent jusqu'à minuit. Il semblait avoir besoin de moins de sommeil que la plupart des gens. Une bénédiction, sachant le nombre de fois où son maître avait eu besoin de copies de documents en urgence.

Karal poussa la porte de sa chambre et la referma derrière lui en poussant un énorme soupir de soulagement. Puis il se retourna...

Et se pétrifia.

Quelqu'un l'attendait sur son lit, une longue forme pâle roulée en boule contre ses oreillers. Ce n'était pas Ulrich à moins qu'il n'ait soudain acquis une paire d'yeux vert doré qui brillaient dans le noir.

La lampe, près de la porte, s'alluma avec un petit *pouf* !

Alors que la lumière cessait de vaciller, un corps mince et souple, de couleur crème, se déplia gracieusement sur le lit. Les disques verts et dorés devinrent les pupilles écarquillées d'yeux intensément bleus, entourés par un masque brique, sur un faciès clair. Le bout des oreilles pointues, tendu vers lui, était tout aussi rouge. De même que la queue qui s'enroulait et se déroulait sans produire de bruits sourd, comme l'aurait fait celle d'un chien en battant le couvre-lit.

On dirait que tu as fait une escapade sur les toits, dit le Chat de feu dans sa tête — d'un ton amusé et plutôt amical.

C'est un Chat de Feu. Un Chat de Feu... dans ma chambre, sur mon lit, et il me parle.

— Je... euh...

Il regarda le Chat de Feu et sentit sa bouche s'ouvrir, mais il était incapable de faire fonctionner son esprit ou son corps correctement. Que fichait un Chat de Feu ici ? Et pourquoi était-il dans sa chambre ?

Ferme la bouche, petit, tu as l'air d'un poisson jeté sur la berge. Je ne suis pas ici pour te traîner vers quelque punition. J'ai été envoyé pour te dispenser des conseils que ton mentor ne pourrait pas te donner. N'était-ce pas ce que tu voulais ? Quelqu'un en qui tu puisses avoir confiance ?

Un ancien proverbe vint aussitôt à l'esprit de Karal : « Prends garde à ce que tu souhaites... »

Oui... parce que « tu pourrais l'obtenir ». C'est assez vrai, voilà pourquoi c'est un proverbe. Mais il n'est pas tout à fait de circonstance. Je serais venu, même si tu n'avais pas demandé un conseiller de confiance. La situation est instable et tu es au centre. Te voilà le pivot d'un certain nombre de problèmes compliqués et le confident de plusieurs personnages clés. Nous ne pouvions pas te laisser continuer sans te guider un peu, de peur que tu ne fasses un faux pas.

— Oh, fit Karal, se demandant s'il en avait déjà fait un sans le savoir.

Brillante Flamme, non ! Jusque-là, tu t'es très bien débrouillé. Et je ne suis pas venu pour te pousser vers quelque destin pompeux. Pour le moment, personne *ne sait ce qui va nous tomber dessus, ni comment cette situation se terminera. Même le Dieu du Soleil. Le conseil que je vais te donner est basé sur des informations que je détiens et dont tu n'as pas connaissance. Si nous avons tous beaucoup de chance, nous travaillerons ensemble en vue d'une fin heureuse.*

Le Chat inclina la tête, attendant une réponse.

— Si c'est censé me rassurer, c'est raté !

Parfait. Je ne suis pas ici pour te rassurer. J'espère que tu es nerveux. Sachant ce que je sais, tu as tout lieu de l'être. Maintenant, déshabille-toi et couche-toi. Tu as besoin de dormir.

Le Chat se campa au pied du lit et s'assit. Son regard posé sur lui indiqua à Karal qu'il devait se dépêcher d'obéir. Sinon, le Chat… l'aiderait.

Probablement en m'arrachant mes vêtements avec ses griffes.

Il se déshabilla et se glissa dans son lit. Le Chat se coucha à ses pieds et entreprit de se lécher une patte.

Au fait, le Héraut qui boîte est venu dire à Ulrich que sa fille t'avait enlevé et qu'il ne fallait pas t'attendre. Et je m'appelle Altra.

Altra ? N'était-ce pas le nom du Fils du Soleil qui…

Karal s'endormit avant d'aller au bout de cette pensée.

Le chant d'un oiseau, filtrant par la cheminée, le réveilla… ce qui signifiait que le temps devait être beau. Les Hérauts avaient peut-être fini par réussir à contrôler le climat.

Karal s'étira et bâilla, sans ouvrir les yeux. *Bizarre. J'ai rêvé qu'un Chat de Feu était dans ma chambre...*

Il ouvrit les yeux quand son pied heurta une masse, sur son lit. Le Chat de Feu leva la tête et cligna des paupières.

Bonjour. Comme tu peux le voir, je ne suis pas un rêve. Altra bâilla, dévoilant deux belles rangées de crocs pointus. *Ton lit est très confortable, et je suis content de pouvoir t'annoncer que tu ne remues pas trop et que tu ne ronfles pas.*

— Euh, merci. (Karal se creusa le cerveau pour trouver quelque chose à ajouter. *Que dit-on à un Avatar ? « Salut ! Tu as entendu quelques bonnes blagues du Dieu du Soleil, ces derniers temps ? »*) Dois-je aller vous chercher quelque chose à manger ? Euh... du poisson ? Du lait ?

Rien, merci, répondit Altra. *Les Chats de Feu sont au-dessus des contingences matérielles.*

Quel soulagement ! Si le Chat de Feu ne mangeait pas, il n'éliminait sans doute pas non plus. Il n'aurait donc pas à trouver une caisse de sable... à moins qu'un Chat de Feu ne soit capable d'utiliser les toilettes des humains ?

Tout cela demandait trop de réflexion ! Et comment allait-il expliquer la présence d'un énorme félin dans sa chambre alors qu'il n'était pas arrivé avec ? « Il m'a suivi dans la rue » ? Surtout, comment se justifier devant Ulrich, qui savait de quoi il s'agissait ?

Ne sois pas surpris si tu ne me vois pas souvent, continua Altra en se levant et en s'étirant du bout du museau à la queue. Ses griffes étaient aussi impressionnantes que ses dents. *Je m'occupe de plusieurs choses à la fois. Ton maître a autant besoin de mes conseils que toi. Je viendrai chaque fois que tu devras connaître une information en ma possession... Et si tu le veux, je pourrais aussi te donner... euh... des conseils « paternels ». Il y a peut-être des choses que tu n'oseras pas demander à Ulrich.* Altra lui fit un clin d'œil. *Le reste du temps, je serai... invisible.*

La porte de la chambre s'ouvrit toute seule. Le Chat de Feu s'étira de nouveau, puis sauta sur le sol.

Une flaque de soleil s'étendait devant la porte de Karal. Altra traversa la pièce...

Et disparut dans la lumière.

Karal se laissa retomber sur ses oreillers, ignorant s'il devait se sentir excité ou effrayé par cette visite. Il décida pour un mélange des deux, avec une bonne dose de panique.

Oh, Brillante Flamme, la dernière chose dont j'ai besoin, c'est de l'attention du Dieu du Soleil ! Un Chat de Feu *! Ils fourrent leur nez partout... et si Vkandis découvrait les choses étranges que j'apprends ici ? Et s'il découvrait ce qui se passe à* La Rose des Vents *?*

Une minute. Vkandis était un dieu, tout puissant et omniscient. Comment pouvait-il ignorer ce que faisait Karal ?

Altra a dit que j'avais agi comme il le fallait...

La visite d'un Avatar pour l'avertir que la situation, déjà instable, était sur le point de devenir périlleuse. Une centaine de choses étranges et probablement blasphématoires entendues la veille, et auxquelles il devait réfléchir...

Un mage puissant effrayé par ses souvenirs, pas du tout sûr de lui... et qui le considérait comme son ami...

Une jeune femme brillante, intelligente, compétente et attirante…

… *J'ai mal à la tête.*

Si je me rendors, tout ça disparaîtra-t-il ? Non, sans doute pas…

Autant l'affronter, alors. Cela n'allait sûrement pas s'arranger.

J'espère seulement, pensa-t-il en sortant de son lit et en prenant une tenue propre, *que ça ne va pas empirer.*

CHAPITRE XII

La foi est une chose fragile. Vers midi, Karal avait du mal à se convaincre qu'il avait vu le Chat de Feu. A la lumière du jour et devant le travail qui l'attendait, l'incident lui semblait être le fruit de son imagination trop fertile — et d'un peu trop de bière. Vraiment, cela n'avait pas de sens ! Pourquoi un Chat de Feu viendrait-il le voir, lui ? Ulrich, ou le Héraut Talia, il aurait pu le croire aisément. Mais il n'avait aucune raison de rêver qu'un Chat de Feu s'intéresse à lui. Il n'était qu'un simple secrétaire — même s'il faisait bien son travail.

Il y avait pourtant l'histoire mystérieuse à laquelle Ulrich faisait parfois allusion. Il disait qu'il était un « canal ». C'était rare, mais il n'en était jamais rien sorti et il doutait que cela n'arrive jamais.

Après un bon déjeuner à base de nourriture ordinaire, comme Vkandis ne se manifestait pas, il décida que tout ça n'avait été qu'un rêve. Quand il revint de sa leçon à cheval avec Alberich, il ne découvrit aucun poil de chat céleste sur son couvre-lit, et pas une empreinte de patte sur le parquet de sa chambre. Il n'y avait jamais eu de Chat de Feu. Tout ça, c'était la faute des journaux intimes qu'il lisait. Il avait fait un rêve très réaliste, et son imagination avait brodé autour, voilà tout.

Rassuré par ces pensées, il se dirigea vers la maison d'An'desha — son *ekele*, se corrigea-t-il, car An'desha lui enseignait le tayledras — sans rien à l'esprit que de la gratitude pour ce beau jour ensoleillé. Il avait dû traverser un peu trop souvent le Champ des Compagnons sous la bruine, ou pire, sous une pluie battante, pour aller rendre visite à son ami. Aujourd'hui, il réussirait peut-être à convaincre An'desha de sortir. Le jeune mage passait beaucoup trop de temps enfermé.

Karal réfléchissait à l'endroit où il aimerait aller quand il s'avisa que les Compagnons n'ignoraient pas sa présence comme d'habitude. De fait, ils venaient vers lui de toutes les directions, d'un pas décidé. Certains semblaient essayer de lui barrer la route, mais sans se montrer menaçants. Le jeune homme s'arrêta net. Ils continuèrent leur approche — toujours sans hostilité. Il avait l'impression d'être le bienvenu, comme si les Compagnons avaient voulu jouer les hôtes attentionnés.

Un comportement très étrange, même s'il savait qu'ils n'étaient pas des chevaux !

Mais avant qu'il ait pu leur dire quoi que ce soit — si tant est qu'il ait su quoi — ils lui retirèrent l'initiative.

Ils l'encerclèrent, se pressant flanc contre flanc. Il ne pouvait pas s'enfuir, à moins de les écarter. Pour avoir travaillé avec des chevaux, il le savait : s'ils ne voulaient pas le laisser passer, il serait incapable de les faire bouger.

Un de ceux qui étaient tout près de lui — un

jeune étalon — secoua la tête et lâcha un son qui ressemblait étrangement à celui d'un humain s'éclaircissant la gorge. Alors que Karal se tournait vers lui, il cligna ses grands yeux bleus innocents.

Hum... Tu es Karal, je crois, dit une voix dans sa tête. *J'espère que tu voudras bien me pardonner de devoir me présenter moi-même. Je m'appelle Florian.*

Le ton de cette « voix mentale » était très différent de celui du Chat de Feu. Mais puisqu'il n'y avait aucun être humain dans les parages, il semblait évident que cette « voix » était celle du Compagnon aux yeux bleu profond...

Deux fois dans la même journée ? Des créatures extraordinaires décident de me parler ?

Pourquoi maintenant ? Et pourquoi moi ?

Karal secoua la tête et se demanda s'il ne ferait pas mieux de s'asseoir. Il toussota, essayant de trouver quelque chose d'intelligent à dire, avant de balbutier la première stupidité qui lui vint à l'esprit.

— Euh... Florian ? Tu es un Compagnon ?

La dernière fois que je me suis regardé, j'étais effectivement un Compagnon.

Florian agita la queue et inclina la tête. Les autres Compagnons rompirent le cercle et s'éloignèrent, comme s'ils étaient certains que Karal n'allait pas s'enfuir en hurlant.

Sans doute parce qu'il avait les jambes si flageolantes qu'il n'était pas sûr de pouvoir marcher... Alors courir, en hurlant ou non...

— Pourquoi... me parles-tu ? demanda-t-il.

En partie à cause d'Altra, répondit Florian, ruinant sa conviction que le Chat de Feu était un rêve. *C'est un étranger, tout comme toi, alors il ne sait pas ce que nous savons. Nous connaissons l'histoire de Valdemar, y compris ce qui n'est pas dans les livres. Selon nous, il était temps que quelqu'un réponde à tes questions au sujet de cet endroit et des Hérauts. Tu ne poses jamais celles qui te trottent dans la tête. Mais tu essaies de trouver les réponses dans les livres.* Florian renifla avec dédain. *Ce n'est pas toujours possible. Les gens n'écrivent pas tout ce qui est important.*

A vrai dire, il avait été assez réticent à l'idée de poser des questions. Il ne voulait pas passer pour un imbécile.

Tu n'as pas à t'inquiéter d'avoir l'air stupide face à un cheval ! Florian agita joyeusement la queue, et Karal eut l'impression qu'il souriait.

— An'desha n'aurait-il pas pu me dire ces choses ? Ou… Natoli. Elle *est* valdemarienne ! Et son père est un Héraut !

Florian piaffa avec dédain.

Ton ami An'desha est un étranger. Bien que Natoli soit une jeune fille intelligente, elle ne sait rien de la politique.

— Et toi, oui, répondit Karal avec un doute dans la voix.

Pas moi tout seul. Les Compagnons ! Rappelle-toi, nos Hérauts trempent dans la politiquc jusqu'au cou, et nous partageons leurs pensées. Et il n'y a pas beaucoup d'informations sur nous dans les livres, ni sur les Hérauts. Mais je peux te dire tout ce que tu veux savoir.

— Vraiment tout ?

Il n'était pas sûr de croire ça non plus.

Eh bien, s'il y a un détail que je ne peux pas te révéler, au moins, je ne te mentirai pas. Je ne te mettrai pas sur une fausse piste.

L'humeur de Florian était très changeante. Il

semblait maintenant supplier Karal. Il baissa un peu les oreilles, puis la tête.

Nous voulions nous assurer que tu savais où trouver quelqu'un qui puisse t'aider. Altra est peut-être ton guide, mais tu connais les chats. Ils se montrent quand ça leur chante, et pas nécessairement quand on a besoin d'eux. Et ils adorent les secrets. Il pourrait te cacher certaines choses pour paraître plus mystérieux. Ça arrive tout le temps.

Un comportement de chat typique. Malgré lui, Karal gloussa.

— Quand même... Je veux dire, je ne suis pas valdemarien. Et en plus, j'ai voué ma vie à Vkandis. Es-tu vraiment certain de ne pas devoir laisser Altra me former ?

Altra ne sait rien au sujet des Hérauts et des Compagnons ! Etant un chat, il feindra de tout connaître, même si c'est faux. Honnêtement, Karal, je suis là pour t'aider. Si tu le veux bien.

Karal se souvint qu'Ulrich avait dit que les Compagnons étaient comme les Chats de Feu. ce qui faisait d'eux les porte-parole du Dieu du Soleil...

Ou d'un autre dieu, se rappela-t-il.

Souviens-toi de ce que t'a dit Ulrich, fit Florian. *Peu importe en quel nom je parle ! Nous sommes tous les deux du même côté. Karal, c'est important. Tu dois m'accepter. S'il te plaît, fais-moi confiance.*

Merveilleux ! Encore une créature qui voulait qu'il lui fasse confiance.

Tu as besoin de moi, insista Florian, têtu.

Karal soupira.

— D'accord, je te fais confiance. Mais essentiellement parce qu'il est bien plus simple de venir te trouver pour avoir des réponses que de les chercher dans des livres — ou d'essayer de le faire.

Bien ! Excellent ! Je leur avais bien dit que tu comprendrais la nécessité. Maintenant... puisque je sais que ton ami An'desha est toujours avec Flammechant, et que ta tête est près d'exploser tellement elle est pleine de questions... Le Compagnon le poussa des naseaux vers l'écurie. *... tu peux me brosser pendant que j'y réponds. Je n'ai pas de Héraut, et personne ne s'occupe des Compagnons dans mon cas. Ça me démange.*

— J'en suis sûr, soupira Karal.

Il gagna l'écurie. Après tout, il pouvait bien faire ça pour le Compagnon, surtout en échange de réponses. A commencer par la question : « Que fait le Héraut de la Reine ? »

Mais si on lui avait posé la question, entre Natoli, Altra et Florian, il commençait à souffrir d'un trop-plein de confidents !

Certains hommes naissent dans la grandeur, pensa le grand duc Tremane. *D'autres y tombent par hasard. Et certains ont toutes les responsabilités sans la reconnaissance.*

Dès l'instant où il avait franchi le Portail et rejoint le quartier général, en Hardorn, il avait dû improviser. La situation était un cauchemar, la pire campagne qu'il ait jamais vue. L'unique bonne chose, c'était le quartier général : le manoir fortifié d'un noble hardornien que ses hommes avaient pris intact. Même les peintures étaient préservées et il ne devait pas manquer plus d'une poignée de bijoux dans les coffres. S'il devait être dans une situation périlleuse, ce serait dans le confort. Le privilège du rang.

Normalement, quand l'Empire s'attaquait à un

pays, l'issue était claire dès que les premières troupes passaient la frontière. La situation, à l'intérieur de la nation cible, était toujours chaotique grâce à l'intervention des agents impériaux. Généralement, la population était révoltée parce que la désorganisation permettait aux nobles de faire ce qu'ils voulaient. En fait de conquête, il suffisait de vaincre les quelques fous qui acceptaient de se battre.

Les troupes de choc de l'Empire avançaient et gagnaient autant de terrain que prévu. Ni plus, ni moins. Puis elles s'arrêtaient et le tenaient. Les réserves arrivaient ensuite pour balayer toute résistance. Une fois que le commandant savait le territoire conquis, les forces d'occupation se mettaient en place. Leur tâche consistait à consolider les forts, à créer ou réparer les routes, les moulins et les autres industries nécessaires.

Venaient ensuite les administrateurs et la police, chargés de maintenir l'ordre et d'établir la Loi. Mais la population locale était tellement subjuguée par la supériorité de la vie impériale qu'elle accueillait l'Empire et son autorité avec une ferveur religieuse.

Les prêtres venaient alors fonder le culte de l'empereur et de ses prédécesseurs, sans pour autant bannir les dieux des barbares.

Ensuite, les troupes de choc pouvaient faire un nouveau bond en avant.

Cette stratégie n'avait jamais échoué... jusqu'à maintenant.

Des mages participaient à toutes les phases de l'invasion. Rien de tout ça n'aurait pu être fait sans eux. Ils étaient meilleurs et bien plus fiables que des espions, permettaient aux commandants de communiquer instantanément entre eux et avec leur général, et leur magie offensive terrifiait généralement l'ennemi. Sans les Portails qu'ils créaient, il aurait été impossible de maintenir des troupes sur place. Grâce aux Portails, on pouvait faire venir des renforts et des fournitures en peu de temps, et un général avait la possibilité de retourner dans la capitale — ou n'importe où ailleurs.

Les mages faisaient fonctionner le système. En conséquence, tout candidat au Trône de Fer devait avoir des pouvoirs, afin qu'aucun mage ne puisse lui mentir sur ses capacités. Idéalement, l'empereur devait être un Premier Rang, ou au moins un Second.

Tremane n'était pas seulement un Premier Rang, mais un Premier Rang Rouge. Les deux seuls niveaux supérieurs étaient le Bleu et le Violet. Au-dessus, il n'y avait que le titre d'Adepte. C'était en partie pour ça qu'il se considérait comme le meilleur choix pour le Trône. Et une des raisons qui l'avaient poussé, après mûre réflexion, à conclure que la conquête d'Hardorn avait été bâclée par un général qui ignorait comment utiliser efficacement ses mages.

Dès son arrivée, il avait dû se rendre à l'évidence : il s'était trompé.

La prise d'Hardorn avait commencé avec l'efficacité impériale habituelle. Elle aurait dû continuer de même. Il n'y avait aucune raison — sur le papier — pour que les choses ne se soient pas passées comme prévu.

Tremane foudroya du regard la carte posée devant lui. Ce n'était pas Hardorn qu'il regardait ainsi, mais le royaume au-delà. *Valdemar.*

Valdemar était à blâmer. Il le sentait dans ses os, même s'il ne pouvait pas le prouver. Il n'avait qu'un agent à Valdemar en position d'observer la cour, et il n'était pas très efficace. Il n'avait pas été capable d'approcher un membre du Conseil. Etant un homme du commun, il n'avait accès qu'aux ragots du peuple. Il n'avait rien rapporté d'intéressant, mais Tremane n'était pas si bête.

Les Valdemariens soutenaient et organisaient la résistance, même s'ils prétendaient le contraire. Or, ça n'avait aucun sens. Jusqu'à la mort d'Ancar, Valdemar avait été en guerre contre Hardorn. Et la guerre aurait dû continuer même après l'assassinat du roi. Les Valdemariens auraient dû être reconnaissants de voir quelqu'un d'autre attaquer leur ennemi. Ils auraient dû se réjouir de voir les troupes impériales marcher sur Hardorn.

Mais ce n'est pas le cas, et nous sommes embourbés ici. Et je ne peux même pas prouver que c'est l'œuvre de Valdemar !

Selon les rapports, la conquête d'Hardorn avançait de plus en plus lentement et devenait de plus en plus coûteuse en hommes et en matériel. La situation était pire que prévue. L'Empire fonctionnait sur des prévisions très précises — il se demandait parfois si ça n'était pas elles qui le gouvernaient. Tout dépassement impliquait que des ressources devaient être acheminées d'ailleurs.

Tremane se prit le visage à deux mains. Il était mortellement fatigué. Il avait passé chaque heure de veille, depuis son arrivée, à essayer d'arrêter l'hémorragie qu'était devenue cette campagne et il ne dormait pas assez. Désormais, ils ne perdaient plus d'hommes et de matériel comme avant, mais ils étaient au point mort. Ils ne pouvaient pas avancer — ni reculer, d'ailleurs. Et pas question de faire venir les troupes d'occupation, puisque le pays n'avait pas encore été pacifié.

Je dois prendre une décision. Je peux essayer de forcer les choses, comme le général Sheda l'a fait. Ou transformer cette halte temporaire en arrêt plus permanent, consolider nos positions, et essayer de briser ce cercle vicieux.

Tremane avait déjà donné beaucoup d'ordres qu'il devrait justifier plus tard. Des espions étaient infiltrés dans les rangs. Il le savait, même s'il ignorait de qui il s'agissait et à qui ils faisaient leurs rapports. Certains étaient aux ordres de ses rivaux, certains à ceux de l'empereur, et d'autres se vendaient au plus offrant. Le problème avec la politique impériale ! Dès qu'on avait une position officielle, on devait craindre des ennemis à l'intérieur de l'Empire aussi bien qu'à l'extérieur.

Je n'avais pas prévu de prendre si vite des décisions aussi risquées. (Son estomac le brûlait et il avait au fond de la gorge un goût âcre qu'aucune quantité de vin ne faisait passer.) *Que pensera l'empereur si le premier ordre que je donne est de se retrancher ? Il m'a dit de conquérir Hardorn, pas de m'asseoir sur les talons et de l'étudier ! J'aurai l'air faible et indécis. Tout ce que ne doit pas être l'héritier du Trône.*

« Inconfortable » était un mot trop faible pour décrire la situation, même s'il l'avait employé dans son premier rapport à l'empereur.

Il écarta ses mains de ses yeux et étudia de nouveau la carte, cette fois en ignorant Valdemar, qui semblait le narguer. *Fais comme si ces chiens n'existaient pas. Et étudie les mouvements tactiques.*

Il y avait derrière ses lignes bien trop de zones dangereuses où ses troupes se faisaient encore attaquer, les poches de résistance semblant fondre comme neige au soleil chaque fois que ses forces voulaient les écraser. Ce territoire n'était pas pacifié. Il ne pouvait pas faire venir les troupes d'occupation. C'était trop dangereux…

Je vais devoir me retrancher, décida-t-il. Il prit une plume, étudia encore la carte, puis traça une ligne. *Voilà… ici.* Les troupes impériales allaient se retirer jusqu'à ce qu'elles soient derrière la limite qu'il venait de fixer. La plupart des résistants se trouvaient de l'autre côté. Les quelques poches qui subsisteraient dans la zone conquise ne seraient sans doute pas longtemps un problème.

J'espère, pensa-t-il sombrement en appelant un aide de camp pour qu'il apporte à son mage le message qu'il venait de rédiger. Ses épaules furent libérées d'un grand poids quand le jeune homme disparut avec le parchemin.

Mais son soulagement ne dura pas.

C'était fait. Plus de retour en arrière possible. Dans quelques instants, le mage aurait distribué des duplicatas de ses ordres à ses confrères attachés aux commandants, et la retraite commencerait.

Tremane appela un autre aide de camp dès que le premier fut parti.

— Apportez-moi les rapports sur la bataille, dit-il. Ceux du Secteur Quatre. Montez la table et posez-les dessus.

Le jeune homme s'inclina et sortit. Quand Tremane réussit à trouver assez d'énergie pour se lever et gagner la salle de stratégie, il trouva les rapports installés comme il l'avait demandé. La carte du Secteur Quatre occupait la table. Les pions représentant les troupes du commandant Jaman attendaient à côté.

Au moins, grâce à ce manoir aux murs de pierres, il n'avait pas à utiliser sa tente. Le temps était mauvais... Des tempêtes trois jours sur cinq. Comme en ce moment. La pluie battait les carreaux si fort qu'il se serait cru sous une cascade. Il n'aurait rien pu faire dans une tente par un temps pareil, sinon espérer qu'elle ne s'envole pas.

Ces gens savaient comment construire un âtre digne de ce nom, ce qui les avait fait remonter dans l'estime de Tremane. Il y en avait un dans chaque pièce de la suite qu'il s'était choisie. Un bon feu crépitait joyeusement dans son dos alors qu'il se penchait et commençait à reproduire les mouvements de troupes consignés dans les rapports.

Il avait choisi le Secteur Quatre parce qu'il était représentatif de ce qui se passait tout au long de la ligne de front. Et parce que Jaman écrivait des rapports clairs et détaillés. Mais cette fois, il ne positionna pas les « ennemis ». Jaman n'avait pas pu les compter. Tout ce qu'il avait écrit, de son propre aveu, était des suppositions. Tremane se contenta donc de placer ses hommes et d'observer ce qui se produisait.

Quand il eut terminé de rejouer les batailles, il savait pourquoi l'armée impériale, entraînée et disciplinée, était tenue en échec. C'était évident, pour qui voulait bien regarder et cesser de croire que ça ne pouvait pas se produire.

Les troupes impériales échouaient parce qu'elles étaient entraînées et disciplinées.

S'il y avait une organisation dans la résistance, elle était souple, et donnait aux chefs une autonomie complète. L'ennemi frappait quand l'occasion se présentait, et seulement lorsqu'il avait une chance de le faire sans subir trop de pertes. L'Empire ne combattait pas de vraies troupes —

même démoralisées. Il se heurtait à des civils qui connaissaient leur pays par cœur.

Des forces disciplinées ne pouvaient pas venir à bout d'un ennemi qui ne tenait pas de ligne de front et s'éparpillait dès qu'une contre-attaque commençait. Elles ne savaient pas affronter un adversaire qui sortait de nulle part, au mépris de toutes les conventions, et s'évanouissait dans la nature après avoir obtenu ce qu'il voulait. Les Hardorniens menaient une guerre d'usure, et cela portait ses fruits.

Comment ses hommes pouvaient-ils lutter contre un ennemi tapi derrière leurs lignes, dans des endroits censément pacifiés ? Le fermier qui leur avait vendu des navets ce matin renseignait peut-être la résistance sur la quantité de légumes fournie aux cuisiniers de l'armée impériale ! Il pouvait tout aussi facilement être un de ces hommes au visage noirci à la suie qui avait attaqué leur camp la veille, volant des provisions et des armes, faisant fuir les montures et brûlant les chariots.

Quant aux mages de l'ennemi… Ses mages à lui étaient convaincus qu'il n'y en avait aucun. Ils n'avaient détecté aucun signe de magie, pas d'arme magique et aucun sort de vision à distance pour épier leurs mouvements. Mais Tremane avait analysé leurs rapports et était arrivé à une tout autre conclusion.

Les mages de l'ennemi se concentraient sur une seule mission… garder secrets les mouvements des groupes de résistance. Le seul moyen d'expliquer qu'aucun de ses mages n'ait été capable de prédire une attaque.

Ils ne gardaient pas ces déplacements secrets par des moyens « conventionnels », autrement dit en rendant leurs troupes invisibles. Ils n'en avaient pas besoin… Le paysage le faisait pour eux. Pas de colonne d'hommes, nul bivouac, aucun signe de troupes que les mages doués de vision à distance puissent localiser. C'était donc aux Visionnaires de prédire quand attaquerait l'ennemi.

Mais ils en étaient incapables, car les mages adverses leur envoyaient toutes sortes d'images de faux mouvements de troupes. Quand les mages impériaux réussissaient enfin à démêler le faux du vrai, il était trop tard.

En un sens, il admirait le cerveau qui était derrière ce plan. Une remarquable utilisation de ressources limitées — et efficace, en plus !

J'aimerais qu'un tel stratège combatte de mon côté.

La seule façon de s'opposer à ce genre de tactique était d'être sur le pied de guerre en permanence.

Et c'est impossible, comme nos ennemis doivent le savoir.

Essayer de garder des troupes prêtes au combat, jour après jour, alors que rien ne se produisait, était un leurre. Elles finissaient par relâcher leur vigilance. Quand une attaque survenait, elles n'étaient pas capables de se défendre. Il suffisait que ses hommes baissent leur garde, qu'ils s'assoupissent… et l'ennemi leur tombait dessus. Et il n'y avait rien à faire contre ça.

La résistance n'utilisait pas ses mages pour prédire quand les troupes impériales perdaient tout ressort, car elle n'en avait pas besoin. Les enfants qui jouaient sur la route pouvaient le leur dire.

Parfaitement logique ! Une utilisation brillante de ressources limitées. Le seul problème ? Cela correspondait à un pays bien organisé, aux habitants farouchement déterminés à se défendre contre des envahisseurs… Pas à une contrée ravagée par son propre roi et déchirée par des conflits internes.

Tremane tourna le dos à la table et regarda par la fenêtre, dans la gueule de la tempête.

Nous n'attaquons jamais, à moins que les conditions, dans le pays que nous voulons annexer, ne soient favorables. L'arrivée de nos troupes doit être perçue comme un soulagement par les populations locales... Pour que nous soyons regardés comme des libérateurs, non des oppresseurs. Le roi Ancar a certainement *créé ces conditions pour nous* !

Si ce qu'il avait lu dans les rapports était vrai, Ancar aurait dû faire face à une révolte dans les cinq à dix années à venir. Quand les soldats impériaux avaient passé la frontière, ils avaient été accueillis comme des libérateurs. Alors, que s'était-il passé entre ce moment-là et aujourd'hui ?

Ça ne peut pas être le tribut, puisque nous ne l'avons pas encore levé. Les impôts impériaux représentaient soixante pour cent des diverses productions — et tous les jeunes hommes entre seize et vingt et un ans devaient faire leur service militaire. Mais rien de tout ça n'avait encore été imposé aux Hardorniens — pas avant que les bénéfices de la vie au sein de l'Empire n'aient été démontrés. Quand les habitants étaient habitués aux aqueducs d'eau fraîche, au système d'irrigation et de contrôle des crues, et surtout, à la Police Impériale, ils se montraient généralement tolérants envers les demandes de l'Empire.

Les impôts étaient réajustés chaque année selon la prospérité de chacun. Les fermiers et les marchands gardaient quarante pour cent de leurs gains, au lieu d'être dépouillés de la totalité, et n'avaient plus à s'inquiéter pour leur femme, leur fille ou leur sœur. Les femmes pouvaient aller vendre leurs œufs au marché ou faire paître les troupeaux sans crainte.

Une nette amélioration par rapport à la vie sous le règne d'Ancar.

S'il y avait des protestations, la Police Impériale se chargeait de les étouffer. Les citoyens et les soldats de l'Empire vivaient selon le même code que les peuples conquis. Même les troupes de choc y obéissaient à la lettre. Le Code Impérial était impartial et sans indulgence.

La Loi, c'est la Loi. Pareil pour tout le monde. Pas d'excuse, d'exception ni de « circonstances atténuantes ».

Un soldat coupable d'un crime finissait dans un détachement disciplinaire et un civil était condamné aux travaux forcés. Un voleur devait payer une amende de deux fois la valeur de son larcin, la moitié allant à son propriétaire, et le reste à l'Empire. S'il n'avait pas d'argent, il travaillait dans un camp jusqu'à ce qu'il ait remboursé sa dette. Si c'était un soldat, sa solde était confisquée et son service rallongé autant que nécessaire. Le meurtre était puni par la peine capitale, et aucun homme sain d'esprit ne commettrait un viol. La victime recevait immédiatement le statut d'épouse divorcée. En conséquence, la moitié des biens du violeur lui revenaient, plus la moitié de ses gains pendant cinq ans — seize si elle mettait au monde un enfant. Si c'était une fille, elle recevait une dote correspondant à une partie de la fortune amassée par l'agresseur. Si c'était un fils, il devait lui payer l'équipement nécessaire à son entrée dans l'armée.

Voilà pourquoi le viol n'était pas un problème dans l'Empire ! Le deuxième empereur avait jugé qu'il était bien plus efficace de s'attaquer à la bourse d'un violeur que de lui infliger un châtiment corporel.

Si l'agresseur était un bon à rien sans le sou, il se retrouvait dans un camp de travail, à construire les routes et les aqueducs, et ses gages revenaient à l'enfant de sa victime. Sa responsabilité lui était rappelée par chaque pierre qu'il posait et chaque trou qu'il creusait.

Et si le violeur était assez bête pour récidiver, il subissait une série de châtiments physiques et magiques qui le laissaient extérieurement intact, mais incapable de recommencer.

Tremane ruminait tandis que des éclairs déchiraient le ciel. *Comparé à la vie sous le règne d'Ancar, tout ça est paradisiaque. Alors pourquoi cette révolte et cette résistance ?*

N'avait-on pas permis à Ancar de sévir assez longtemps ? *Il y a sans doute trop de personnes en vie qui se rappellent les jours bénis du règne de son père. C'est peut-être elles qui se cachent derrière la résistance.*

Il grimaça. *Dommage qu'elles n'aient pas eu le bon goût de mourir avec le père d'Ancar pour épargner tous ces tracas à l'Empire !*

Il allait réviser ses plans en tenant compte de cette possibilité. D'une manière ou d'une autre, il devrait trouver un moyen de neutraliser la résistance.

Je pourrais protéger et fortifier certaines cités, et faire venir la Police Impériale puis les bâtisseurs... Qu'importe la gloire passée, je montrerai à ces barbares la réalité de la loi impériale. Les cités élues prospéreraient, alors que les autres, tenues par les rebelles, périraient. L'équation devrait être évidente pour n'importe quel imbécile.

Et Valdemar ? Plus il y songeait, plus il était persuadé que ce royaume était autant derrière la résistance que les « vestiges » de la gloire passée. Mais que faire à ce sujet, alors qu'il ne savait rien de ce pays ?

Stupide ! Je ne sais rien pour l'instant, et il sera peut-être difficile d'obtenir des informations, mais j'ai d'autres sources.

Tremane croyait en l'histoire. Savoir ce que quelqu'un avait fait par le passé, que ce soit une nation ou un individu, permettait de prédire ce qu'il ferait dans le futur.

Et j'ai tout un monastère de chercheurs et d'érudits avec moi — sans compter ma bibliothèque personnelle. Je peux les charger de découvrir d'où sont venus ces Valdemariens, et ce qu'ils ont fait par le passé.

Concernant Valdemar, il y avait une chose bizarre et dérangeante. Dans tous les livres d'histoire de l'Empire, l'ouest était dépeint comme une terre de mauvais augure. « Le danger réside à l'ouest », disaient-ils, sans préciser sa nature.

C'était pour ça que l'Empire s'était concentré sur sa frontière orientale — jusqu'à la Mer Salée. Puis il s'était agrandi vers le nord, atteignant des terres si glaciales qu'elles ne valaient pas la peine de s'en encombrer. Et enfin vers le sud, jusqu'à ce qu'il soit arrêté par un autre Empire capable de s'en prendre au Trône de Fer. Au cours du règne de Charliss, le regard de l'Empire s'était tourné vers l'ouest. Alors avait commencé la campagne d'affaiblissement d'Hardorn.

Tremane tourna le dos à la fenêtre et traversa

son étude. La lumière de la lampe magique, sur le bureau, était stable et claire...

Etrange comme la lumière peut réconforter les hommes...

Ses scribes lui avaient fait un premier rapport sur Valdemar. Le document de deux pages était posé sur son bureau. Tremane le ramassa et le lut sans même s'asseoir. Il n'en avait pas vraiment besoin, car il le connaissait par cœur, mais le prendre et déchiffrer les mots lui donnait le sentiment de faire quelque chose.

Quelques siècles plus tôt, un certain « Valdemar », petit baron d'un royaume conquis par l'Empire, avait réagi exagérément aux abus de son seigneur impérial. Plutôt que de venir plaider sa cause devant l'empereur, il rassembla ses fidèles au cœur de l'hiver, quand les communications étaient impossibles, et leur demanda de faire leurs bagages. Valdemar était un mage, comme sa femme. A eux deux, ils débusquèrent et firent taire tous les espions présents à leur cour. Puis Valdemar, sa famille, sa maisonnée et ses fidèles — jusqu'au plus jeune bébé de ses paysans — s'enfuirent avec tout ce qu'ils pouvaient emporter. En direction de l'ouest dangereux ! Valdemar devait savoir que l'Empire n'irait pas le chercher là-bas.

Apparemment, il a réussi à trouver une terre où il n'aurait plus à se soucier de l'Empire.

Le nom commun au baron et au royaume... Ça ne pouvait pas être une coïncidence ! D'autant plus que Valdemar portait la marque de la philosophie idéaliste du baron.

Ça pouvait expliquer l'animosité envers l'Empire des dirigeants actuels de Valdemar, dont ils ne devaient pas savoir grand-chose. Si leur tradition exigeait qu'ils craignent l'Empire, ils réagiraient violemment à l'apparition de troupes impériales près de leurs frontières.

Ça, au moins, c'était prévisible, à l'inverse de la forme qu'avait prise l'idéalisme du baron Valdemar. *Au nom des quarante petits dieux, d'où est venu ce culte des cavaliers blancs ?* Ils étaient uniques au monde. Il n'y avait rien de tel à l'intérieur et à l'extérieur de l'Empire ! Et ces chevaux ? Ses mages juraient qu'ils étaient bien davantage que des animaux. Mais ils n'en savaient pas plus. Quelle était leur fonction ? Nul ne pouvait le renseigner. Les écrits étaient rares. On y disait seulement qu'ils étaient le cadeau d'un dieu. Des « familiers » comme en avaient certains mages ? Venus de l'Ether ? Nul ne pouvait le dire non plus. Pas même ses espions. Quand ils posaient la question à un de ces « cavaliers », il répondait que seul un autre cavalier le savait.

Je n'ai jamais aimé l'idée d'employer un peintre comme espion, pensa le duc. *Quand ce ne sont pas des traîtres, les artistes se révèlent totalement inefficaces.*

Mais il n'avait pas eu le choix. Héritant de l'agent de son prédécesseur, il n'avait eu ni le temps ni l'occasion de le remplacer.

Des cavaliers blancs et des chevaux ! Mais le pire était arrivé avant qu'Ancar ne se fasse tuer au cours d'un duel stupide contre un ou plusieurs mages inconnus.

Valdemar avait réussi à mettre fin à un conflit avec Karse qui durait depuis des générations. Comment les Valdemariens avaient-ils pu se faire une alliée de cette garce opiniâtre et bornée de Solaris ? Cela dépassait son entendement ! Il n'aurait jamais cru que ce fichu Fils du Soleil s'allierait avec qui que ce soit, et encore moins avec son ennemi de toujours !

Et d'où venaient les autres étranges alliés de Valdemar ? Il n'aurait jamais cru aux descriptions s'il n'avait pas vu les dessins !

Il avait entendu parler des Shin'a'in, mais qui diable étaient les Frères du Faucon ? Et qui aurait pu croire à l'existence de griffons parlants ? Les griffons étaient des créatures de légende. Dans un monde rationnel, ils le seraient restés !

Le rapport de son agent mentionnait que le mérite de tout cela revenait à Elspeth, l'ex-héritière. Ex-héritière ? Un futur monarque avait-il jamais perdu sa position sans perdre aussi sa vie ou au moins sa liberté ? Pourtant, Elspeth avait abdiqué et continuait à travailler dans les rangs des cavaliers blancs, les Hérauts. Elspeth était trop jeune pour s'être alliée à tant de peuples ! Elle n'avait aucune expérience de diplomate et de dirigeante.

Tremane n'avait pas cru à ce rapport. Une histoire à dormir debout, rumeur lancée pour donner plus d'importance à l'ex-héritière et la montrer plus intelligente qu'elle ne l'était.

Il aurait aimé pouvoir ignorer les griffons aussi facilement, mais d'autres témoins les avaient vus, pas seulement son agent. Ces créatures l'inquiétaient. Dans une équation déjà bien trop compliquée, elles étaient une dangereuse inconnue. Y en avait-il d'autres ? Une armée entière, peut-être ? L'idée d'éclaireurs et d'espions volants à la solde de Valdemar ne le faisait pas sauter de joie.

Il grogna et se jeta dans un fauteuil. Inutile de demander : « Pourquoi moi ? » puisqu'il le savait déjà.

Je veux le Trône de Fer. Un empereur doit

savoir régler des situations comme celle-là. Si je veux le Trône, il faut prouver ma compétence à Charliss.

Et maintenant qu'il avait commencé, il ne pouvait plus se retirer avec grâce.

Son rival le mieux placé était son plus grand ennemi. S'il échouait ou s'il abandonnait, son espérance de vie se compterait en mois, peut-être en années, mais certes pas en décennies. Il serait mort au moment où Charliss laisserait son Trône. Aucun nouvel empereur ne permettait à ses anciens rivaux de continuer à vivre. Les toutes premières années sur le Trône de Fer se passaient dans un climat de grande nervosité. Alors, pourquoi garder des fauteurs de troubles potentiels pour rendre la situation encore plus difficile ?

Non, il devait continuer, ou fuir… vers le sud, vers l'ouest, vers les terres barbares au-delà de Valdemar, en espérant couvrir suffisamment ses traces pour qu'aucun agent de l'Empire ne puisse le retrouver.

Je marche sur une corde raide au-dessus d'un volcan, pensa-t-il tristement. *Et quelqu'un la secoue pour me faire tomber.*

Secouer ? Bizarre… Un instant, il lui avait semblé que quelque chose avait soulevé le manoir et l'avait laissé retomber sur ses fondations. Il sentait au creux de l'estomac la drôle d'impression que faisait un tremblement de terre. Mais ça n'en était pas un, et la sensation n'était pas physique. Non, elle concernait ses perceptions magiques…

… Comme si une chose étrange, terrifiante et énorme planait au-dessus de lui.

Elle frappa avant qu'il n'ait pu faire un geste.

Tous ses sens lui faisaient défaut. La vue. L'ouïe. Le toucher… Tous partis ! Il flottait dans un océan de néant, sans aucun lien avec le monde réel. De l'énergie magique courait à travers lui, sans vraiment le toucher. Une fois, enfant, il était allé en vacances au bord de la Mer Salée. Une vague l'avait emporté, manquant le noyer avant de le ramener sur la plage. C'était un autre genre de vague, mais il était tout aussi impuissant dans son étreinte. Et maintenant comme alors, il ignorait si elle le laisserait en vie ou si elle l'entraînerait par le fond pour le tuer. Cette force le faisait tournoyer jusqu'au vertige dans le néant, le désorientant un peu plus encore. Il était perdu…

Il crut hurler de terreur, mais ne put entendre sa voix.

Puis ce fut terminé. Il sentit le fauteuil sous lui, et entendit sa respiration laborieuse. Son corps frémissait au rythme des battements effrénés de son cœur, et ses mains étaient douloureuses tant elles serraient les accoudoirs. Un instant, il crut être devenu aveugle, mais un éclair déchira le ciel, juste devant sa fenêtre, illuminant la pièce. Il s'aperçut que c'était seulement sa lampe magique, qui s'était éteinte.

Quoi ?

Ça n'était pas si simple. Le type de lampe magique qu'il avait créé était supposé résister à tout !

Tremane cligna des yeux. La pièce voisine était éclairée par les rougeoiements du feu. Il lâcha les accoudoirs, soulagé. Il n'était pas dans l'obscurité ! Dans une chambre, même toute chandelle éteinte, un peu de lumière provenait toujours du jardin ou du couloir. Il n'avait jamais constaté à quel point il faisait noir dans une pièce sombre.

D'une main tremblante, il ouvrit un tiroir, prit une chandelle et l'emporta pour l'allumer au feu de cheminée. Un ennemi avait lancé une attaque magique, c'était la seule explication ! Des tueurs magiques avaient déjà été arrêtés par les protections qu'il gardait en permanence autour de lui... Ou cela avait-il été fait pour briser sa concentration ? Cette attaque, si c'en était une, n'avait pas été très efficace ! Et pourtant... pour éteindre une lampe magique à l'intérieur de ses protections, il fallait être un mage très puissant. Il maîtrisa ses tremblements et se força à réfléchir. Qui possédait ce genre de pouvoir ?

Ce fut tout ce qu'il eut le temps de faire. Des aides de camp firent irruption dans la pièce, envoyés par tous les commandants, tous porteurs d'un message catastrophique.

Alors il comprit que l'attaque n'avait pas été seulement dirigée contre lui.

Le lendemain, Tremane réussit à rassembler rapidement tous ses mages.

— Donc, ça a balayé tout le pays ? demanda le duc à son mage en chef, l'artificier Gordun.

— Pour autant que je le sache... C'était comme une des énormes vagues de la Mer Salée. Venu du nord-est en direction du sud-ouest... Nous pensons que cela a également touché l'Empire, mais pour le moment, nous n'avons aucun moyen de nous en assurer. Nous ne pouvons pas faire parvenir de message à l'Empire, et je pense qu'il est dans le même cas.

Tremane grimaça. Comme une de ces vagues immenses, cette force était venue et repartie, dévastant tout sur son passage. Et plus un phénomène était connecté à la magie, pire c'était. Tous les sorts avaient subi des dégâts. Les lignes de communication seraient rompues jusqu'à ce que les mages réussissent à se localiser de nouveau les uns les autres. Les Portails étaient fermés, et les quarante petits dieux seuls savaient quand ils seraient rouverts !

Les défenses étaient tombées. Les lampes, les feux de cuisine et les manteaux magiques… bref, toutes les petites choses qui amélioraient l'existence des troupes n'existaient plus. Ce soir, les soldats impériaux devraient manger froid et dormir dans des tentes humides et sombres, à moins que leurs commandants ne trouvent des substituts non magiques.

— C'était une tempête magique, nous sommes sûrs de ça, continua Gordun. Même si elle était différente de celles que nous connaissons. La tempête elle-même a duré une ou deux secondes. Les mages ont éprouvé des effets physiques, comme vous devez le savoir. Les non-mages n'ont rien senti.

— Ce fut bien assez, répondit Tremane. Il nous faudra des jours pour relancer tous les sorts qu'elle a annulés, et plus encore pour inspecter ceux qui ont résisté afin d'être sûrs qu'ils fonctionnent normalement.

— Ce n'est pas tout, seigneur duc. (La voix fluette appartenait au plus ancien de ses mages, Sejanes, son mentor. Il avait l'air sénile, mais son esprit était aussi vif que des décennies plus tôt.) Cette tempête magique a affecté le monde matériel autant que le monde magique. Ecoutez…

Il ramassa le papier posé sur la table d'une main aussi sûre que celle d'un chirurgien.

— Voilà les rapports que j'ai reçus des messagers envoyés aux autres mages de l'armée. Ce n'est pas rassurant. Halloway : « Il y a des endroits où la roche a fondu et formé des flaques, puis s'est solidifiée en un clin d'œil, parfois en retenant des créatures prisonnières. » Gerrolt : « Des insectes inconnus et des formes de vie étranges sont apparus autour du camp. J'ignore s'ils ont été créés ou transférés d'on ne sait où dans le monde. » Margan : « Des cercles de terre venus instantanément de contrées lointaines... Des zones de désert, de forêt, de marais... Et même un fragment de fond de lac, avec de la boue, des plantes aquatiques et des poissons morts. » (Sejanes agita les documents.) Il y en a d'autres, tous du même genre, d'un bout à l'autre de notre ligne et derrière. Sans vouloir vous alarmer, Tremane, ça ne peut pas être naturel.

— Et il est peu probable que ce soit un contrecoup des actes irréfléchis d'Ancar, dit le grand duc.

— Je ne vois pas comment, répondit Sejanes. Ancar n'avait pas de tels pouvoirs. A vrai dire, aucun mage n'en a jamais eu. Je présume que c'est l'œuvre de très nombreux mages qui travaillent ensemble. Peut-être est-ce pour ça que les effets sont si disparates.

Tremane essaya de se rappeler s'il avait déjà entendu parler de quelque chose d'équivalent à cette tempête magique. En vain. Bien sûr, les tempêtes magiques existaient. Mais elles avaient uniquement des effets physiques et étaient provoquées par l'utilisation de la magie à grande échelle hors de la protection des boucliers. Ces tempêtes étaient de vrais phénomènes météorologiques d'une grande puissance. Mais ça... Ça ne ressemblait à rien qu'il ait jamais vu. Et pourtant, le nom de « tempête magique » était bon. Cela avait frappé comme une tempête. Elle était passée sur eux, faisant des dégâts, puis avait continué son chemin.

Et elle n'avait pu venir que d'un endroit.

— Cette tempête n'a pu venir que d'un endroit, dit Sejanes, faisant écho à ses pensées. Bien qu'elle soit arrivée par l'est… N'importe quel imbécile sait que le monde est rond ! Attaquer par-derrière était la meilleure façon de nous surprendre.

— Vous prétendez que c'est un coup de Valdemar ? demanda Tremane.

— Qui d'autre ? Qui a des alliés dans des pays dont nous n'avons jamais entendu parler ? Qui utilise une magie que nous ne comprenons pas ? Qui a des raisons de nous attaquer par-derrière ?

— Qui d'autre, effectivement ? répéta Tremane. Ils ne perdent rien à rendre la vie misérable à l'Empire et à ses alliés. Ils ont dû prévenir leurs amis d'ériger des boucliers spéciaux.

« Mais à vous croire, Valdemar possède le strict minimum en matière de magie.

Il jeta un regard accusateur aux mages assis autour de la table, qui se tassèrent et détournèrent la tête. Seul Sejanes le regarda dans les yeux.

— Nous ignorons toujours ce que sont ces chevaux, dit-il. Et nous ne reconnaissons pas leur magie. Alors comment pourrions-nous dire ce qu'ils ont et ce qu'ils n'ont pas ? Nous avons fondé nos suppositions sur le fait qu'ils n'utilisent pas la magie dans leur vie de tous les jours. Ni lampe, ni feu magiques. Ils s'éclairent avec des chandelles, des lanternes et des torches et font du feu. Ils n'ont pas de Constructeurs et utilisent des machines pour amener l'eau et moudre le grain. Pas de Duplicateurs non plus. Tous leurs documents sont écrits à la main ou imprimés. Et ils envoient leurs messages avec leurs tours à miroir. Alors que veut dire tout ça ? Eh bien, qu'ils n'ont pas de magie.

— S'ils n'utilisent pas la magie dans leur vie de tous les jours, ils ne souffriront pas de cette attaque, fit remarquer Tremane.

Sejanes acquiesça, sa tête branlant comme celle d'un pantin au bout de son long cou décharné.

— Précisément. Ils agissent comme s'ils utilisaient tout le temps ce genre d'attaque ! Et comme s'ils craignaient qu'on ne s'en serve contre eux.

Logique.

Si on s'attend à ce que l'ennemi incendie, on construit en pierres. Si on prévoit des catapultes, on bâtit des murs épais. Et pour affronter un déluge, on se dote d'un bon système de drainage.

Et si on pense être attaqué par quelque chose qui ruine les sorts, on n'utilise pas de magie. Sauf pour jeter le sortilège destiné à anéantir tous les autres…

— Mais d'où cela est-il venu ? demanda le duc, réfléchissant tout haut.

Sejanes haussa les épaules ; les autres secouèrent la tête.

— En gros, la tempête a réalisé un balayage d'est en ouest. Donc, si elle est bien venue de Valdemar comme nous le pensons, elle a fait le tour du monde pour nous atteindre. C'est logique. Si je possédais une telle force de frappe, c'est comme ça que je l'emploierais, parce qu'elle aurait le temps de s'affaiblir avant de revenir à son point d'origine. Nous, elle ne nous a pas ratés !

Oui, c'était logique.

— Pourtant, vous ne parvenez pas à trouver ce point d'origine. Sinon, vous sauriez où sont leurs meilleurs mages.

Et ce peintre inutile pourrait découvrir leurs identités, pour que nous les neutralisions.

— Exact, répondit Sejanes. Nous n'arrivons déjà pas à simplement localiser les mages de l'autre camp. Pour le moment, nous sommes désarmés. Il reste à espérer que les rebelles et les Valdemariens n'ont pas prévu de nous attaquer. Nous sommes si désorganisés que nous aurions peu de chance de tenir notre position.

Les autres confirmèrent ce que le grand duc avait déjà entendu de la bouche de ses commandants. Par bonheur, beaucoup d'entre eux étaient habitués à travailler dans des conditions primitives et incertaines. Ils avaient trouvé des substituts aux systèmes magiques qui ne fonctionnaient pas, mais il n'y en avait aucun pour remplacer le réseau de communication. Et c'était le pire.

Tremane se félicita d'avoir donné l'ordre de stopper l'avancée avant que cette tempête ne frappe. S'ils avaient été au milieu de manœuvres militaires, ç'aurait pu être une catastrophe.

Sejanes était le seul à avoir quelque chose d'utile à dire, et encore était-ce bien peu. Les autres mages paraissaient pris de court.

— Je ne vois qu'une chose à faire, dit Tremane. Réparer les dégâts, et protéger les réparations d'une nouvelle attaque. Priorité aux communications. Puis aux Portails. Si ça devait durer, nous serions à court de vivres et de matériel en une semaine. Travaillez à l'intérieur de boucliers. Quand tout sera exécuté, revenez me voir pour faire le point.

Il les renvoya à leurs tâches et se laissa tomber dans un fauteuil, les tempes douloureuses. Il espérait être le seul à souffrir de maux de tête — dus au stress et non à la tempête magique. Si tous ses mages étaient diminués physiquement, ils seraient moitié aussi efficaces que d'ordinaire.

Tremane sonna un page et lui demanda de lui apporter du vin. Il buvait rarement, mais dans son état, il avait besoin d'un remontant.

Il fit tourner la coupe entre ses mains. Une question le hantait. *Comment ont-ils fait ça ?*

Cette attaque ne ressemblait à rien qu'il ait jamais vu. Le plus troublant n'était pas son énormité, mais son côté aléatoire.

De la folie ! Même Ancar n'avait pas été assez dément pour développer un tel sort.

Et ses effets… Quelle utilité avait une attaque qui arrachait des cercles de terre d'un endroit pour les transplanter ailleurs ? Les Valdemariens espéraient-ils qu'il y aurait dedans des cibles stratégiques ? Ou frappaient-ils seulement pour porter un coup au moral de leurs ennemis ?

Y avait-il une tactique derrière tout ça ? Ou le chaos ? Etait-ce représentatif de la pensée valdemarienne ? Si oui, ces gens étaient encore plus étranges que les griffons !

S'ils sont capables de ça, pensa Tremane en buvant son vin à petites gorgées, *à quoi faut-il s'attendre encore ? Est-ce plus que ce que Charliss lui-même pourrait régler ? Ou bien est-ce un des « tests » qu'il affectionne tant ?*

C'était possible. Charliss et l'Empire se trouvaient à l'est, d'où la tempête était venue. L'empereur avait peut-être décidé de voir comment il se débrouillerait face à une attaque de cette envergure.

Ça pouvait également être un coup d'un de ses ennemis — ou plutôt de plusieurs.

Alors qu'il terminait son verre, une autre

pensée lui vint à l'esprit, plus amère que le vin et plus effrayante que la tempête magique.

Et si Charliss voulait se débarrasser de lui ? Quel meilleur moyen que de le laisser s'enliser dans un conflit qu'il ne pouvait pas gagner ?

Avait-il été piégé dès le début ?

Tremane serra les dents. Il avait cru être l'héritier que s'était choisi Charliss. L'empereur lui avait-il menti ou avait-il changé d'avis depuis leur entrevue ? Il ne pouvait pas ignorer la possibilité qu'il lui préfère maintenant un de ses rivaux.

Charliss pourrait-il se débarrasser de lui s'il remportait cette campagne avec toutes les possibilités contre lui, y compris l'opposition de l'empereur ?

Probablement pas. Une victoire en Hardorn le rendrait trop populaire. Charliss serait obligé de le nommer héritier. *Et une fois que je serai de retour à la cour, près de lui, je réparerai les dégâts faits pendant mon absence*.

Cela le laissait avec de nouveaux problèmes.

Je dois m'attendre à ce qu'on exécute mal mes ordres de réquisition. Nous serons peut-être approvisionnés avec plus de lenteur, voire pas du tout. Quant aux renforts, ils risquent d'arriver trop tard.

Bien, je vais prévoir le pire et donner mes ordres de réquisition à l'avance.

Et si les communications ne pouvaient pas être rétablies ?

Il faudra tenir sans compter sur aucune aide.

Ce qui ne l'enchantait guère.

Je dois trouver un moyen de ficher la pagaille dans les rangs valdemariens.

Comment avaient-ils pu vaincre Ancar ? Et comment réussissaient-ils à tenir, aujourd'hui ?

Si l'attaque venait d'eux, d'où sortait la magie ?

Leurs alliés.

Valdemar s'en tirait bien grâce à ses nouveaux amis ! S'il trouvait un moyen de rompre ces alliances, Valdemar ne se mêlerait plus de la campagne d'Hardorn.

Tremane grimaça de dégoût. Il utilisait des espions et récoltait des informations, mais il détestait un certain aspect du jeu impérial. Néanmoins, pour gagner du temps, il le jouerait à fond, parce qu'il devait vaincre ou mourir. Et sa vie n'était pas seule dans la balance. S'il tombait, sa famille et ses alliés tomberaient avec lui.

Il appela un serviteur. Il y avait un moyen de faire échouer l'alliance entre Valdemar, Karse et Rethwellan.

Son agent allait entrer en action.

Il était temps que l'espion utilise les copies de cette arme valdemarienne tombée entre les mains de l'empereur.

— Faites venir le seigneur Velcher. Dites-lui que j'ai finalement besoin de ses services…

CHAPITRE XIII

Karal était assis en tailleur sur son lit, les yeux clos et la respiration régulière. Ulrich aurait dit qu'il « méditait », bien sûr — comme beaucoup de ses professeurs. Mais Karal était mal à l'aise avec ce mot. Il impliquait qu'il essayait de toucher le Dieu du Soleil d'une manière ou d'une autre. Et lui conférait un degré de « sainteté » qu'il ne pensait pas posséder.

Karal ne se sentait pas particulièrement religieux, même s'il était un acolyte de Vkandis. Il n'avait pas vraiment voulu entrer à son service. C'était arrivé, par un coup du destin, de la chance ou par la Volonté du Dieu du Soleil.

Néanmoins, il recevait la visite d'un Chat de Feu et il avait accepté d'apporter un soutien moral à An'desha. Alors, même s'il ne voulait pas attirer l'attention sur lui, s'il faisait le vide en lui, Vkandis accepterait peut-être de le guider.

Il attendait, espérant un conseil sans oser en demander un.

Mais rien ne vint, même s'il se concentra — sur des cercles à la surface d'un bassin ou des gouttes de pluie tombant dans une mare. Finalement, les pieds tout engourdis, il abandonna.

Karal ouvrit les yeux, s'étira, et découvrit que l'exercice mental lui avait au moins permis de se détendre, même s'il avait des fourmis dans les extrémités.

Il allait se lever quand…

… Altra apparut, les poils hérissés et les yeux ronds comme des soucoupes bleues.

Ça va se produire ! cria-t-il. *Tiens-toi prêt !*

Il disparut sans dire au jeune homme ce qui allait se produire.

Karal regarda fixement le point où le Chat de Feu s'était évaporé. Puis il n'eut plus à se poser de question.

La pièce lui donna l'impression de rouler et de tanguer, comme s'il était assis sur un tapis que quelqu'un aurait secoué. Bien qu'il n'y ait pas de signe extérieur de mouvement, son estomac se retourna, et il s'agrippa au lit quand une vague de vertige le balaya.

Cela dura un instant.

Puis ce fut fini.

C'est tout ? C'était ça qui avait tant effrayé Altra ? Un phénomène étrange, d'accord, un peu comme un tremblement de terre. Mais rien ne s'était renversé, donc il ne devait pas être physique… Avait-il attrapé quelque chose ? Le Chat de feu avait-il voulu le prévenir de l'imminence d'une épidémie ?

Ulrich en est-il atteint aussi ?

Si Ulrich était malade…

Sa santé n'est pas bonne. Une maladie pourrait le tuer… Comme tous les acolytes, Karal était capable de faire certains diagnostics. Il se leva précipitamment et courut vers la chambre de son maître, manquant s'arracher le poignet en ouvrant la porte à la volée. Ulrich était assis dans son fauteuil, le dos si raide qu'il aurait pu avoir une barre métallique en guise de colonne vertébrale. Le visage pâle et dégoulinant de sueur, ses mains serraient si fort les accoudoirs que ses phalanges blanchissaient, et ses pupilles n'étaient plus que des trous d'épingles.

Ulrich cligna des yeux et se détendit soudain. Son visage reprit un peu de couleur. Il leva une main tremblante et s'essuya le front.

— Maître ? Maître Ulrich ? demanda Karal, inquiet. Dois-je aller chercher de l'aide ? Un guérisseur ? Etes-vous malade ?

— Non… non, inutile de déranger quelqu'un, mon garçon, répondit Ulrich. Ce n'est rien qu'un guérisseur puisse soigner. As-tu senti quelque chose, à l'instant ?

— J'ai été pris de vertiges un moment, puis j'ai cru tomber. Rien de plus. Aurais-je dû éprouver autre chose ?

Ulrich secoua la tête, un sourire tremblant sur les lèvres.

— Pas nécessairement. Altra m'a averti à temps. C'était ce qu'il attendait et dont il était venu nous prévenir, indirectement. Et ça pourrait bien être ce que ton ami An'desha sentait.

« Une tempête magique, Karal, mais pas du type auquel nous sommes habitués.

— Ça ? (Karal secoua la tête ; ce que disait Ulrich n'avait aucun sens.) Comment cela peut-il être dangereux ? Un simple instant de vertige !

— Pour toi, peut-être, répondit le prêtre. Mais pour les mages… Nous avons passé une éternité dans cet « instant », et nous y avons été aussi secoués que dans un chaudron dont quelqu'un aurait remué le contenu. Plus ses pouvoirs sont grands, plus une personne est affectée.

Karal poussa un petit cri.

— An'desha…

— Et Flammechant, ajouta Ulrich. Ils auront souffert plus que moi. S'ils ne se sont pas blessés… ils doivent au moins être désorientés. Va les voir ! Je peux me débrouiller.

Karal n'eut pas besoin qu'on le lui dise deux fois. Il partit à la vitesse d'un carreau d'arbalète, courant sur tout le trajet entre le Palais et l'*ekele*.

Il ne lui vint pas à l'esprit qu'il pourrait les trouver dans une… position embarrassante… jusqu'à ce qu'il atteigne la porte de l'habitation. Il se figea, la main sur la clenche, puis il entra. Peu importait qu'il soit gêné. Les deux mages avaient peut-être besoin d'aide.

Il pénétra dans le jardin intérieur.

Désert…

— An'desha ? appela-t-il par-dessus le bruit de l'eau, en se dirigeant vers l'escalier. Flammechant ?

— Ici… répondit une voix faible.

Ce n'était pas celle d'An'desha, donc il ne pouvait s'agir que de Flammechant. Karal gravit l'escalier. Il trouva le Frère du Faucon à la chevelure blanche sur le sol, une jambe tordue, le visage aussi pâle que ses cheveux. Son oiseau de feu, perché sur une chaise, griffait sauvagement le dossier.

— Ma jambe… (L'Adepte désigna le membre coincé sous lui.) Je suis tombé…

— Ne bougez pas. Je pratique les premiers soins…

Au moins, il savait comment reconnaître un os

brisé ou délogé. Et si Flammechant était vraiment blessé, il pourrait aller chercher un guérisseur.

Flammechant le regarda. Bien que ses yeux soient voilés, Karal vit qu'il essayait de le situer et se posait des questions.

— Que… qui ? commença l'Adepte.

Karal répondit de son mieux.

— Je m'appelle Karal. Un ami d'An'desha. Je vous expliquerai plus tard. Vous avez déjà dû me voir. Je suis le secrétaire d'Ulrich, l'ambassadeur de Karse. Je crois que vous vous êtes foulé la cheville. Ça doit être très douloureux. Pouvez-vous remuer les orteils… et maintenant votre pied, doucement ?

Grimaçant de douleur, Flammechant s'exécuta.

— Je… ah !… si je peux faire ça, alors rien n'est cassé. Trouvez An'desha ! Vous me direz le reste quand nous saurons qu'il va bien.

— Très bien, messire.

Karal laissa le Tayledras assis par terre et courut vers la cuisine, appelant An'desha. Finalement, il obtint une réponse.

— Ici, dit An'desha. Ici…

Il le trouva à l'intérieur de la petite pièce décorée pour ressembler à une tente. Son ami était roulé en boule sur le sol, mais il n'avait pas l'air blessé. Karal se laissa tomber à genoux près de lui.

— An'desha ?

— Je vais bien, Karal, murmura le jeune homme en ouvrant les yeux. Je crois que c'est terminé, pour l'instant.

— Tu t'es fait mal ?

— Non. Je l'ai senti venir et quelque chose m'a poussé à me rouler en boule sur le sol. (An'desha cligna des yeux.) J'ai bien fait d'obéir. Je crois que c'est de ce phénomène, ou de quelque chose comme ça, que j'avais peur. (Il cligna de nouveau des yeux, et ses traits reflétèrent de l'étonnement et du soulagement.) Karal ? Ce sentiment que quelque chose de terrible allait arriver… il est parti !

— Peux-tu te lever ? Peux-tu marcher ? Flammechant est blessé et…

Il ne put en dire plus. An'desha bondit sur ses pieds et sortit avant qu'il n'ait eu le temps de se relever. Quand Karal le rattrapa, son ami aidait Flammechant à s'asseoir sur un canapé tout en s'apitoyant sur la cheville de l'Adepte, qui enflait à vue d'œil.

Karal rougit jusqu'à la pointe des oreilles.

— Je… euh… je vais chercher un guérisseur, balbutia-t-il, laissant à An'desha le soin d'expliquer à son amant comment ils s'étaient rencontrés.

Quand il revint en compagnie d'un guérisseur, il était porteur de nouvelles. Aucun réel dommage physique n'avait été constaté dans le Palais ou aux alentours. Il n'y avait eu que des contusions, des saignements de nez et une cheville foulée — celle de Flammechant. D'après ce qu'il avait entendu dire, les défenses magiques de la cité avaient été neutralisées par la tempête et devraient être remplacées, mais c'était tout.

Si c'était ça qui avait provoqué les crises de panique d'An'desha, ça se révélait plutôt décevant.

Karal apportait aussi l'ordre à Flammechant et à An'desha d'aller au Palais pour une réunion d'urgence des alliés et du Conseil. La tempête devait avoir eu des effets plus sérieux à l'extérieur de Haven que des crises de désorientation et l'écroulement des boucliers…

— Dès qu'on sort des boucliers érigés autour de Haven par Elspeth, Ventnoir et Flammechant, dit Skif, on trouve des sites, partout dans le pays, où d'étranges choses se sont produites. Je suis sorti avec Cymry pour une rapide reconnaissance et j'en ai vu des centaines. A certains endroits, la roche a fondu, à d'autres des cercles ont été découpés dans la terre, comme à l'emporte-pièce, et remplacé par des zones venant de contrées lointaines ! Des gens m'ont apporté des insectes, des plantes, des poissons... et même des animaux comme je n'en avais jamais vu ! La population a peur.

— Ce doit être un coup de l'Empire, dit le sénéchal.

Bizarrement, le seigneur marshal et Kerowyn secouèrent la tête pour le détromper.

— Ça ne peut pas être l'Empire, à moins qu'il ne s'agisse d'une nouvelle sorte de magie offensive qui se serait retournée contre lui, dit Kerowyn. Deux de mes espions doués de Parole Par l'Esprit, postés derrière les lignes ennemies, m'ont rapporté que les Impériaux ont encore plus souffert de ce phénomène que nous. Ils dépendent totalement de la magie. Pour le moment, leurs possibilités sont réduites au strict minimum.

« Autrement dit, ils sont obligés de communiquer en utilisant des messagers et ils n'ont plus de Portails pour se ravitailler. En un mot, pour le moment, ils sont à terre. La seule catastrophe qui aurait pu être pire, c'est une attaque massive de dysenterie.

Un court silence suivit cette déclaration.

La reine se cala dans son siège et lâcha :

— J'espère que vous me pardonnerez tous de

me réjouir de ces nouvelles. Aussi vil que soit ce sentiment, je…

— Votre Majesté, coupa Ventnoir, en tant que mage et Adepte, je ne puis m'empêcher d'être inquiet. Ces effets physiques… Il me semble qu'ils indiquent quelque chose de très sérieux. Ils m'inquiètent même davantage que les conséquences sur la magie. Comment savoir si cette tempête ne va pas frapper de nouveau ?

Il se tourna vers Flammechant, cherchant son assentiment. L'Adepte hocha la tête.

— Si nous ignorons la nature et l'origine du phénomène, dit-il gravement, nous serons incapables de le prévoir.

Il jeta un coup d'œil en biais à Karal, qui prenait des notes. Le novice avait plus d'une fois senti le regard de l'Adepte sur lui, mais sans jamais aborder le sujet de sa rencontre avec An'desha.

— Vous pensez donc que ça n'est pas un incident isolé, dit Selenay.

— Absolument, répondit Flammechant. Et avant d'émettre une hypothèse sur la nature de ce phénomène, il nous faut davantage d'informations sur ses effets physiques — leur nature, leur fréquence…

Quand Elspeth, Treyvan, Hydona, Ulrich, et même An'desha lui firent écho, Karal pensa que les autres membres du Conseil étaient devenus superflus. La reine dut s'en apercevoir aussi. Dès qu'elle réussit à ramener l'ordre, elle promit aux mages de mettre les ressources du royaume à leur disposition et ajourna la réunion, les laissant avec le prince Daren.

Karal resta en qualité de secrétaire. Mais il fut bientôt enrôlé pour un tout autre travail.

— Nous avons besoin d'un repérage aérien, dit Treyvan. Si une configuration se dégage, nous ne pourrons la voir que de là-haut.

— C'est vrai, mon vieil ami, approuva Ventnoir. Mais tu devrais emmener un humain avec toi. Hydona et toi n'êtes pas encore une vision familière pour les Valdemariens. Vous pourriez effrayer des fermiers… et je n'aimerais pas devoir vous arracher des flèches de l'arrière-train.

« De plus, il vous faut quelqu'un capable de faire des croquis.

— Oui… (Le griffon fit le tour de la table du regard. Ses yeux se posèrent sur Karal.) Lui, dit-il. Assez léger et petit, il est intelligent et peut prendre des notes.

« Avec votre permission ? ajouta-t-il à l'attention d'Ulrich.

Le prêtre soutint le regard de Treyvan, tandis que Karal tremblait d'appréhension. Le griffon voulait qu'il vole avec eux ? Comme un oiseau ?

— C'est à mon secrétaire de se prononcer, répondit Ulrich. Je n'y vois pas d'objection, mais contrairement à la rumeur, les Karsites ne sont pas les esclaves de leurs subordonnés. S'il refuse, je ne le forcerai pas.

— Eh bien ? demanda le griffon à Karal.

Le jeune homme déglutit péniblement.

— Ah… oui, j'accepte. Si vous pensez que je peux vous aider. Mais je n'ai jamais fait une chose pareille, je pourrais vous gêner…

Ou mourir de peur avant que nous ayons décollé…

— Alors, c'est d'accord, fit le griffon.

Il se tourna vers les autres mages, laissant Karal sonné.

Dans quoi me suis-je encore fourré ?

Karal se reposa la même question quand il vit ce que Treyvan appelait un « filet de transport », quelques heures plus tard. Il avait imaginé quelque chose d'un peu plus substantiel. On eût dit un panier à linge en osier placé dans un filet de corde fine. Pas suffisant pour résister au poids d'un enfant…

Il était posé sur l'herbe, dans les jardins, à un endroit où il n'y avait aucun grand arbre autour. Karal supposa qu'il faudrait du temps aux griffons pour prendre de l'attitude avec leur charge. Un détail qui ne le réconforta guère.

— C'est plus solide que ça en a l'air, dit Ventnoir, qui était venu le chercher dans sa suite.

Karal se retint de faire la grimace.

— J'en suis sûr, messire, répondit-il poliment.

— J'ai clairement cru entendre : « Il y a intérêt à ce que ce soit plus solide que ça en a l'air », Karal. La magie entre dans le procédé de fabrication ! Ne vous inquiétez pas, vous vous y ferez très vite. Treyvan m'a dit que les k'Leshya utilisent des filets de transport tout le temps, et qu'ils sont aussi sûrs que des barges flottantes.

Comme si je savais ce qu'est un « k'Leshya » ! Ou une barge flottante.

Karal lorgna le « filet » avec circonspection. Il serait attaché aux harnais portés par les Griffons. Le panier était censé fournir plus de stabilité au passager.

La corde était bien plus solide que sa légèreté ne le laissait penser. Et Karal dut admettre, quand il essaya de faire culbuter le panier, qu'il n'y arrivait pas. Pourtant, il pouvait le soulever à bout de bras. Ventnoir ne mentait pas : l'apparence du filet de transport était trompeuse.

Cette aventure ne serait peut-être pas si terrible, après tout. Mais quand même, voler ?

— Les griffons vont arriver, dit Ventnoir. Je dois commencer mes propres recherches avec Vree, Flammechant et Aya. Il me faut donc vous laisser.

— Attendez. (Karal hésita, puis posa la question qui lui tournait dans la tête :) Pourquoi ont-ils besoin de moi pour prendre des notes ? Ils ont une excellente mémoire.

— Mais pas de main, lui rappela Ventnoir. Ils peuvent lire, mais ni dessiner ni écrire. Voilà pourquoi Rris ne pouvait pas les accompagner… Il était terriblement déçu, le pauvre. Il voulait être le premier de son clan à voler dans les airs — autrement dit un exploit que son célèbre cousin Warrl n'a jamais accompli ! (Le mage tayledras sourit et flanqua à Karal une claque sur l'épaule.) Ne vous inquiétez pas. Au bout de quelques secondes, vous serez content qu'ils vous aient demandé de les accompagner. On est très bien, là-haut.

Karal ignorait ce qui permettait à Ventnoir de dire ça, mais il hocha bravement la tête.

Quelques instants après le départ de l'Adepte, Hydona sortit du Palais, portant son harnais. En cuir et en bronze, il semblait solide — bien plus que le panier. La femelle griffon claqua du bec pour le saluer et s'empressa de le rejoindre.

— Si vous voulez bien attacher ça ici…, dit-elle, indiquant ce qu'il devait faire du bout d'une de ses serres. Et ça là… (Elle hocha la tête.) C'est très bien. Quand Treyvan arrivera, faites la même chose avec son harnais. Si ça peut vous rassurer, c'est là-dedans que je transporte mes petits. Ils ne savent pas encore voler.

Si elle confie ses précieux petits à ce panier…

Tout le monde disait d'Hydona qu'elle était une bonne mère. Elle ne risquerait la vie de ses petits pour rien au monde. Karal se détendit considérablement et lui sourit.

Comment avait-elle pu lire ainsi en lui ?

Comment avait-elle su que c'était exactement la chose à lui dire ?

— Merci, ma dame, fit-il humblement. Oui, ça me rassure. Je n'ai jamais volé.

Cette dernière remarque la fit glousser.

— Le contraire m'aurait étonnée. Mais je crois que vous apprécierez.

Treyvan atterrit près d'eux avec grâce.

— Je suis allé jeter un coup d'œil. Je crois avoir repéré une configuration. Bien… allons voir si je suis brillant ou victime d'hallucinations.

Son excitation était communicative. Karal attacha le filet de transport à son harnais et sauta dans le panier, où il posa son matériel d'écriture. Quand il pensa à avoir peur, ils étaient déjà très haut au-dessus du sol.

Après, il fut trop submergé par la sensation de puissance et de liberté pour s'effrayer.

Comme la plupart des gens, il avait déjà rêvé qu'il volait, mais ça… Des rafales de vent le frappaient de toutes parts, principalement dues à l'air déplacé par les ailes des griffons et les tourbillons jumeaux qu'ils créaient sur leur passage. Ils se déplaçaient plus vite que le cheval le plus rapide qu'il ait jamais monté. Karal s'accrocha au bord du panier — qui ne piqua pas du nez, même quand il se pencha pour regarder la ville qui défilait au-dessous.

Etait-ce ainsi que les griffons voyaient les choses ? De cette hauteur, Haven avait un aspect entièrement différent. Un schéma émergeait. Par exemple, il pouvait juger des différentes vagues de constructions en regardant les toits. Et savoir si un manoir parfaitement entretenu, vu de la rue, tombait en réalité en ruine. Dans la partie la plus pauvre, les gens avaient tendance à occuper tout l'espace, contrairement à ce que faisaient les riches. Ils cultivaient des plantes dans des bacs, sur leur toit, où étaient également tendues des lignes à linge.

Les citadins les montraient du doigt et les enfants abandonnaient leurs jeux. Une femme lâcha sa lessive et courut se cacher.

Quelques instants plus tard, ils survolèrent des entrepôts… puis ils sortirent des murs de la cité.

Les griffons prirent de l'altitude, montant de plus en plus haut dans le ciel semé de nuages. Karal leur jeta un regard inquiet. Ce n'était pas le moment qu'un orage éclate ! Mais s'il devait mourir… il périrait en sachant ce que c'était que de se rapprocher de Vkandis.

— Regardez ! appela Hydona, par-dessus le tonnerre de ses battements d'ailes. En bas. C'est le premier signe.

Karal obéit et vit de quoi elle parlait. Au beau milieu d'un champ vert, se découpait un cercle de sable noir. Les moutons le regardaient d'un mauvais œil.

— Il faut monter encore pour espérer voir une configuration, dit Treyvan.

Hydona acquiesça et ils s'élancèrent.

Les moutons ne furent bientôt pas plus gros que des jouets, puis des pelotes de laine, et enfin des points blancs sur le champ vert. L'air devint plus froid et moins riche en oxygène — Karal n'avait jamais été à une telle altitude ! Son nez était tout engourdi et ses oreilles se bouchaient et se débouchaient sans cesse.

Treyvan désigna quelque chose de la patte.

Un frisson d'excitation parcourut Karal. Il y avait une configuration ! Loin du cercle de sable, il en vit un autre, au milieu d'un champ de céréale. Plus loin encore, un troisième s'étendait sur la même ligne que les deux premiers. Tous trois semblaient à la même distance les uns des autres.

— Posez-vous près du cercle de sable noir ! demanda Karal aux griffons. Je vais prendre des notes et des échantillons, et ainsi de suite, jusqu'au troisième que nous voyons, là-bas.

— S'il y en a trois, peut-être y en a-t-il un quatrième, et un cinquième, ajouta Hydona. Bonne idée, Karal !

Ils descendirent plus vite qu'ils n'étaient montés. Karal s'agrippa au bord du panier, convaincu qu'il ferait aussi bien de s'accrocher à son estomac. Pourtant, ils atterrirent avec une relative douceur. Les mâchoires du jeune homme s'entrechoquèrent. A part cela, il en sortit indemne.

Il bondit hors du panier et mesura le cercle en comptant le nombre de pas qu'il lui fallut pour en faire le tour. Puis il fit un cornet avec une feuille et récolta un échantillon de sable. Enfin, il prit des notes et réalisa un croquis. Le cercle ne contenait rien de vivant. Il s'en assura en remuant le sable, au centre, avec un bâton. Les moutons le regardaient, vaguement alarmés, mais ils ne semblaient pas pouvoir se décider entre rester ou prendre la fuite. Ils avaient davantage peur de l'humain que des griffons et bêlaient dès qu'il bougeait.

Les griffons le regardèrent travailler, la respiration haletante. Karal ne se pressa pas, histoire de leur permettre de reprendre leur souffle.

— Bien, dit-il finalement. Vous êtes prêts ?

Le cercle suivant n'était pas composé de sable. Il y poussait une herbe courte et drue d'un ton vert jaune. Dessous, le sol était dur et plein d'argile rouge, si bien que la terre elle-même avait cette couleur. Karal trouva des insectes morts, mais ils ne lui semblèrent pas différents de ceux qu'il connaissait. Néanmoins, il prit des échantillons de terre et d'herbe et ramassa une sorte de scarabée noir. Quelqu'un aurait peut-être une idée de leur provenance.

Le troisième cercle lui valut une surprise inattendue, car il semblait avoir été arraché à un pâturage karsite. Tout y était. De la terre grise aux cailloux. Les uniques plantes étaient de solides ajoncs et une graminée si drue que seules les chèvres en venaient à bout. Karal y trouva également un plant de patte-de-chaton dont les fleurs soulageaient la migraine. Or, il savait qu'il n'y en avait pas à Valdemar — il en avait demandé à un guérisseur, qui n'avait pas su de quoi il parlait.

Une fois encore, il prit des échantillons. Et il ramassa toutes les fleurs de patte-de-chaton, en prévision des maux de tête que l'avenir immédiat lui réservait. Il ajouta des notes et des observations sur ses feuilles : comme ils le pensaient, les cercles étaient disposés à intervalles réguliers.

Ils continuèrent à suivre vers le nord la ligne de perturbations. Tous les cercles n'étaient pas évidents à repérer, à moins d'avoir le nez dessus. Il leur fallut atterrir plus d'une fois pour découvrir ce qu'ils cherchaient, le « greffon » ressemblant à s'y méprendre au terrain d'origine, seule la coupure circulaire nette le trahissant. Une fois, ils ne trouvèrent pas un cercle de terre transplantée, mais de sable fondu.

Karal avait déjà vu ça, enfant, à l'endroit où un éclair avait frappé le sol. La marque avait la taille de sa main… Mais ce cercle de sable vitrifié, noir et craquelé, plein de bulles et d'imperfections, avait celle d'un chariot de marchandises ! Ils le regardèrent tous les trois un long moment.

Karal se demanda s'il emplissait les griffons de la même peur glacée que lui. Il avait fallu une frappe d'une force terrible pour donner cela… Que se serait-il passé si c'était arrivé en ville ?

Et si quelque part à Valdemar, à Karse ou à Rethwellan la même chose s'était produite dans une zone habitée ? Et si cela avait frappé Sunhame… ou l'auberge de son père ?

— Des armes pouvaient faire ça, il y a très longtemps, murmura Hydona. Cela remonte à l'époque de Skandranon. Les Grands Adeptes utilisaient ces armes terribles. Nous avions espéré ne jamais revoir ça…

Des armes ? Il n'était pas venu à l'esprit de Karal qu'il puisse s'agir de ça. Quelle protection imaginer contre ce genre de chose ?

Rappelle-toi le Dieu du Soleil. Vkandis sait frapper aussi fort. Karse, au moins, est à l'abri. Il peut sans doute protéger Son peuple. Pourtant, ce qu'il avait devant les yeux l'en faisait douter. Cela semblait trop aléatoire, comme un événement cosmique, et même Vkandis, disait-on, devait se soumettre aux lois d'un plus vaste univers.

— Nous en avons vu assez, je crois, annonça Treyvan en se secouant, comme pour se débarrasser de l'impression terrible que lui faisait le cercle vitrifié. Il est temps de rentrer.

Karal remonta dans le panier. Il ne prit aucun plaisir au vol de retour, tant il était préoccupé par les pensées qu'avait éveillées en lui ce dernier cercle.

A la tombée de la nuit, les mages se rassemblèrent de nouveau dans la salle du Conseil, et An'desha insista pour accompagner Flammechant. A son grand soulagement, l'Adepte avait écouté l'histoire de sa rencontre avec Karal sans perdre son calme. Il avait répété que Talia les avait présentés. Ainsi, il avait pu vérifier que Flammechant, qui ne se montrait déférent envers personne, avait un immense respect pour le Héraut de la Reine.

C'était aussi bien. An'desha n'avait pas le temps de s'appesantir sur le sujet. La tempête magique avait remué quelque chose au plus profond des souvenirs légués par Fléaufaucon, même s'il ignorait ce que c'était.

Primo — et le plus important — il avait la certitude que c'était bien de cela que l'avaient averti les Avatars et ses crises d'angoisse. Et *secundo*, une partie de lui reconnaissait la tempête magique — ou plutôt savait de quoi elle était le symptôme.

Une version de Fléaufaucon portait jadis le nom « Ma'ar ». D'une manière ou d'une autre, elle était impliquée dans ce souvenir précis. Mais sans des recherches plus approfondies, il ne pouvait pas savoir comment.

Quand Flammechant sortit avec Ventnoir pour envoyer leurs oiseaux liges en reconnaissance vers le sud, An'desha resta dans la Vallée minuscule. Il aurait aimé en parler à Karal. Son ami n'étant pas là, il alla trouver son maître, lui demandant de l'aider. Le prêtre lui suggéra de le rejoindre dans ses appartements. An'desha accepta avec un réel soulagement. Il prit alors son courage à deux mains, comme le jour où il avait attiré Fléaufaucon dans le piège qui devait lui être fatal, et entra en transe pour plonger dans ses souvenirs.

Cela lui prit un certain temps. Quand il en émergea, il était tellement secoué par l'expérience qu'il lui fallut un moment pour se reprendre. Ulrich ne le bouscula pas. Il lui glissa une tasse de thé sucré dans la main et attendit patiemment.

A l'instant où An'desha était prêt à parler, Flammechant vint dire à Ulrich que les mages se réunissaient.

— Ma place est là-bas aussi, déclara An'desha d'une voix aussi calme qu'il put.

Cela lui valut un regard plein d'approbation de la part de Flammechant.

Il essaie depuis si longtemps de me faire accepter mes pouvoirs et mes responsabilités... Je suppose que ça l'enchante.

Malgré l'effet que plonger dans les miasmes de l'esprit de Fléaufaucon avait sur son âme, An'desha s'aperçut qu'il se sentait bien, lui aussi. Porter le fardeau — du moins pour le moment — lui coûtait moins que d'anticiper et de craindre l'instant où il devrait le porter. Il retrouvait les mêmes sensations que lorsque les Avatars étaient venus à lui... Une exultation tremblante, l'impression d'être une petite flamme au milieu des ténèbres. Il acceptait le rôle qu'il avait à jouer !

Il suivit les autres dans la salle du Conseil et attendit avec eux que les pages de service allument les lanternes fixées aux murs. Daren renvoya le peintre de la cour, qui prétendait devoir immortaliser ce moment historique.

Karal arriva et prit place avec les griffons. Ses joues rougies par le froid, il fit un sourire tremblant à son ami. Quelque chose semblait l'avoir profondément bouleversé, et An'desha doutait que ce soit le vol.

Karal est plus brave que moi. Voler ne lui fait pas peur. C'est autre chose.

— Karal parlera pour nous trois, dit Treyvan quand tout le monde cessa de murmurer. (Le griffon leva la tête.) Nous avons discuté entre nous, et il partage nos sentiments.

Karal s'éclaircit la gorge quand tous les regards se tournèrent vers lui.

— Les perturbations suivent effectivement une configuration régulière, au moins celles que nous avons vues. Tous les cercles ont la même taille, et se succèdent à intervalles réguliers, en ligne droite. Nous sommes allés aussi loin que possible avant de rebrousser chemin, et il y en avait aussi loin que nous pouvions voir. Il s'agit de morceaux de paysages — comme si un jardinier avait découpé un cercle à un endroit pour le remplacer par un autre pris ailleurs, et ainsi de suite.

« Certains étaient si semblables au sol valdemarien que nous ne les aurions pas repérés sans regarder de plus près. D'autres venaient d'endroits si éloignés que je n'ai pas identifié leur origine. Le plus proche du palais est constitué uniquement de sable noir. Un autre vient d'un pâturage karsite. J'y ai trouvé une herbe qui ne pousse que là-bas. Bien sûr, j'ai prélevé des échantillons.

« Le dernier était un cercle de sable fondu, comme du verre mal fait. Ce serait terrible si ce genre de chose arrivait dans une zone peuplée.

— Avez-vous vu les animaux étranges qui nous ont été signalés ? demanda Elspeth.

Karal secoua la tête.

— Non, nous avons seulement repéré des cercles qui n'étaient pas à leur place.

— J'ai trouvé quelques animaux étranges et un oiseau, dit Ventnoir. Ou plutôt, Vree les a trouvés et capturés. J'ai eu l'impression que les perturbations ne suivaient aucun schéma régulier, mais je n'ai pas pensé que certains cercles pouvaient ressembler à s'y méprendre à ce qu'il y avait autour.

An'desha écoutait, le cœur de plus en plus serré. Cela ressemblait trop à « son » vieux souvenir !

J'espérais qu'ils me prouveraient que j'ai tort... mais tout ce qu'ils disent me donne raison.

Il resta assis, incapable de trouver le courage de prendre la parole. Pour l'instant.

Ventnoir décrivit les créatures qu'ils avaient prises et rapportées. Chaque groupe de mages fit son rapport. De temps à autre, Karal intervenait, avec beaucoup de déférence. Il refusait de tirer ses propres conclusions, mais il commença à reporter sur une carte ses observations et celles des autres. L'assurance relative de Karal, et les regards d'encouragement que son jeune ami et Ulrich lui lançaient, finirent par avoir raison de la timidité d'An'desha.

Il trouva le courage dc prcndrc la parolc, profitant d'un silence.

— Vous savez tous... qui j'étais, dit-il à voix basse.

Tous les regards convergèrent vers lui.

Karal cessa d'écrire.

— J'ai toujours les souvenirs de Mornelithe Fléaufaucon. Et ceux de ses vies antérieures. J'ai su ce qu'était cette tempête magique quand elle a frappé, grâce à certains de ces souvenirs, même si je ne connaissais pas leur contenu. (Il frémit, la bouche et la gorge très sèches et les mains glacées.) S'il vous plaît… je ne suis pas fou. Ce que je dis est vrai. Avec l'aide de maître Ulrich, j'ai cherché une réponse. Je crois savoir ce qu'était cette tempête, ce qui l'a causé, et même pourquoi.

Le silence était si absolu qu'il entendit le sifflement des flammes des lanternes, dans son dos.

— Je vous prie d'être patients avec moi. Ces souvenirs sont les plus anciens auxquels j'ai touché, et peut-être appartiennent-ils à l'entité originelle. Il s'agissait d'un Mage-Roi appelé Ma'ar.

Les griffons sifflèrent, les plumes hérissées et la crête rabattue. Personne d'autre ne bougea.

— J'ai le souvenir d'une tempête comme celle-là… Après la destruction d'un Portail. Pas un Portail temporaire comme ceux que nous connaissons, mais un Portail permanent, qui pouvait être ouvert à tout moment. C'était une petite tempête, aux effets limités, très semblable à celle que nous avons traversée.

An'desha déglutit de nouveau. Il avait eu beaucoup de mal à avaler ce qui allait suivre, même si cela datait de centaines, voire de milliers d'années.

— Au moment de sa « mort », Ma'ar savait que son royaume et celui de son ennemi seraient ravagés par un cataclysme sans précédent. L'un et l'autre avaient été érigés grâce à la magie, et quand tous les sorts se briseraient d'un coup, les conséquences seraient terribles. Je parle de dizaines de Portails permanents, de boucliers, d'objets… Tout ça explosa en même temps ! Il mourut avant le cataclysme, mais les effets ont dû ressembler à ce que nous avons connu aujourd'hui. En beaucoup plus fort, au point de balayer les continents.

— Les continents ? demanda quelqu'un.

An'desha acquiesça.

— D'où le nom de « Cataclysme » dans les textes anciens, murmura Ulrich.

— Mais c'était il y a très longtemps, dit Hydona. Quel rapport avec nous ?

An'desha inspira profondément. Il lui était difficile de parler de ce sujet…

— Je n'évoque pas souvent ça, mais quand j'étais prisonnier à l'intérieur de mon propre corps, j'ai été aidé par deux… présences.

Pitié, il ne faut pas qu'ils doutent de ma santé mentale !

— Il veut parler d'Avatars de la Déesse, précisa Flammechant, qui lui serra la main sous la table pour l'encourager. L'épée Besoin m'en a dit quelques mots à plusieurs occasions. Je crois qu'ils étaient ce qu'ils prétendaient être. Après tout, certains d'entre vous les ont vus redonner à Nyara et à An'desha leur apparence humaine.

— An'desha m'a parlé de ces Avatars, renchérit Karal. Je crois qu'il s'agissait de véritables visitations.

An'desha s'éclaircit la gorge. Embarrassé, il sentit son cou et ses oreilles devenir brûlants.

— Ils m'ont averti plusieurs fois que l'avenir nous réservait quelque chose de terrible, qui ne menaçait pas seulement Valdemar, mais le monde entier. Au début, j'ai cru qu'il s'agissait de Fléaufaucon, mais j'ai continué à rêver et à avoir de terribles crises d'angoisse après sa mort. Maintenant que cette tempête magique nous a frappés, et que j'ai retrouvé certains souvenirs, je…

Il secoua la tête.

— Je ne suis pas un grand mage, en dépit du potentiel que Flammechant sent en moi. Mais certaines choses me semblent aujourd'hui très claires.

Les Avatars m'ont parlé un jour d'« échos du pouvoir et du chaos revenant à travers le temps ». Je pensais qu'ils faisaient référence à Fléaufaucon, mais j'avais tort. Je connais la puissance cumulée des sorts libérés au dernier instant des Guerre Magiques. Avant sa mort, Ma'ar pensait que c'était plus que le monde ne pourrait en supporter. Car il ne s'agissait pas d'un noyau de magie, mais de deux, explosant au même instant.

« Je crois que nous allons subir les échos de ce qui s'est passé… dans le sens inverse du cataclysme original. Autrement dit, ce que nous avons vécu aujourd'hui n'était qu'un avertissement.

An'desha prit une profonde inspiration :

— Ce que nous avons connu était le premier courant d'air présageant d'un ouragan.

Flammechant le regarda, stupéfait.

Treyvan rompit le silence.

— Selon la tradition kaled'a'in des k'Leshya, il y eut des semaines de tempêtes magiques après la mort d'Urtho. Les chroniques disent qu'il est impossible de décrire leur violence. Le monde fut mis sens dessus dessous et même le temps sembla s'écouler bizarrement pendant au moins une année.

— On retrouve la même chose dans la tradition orale des Tayledras, dit Flammechant. Je n'ose imaginer ce qu'a pu provoquer la libération soudaine d'autant d'énergie magique… Mais s'il a transformé les alentours du palais de Ma'ar en un immense cratère et ceux de la Tour d'Urtho en plaines, pourquoi ce phénomène ne voyagerait-il pas dans le temps ? Tant de sorts dépendent du temps, comme s'il s'agissait d'une présence physique… Et même de petites explosions peuvent affecter le réseau magique à des lieues à la ronde.

Les autres regardèrent à nouveau An'desha, mortellement pâle.

— Je n'ai pas assez de connaissances pour émettre des suppositions, répondit-il. Et j'espère que vous ne m'en voudrez pas de ne pas vouloir replonger dans ces souvenirs... Au moins dans l'immédiat. Ils me rendent malade.

— Je connais l'ancienne magie kaled'a'in, dit Treyvan, telle qu'elle fut enseignée à Skandranon et à Vikteren par Urtho en personne. La création de Portails gauchit le temps, comme l'eau le bois. C'est encore pire avec les Portails permanents. Or, il y en avait au moins vingt dans la Tour d'Urtho, sans compter toutes les armes qu'il se refusait à utiliser, car elles avaient des effets trop horribles. De plus, il y avait des protections autour de la Tour, et la magie de l'endroit où les griffons ont été créés.

— Tout ça va bien plus loin que ce que j'ai appris, dit Ulrich. Mais je peux vous confier une chose : j'ai moi-même reçu des avertissements au sujet de cette tempête. Ils venaient d'un Avatar de Vkandis.

— Vous avez eu de vagues avertissements, An'desha a eu de vagues avertissements..., s'impatienta Elspeth. Pourquoi personne n'a-t-il reçu des informations précises ?

An'desha tressaillit. Une question parfaitement raisonnable à laquelle il ne pouvait pas répondre.

Ulrich eut un petit sourire.

— Peut-être parce que ni la Déesse ni Vkandis ne savent ce qui se passera. Quand les dieux donnèrent aux hommes le libre arbitre, Ils ouvrirent la porte à l'incertitude. Certaines choses peuvent être prévues, d'autres non.

« Si vous me permettez une analogie... Grâce à

mes connaissances du vent, et de l'aspect du ciel, je peux prédire qu'un orage éclatera. Mais pas à quel endroit il y aura des inondations, jusqu'où montera l'eau, ni quelles maisons seront emportées ou frappées par la foudre. Alors que ce fléau nous revient, je crois que les dieux ignorent quelle forme il prendra, peut-être à cause de ce que nos prédécesseurs et nous avons fait avec la magie depuis les Guerres Magiques. Ils peuvent seulement nous donner des avertissements.

— Donc..., dit Elspeth après un long silence, la bonne nouvelle, c'est que nous ne sommes pas responsables, et que ça n'est pas une attaque de l'Empire. La mauvaise, c'est que ça n'est pas encore la tempête magique. Juste une vaguelette, la plus faible créée par une tempête qu'on ne voie pas encore du rivage. Elle a coulé des bateaux et emporté des docks, mais la véritable tempête n'est pas encore sur nous.

An'desha vit les visages des mages s'allonger à mesure qu'ils acceptaient cette conclusion. Si ce n'était pas la vérité, ça s'en rapprochait le plus pour le moment. Non, ce n'était pas une arme ou quelque catastrophe qu'ils avaient provoquée par inadvertance. Mais ils ne pouvaient pas l'arrêter — pas plus qu'ils n'auraient pu arrêter une tempête.

— Je vous rappelle qu'il y a un bon côté à ça. Comme Kerowyn nous l'a dit, l'Empire dépend entièrement de la magie. Par conséquent, la tempête le frappera beaucoup plus durement que nous.

— C'est vrai. (Elspeth mordilla l'ongle de son pouce, une manie qui faisait tressaillir An'desha.) Mais elle pourrait tous nous détruire.

« Nous devons contacter nos alliés pour leur

dire que nous ne sommes pas à l'origine de ce… coup de vent, et les avertir que le pire est à venir.

« Car c'est bien le cas ?

Elle regarda Flammechant, qui haussa les épaules.

— Oui. Les rêves prémonitoires d'An'desha étaient terribles, et je doute qu'ils aient annoncé ce coup de vent, comme tu l'appelles. Il y a eu des « séries de tempêtes magiques » par le passé. Si l'ordre chronologique est inversé, ce coup de vent se transformera en une tempête mémorable.

— Nous devons rassembler autant d'informations que possible, insista An'desha. Il est important de connaître tous les points de perturbation dans le royaume. S'ils suivent une configuration, alors nous pourrons peut-être prévoir quels endroits seront frappés ensuite.

— Nous… enfin, les Tayledras… avons une tâche à accomplir d'urgence, dit Flammechant. Je compte envoyer un message magique à mes parents dès que cette réunion sera terminée. Nous devons protéger nos Pierres-Cœurs derrière les boucliers les plus puissants possibles, y compris celle située sous le Palais. Si nous ne le faisons pas, Tayledras et Valdemariens confondus, nous aurons des Pierres instables, et il sera inutile de nous soucier de la tempête… Car nous serons déjà morts.

An'desha cligna des yeux. Elspeth et Ventnoir pâlirent. Il avait pourtant cru que rien ne pouvait ébranler ces deux-là…

— Alors Ventnoir et moi ferions bien de nous mettre au travail, dit Elspeth en se levant. Le reste attendra.

— Je peux vous aider, si vous voulez, proposa Ulrich. En matière de boucliers, je crois connaître des techniques que vous ignorez…

— Nous en sommes aussi ! renchérit Treyvan avec un rire sec. Après tout, nos queues sont en danger !

— Je…, commença An'desha.

Elspeth et Flammechant secouèrent la tête.

— Je sais que tu redoutes une nouvelle incursion dans ces souvenirs, *ke'chara*, dit Flammechant. Mais s'ils contiennent d'autres informations, j'aimerais que tu les trouves.

— Je vais envoyer un message à k'Leshya, annonça Hydona, pour qu'on nous envoie une copie des chroniques. Peut-être y trouverons-nous des réponses.

— Rris pourrait peut-être nous aider, mais il a tendance à se montrer avare de ses histoires ! (Ce commentaire de Ventnoir déclencha quelques rires nerveux.) Bah, c'est un historien kyree. Peut-être y a-t-il quelque chose au sujet du Cataclysme dans la tradition orale de son peuple.

— Sans doute, dit le prince Daren en se levant. (Il lissa son uniforme blanc.) Bien, je crois que nous avons pressé le citron jusqu'à la dernière goutte. Je vous laisse à vos tâches, et je vais faire mon rapport à Selenay.

Il gagna la porte, puis il se retourna et croisa leur regard à tour de rôle. An'desha ne put le soutenir. Bizarrement, il se sentait coupable de ce qui arrivait.

— Aussi déplaisante que soit ma mission, je n'envie pas les vôtres. Pour la première fois, me voilà bien content de ne pas être un mage. Vous devez vous sentir comme des rameurs essayant de distancer une vague…

Sur ces mots, il partit, et les autres s'éparpillèrent.

An'desha ignorait ce qu'ils ressentaient, mais à

son avis, le prince Daren avait très bien résumé la situation.

Malgré les propos pessimistes de Daren, Karal n'était pas prêt à abandonner le combat avant de l'avoir commencé. Il y avait sûrement quelque chose à faire ! Même s'ils ne pouvaient pas empêcher ce qui arrivait, les gens savaient bâtir des habitations capables de résister aux tempêtes. Alors pourquoi ne se construiraient-ils pas un abri contre celle-là ?

Nos ancêtres ont survécu, à l'époque, ou nous ne serions pas là. Il nous faut plus d'informations. Plus nous en saurons, mieux nous pourrons nous préparer.

Et il savait exactement où trouver les gens qu'il fallait pour rassembler et cataloguer des informations.

Alors qu'Ulrich suivait Elspeth, Ventnoir et les griffons vers une salle mystérieuse, dans le sous-sol du Palais, il prit une direction très différente.

La couverture nuageuse s'épaississait et le fond de l'air était humide. Il fit un crochet par sa chambre pour prendre un manteau et se dirigea vers la petite porte que lui avait montrée Natoli. Le garde n'était pas le même, mais tous devaient connaître les tavernes de la ville.

Et il avait raison. Le soldat lui donna l'itinéraire à suivre pour rejoindre *La Rose des Vents* — un trajet qui correspondait aux vagues souvenirs qu'il gardait de sa marche en compagnie de Natoli.

Quand l'homme eut terminé ses explications et qu'il put les répéter sans faute, le tonnerre grondait dans le lointain et Karal aurait juré avoir vu un éclair. Il se mit en route au moment où les premières grosses gouttes de pluie s'écrasaient sur les pavés.

Les gouttes s'étaient transformées en déluge quand il atteignit la porte de la taverne. Juste avant de la pousser, une pensée horrible lui traversa l'esprit. *S'ils ne sont pas là, où les trouverai-je ?*

Mais le bruit et la chaleur qui le prirent d'assaut quand il entra apaisèrent ses craintes. *La Rose des Vents* était pleine.

Des odeurs de nourriture lui chatouillèrent les narines, lui mettant l'eau à la bouche et faisant grogner son estomac. Mais il n'avait pas le temps de manger. Il attendit que ses sens s'accoutument au bruit et à la lumière, puis se fraya un chemin vers la table qu'occupaient généralement Natoli et ses amis.

Karal soupira de soulagement en apercevant la nuque de la jeune fille. Un des Bleus le vit et lui fit signe. Natoli se retourna, le reconnut et l'invita à les rejoindre.

Karal ne se fit pas prier. Il accéléra le pas, s'excusant chaque fois qu'il bousculait quelqu'un.

— Karal ! Nous parlions de toutes les choses bizarres qui sont arrivées aujourd'hui, dit Natoli. Certains d'entre nous ont eu le vertige, un ou deux ont même cru qu'il y avait un tremblement de terre… et voilà qu'on trouve des choses étranges à l'extérieur des murs ! Ça doit venir de la magie, mais aucun de nous ne parvient à savoir ce qui s'est passé, et quelle en est la cause. (Elle posa sur lui un regard spéculateur.) Tu es au cœur des événements, au Palais, alors je suppose que tu as une petite idée ?

Karal remercia silencieusement Vkandis de lui avoir fourni une entrée en matière si parfaite.

— Oui, oui, et c'est la raison de ma présence. Il faut que je vous parle de tout ça.

Karal devint aussitôt le centre d'une île de silence au milieu de la mer de bruits.

Il aurait voulu tout déballer d'un coup, les mots se bousculant sur ses lèvres… Mais ces jeunes gens étaient logiques : plus son discours serait organisé, plus il aurait de chance qu'ils le croient. Il savait qu'il n'aurait pas gobé un traître mot de ce qu'il s'apprêtait à leur dire, s'il n'avait pas été depuis le début au cœur des débats. Donc, il allait devoir les ramener au début, puis leur prouver qu'il n'avait pas eu d'hallucination. Ou pire, qu'il n'inventait pas cette histoire de toutes pièces.

Il commença avec les prémonitions d'An'desha, mais ne souffla pas mot d'Altra et des Avatars. Ces étudiants étaient habitués aux Visionnaires, pas aux visitations divines. Mieux valait, par conséquent, ne pas éprouver leur crédulité plus que nécessaire.

Il fut ravi de constater qu'ils l'écoutaient et qu'ils ne semblaient pas enclins à douter de lui, même quand il parla d'effets de la magie se répétant dans un ordre chronologique inversé — des milliers d'années après.

— Je sais que tout ça doit vous sembler fou, dit-il finalement. Mais c'est la conclusion à laquelle sont arrivés Elspeth et Flammechant. Le prince Daren croit que…

Natoli lui prit la main pour le faire taire.

— Nous te croyons, Karal. (Puis elle se tourna vers ses amis.) N'est-ce pas ?

Tous acquiescèrent.

— Tu n'aurais aucun intérêt à nous mentir, dit un garçon. Et puis, ça explique toutes les bizarreries d'aujourd'hui. Alors, je n'ai qu'une seule question. Nous ne sommes pas des mages. Tout ce que nous faisons implique exclusivement le monde physique. Pourquoi es-tu venu nous raconter tout ça ?

Karal poussa un énorme soupir de soulagement.

— Parce que je crois que vous pouvez nous aider. Je m'explique. Pour le moment, nous cherchons une configuration qui pourrait nous permettre de prédire ce qui arrivera, et quand ça arrivera. Or, cette configuration est logique et mathématique.

— Et qui s'y connaît mieux que nous en logique et en maths ? acheva Natoli pour lui, les yeux brillant d'enthousiasme. Tu as frappé à la bonne porte, Karal. Nous… (Elle marqua une pause, fronçant les sourcils.) Attendez, c'est trop important pour notre seule table. Tout le monde devrait entendre ça. Surtout les professeurs.

Elle bondit sur ses pieds et approcha de la cheminée. Une grosse cloche y était accrochée. N'ayant vu personne y toucher, Karal avait cru que c'était un élément de décoration. Mais en regardant Natoli saisir le cordon et sonner avec vigueur, il comprit à quoi elle servait.

Le silence tomba aussitôt sur la salle. Il n'y eut plus que les mugissements du vent et les raclements des chaises que les maîtres repoussaient dans l'arrière-salle. Ils arrivèrent bientôt en masse. Certains avaient l'air agacé, mais la plupart affichaient une expression surprise ou curieuse.

— Nous avons avec nous le secrétaire de l'ambassadeur de Karse, dit Natoli. Il m'a été présenté par mon père, le Héraut Rubrik, qui m'a assuré que je pouvais lui faire confiance et le croire. Aujourd'hui, il a des choses à nous apprendre.

J'ai sonné la cloche parce que j'estime que nous devrions tous les entendre.

Elle fit signe à Karal de la rejoindre. Le jeune homme se leva et obéit.

— Karal, veux-tu bien répéter devant tout le monde ce que tu nous as dit ?

Les joues en feu, Karal s'exécuta. Il veilla à bien respecter l'ordre chronologique et à être clair et précis. Quand il eut fini, personne ne parla, mais il ne vit pas un seul visage hostile.

Finalement, un petit homme âgé sortit de derrière les professeurs. A la manière dont ils s'écartaient pour le laisser passer, Karal supposa qu'il était le doyen. Il ne devait pas être plus grand que Natoli. Une couronne de cheveux gris entourait son crâne largement dégarni. Ses habits n'étaient pas plus riches que ceux des autres, mais il avait une aura de compétence et d'autorité qu'aucune garde-robe ne pouvait conférer.

— Jeune fille — Natoli, c'est ça ? — tu as eu raison de sonner la Cloche du Silence, dit-il d'une voix que l'âge rendait rauque. C'est effectivement une histoire que nous devions entendre… et un défi trop important pour une seule table d'étudiants !

« Quant à toi, jeune secrétaire, tu as bien fait de venir nous voir. La magie n'est pas la solution à tous les problèmes, comme je l'ai souvent dit dans le passé.

— Très souvent ! marmonna un des garçons, sur la gauche de Karal.

— Nous verrons si elle est la réponse à ce problème, continua le vieil homme. Mais si on veut des gens capables de rassembler des données concrètes, c'est ici qu'il faut les chercher !

— Bravo ! s'écrièrent plusieurs maîtres artisans.

Au ton de leurs voix, Karal pensa qu'ils s'énervaient de l'intrusion de la magie et des mages dans leur monde. Ils seraient sans doute contents de prouver qu'ils pouvaient résoudre un problème auquel les mages ne trouvaient pas de solution.

Le vieil homme marqua une pause et balaya la salle du regard.

— Je sais que vous avez tous des travaux en cours et que vous ne pouvez pas les laisser inachevés… Néanmoins, nous avons tous des heures de loisir. Sinon, nous ne serions pas là, à boire l'excellente bière de notre hôte et à nous raconter des bobards. Puis-je donc vous demander, en cette période de crise, de les consacrer à votre reine et à votre patrie ?

Honnêtement, Karal ne s'attendait pas à ce qu'un tiers des auditeurs se portent volontaires — ce qui lui ferait bien plus de mains, d'esprits et d'yeux entraînés qu'il n'en avait en venant ici.

Natoli monta sur la table la plus proche et agita le bras, attirant l'attention de tous. Elle prit une pose provocatrice, les jambes légèrement écartées et les poings sur les hanches.

— Combien d'entre vous étudient au Collegium ? Combien d'entre vous voient les jeunes nobles nous regarder de haut parce que nous allons travailler pour gagner nos vies ? Et combien se dévissent le cou d'envie en regardant les aspirants Hérauts passer sur leurs Compagnons ? Les nobles et les aspirants auront des positions importantes ! Nous, tout ce que nous ferons, c'est leur rendre la vie un peu plus facile ! Nous ne valons pas mieux que des serviteurs.

Les étudiants sifflèrent d'indignation.

L'expression acide des professeurs en disait long.

— Mais aujourd'hui, nous pouvons faire une chose dont ils sont incapables ! s'écria Natoli. Même les mages n'ont ni l'entraînement ni l'organisation nécessaires... Ils ne peuvent pas étudier ce problème logiquement. Je ne crois pas qu'ils puissent le résoudre ! Mais nous le pouvons ! N'est-ce pas ?

Un chœur de « oui ! » et de « tu parles ! » coléreux lui répondit. Elle sourit, satisfaite.

— Nous allons donc nous employer à le résoudre pendant notre temps libre ?

A nouveau, il y eut un concert d'assentiments.

— Quel meilleur moyen, pour trouver le financement de nos recherches, que de fournir la réponse au Palais ?

Cette fois, le chœur fut assourdissant. Le sourire de Natoli s'élargit. Elle sauta de la table et s'inclina devant le vieil homme.

— Je crois que vous avez votre réponse, maître Henlin, dit-elle avant de rejoindre sa table.

Le vieil homme secoua la tête et sourit. Il attendit patiemment que le silence revienne, puis fit signe aux maîtres artisans.

— Choisissez vos aides ! Je suppose que vous sélectionnerez tous vos étudiants, mais n'ignorez personne qui désire travailler avec vous, ou qui n'ait pas encore été choisi.

« Maîtresse Tam, maître Levy, veuillez suivre ce jeune homme au Palais pour offrir nos services à la reine. J'organiserai les groupes de travail pour demain. (Il soupira et secoua la tête.) J'irais bien moi-même, mais je suis trop vieux pour me promener sous la pluie.

— Maître, dit Tam, une femme d'âge moyen à la solide carrure, depuis que je vous connais, vous n'avez jamais quitté *La Rose des Vents* tant qu'il restait une goutte de bière dans les chopes. Je ne vous vois pas commencer maintenant.

Henlin haussa les épaules, mais n'eut pas l'air repentant. Les autres maîtres circulèrent dans la salle, Tam et Levy se dirigeant vers la table de Natoli.

— Nous nous chargerons de vous, puisque vous êtes nos élèves, dit Levy. Nous sommes habitués à vous, bande de délinquants, et je ne voudrais surtout pas vous savoir sur le dos d'un maître qui ne saurait pas de quoi vous êtes capables !

Natoli, acquiesça, pas du tout affectée.

— Ça me va. Qu'allons-nous faire ?

— Commencer par nous lever à l'aube, répondit maîtresse Tam. Ça me paraît évident. Nous diviserons le terrain, autour de Haven, et chaque groupe s'occupera d'une partie. Nous étudierons les anomalies visibles et chercherons celles qui ont échappé aux mages et aux Hérauts — je parie qu'il y en aura beaucoup ! Quand nous aurons toutes les informations possibles, nous nous réunirons pour comparer nos notes. Après ? Nous enverrons des étudiants sur des chevaux rapides pour aller voir plus loin, ou nous nous fierons aux personnes présentes sur place. Puis nous chercherons une réponse. Nous utiliserons probablement *La Rose des Vents* comme point de ralliement, car c'est le seul endroit assez grand pour nous accueillir.

— Comme pour une étude, fit un des élèves.

— Exactement. (Maître Levy braqua son regard perçant sur l'insolent.) Ne croyez-vous pas que vous devriez rentrer dormir, si vous devez vous lever à l'aube ?

Obéissants, les élèves se levèrent et prirent leur

manteau. Les autres tables se vidaient aussi. Apparemment, tous les maîtres avaient donné les mêmes recommandations à leur groupe.

— Je pense qu'il faut proposer vos services au Héraut Elspeth, messire, dit Karal à maître Levy, debout près de lui. Je sais qu'elle sera encore levée. Voulez-vous aller au Palais dès ce soir ?

— Karal et moi pouvons vous introduire au Palais, assura Natoli. On me laisse entrer et sortir depuis que je suis capable de marcher. Tous les Hérauts et les gardes sont mes « oncles ».

Maître Levy se tourna vers maîtresse Tam, cherchant son avis. La femme hocha la tête.

— Pourquoi pas ? (Elle mit son manteau et but une bonne rasade de bière dans la chope laissée par un étudiant.) Allons-y.

Ils sortirent sous la pluie qui faisait déborder les gouttières. Tête baissée, ils avancèrent en serrant les pans de leur manteau, pour que le vent ne le leur arrache pas. Le trajet relativement court jusqu'au Palais parut aussi éreintant à Karal qu'un jour de chevauchée.

Enfin, ils atteignirent la petite porte. Le garde les reconnut tous les quatre et leur fit signe d'entrer sans plus de formalité. D'après Karal, c'était une grave erreur, car ils auraient pu être n'importe qui, habilement déguisés. Il résolut de parler de ce manquement à quelqu'un dès le lendemain. Alberich, peut-être, ou Kerowyn.

Dans le Palais, les gardes étaient bien plus méfiants, à son grand soulagement. Ils les laissèrent sécher devant un bon feu pendant qu'on vérifiait leur identité et qu'on allait chercher dame Elspeth. Des pages vinrent leur servir du thé épicé et leur apportèrent des serviettes, puis accrochèrent les manteaux devant la cheminée.

L'air se chargea d'une odeur de laine mouillée.

Elspeth ne semblait pas très heureuse de cette visite tardive. L'air épuisé, les cheveux en bataille, elle avait le visage défait. Mais dès que maître Levy et maîtresse Tam se furent présentés et lui expliquèrent la raison de leur présence, elle sourit de soulagement, allant même jusqu'à s'excuser de la fraîcheur de son accueil.

— Navrée de m'être montrée si brusque, mais nous venons de terminer un travail difficile, qu'il nous faudra répéter demain, dit-elle. Je ne trouve pas les mots pour exprimer à quel point j'apprécie votre offre ! Bien sûr, je l'accepte ! Je ne connais personne de plus apte que vous à appliquer de la logique au problème.

Elle fit une grimace ironique à maître Levy.

— Certains n'aimeront pas ça, mais moi, oui, et j'ai préséance sur eux. De plus, mère sera soulagée que quelqu'un essaie une approche logique et mathématique, au lieu de se fier à ses intuitions !

Elle continua ainsi un moment, les deux maîtres se rengorgeant sous ses remerciements et ses éloges. Il ne faisait aucun doute qu'elle pensait tout ce qu'elle disait… et que les deux artisans s'étaient attendus à se voir opposer un refus catégorique par un Héraut-Mage.

Je me demande si Elspeth ne fait pas durer les choses plus que nécessaire…, se demanda Karal quand elle commença à se répéter.

Puis il la vit regarder subrepticement les manteaux et sut qu'il avait raison. Elle attendait qu'ils aient eu le temps de sécher avant de renvoyer les maîtres.

Gentil de sa part… Est-ce pour se faire pardonner sa brusquerie initiale ?

Possible. Il avait bien observé la princesse. Elle était comme ça.

— Bien, dit maître Levy quand Elspeth eut fini de parler, si nous devons emmener une bande de garnements sur le terrain dès l'aube, il faut nous retirer. Dès que nous aurons découvert quelque chose, nous vous le ferons savoir, dame Elspeth.

— J'aimerais que vous m'envoyiez vos mesures et vos relevés, répondit Elspeth alors que les deux maîtres récupéraient leur manteau. Ils pourraient être utiles pour ceux d'entre nous qui n'appliquent pas la logique au problème.

— Certainement, ma dame, assura maîtresse Tam en jetant son manteau sur ses larges épaules. Maintenant, si vous voulez bien nous excuser…

— J'ai fait atteler une voiture. Comme ça, vous ne serez pas obligés de rentrer à pied par ce temps, dit Elspeth, qui sourit devant la gratitude de ses visiteurs. Maîtres, je vous le promets, quoi que vous ayez pu entendre dire : je ne suis pas devenue une vraie barbare pendant mon absence !

Ils éclatèrent de rire. Elspeth appela un page et lui ordonna de conduire les maîtres jusqu'à la voiture qui les attendait. Dès qu'ils furent sortis, elle se tourna vers Karal, qui attendait en silence d'être congédié.

— Votre idée, messire le secrétaire ? demanda-t-elle, son expression sévère démentie par la lueur d'amusement qui dansait dans ses yeux et le frémissement de ses lèvres.

— Oui, ma dame. Je ne connais pas grand-chose à la magie… Mais Altra, un ami, m'a conseillé de me fier à mon bon sens. Vous avez tous dit qu'il vous fallait des chiffres et des faits, et mon bon sens m'a soufflé de m'adresser à des gens spécialisés dans ce genre de choses.

— Eh bien, votre ami avait raison, admit Elspeth. Je ne puis vous dire à quel point je vous suis reconnaissante d'avoir agi selon vos convictions. Vous faites honneur à votre Ordre, Karal.

A son immense confusion, elle l'embrassa sur la joue sous le regard étonné de Natoli.

— Ce soir, vous en avez fait davantage que quiconque, à part les mages, et vous méritez de prendre un peu de repos. (Elle se tourna vers Natoli.) Merci d'avoir reconnu que la tâche était trop importante pour une seule table d'étudiants et d'avoir agi selon vos convictions. N'importe quelle jeune file n'aurait pas sacrifié sa gloire personnelle pour que le travail soit bien fait.

Natoli haussa les épaules.

— La fille d'un Héraut apprend très tôt que chercher la gloire n'est pas souvent compatible avec le travail bien fait...

— La fille d'un Héraut ?

Elspeth posa un regard spéculateur sur Natoli. Mais elle ne demanda pas pourquoi la fille d'un Héraut n'en était pas un aussi.

— C'est comme ça que vous avez rencontré le jeune secrétaire d'Ulrich ?

Natoli acquiesça.

— Père était leur guide. Il a pensé que je pourrais aider Karal à s'habituer à Haven.

Elspeth sourit.

— J'ai l'impression que vous avez réussi, puisqu'il a réussi à trouver *La Rose des Vents* ! N'importe qui peut s'habituer après une ou deux pintes de bière de *La Rose* !

Natoli perdit assez son contrôle pour glousser.

Mais Elspeth n'avait pas terminé.

— Encore une chose que j'aimerais vous dire, Natoli... Quelle que soit l'impression que vous avez, il existe une multitude de choses importantes qu'un Héraut ne peut pas faire. Ça explique pourquoi ce royaume n'est pas envahi de Compagnons. Vos amis, vos maîtres et vous réalisez des choses aussi importantes que les Hérauts. Ne laissez jamais personne vous dire le contraire. Les Hérauts sont des symboles pour le peuple, mais les Bardes et les gardes méritent une bonne part de notre gloire !

Alors que Natoli rougissait de confusion, Elspeth les salua et sortit.

— Eh ben..., fit la jeune fille, après un long silence. Qu'est-ce qui m'a valu ce discours ?

Karal leva les mains et secoua la tête, bien qu'il eût une idée assez précise de la réponse. L'expression envieuse de Natoli — qu'elle avait dissimulée soigneusement — devant l'uniforme d'Elspeth l'avait trahi, ainsi que sa façon de dire « fille d'un Héraut ».

— C'est un Héraut... Qui sait ? Elle estimait que tu devais entendre ça, sinon elle n'aurait rien dit.

Et après avoir écouté ton petit discours, quand tu es montée sur la table, à La Rose des Vents, *je crois que c'était exactement ce que tu avais besoin d'entendre.*

Natoli haussa les épaules, mal à l'aise.

— Bien... je dois aller me coucher. Accompagner mes maîtres au Palais ne me dispense pas de me lever à l'aube.

— Merci, souffla Karal. (Il la retint par le bras.) Nous ne réussirons pas sans vous tous. Elspeth a raison. Vous avez déjà fait de grandes choses et vous en ferez encore d'autres.

« Je suis fier de toi.

Natoli rougit et détourna les yeux.

— Je dois… y aller !

Elle tourna les talons et fila.

Karal la regarda partir et contempla un long moment la porte qui s'était refermée derrière elle. Puis il regagna ses appartements, la tête bourdonnante de pensées.

Il était sûr d'une seule chose.

Il ferait bien de dormir, lui aussi ! Peu importait son état d'esprit. Car c'était sans doute le dernier moment de paix qu'il connaîtrait avant longtemps.

CHAPITRE XIV

Au matin, tout ça aurait pu n'être qu'un rêve… N'était qu'Ulrich se leva à l'aube et partit aussitôt.

Quand Karal prit sa leçon avec Kerowyn, elle avait la tête ailleurs, et il put la mettre à terre plusieurs fois sans trop de mal. Il attendit le bon moment pour lui parler du laxisme du garde, ce qui lui valut un hochement de tête approbateur.

Après, il se retrouva sans rien à faire. Ulrich avait annulé tous ses rendez-vous pour se consacrer à la menace qui approchait. Dans ses fonctions de Prêtre-Mage, il n'avait pas besoin d'un secrétaire.

Il réapparut au déjeuner, le temps de manger sur lc poucc ct dc dcmandcr à Karal s'il s'était chargé de prévenir les personnes qu'il aurait dû rencontrer.

— Oui, maître, répondit le novice. Puis-je faire autre chose pour vous ?

— Pas vraiment. Profites-en pour te reposer. Je serai en conférence avec les autres mages. Nous en sommes encore au stade des discours, maintenant que nous avons renforcé les boucliers… Peu importe ! Prends un jour de vacances.

Sur ces mots, il partit, laissant Karal tourner en rond dans la suite puis dans sa chambre.

Pour la première fois depuis très longtemps, il avait le temps de se sentir seul… et il eut le mal du pays. Jusqu'à maintenant, il avait été trop occupé pour penser à lui. Quand il ne travaillait pas, il encourageait An'desha, apprenait tout ce qu'il pouvait sur Valdemar, les Hérauts et les Compagnons — grâce à ses lectures et à Florian — et débattait de tout cela avec Ulrich.

Karal n'avait pas eu l'occasion de parler de la dernière crise avec son mentor, et ça l'ennuyait beaucoup. Assis sur son lit, regardant le mur, il se sentait abandonné. Inutile d'aller rendre visite à An'desha. Il devait travailler avec les autres. Quant à Natoli, elle était dehors, avec ses maîtres. Florian était comme Altra : il se montrait quand bon lui semblait.

Karal n'était pas un mage et pas un Bleu non plus. Ça le laissait sans aucune contribution à apporter.

Cesse de t'apitoyer sur toi-même ! cracha Altra en sautant sur le lit. *Tu as déjà prouvé que tu savais prendre des initiatives. Qu'est-ce qui t'empêche de recommencer ? Tu es adulte, Karal. Un acolyte, plus un novice. Bien sûr que tu as quelque chose à faire ! N'es-tu pas censé être l'assistant d'Ulrich ?*

— Euh… oui, mais…, commença Karal, que l'apparition du Chat de Feu avait fait sursauter.

Eh bien, va l'assister ! Qui lui rappellera de manger et de se reposer, si tu ne le fais pas ? Solaris ne t'a-t-elle pas dit de veiller sur lui ? Les autres mages sont plus jeunes. Ils continueront de travailler jusqu'à l'épuisement, et il se sentira obligé de les suivre ! De plus, qui prendra des notes ? Même si tu ne comprends pas leur charabia, tu es capable de le consigner, non ?

La queue d'Altra trahissait son agacement.

Karal acquiesça, d'abord un peu hésitant, puis avec enthousiasme. S'il se présentait devant la porte de la salle de réunion, on ne le renverrait sûrement pas. Il était le secrétaire d'Ulrich, après tout. Et, à part lui, il n'y avait personne pour jouer ce rôle.

Et tu pourras apprendre des choses et les répéter à Natoli, ajouta le Chat de Feu. *Les chercheurs ont autant besoin de ces informations que de mesures. Ils ne connaissent rien à la magie. Alors, plus tu leur en apprendras, mieux ils pourront faire leur travail ! Tu ne crois pas ?*

— Si. Merci, Altra, dit Karal.

Il se leva pour prendre ses affaires.

De rien, répondit le Chat de Feu. Il sauta du lit... et disparut avant d'avoir touché le sol.

Karal frissonna. Il aurait préféré qu'Altra attende d'être hors de vue pour faire ça. Le voir apparaître et disparaître lui tapait sur les nerfs.

Peu importe !

Il savait où avait lieu la réunion des mages Ulrich le lui avait dit. Pas dans la salle du Conseil, qu'ils avaient déjà trop détournée des affaires de l'Etat, mais dans la suite des griffons. La seule autre pièce qui pouvait accueillir ces créatures.

Karal n'y avait jamais été, mais n'importe quel page pourrait l'y conduire. De fait, l'enfant qui le guida dans un labyrinthe de couloirs lui avoua qu'il jouait souvent avec les jeunes griffons. Le novice secoua la tête en entendant ça. Comment, au nom de Vkandis, les parents de ce gosse pouvaient-ils le laisser s'amuser avec des rapaces carnivores ? Ça montrait à quel point Treyvan et Hydona étaient bien acceptés par les Valdemariens.

La suite des griffons était au bout d'un long corridor qui sembla vaguement familier à Karal. A l'origine, il avait dû s'agir d'une salle de réception secondaire, reconvertie depuis en logement pour ses visiteurs extraordinaires.

Karal frappa doucement à la porte et fut un peu surpris quand Ulrich l'entrouvrit.

— Karal ? (Fronçant les sourcils, le prêtre semblait sur le point de refermer la porte.) Ne t'ai-je pas dit…

— Vous n'avez personne pour prendre des notes, pas vrai ? coupa le jeune homme avant que son mentor n'ait pu le gronder. Ni pour porter vos messages. Si vous avez besoin de quelque chose, vous devez appeler un page et attendre qu'il arrive. Idem pour vous commander à manger et à boire.

« Je peux faire tout ça pour vous et vous savez que je ne serai pas dans vos jambes. (Il déglutit et continua, sur un ton un peu suppliant :) S'il vous plaît, je veux vous aider. Ce n'est pas un devoir, mais un plaisir.

— J'ignorais que tu aurais envie d'assister à cette réunion. Tu as travaillé très dur et je craignais de te surmener…

Karal toussota, sentant ses joues s'empourprer.

— Maître, un de mes devoirs est de m'assurer que vous ne vous surmenez pas. (Il baissa la voix.) Vous ne m'exploitez pas. Je suis fier de vous servir et de vous honorer comme je servirais et honorerais mon père.

Ulrich baissa la tête.

— Karal, tu es un jeune homme remarquable.

Je suis fier d'être là pour t'aider quand je le peux. Merci. Nous avons certainement besoin de toi !

Karal se glissa dans la salle, Ulrich ouvrant juste assez pour le laisser entrer. Il n'y avait pas de meubles, mais une impressionnante quantité d'énormes coussins et de courtepointes en plumes. Logique, puisque cette pièce servait à des griffons, pas à des humains.

Flammechant parlait. Il ne remarqua pas l'arrivée de Karal, qui s'assit à côté d'Ulrich, déballa ses affaires et commença à prendre des notes au milieu du discours de l'Adepte.

— … si vous y tenez tous, je ne vois pas quel mal ça pourrait nous faire. (La voix de l'Adepte Guérisseur vibrait d'un amusement frôlant le mépris.) Mais je le répète, je ne vois pas ce que ces… artisans, ces ingénieurs, comme vous les appelez… pourront faire d'utile. La magie ne fonctionne pas selon leur façon de penser. La magie est faite d'intuition ! On ne peut pas la disséquer ni lui y appliquer une logique.

— N'est-ce pas toi qui m'as appris les lois de la magie ? objecta An'desha.

Surpris, Karal leva un sourcil, mais ne dit rien. An'desha en désaccord avec Flammechant ? Ce devait être la première fois !

— Oui, mais… (Flammechant chercha ses mots un moment, puis retrouva sa contenance.) Mais les « lois » de la magie ne sont que des directives ! Elspeth et Ventnoir n'ont-ils pas accompli des choses que les mages k'sheyna croyaient impossibles, simplement parce qu'Elspeth n'avait pas conscience qu'elles l'étaient ? La magie n'est pas logique. Elle ne répond pas toujours de la manière prévue. Pas question de la faire se poser sur un gant comme un faucon qui a reçu l'Empreinte !

— Mais tu ne vois pas d'objection à ce que j'assiste les ingénieurs ? insista An'desha. Aussi longtemps qu'il me reste assez de temps et d'énergie pour travailler aux boucliers ?

Il s'oppose *à Flammechant ? C'est inouï !*

L'Adepte leva les bras au ciel.

— Comment pourrais-je objecter quand il s'agit de ton temps libre ? Si tu veux le gâcher bêtement, vas-y ! Mais je ne vois pas ce que tu comptes accomplir de concret.

— Maintenant que cette question est réglée, pouvons-nous revenir aux affaires en cours ? demanda Ventnoir.

Flammechant haussa les épaules et retourna s'asseoir sur son coussin, d'un vert si sombre qu'il paraissait presque noir. Karal nota avec un certain amusement qu'il avait choisi le seul « siège » qui s'harmonisait avec son costume émeraude.

— J'ai demandé à Rris si son peuple avait une tradition orale au sujet des tempêtes magiques qui suivirent le Cataclysme, continua Ventnoir. Il a accepté de venir nous la réciter aujourd'hui.

Couché près de l'Adepte k'sheyna comme un chien obéissant, Rris se leva, alla se placer au milieu de son auditoire et s'inclina, avant de s'asseoir.

J'espère que vous ne m'en voudrez pas de respecter le rituel, dit-il avec beaucoup de dignité.

— Vas-y, fit Flammechant. Si tu t'écartais de la tradition, tu risquerais d'oublier quelque chose.

Rris acquiesça.

Ecoutez tous, je parle du temps du Changement, du temps de la Chute du Ciel et des Etoiles, commença-t-il, sa voix résonnant dans le crâne de Karal.

Pendant qu'il écrivait, le jeune homme se dit

qu'il avait changé lui aussi, au point de devenir méconnaissable. Il n'y avait pas si longtemps, voir un kyree l'aurait terrorisé. Et maintenant, il notait tout ce que disait sa voix mentale sans se poser de questions.

Une bonne ou une mauvaise chose ?

Ni l'une ni l'autre, décida-t-il, ses doigts volant au-dessus de la feuille pour tracer des lignes d'une écriture méticuleuse. *J'ai changé, c'est tout. On change, ou on se transforme en vieux bout de bois sec.*

Une autre pensée lui traversa l'esprit.

Et les vieux bouts de bois sec cassent sous la pression.

Alors, peut-être était-ce une bonne chose, après tout. La dernière catastrophe qu'il leur fallait, en ce moment, c'était qu'un des leurs se brise comme une brindille.

La journée avait été longue — et elle semblait loin d'être finie. Néanmoins, quand An'desha intercepta Karal, après la réunion, pour lui demander de lui expliquer comment aller à *La Rose des Vents*, le novice se porta volontaire pour l'y accompagner, après le souper. Ulrich devait travailler avec Elspeth et les Tayledras pour renforcer les boucliers. Ça laissait à Karal le temps de faire une copie de ses notes et de servir de guide à son ami.

Ils partirent dans la nuit noire, prirent le chemin désormais bien connu de Karal et pataugèrent dans les flaques laissées par la pluie de la veille.

— Merci de m'accompagner, dit timidement An'desha. Aller voir ces gens tout seul m'aurait mis très mal à l'aise.

Puisque c'était la première fois qu'An'desha

quittait le Palais, Karal devina que « très mal à l'aise » devait être très au-dessous de la vérité. « Terrifié » s'en approchait davantage.

Mais An'desha était décidé à y aller. Il sentait que quelqu'un devait essayer d'expliquer la magie à ceux qui ne possédaient pas de pouvoir, et qu'il était le mieux placé pour ça.

L'objet de la dispute au milieu de laquelle Karal avait déboulé... An'desha s'était porté volontaire et Flammechant n'était pas d'accord.

Flammechant est jaloux. Craint-il qu'An'desha rencontre quelqu'un d'autre ? Je me demande si mon ami se doute de ça...

— J'ai toutes ces notes à leur donner et j'ai besoin d'une copie des leurs pour les mages. An'desha... je sais que tu es timide, alors je ne pouvais pas te laisser aller là-bas tout seul. C'est à ça que servent les amis, non ?

— J'espérais que tu m'accompagnerais, dit le mage avec un sourire hésitant. Mais tu fais déjà tellement de choses, y compris jouer les secrétaires pour nous... Je n'ai pas osé te le demander.

— Avant que tout ça ne soit fini, nous serons tous épuisés. Alors ne t'inquiète pas !

Ils étaient devant *La Rose des Vents*. Karal s'arrêta et se tourna vers son ami.

— Arme-toi de courage. C'est pire que tout ce que tu peux imaginer.

An'desha se prépara du mieux possible, mais il tressaillit quand même quand Karal poussa la porte, le bruit de dizaines de conversations montant à leurs oreilles.

Toutes moururent quand les Bleus virent qui entrait. Natoli se précipita vers eux, maîtresse Tam sur les talons.

— Nous avons des notes et des diagrammes pour vous, annonça la jeune fille.

— Et j'ai les minutes de la réunion des mages pour vous, répondit Karal. Plus important, j'ai amené un mage. Il voudrait essayer de vous expliquer comment fonctionne la magie.

An'desha aurait sans doute préféré faire demi-tour. Mais seuls les tremblements de ses mains trahissaient sa nervosité.

— An'desha, voilà Natoli et maîtresse Tam. Mes dames, je vous présente An'desha. Il est shin'a'in et tayledras et travaille avec le Héraut Elspeth.

— Très heureuse de vous rencontrer, An'desha, dit maîtresse Tam en joignant les mains et inclinant le buste pour le saluer, au lieu de lui serrer la main. (Karal jugea que c'était un geste plein de tact.) Nous avons grand besoin que quelqu'un nous parle de la magie. Pour le moment, nous en sommes réduits aux suppositions.

— Je comprends ça, murmura An'desha, si bas que Tam dut se pencher un peu pour l'entendre. Je serai heureux de pouvoir vous aider.

— Bien, alors venez avec nous. Karal, maître Henlin attend vos notes pour en faire des copies. Venez nous rejoindre quand il vous aura lâché.

Maîtresse Tam prit An'desha en charge, comme si elle avait l'habitude de s'occuper des adolescents timides. Et c'était sans doute le cas. Karal pensa que certains de ses élèves devaient être aussi introvertis qu'An'desha. Les enfants intelligents avaient souvent des problèmes avec leurs camarades moins doués. N'était-ce pas ce qui lui était arrivé, quand il avait été emmené par les prêtres ?

J'espère qu'aucun de ses élèves n'a eu une vie

à demi aussi passionnante que la sienne. Je ne souhaiterais pas ça à mon pire ennemi.

Karal apporta les notes à maître Henlin, dans la salle des maîtres. Le vieil homme était penché sur une table couverte de diagrammes et de notes. Il se releva et sortit pour rejoindre An'desha.

Le jeune homme parlait de l'origine de l'énergie magique.

— … certaines écoles de magie créent des poches, comme des citernes ou des réservoirs, où leurs maîtres puisent au besoin. Mais la source reste toujours la même… l'énergie vient de la vie qui nous entoure. Les créatures vivantes la produisent en respirant et en bougeant.

— Et les Adeptes que tu as mentionnés ? demanda Natoli. Utilisent-ils quelque chose de spécial ? Ou ont-ils accès à d'autres réserves ?

— Il en existe… Mais il ne s'agit pas de réserves créées par d'autres mages. Elles naissent partout où deux ou plusieurs lignes de force se croisent. Ce sont des « nodes », et ils sont si puissants que seul un Adepte peut contrôler leur énergie. Quiconque essaierait serait incapable de toucher ce pouvoir, ou se ferait dévorer par lui. Autrement dit, il serait réduit en cendres.

Un des garçons tressaillit.

— Pas très réjouissant.

— Non, répondit An'desha. Mais vous comprenez sans doute maintenant que tout ça répond à des lois naturelles. Le pouvoir vient de quelque part et va quelque part, comme un cours d'eau se jette dans la mer. Pour finir, il aboutit dans un lieu que nous appelons les Plans Inférieurs, où tout est fait de chaos et d'énergie. Et je suppose qu'il revient dans le Plan Monde par le biais des créatures vivantes.

— Nous réfléchirons à ça quand nous en aurons le loisir, dit maître Levy en déroulant une carte sur la table, devant An'desha. Nous avons examiné chaque pouce de terrain autour de Haven jusqu'à une demi-journée de cheval. Les zones transplantées sont en vert, les zones détruites en rouge et les zones transformées en jaune.

Alors qu'An'desha se penchait sur la carte pour l'étudier, Karal murmura à Natoli :

— Les zones transformées ? C'est quoi ?

— Des endroits où tout a été modifié. Ou plutôt, tout est comme avant, à l'intérieur de ces cercles, sauf la saison. Nous sommes à la fin de l'été. Dans ces cercles, c'est l'hiver, l'automne, ou le printemps. Les plantes sont en fleurs ou en sommeil, les insectes sont morts, encore à l'état de larves ou dans leurs cocons. Les oiseaux grelottent ou ont revêtu leur plumage de parade.

Karal cligna les yeux de surprise.

— J'ignore ce qui a pu causer ça, dit Natoli.

Karal étudia la carte et fut rassuré de constater qu'il y avait beaucoup moins de points rouges que de verts et de jaunes. Et on distinguait effectivement une configuration : les points étaient placés à intervalles réguliers. Quelle que soit la direction, on retrouvait la même séquence : trois verts, un rouge, trois verts, un jaune. Mais il ne semblait y avoir aucun point d'originc.

— Je me demande..., commença An'desha.

— Continuez, l'encouragea maîtresse Tam. Vous connaissez la magie. Si vous avez une interprétation à suggérer, je serais contente de l'entendre.

— Eh bien... je me demande si les zones dévastées et transformées n'ont pas été bombardées par trop d'énergie, ce qui expliquerait leur état. (Puis il haussa les épaules.) Je me raccroche désespérément à un semblant d'espoir.

— C'est ce que nous faisons tous, avoua maître Levy. Etudions cette théorie un moment.

Karal ne saisit pas la moitié de ce qui suivit, mais Tam et son ami semblaient se comprendre, et c'était l'essentiel. Puisque An'desha avait perdu sa timidité initiale, et que Natoli était plongée dans une conversation, il trouva à s'occuper ailleurs.

Il s'installa à une table avec d'autres jeunes gens de son âge, qui copiaient le diagramme que maître Levy avait déroulé devant An'desha.

Je vais aussi en faire une copie pour les mages. Il prit du papier, une plume et de l'encre. Quand il eut terminé, il reproduisit plusieurs fois ses propres notes pour les maîtres.

Lorsque ses yeux fatigués le trahirent, il posa sa plume, enroula sa carte et les notes sur les « cercles magiques » et alla rejoindre An'desha.

Malgré sa promesse faite à Flammechant, il avait fait quelques démonstrations aux ingénieurs. Comme Karal, il était épuisé et prêt à partir. Natoli ayant déclaré qu'elle irait avec eux, tout le monde se sépara, étouffant des bâillements.

— Je rentre au Palais avec vous, dit la jeune fille alors que Karal tendait son manteau à An'desha. J'ai une chambre dans l'aile où logent les Bleus qui n'ont ni protecteur, ni titre, ni maison en ville. Nous la partageons avec les aspirants Bardes et Guérisseurs.

— Je me posais justement la question, admit Karal en jetant son manteau sur ses épaules. (Natoli récupéra le sien.) Tu entres et sors du Palais à loisir et tu agis comme si tu y avais ta place.

— En un sens, c'est la seule maison que j'ai jamais eue. Père a été choisi après que ma mère fut morte en couches. Non, ce n'était pas moi ! L'enfant était mort-né. J'avais quatre ans. Père m'a amené au Collegium, puisqu'il ne savait pas quoi faire de moi, et c'est là que j'ai grandi. Quand il partait en mission, un Héraut me gardait jusqu'à son retour.

Il y avait pire enfance, même si Natoli n'avait pas connu la chaleur d'une vraie famille, contrairement à lui.

— Tu as dû te sentir très seule, dit An'desha alors que Karal ouvrait la porte.

Natoli se contenta de hausser les épaules.

— C'était surtout bizarre... Quand père était là, il s'assurait que je sache à quel point il était content que je vive avec lui. Comme je n'avais rien de mieux à faire, en grandissant, j'ai commencé à suivre des cours dans les trois Collegia — à l'exception des cours de composition et d'interprétation des Bardes et des cours médicaux des Guérisseurs. Un jour, j'ai su ce que je voulais vraiment faire. Je suis allée voir maîtresse Tam, et je l'ai implorée de me prendre comme élève. Elle m'a demandé comment j'avais pu mettre si longtemps avant de découvrir pour quoi j'étais douée.

— Ça ne m'étonne pas d'elle, fit Karal. J'ai l'impression que maîtresse Tam ne prend jamais un chemin détourné quand il y en a un direct.

D'autres étudiants les suivaient, murmurant entre eux dans la rue déserte.

— C'est vrai, elle a tendance à être abrupte, répondit Natoli avec un sourire. Père était content que j'ai trouvé ma vocation. Il m'a permis de partir. Depuis, j'étudie avec maîtresse Tam.

— Au moins, tu as eu ton mot à dire, répondit

le novice, légèrement envieux. J'ai été littéralement enlevé par les prêtres.

Il décrivit son enfance à Natoli et à An'desha, qui l'écoutèrent avec intérêt.

— Comme c'est étrange : de nous trois, c'est moi qui ai eu l'enfance la plus normale, fit An'desha. Oui, très étrange…

— On peut dire que tu t'es rattrapé par la suite. (Karal lui flanqua une petite claque sur l'épaule.) Ne t'inquiète pas. J'ai compris un truc depuis longtemps : plus une personne est intelligente, plus elle a de problèmes avec les autres. L'important, c'est de ne pas s'appesantir sur eux, mais de faire ce qu'on peut avec ce qu'on contrôle !

— C'est logique, lâcha Natoli, avant de changer de sujet. A cette heure tardive, je me demande quel genre de nourriture nous allons bien pouvoir contrôler…

Les jours passèrent et Karal continua à travailler avec les mages et les ingénieurs. Ces derniers rassemblaient de plus en plus d'informations, qu'ils ajoutaient à leurs diagrammes, à leurs tableaux et à leurs cartes. Florian transmettait à Karal les « données » — c'était ainsi que les appelait maîtresse Tam — que lui faisaient parvenir les Compagnons en mission avec leur Héraut. Elles étaient bien plus pertinentes, et surtout plus précises, que celles qui venaient des humains.

Le troisième jour, Karal se pétrifia, la plume à un pouce de la feuille, craignant soudain que ce ne soit pas le genre d'activités que Vkandis aimait voir faire à un de ses acolytes.

Il n'avait pas aperçu Altra depuis une éternité. Le Dieu du Soleil était-il fâché contre lui ?

A cet instant, Altra apparut dans la salle, la queue remuant comme une bannière au vent.

Karal sursauta. Pas parce que le Chat de Feu s'était montré au moment où il pensait à lui, mais parce qu'il était dans la salle d'une taverne, au milieu de dizaines de... eh bien... infidèles. Qu'allaient-ils penser ? Altra n'était pas vraiment du genre discret.

Les autres continuèrent comme si de rien n'était. Ils le voyaient, c'était évident — ils faisaient même des détours pour l'éviter — mais ils ne semblaient rien remarquer de spécial à son sujet. Altra bondit sur une table, pour jeter un coup d'œil aux cartes. Nul ne leva les yeux. Il aurait aussi bien pu être un chat domestique !

Sachant qu'il était cinq fois plus gros qu'un matou normal, c'était quand même étrange...

Altra finit par gagner le fond de la salle, où était assis Karal, et lui fit un clin d'œil approbateur.

Ils voient seulement ce qu'ils s'attendent à voir, dit-il, sibyllin. *J'ai des informations pour toi. On trouve la même « configuration » à Karse et au sud. Solaris vous a envoyé des cartes. Vous les recevrez dans quelques jours.*

Sur ces mots, Altra disparut sous une table, et ne réapparut pas de l'autre côté. Karal resta longtemps la plume en l'air.

Bien... au moins, il approuve, pensa-t-il.

Mais avec sa chance, chaque fois qu'il n'avait plus à s'inquiéter d'une chose, dix autres surgissaient pour prendre sa place.

Le lendemain, la deuxième vague, plus ou moins attendue, les balaya. Elle survint treize jours après la première, approximativement à la même heure.

Cette fois, les zones de perturbations furent moins évidentes à repérer. Il fallut attendre plusieurs jours avant que les gens remarquent que les plantes et les insectes avaient changé à certains endroits. Ils n'étaient pas morts, mais plus pareils. Ils réagissaient à la présence des autres créatures vivantes, certains en se recroquevillant, d'autres en essayant de les attraper. Certaines plantes étaient devenues carnivores. D'autres étaient pourvues de nouvelles défenses — épines, piquants, sève malodorante ou empoisonnée.

Deux jours après la tempête, un fermier retrouva sa fille assise par terre, en pleurs, des centaines de petites épines dans la peau, criant qu'une fleur l'avait attaquée. Selenay ordonna qu'on lui envoie des échantillons de ces plantes et que les autres soient détruites.

Les mages étudièrent les végétaux mutants, mais ils ne réussirent pas à en apprendre grand-chose. Néanmoins, Flammechant déclara qu'ils ressemblaient à ceux qu'on trouvait dans les Collines des Pelagirs.

Treize jours après la deuxième vague, la troisième frappa.

Si ça continue comme ça, je ferais bien de me doter d'ouïes. Malgré l'orage qui avait éclaté et qui le trempait jusqu'aux os, Karal allait à *La Rose des Vents*, le cœur plus léger que lors de sa dernière visite.

Flammechant avait affirmé que la troisième vague était un peu plus faible que les précédentes. Cette fois, aucun bouclier n'était tombé. Même si les non-mages en avaient ressenti les effets, l'Adepte jurait qu'elle avait également duré moins longtemps. Personne n'avait encore fait parvenir de rapport des alentours de Haven, mais les mages croyaient que le pire était passé.

Ce genre de bonnes nouvelles valait bien un trajet sous la pluie. Karal avait hâte d'annoncer ça aux autres !

Poussant la porte de la taverne, il entra... et trouva tous les Bleus massés autour d'une table. Ils étaient anormalement silencieux. Quand ils se tournèrent pour voir qui arrivait, aucun n'avait l'air réjoui.

— J'ai de bonnes nouvelles ! dit Karal dans un silence oppressant. Flammechant estime que cette dernière tempête était plus faible !

Les expressions ne changèrent pas.

Il sentit sa bonne humeur retomber.

— Elle était plus faible, n'est-ce pas ? demanda-t-il. Flammechant l'a affirmé. Nous n'avons perdu aucun bouclier, cette fois.

Maître Levy secoua lentement la tête.

— J'ai peur que Flammechant n'ait tort, répondit-il. Elle n'était pas plus faible, mais bel et bien plus forte que les précédentes. Si rien de magique n'a été affecté, c'est parce que vos amis ont réussi à créer des boucliers résistants. Venez ici et jetez un coup d'œil à ça.

Le maître désigna une cage en bois posée devant lui. Karal ne vit pas ce qu'il y avait dedans, mais c'était ça que ses amis observaient avant son arrivée.

La bouche sèche, Karal traversa la salle et regarda à l'intérieur de la cage.

Il s'agissait d'un animal comme il n'en avait jamais vu. La créature posa sur lui des yeux rouges et brillants de folie et rabattit ses longues oreilles nues sur son crâne, qui ressemblait à celui d'une vipère, mais pourvu de poils gris clairsemés.

Quand elle grogna, Karal eut un mouvement de recul involontaire.

— Ne le touche pas, l'avertit quelqu'un. Il a failli arracher la main de Semon.

— Qu'est-ce que c'est ?

La créature lui semblait vaguement familière...

— Il semble que ce monstre ait été un lapin, répondit maître Levy. (Il secoua la tête.) Nous ignorons s'il s'agit d'un cas où plusieurs créatures ont été mélangées ou si un lapin a été transformé en carnivore.

« Voilà ce qu'a provoqué la dernière tempête magique. Nous avons envoyé un message au Palais pour que les gens soient prévenus partout dans le pays. Nous avons de la chance que rien de plus gros n'ait été à l'intérieur d'un cercle de transformation. J'ignore en quoi se serait métamorphosée une bête de la taille d'un chien.

« C'est une supposition, mais je dirais que la vague de perturbation était assez puissante pour affecter de gros animaux.

— Songez à ce qui se serait passé si ça avait frappé une vache ou un cochon, dit quelqu'un.

Maître Levy frissonna.

Karal ne put l'en blâmer.

— Ou un humain. Et l'orage est une autre preuve de la puissance de la dernière vague. Il y en a toujours un après le passage d'une vague. Celui-ci est pire que le précédent, qui était pire que le premier.

— Nous n'avons pas que des mauvaises nouvelles, annonça Natoli, quand Karal se détourna de la créature. Après trois vagues, nous avons assez d'informations pour faire des prévisions. Nous savons quand aura lieu la prochaine, où elle frappera, et d'autres choses encore. Au fait, nous employons le terme de « vague » pour parler de ces tempêtes. Et on dirait bien que cette terminologie est exacte.

— Ce sont des vagues ? (Le nœud qui s'était formé au creux de l'estomac de Karal se défit.) Merveilleux ! Si nous pouvons le prévoir, nous empêcherons que le phénomène se reproduise !

— Peut-être, mais nous n'en sommes pas là pour le moment..., répondit sombrement maître Levy. La taille des cercles augmente et la durée de chaque vague s'allonge avec sa puissance...

— Attendez, coupa Karal. Il faut vous adresser aux mages... Venez avec moi et exposez-leur tout ça dès maintenant, pendant qu'ils se félicitent encore que Valdemar ait survécu et que le pire soit passé. Ils n'ont encore rien dit à la reine. Nous devons les arrêter avant qu'ils ne le fassent.

— Il a raison, fit maître Henlin de sa voix grinçante. Si nous attendons demain, ils pourraient ne pas nous croire, même avec ce monstre dans la cage. Et s'ils nous croyaient, ils ne voudraient pas passer pour des imbéciles aux yeux de la reine.

« Bien. Levy, Bret, Norten, allez avec Karal. Emportez les nouveaux diagrammes et le croquis des vagues, pour qu'ils puissent voir comment ça fonctionne. Nous attendrons ici votre retour.

« Maintenant que nous savons comment agissent ces vagues, nous pouvons peut-être imaginer une défense.

Les précieuses cartes furent roulées et insérées dans des tubes imperméables. Ils enfilèrent leur manteau, et Karal se retrouva de nouveau à la tête d'un groupe d'hommes qui, en temps normal, ne lui auraient pas accordé un regard.

L'orage « physique » était effectivement pire

que ceux qui avaient suivi les deux premières vagues.

— Ça devrait convaincre vos mages que nous avons raison ! cria maître Levy. An'desha nous a montré que la magie, si elle n'est pas circonscrite à l'intérieur de boucliers, affecte le temps. Si cet orage n'en est pas un exemple, je veux bien bouffer mon étui à cartes !

Karal pensa que l'étui n'avait aucune chance de devenir un amuse-gueule, étant donné la violence de l'orage.

La petite colonne lutta contre le vent et la pluie tout au long du trajet jusqu'au Palais, malgré la protection relative des constructions. Karal craignit plus d'une fois que le vent ne les emporte.

Mais ça n'arriva pas.

Kerowyn avait dû agir suite à la remarque de Karal, car on vérifia longuement leurs identités. Le novice ne se plaignit pas du zèle des gardes — au contraire de maître Levy. Dès qu'on leur eut permis d'entrer, celui-ci partit d'un pas rageur vers le Palais en grommelant dans sa barbe. Karal lui emboîta le pas. Par bonheur, Bret et Norten étaient trop occupés à empêcher les bourrasques de leur arracher leur manteau pour râler. Mais cela ne réconforta pas le jeune homme.

Quand ils atteignirent la porte du Palais, maître Levy lui fit prendre la tête, son expression aussi sombre que la nuit à l'extérieur. Heureusement, la suite des griffons n'était pas très éloignée. Karal craignait qu'un autre retard ne fasse exploser de rage l'ingénieur.

Peut-être n'est-ce pas une question de mauvais caractère. Mais l'inquiétude le ronge...

L'inquiétude et la peur pouvaient avoir des effets inattendus sur certaines personnes. Ulrich, par exemple, devenait encore plus brillant. Maître Levy, lui, se mettait en colère.

Peu importe, pensa Karal en frappant à la porte des appartements des griffons. *Nous avons de pires problèmes*.

Alors que la porte s'ouvrait, Karal reconnut la voix d'Elspeth. Ouf ! La personne qu'ils devaient convaincre était encore là. Il fit signe aux autres d'entrer et songea un instant à s'éclipser et à les laisser se débrouiller.

Non. Ce serait lâche.

A contrecœur, Karal suivit les maîtres.

Il écouta maître Levy parler de mathématiques et de théorie et envia Natoli d'avoir un si bon professeur. S'il en avait eu un de ce calibre, il aurait adoré les maths ! Hélas, elles restaient pour lui un mystère aussi insoluble que la magie.

— … vous voyez, conclut maître Levy avec une certaine satisfaction, en utilisant ce modèle mathématique, j'ai pu prévoir la taille et la position des points de perturbations de la dernière vague. Bien sûr, nous irons vérifier sur place, mais ceux que nous avons pu atteindre avant la nuit étaient bien où je l'avais annoncé.

— Donc, ces tempêtes sont bien des vagues et elles agissent comme telles ? demanda Elspeth, luttant entre la fatigue et le besoin de comprendre, ces deux émotions parfaitement exprimées par les plis de sa bouche et ceux qui entouraient ses yeux.

Ventnoir jeta un coup d'œil aux cartes et aux diagrammes par-dessus son épaule, le front barré d'une ride d'épuisement et d'anxiété.

— Par bien des côtés, confirma maître Levy. (Puis il leva un sourcil sardonique et ajouta :) Dois-je comprendre que je vous ai convaincue ?

— Grâce à l'animal. J'ai vu des créatures semblables dans les Terres Maudites. Le lapin-tueur que vous avez trouvé me les rappelle trop pour que je ne vous croie pas.

— Et j'admets que les vagues deviennent plus fortes, ajouta Flammechant, à contrecœur. Il le faut, pour que la dernière ait pu transformer ainsi cet animal.

« Mais... des modèles mathématiques ? La magie ne fonctionne pas ainsi !

A la surprise de Karal, le regard que maître Levy posa sur Flammechant était plein de sympathie.

— Je partage votre sentiment, messire. Vous êtes un intuitif, et votre compréhension est si profonde que vous avez une connaissance innée des formules et des lois. C'est ce que ressent un artiste quand il peint un tournesol ou une tempête de neige... Et pourtant, je peux reproduire le tournesol en usant de termes mathématiques précis, et tout flocon de neige a une forme géométrique exacte.

« Si je vous démontre que la magie répond à des lois prévisibles, me croirez-vous ?

Flammechant acquiesça, hébété. Maître Levy avait une forte personnalité — quand il voulait la montrer —, sans doute aussi forte que celle de l'Adepte.

Il ne devait pas arriver tous les jours à Flammechant de rencontrer quelqu'un qui ait un tempérament et un intellect égaux aux siens.

— Ça, c'est votre Cataclysme d'origine, dit maître Levy.

Prenant une feuille de papier et un crayon, il dessina des cercles concentriques.

Karal s'émerveilla de sa dextérité : peu de gens étaient capables de tracer des cercles réguliers à main levée, sans utiliser un compas. Dans son genre, le mathématicien devait être un artiste.

— Il y avait deux centres de disruption, continua-t-il. Un ici, où se trouve maintenant le lac Evendim, et l'autre là, à l'emplacement actuel des Plaines de Dhorisha. La force s'est répandue vers l'extérieur, par vagues — chacun des cercles représente le sommet d'une vague. Vous voyez comme ils se rencontrent en certains points, tandis que la vague gagne du terrain ? Eh bien, vos zones de perturbations se situent là où les sommets de deux vagues se rencontrent.

— Alors, pourquoi les zones touchées étaient-elles si étendues lors du Cataclysme d'origine ? demanda Flammechant. Il ne s'agissait pas de petits cercles, mais d'immenses territoires, compris entre le lac Evendim et la frontière orientale d'Hardorn.

Maître Levy eut un sourire patient.

— Les toutes premières vagues avaient une période — une « profondeur », si vous préférez — énorme. En gros, l'équivalent de plusieurs pays. Au sommet de la vague, les perturbations étaient si puissantes qu'il n'y avait pas besoin que deux vagues se rencontrent pour distordre le monde réel. La vague elle-même provoqua les dommages initiaux, créant ce que nous nommons les Collines des Pelagirs et vous les Terres Maudites. Et pourtant, les nations qui se trouvaient sur le passage de la vague restèrent relativement indemnes.

« Mais aux endroits où les sommets des deux premières vagues se rencontrèrent, on trouve des zones si dévastées que rien n'y vit.

Flammechant se mordilla la lèvre, comme si l'explication de maître Levy lui rappelait quelque chose, mais il ne dit rien.

— Maintenant — il s'agit d'une hypothèse, mais je crois qu'elle est bonne — je crois que la première onde de choc, celle de la destruction initiale des deux centres, a été suivie par des vagues de moins en moins étendues et puissantes.

Il inclina la tête, regardant l'Adepte, comme pour lui demander s'il suivait.

— Peut-être..., murmura Flammechant.

Maître Levy jeta un regard de conspirateur à Karal.

— Regardez. Je dessine des cercles concentriques de plus en plus rapprochés. Pour une bonne raison. La vague suivante eut une période plus courte, et ainsi de suite. Les zones de chevauchement devinrent de plus en plus fréquentes, et réduites, jusqu'au passage de la dernière vague.

« Les vagues étant de plus en plus faibles, et leur période plus courte, les perturbations furent confinées aux endroits où leurs crêtes se rencontraient. Voilà pourquoi nous trouvons de petits cercles de perturbation à intervalles réguliers. Ces intervalles représentent une combinaison de la période des deux vagues. Et la période raccourcit à cause d'effets analogues à ceux qu'on observe quand une vague en eau profonde "entraîne" le fond marin. Une question de dépense d'énergie...

Flammechant étudia le diagramme grossier, hocha la tête lentement et enroula une mèche de ses longs cheveux autour de son index.

Flammechant ? Nerveux ? Le soleil va sûrement se lever à l'ouest !

— Si ce que je crois est vrai, ces vagues de perturbation nous reviennent à travers le temps, comme une image inversée dans un miroir.

Maître Levy attendit qu'un de ses « élèves » intervienne.

— Vous voulez dire qu'elles sont encore faibles et peu étendues, mais qu'elles deviendront de plus en plus puissantes et énormes ? demanda Ventnoir.

— Oui, confirma le mathématicien. Et je crois également qu'elles voyagent dans le sens inverse. Au lieu de venir des Plaines et du lac Evendim, elles convergent vers ces deux points. Toute leur puissance, à la fin, se concentrera sur ces deux endroits.

— Oh, fit Elspeth.

— A mesure que les vagues gagnent en puissance, les zones de perturbations ne sont plus confinées aux points d'intersection, mais deviennent aussi vastes que… (Maître Levy marqua une pause.) … c'est une supposition, mais je dirais un tiers de la période de la vague. Et ce tiers, je le répète, peut correspondre à un pays entier, voire plus.

Flammechant se laissa tomber sur un coussin.

— Vous m'avez convaincu, mathématicien, dit-il, très pâle. Vos preuves sont trop bonnes. Et vous m'avez également dit que mon peuple et les Shin'a'in sont condamnés. Ils vivent dans la zone qui sera la plus affectée. Aucun bouclier ne résistera à la puissance qui s'accumule contre nous.

— Peuh ! grogna maître Norten dans le silence qui suivit.

Son exclamation les fit tous sursauter.

— Quoi ? bredouilla Elspeth.

— Veuillez me pardonner, mais j'ai dit : « *Peuh !* » Personne n'est condamné, jeune homme ! (Il jeta un regard perçant à Flammechant, comme s'il le trouvait particulièrement stupide.) Nous avons assez d'informations pour prévoir la période des prochaines vagues, connaître leur puissance et savoir où seront les points d'intersection ! Pour le moment, il n'y a de danger qu'à ces endroits. Nous tenons les gens et les animaux à distance de ces lieux, et nous détruisons leur végétation.

« Mais n'avez-vous pas écouté ? Nous avons une solution temporaire. Suffisante pour avoir le temps d'en trouver une définitive !

— Vous avez une solution ? s'écria Elspeth.

— Nous avons une solution ? s'étrangla maître Levy.

Norten leva sa canne et l'agita en direction de maître Levy.

— Bien sûr, idiot ! Tout ce que vous voyez, ce sont vos fichus modèles mathématiques. Réfléchissez ! Vous nous avez démontré que ces frappes magiques agissent d'une manière logique ! Ne comprenez-vous pas qu'elles se comportent exactement comme des vagues composées d'eau ? Ne sommes-nous pas capables de protéger les ports avec des brise-lames ? Alors, pourquoi les mages n'inventent-ils pas des brise-lames magiques pour défendre les lieux importants, tels que les cités, et les nodes dont ils nous ont parlé ?

Il les foudroya tous du regard, comme s'il n'arrivait pas à croire qu'ils ne comprennent pas ce qui était si évident pour lui.

— Enfer et damnation ! Pourquoi ne peuvent-ils pas créer un brise-lames apte à protéger tous les pays de l'Alliance ?

— C'est pour ça que je suis un mathématicien et pas un ingénieur, répondit maître Levy, penaud.

Maître Norten grogna de nouveau, l'air très content de lui.

— Je… je suppose que c'est possible, murmura Ventnoir.

— Eh bien, vous avez intérêt à le faire, mon

garçon ! lança maître Norten. Nous pouvons vous donner les dates, les heures et les points d'interférences. Puis nous calculerons la période et la puissance. Avec tout ça, je ne vois pas pourquoi vous ne pourriez pas créer ce brise-lames, au lieu de rester assis ici à gémir que vous êtes « condamnés » !

— Mais la magie ne fonctionne pas ainsi, murmura Flammechant.

Ça ressemblait davantage à une supplique qu'à une conviction.

— Je suis navré, Flammechant, répondit Karal, pas du tout mécontent de voir l'Adepte enfin convaincu de ne pas être le plus grand expert en tout. Elle fonctionne ainsi.

Il tendit à l'Adepte les diagrammes des deux dernières vagues qu'il avait copiés à la taverne. Devant des rangées de chiffres logiques, Flammechant dut s'avouer vaincu.

— Très bien, dit-il enfin. Vous avez raison. Et je vous promets d'apprendre à utiliser tout ça.

« Combien de temps avons-nous avant l'assaut final ?

— Le calcul n'est pas fait, répondit maître Levy. Nous avons juste assez d'informations pour prévoir la puissancc dcs prochaines vagues. Connaître celle des vagues initiales, et leur période, nous aiderait.

— Elles étaient assez étendues pour atteindre les Kaled'a'in, en dépit de la distance qui les séparait de la Tour d'Urtho, dit Treyvan. Néanmoins… nous réussîmes à gagner un endroit où la terre était saine. Peut-être pouvons-nous vous donner une estimation…

— Ça fera l'affaire, répondit maître Levy au griffon.

Il avait sursauté en l'entendant parler, puis accepté qu'une créature pareille puisse tenir un discours intelligent.

— Je peux envoyer un message magique, proposa Flammechant. Et n'y avait-il aucune référence, dans l'histoire que nous a contée Rris, à la durée de ces… euh, je suppose que nous pourrions les appeler des « contrecoups » ?

— Il est resté assez vague, répondit Karal après avoir consulté ses notes. Il a seulement dit : « de nombreuses lunes ». Ça ne nous aide pas beaucoup.

Flammechant cligna des yeux, comme s'il avait oublié que Karal avait pris des notes au cours de leurs réunions.

— Faux ! Nous savons maintenant qu'il nous reste quelques mois pour trouver une parade à la tempête qui déferle sur nous, dit maître Norten. (Puis il bâilla à s'en décrocher les mâchoires et eut l'air surpris.) Dieux et démons, il doit être vraiment tard, ou je ne bâillerais pas !

« Aucun de nous n'est vraiment frais. Que diriez-vous de nous retrouver demain matin, pour voir ce que nous pouvons faire de tout ça ?

— Ce… c'est parfait, dit Flammechant en hochant la tête. J'espère que vous voudrez bien me pardonner. A vrai dire, je n'ai pas l'habitude d'avoir tort. Ça me reste coincé en travers de la gorge.

— Je peux comprendre ça. (Maître Norten lui fit un sourire sardonique.) Je n'ai pas non plus l'habitude de me tromper, et je déteste ça quand ça arrive.

— Nous nous comprenons donc. (Flammechant serra la main de l'ingénieur sous le regard approbateur d'Elspeth et celui, plutôt amusé, de Ventnoir.) A demain, donc ?

— A demain. Karal, je compte sur votre présence, doigts déliés et plumes prêtes à servir ! Je veux des notes sur tout, même si nous pensons être dans une impasse. On ne sait jamais.

Karal soupira. Ça allait être une très longue journée.

— Oui, messire, promit-il.

Un groupe de travail de plus… A ce rythme, il allait s'user les doigts. Heureusement qu'il avait déniché une plume en verre, bien plus résistante que celles d'oie ou de métal !

Je me suis porté volontaire... Avec un peu de chance, peut-être réussirai-je à impressionner Natoli. J'ai le sentiment que rien ne la fascine davantage que la compétence.

Bien après, alors qu'il suivait son maître dans les couloirs, il se demanda pourquoi il avait pensé ça…

Le grand duc Tremane écoutait les rapports de ses commandants, le visage impassible et les tripes nouées. Ils étaient venus à cheval — comme s'ils appartenaient à une horde barbare et pas à la fière armée impériale ! La plupart n'avaient pas monté sur une longue distance depuis des années. Tous les Portails étant tombés, ils n'avaient pas eu d'autre moyen de le rejoindre.

Tout le monde savait que l'armée impériale cédait à la panique. Dès que les mages réussissaient à tout remettre en état, une nouvelle vague de disruption les balayait. Ils n'avaient même plus le temps d'ériger des boucliers ! C'était la troisième fois, chacune étant pire que la précédente.

Et les boucliers qui avaient résisté aux deux premières vagues étaient tombés sous la troisième.

Désormais, les hommes se fichaient comme d'une guigne de gagner un pouce de terrain hardornien. Leur seul désir, c'était que les choses redeviennent normales ! Même les mages spécialistes du climat avaient des problèmes. Ils ne parvenaient pas à maîtriser les tempêtes et se contentaient de détourner des camps leurs pires effets.

S'il ajoutait à ça la panique et les perturbations provoquées par les orages qui s'abattaient sur eux, Tremane savait courir au désastre... A moins de faire quelque chose pour remonter le moral des troupes ! Les rumeurs qui circulaient dans le camp étaient suffisantes pour que les plus aguerris des combattants s'inquiètent. Les nouvelles recrues paniquaient et devaient être raisonnées par leurs camarades plus expérimentés. Ces bleus disaient qu'Hardorn s'était payé les services des Rois Noirs du sud, qu'un mage hardornien avait provoqué le désastre, ou que Valdemar lâchait sur eux les pouvoirs secrets de ses Hérauts et de ses chevaux blancs.

Personne ne savait rien, mais tout le monde avait une théorie sur la première défaite qu'allait subir l'armée de l'Empire depuis des siècles, si Tremane n'agissait pas pour y remédier.

Hélas, il n'avait pas la moindre idée de ce qu'il pouvait faire.

Je vous promets une tonne d'encens et une grosse de cierges chacun, dit-il aux quarante petits dieux, *si vous me donnez l'inspiration* !

Mais les dieux étaient en rupture de stock, pour le moment.

Aucun ne lui répondit.

— Nous devons faire quelque chose, dit le général Harde. Peu importe quoi ! Vous devez nous ordonner d'agir, sinon les hommes se diront que vous avez craqué et que tout est perdu.

— Consolidez, répondit Tremane. Mettez tous vos hommes à l'œuvre. Concentrons nos troupes autour de ce fort. Au diable les plans de bataille ! Je veux tout le monde ici, où nous pouvons rester en contact avec des messagers si nous avons besoin de communiquer. Disposant d'une main-d'œuvre si abondante, nous pouvons construire des fortifications. Abandonnez le front. De toute manière, l'Empereur n'est pas en mesure de découvrir ce que nous faisons en ce moment...

Faites que l'Empire souffre autant que nous ! Si c'est le chaos là-bas, personne ne pourra me reprocher ce fiasco. Et l'empereur saura que je n'exagère pas mes problèmes pour couvrir mon incompétence.

Et si c'est quelque chose que Charliss a lâché sur moi ? Sur ses loyaux soldats ?...

Il abandonna ce sujet. C'était un pas vers la trahison et il n'était pas prêt pour ça.

Pas encore.

— Et pour le ravitaillement ? demanda un des commandants. Comment nourrir autant d'hommes ?

— Je ne sais pas encore... J'aurai une réponse quand nous les aurons tous rassemblés. J'ai ici de quoi approvisionner l'armée pendant deux semaines avant de devoir en venir au rationnement.

« Et il y a toujours des rebelles. Il vaut mieux avoir tous nos hommes au même endroit que le long d'une ligne qui fait une bonne moitié de ce maudit pays. Je ne veux pas perdre d'unités parce qu'elles auraient été coupées du reste des troupes.

Cela redonna courage à ses commandants, bien plus à l'aise avec des ordres à exécuter. Quant aux hommes, la marche, puis la construction de fortifications, devraient les faire tenir tranquille un moment.

Je dois demander aux ingénieurs de dessiner des fortifications qui utilisent des matériaux aisément disponibles et peuvent être construites à la main. Après, s'il le faut, je rejoindrai le sol impérial à pied, pensa-t-il en renvoyant ses commandants.

Il s'occupa ensuite des rapports que lui avaient adressés ses érudits, la nuit précédente. Il les avait littéralement fait tirer du lit et mettre au travail.

Je tomberai peut-être en disgrâce, mais je ne laisserai pas mes hommes se faire massacrer par des hordes de barbares !

Au moins, il avait fait venir sa bibliothèque avant que les choses aillent mal. Quelque part, un phénomène comparable avait déjà dû se produire par le passé. Il avait ordonné à ses érudits d'abandonner leurs recherches sur Valdemar et de se concentrer là-dessus. Par tous les dieux, il découvrirait quand il y avait eu des perturbations comme celles-là, où elles avaient frappé, et ce que les gens avaient fait à ce sujet !

« *Mon seigneur…* » Le rapport commençait ainsi — le chef historien avait été assez impressionné par ses ordres pour oublier toutes les absurdités de rigueur dans ce genre de document.

Le pauvre homme devait désormais se passer de lampe, de feu magique, d'eau courante et de bien d'autres commodités. Et cela lui faisait sentir l'urgence de la situation.

« Les perturbations sont assez inhabituelles pour que nous ayons pu éliminer la plupart des textes de votre bibliothèque. Trois de mes collègues

et moi connaissons bien l'histoire de l'Empire. Nous savions que nous ne trouverions rien à ce sujet dans les Chroniques Officielles. Autrement dit, nous avons commencé nos recherches dans les textes antérieurs à la fondation de l'Empire. »

Eh bien ! Tremane se radossa à son siège, stupéfait. Il savait que posséder des copies de textes aussi anciens était un coup de chance dû à son intérêt pour l'histoire. Peu de gens en détenaient d'aussi vieux. Il avait payé une fortune, souvent assortie d'un pot-de-vin, pour obtenir certains ouvrages. Aujourd'hui, il était content de l'avoir fait.

« Primo, *je dois vous prévenir que ces textes sont un mélange de plusieurs langues archaïques, et qu'il nous faudra du temps pour les traduire. Néanmoins, nous sommes tous d'accord sur la teneur de notre découverte.*

Secundo, *les textes eux-mêmes sont les écrits personnels d'antiques guerriers. Certains étaient des mercenaires, et d'autres les loyaux soldats d'un grand seigneur.* »

Cela concordait avec l'histoire officielle de l'Empire.

Tremane continua à lire.

« *Nous avons établi que ces guerriers appartenaient à une armée dont ils furent coupés au moment où leur ennemi remporta une victoire inattendue. Leur seigneur leur enjoignit de fuir aussi loin et aussi vite que possible — par un Portail.* »

Intéressant... Ça n'avait pas été retenu par l'histoire officielle, mais ce groupe était bien parti de son côté pour faire ses propres conquêtes.

« *Nous ignorons la raison de cette fuite. Mais nous supposons que leur seigneur voulait que la victoire de son ennemi n'en soit pas vraiment une. Ainsi, il s'était arrangé pour qu'il trouve seulement des cendres, détruisant tout avant qu'il ne mette la main dessus.*

Les guerriers utilisèrent un Portail pour rejoindre leur destination, loin à l'est de l'endroit où ils s'étaient réfugiés après avoir été coupés des leurs. Quelque chose se passa au moment où ils le franchirent. Une catastrophe d'origine magique les propulsa plus loin qu'ils n'auraient dû aller. Ils se retrouvèrent dans un territoire inconnu qui devint, vous l'avez sans doute deviné, le cœur de notre Empire. Les jours qui suivirent, il y eut une série de perturbations qu'un témoin appelle des "tremblements de terre magiques" et un autre des "contrecoups". Il semble que ces perturbations soient du même genre que celles que nous subissons aujourd'hui. »

Exactement ce que le duc avait espéré trouver ! La joie le submergea…

… et retomba quand il lut la suite.

« Vos ordres étaient de rechercher des circonstances semblables à celles que nous subissons et de découvrir ce que les anciens ont fait pour se défendre. Je n'ai pas de bonnes nouvelles, mon seigneur. Mes collègues et moi sommes unanimes : nos ancêtres ne firent rien ! Ils ne pouvaient *rien faire. Ils se contentèrent d'attendre que les contrecoups — ou tremblements de terre — passent ou les détruisent. Un jour, les perturbations cessèrent. Ils consolidèrent leur position… Le reste appartient à l'histoire officielle de l'Empire. »*

Tremane se prit le visage à deux mains.

Ils ont attendu que ça passe. Ce n'était pas une bonne nouvelle. *Mais il va falloir que je l'accepte*. Il n'était pas du genre à prétendre qu'une mauvaise nouvelle était forcément un mensonge. En réalité, il avait tendance à agir comme si une mauvaise nouvelle était le héraut du pire qui restait à venir. En cette circonstance, c'était une bonne chose.

Ses mages paniquaient. Les vagues de perturbations devenaient plus puissantes. Son idée de rétablir les Portails en priorité, pour faire des réserves, avait été la bonne. Ils avaient assez de nourriture et de matériel pour survivre une partie de l'hiver — sur des demi-rations. Et s'ils réussissaient à rouvrir les Portails encore une ou deux fois, ils iraient jusqu'au printemps avec des rations entières.

Non. C'était le mauvais choix… Partir chercher ce qu'il leur fallait… Oui, ce devait être leur priorité, mais pourquoi perdre du temps à ouvrir plusieurs Portails, alors qu'il ne lui en fallait qu'un ? Celui qui donnait sur le dépôt militaire le plus occidental de l'Empire, afin de réquisitionner des vivres… Au diable les armes ! Il ne permettrait pas à ses hommes de gaspiller une flèche jusqu'à ce qu'il ait arrêté des plans à long terme. Au diable les renforts ! Il avait tous les hommes qu'il lui fallait pour tenir sa position, et beaucoup trop pour tenter une retraite ordonnée si les choses en arrivaient là. Il allait dire à ses mages de se concentrer sur cet unique Portail. De son côté, il fabriquerait les faux nécessaires pour vider l'entrepôt… Au diable l'honnêteté, la procédure, et tous ceux qui pourraient avoir besoin de s'approvisionner là-bas !

Il est plus facile de s'excuser que de demander la permission. Plus tard, il ferait amende honorable devant l'empereur, s'il le fallait.

Au moins, il savait une chose : Charliss n'était pas derrière ces « attaques ». Mais il restait possible qu'il ait su qu'elles se produiraient, et qu'il l'ait envoyé en mission pour se débarrasser de lui.

En condamnant des milliers de loyaux soldats en même temps que moi… Ce point le rendait furieux. La loyauté de l'armée envers l'empereur était légendaire. Trahir cette foi, c'était renier tout ce que l'Empire tenait pour sacré.

Autrement dit, pas grand-chose…

Pensant à l'état de la cour et à la corruption qui rongeait la bureaucratie, il conclut qu'il ne devait être ni surpris ni en colère.

Tremane secoua la tête. Cela n'avait pas d'importance. Le drame, pendant qu'il rassemblait son armée en position défensive, c'était que Valdemar, virtuellement épargné, restait à l'affût.

Si j'étais la reine, je frapperais maintenant. Je lèverais une armée avec Karse et j'attaquerais les lignes impériales à plusieurs endroits, jusqu'à ce qu'elles se brisent en fragments faciles à écraser. Je n'hésiterais pas. J'armerais les autochtones et je les laisserais me mâcher le travail. Ainsi, je prendrais Hardorn avec un minimum d'efforts… et je pourrais peut-être pénétrer sur le territoire impérial avant que mes pertes ne soient trop élevées.

Il devait trouver quelque chose pour occuper les Valdemariens…

Malheureusement, cela signifiait utiliser une arme qu'il avait gardée dans sa manche, tant il la haïssait.

Mais un homme aux abois fait tout ce qu'il peut pour s'en sortir. Et je ne combats pas seulement pour ma vie, mais pour celles de mes hommes. Donc, je n'ai pas le droit d'hésiter.

Il ne confierait pas cette mission à un aide de camp ou à un messager.

Tremane ouvrit un des tiroirs de son bureau et en sortit un objet lourd et carré enveloppé dans de la soie. Il posa le paquet devant lui et l'ouvrit.

Il contenait un morceau d'obsidienne poli et sans le moindre défaut.

Encore une raison, pour les candidats au Trône de Fer, d'être des mages. Certains messages étaient trop importants pour transiter par des intermédiaires.

Du tiroir, il sortit un petit portrait. Pas plus grand que sa main, il représentait un homme tout à fait insignifiant. Une bonne chose. Il n'était pas sage d'employer un agent facilement repérable. Au portrait s'ajoutait une mèche de cheveux — le lien physique dont il avait besoin pour contacter l'espion.

N'importe quel mage pouvait se servir de ce lien pour le tuer s'il n'était pas coopératif. Rien ne valait une garantie quand on traitait avec ce genre de personnage.

Tremane se représenta mentalement le visage de l'homme et puisa dans sa réserve d'énergie magique personnelle. Il n'osait pas se fier aux lignes de pouvoir environnantes. Ses mages l'avaient averti qu'elles étaient erratiques. Mais tant qu'il avait ses réserves, il serait immunisé contre les perturbations.

Il plongea son regard dans le verre noir, vidant son esprit de tout sauf de l'espion et du besoin de communiquer avec lui, son pouvoir lancé comme un hameçon prévu pour attraper un seul poisson.

Son énergie diminuait lentement alors qu'il cherchait et attendait. Cela pouvait prendre un moment. Il était prêt à attendre aussi longtemps que nécessaire. Son agent n'était peut-être pas libre de répondre. Ça n'était pas grave. Un mage apprenait à être patient. Et à rester concentré. Tremane avait beaucoup pratiqué l'une et l'autre de ces vertus.

Les heures passèrent et la chandelle se consuma.

A minuit passé, l'agent répondit.

Son visage se forma dans le verre. Retroussant légèrement les lèvres, Tremane pensa que l'imbécile avait l'air encore plus inefficace que sur le portrait. Comment avait-on pu choisir un peintre pour jouer les espions ?

Seigneur duc ! s'écria l'homme, d'une voix aussi peu audible qu'un bourdonnement d'insecte. *Je vous supplie de m'excuser ! Je ne pouvais pas partir*...

— Vous me faites perdre mon temps avec vos excuses, répondit sèchement Tremane. Voilà vos ordres. Libérez les petits oiseaux.

L'agent devint blafard.

Mon... mon seigneur ? bégaya-t-il. *Tous ? Vous en êtes sûr ?*

— Tous ! ordonna Tremane. Obéissez.

Avant que ce crétin ne lui ait fait perdre plus de temps et de ressources en gémissant que ça le mettrait en danger, il annula le sort. Le visage de l'espion disparut aussi vite que la flamme d'une bougie soufflée par le vent. Tremane se massa les tempes, puis enveloppa le carré d'obsidienne et le rangea avec le portrait et la mèche de cheveux.

L'agent survivrait-il à sa tâche ?

Sans doute, s'il était prudent. Les « petits oiseaux » étaient déjà en place, et leur libération pouvait être lancée à distance. Bien sûr, s'il était stupide, il serait pris...

Eh bien, il sera puni de son idiotie ! décida Tremane avec une impatience qui ne lui ressemblait pas. *S'il est pris, il aura fait tout ce qu'il pouvait faire, donc il ne m'est plus indispensable.*

Il était rarement impitoyable avec ses subordonnés. Mais il n'avait pas recruté cet agent…

Tremane serra les poings un instant, rongé de remords. L'ordre qu'il venait de transmettre… C'était terrible et avilissant ! La première souillure qu'il aurait sur la conscience. Il avait déjà ordonné que des hommes soient tués, mais au cours de batailles, ou dans des circonstances où les deux parties savaient à quoi s'en tenir. Cette nuit, il ne dormirait pas, et peut-être pas non plus la suivante.

Il avait ordonné la mort d'innocents — des non-combattants. Mais un empereur devait se montrer sans pitié quand la survie de son peuple était en jeu.

Je n'avais pas le choix, se dit-il, le regard rivé sur la fenêtre tellement semblable au miroir qu'il venait d'utiliser.

Je dois sauver mes hommes. C'est la guerre, et je n'avais pas le choix.

Alors pourquoi avait-il l'impression d'avoir trahi son honneur et son âme ?

CHAPITRE XV

Il restait sept jours avant la prochaine vague et Karal doutait de vivre aussi longtemps. Il n'y avait tout simplement pas assez d'heures dans une journée pour tout faire. Mais il n'était pas le seul à travailler jusqu'à l'épuisement. Les mages et les ingénieurs avaient tous les yeux cernés. Si le jeune homme arrivait à se ménager quelques heures de sommeil par nuit, c'était parce qu'il veillait à ce qu'Ulrich les ait aussi.

Les mages travaillaient sur les boucliers le matin, quand ils étaient encore frais. Après une pause pour déjeuner, ils rencontraient les maîtres ingénieurs. Enfin, ils tenaient leur réunion. Karal n'y assistait pas toujours. Les mages avaient davantage besoin de ses rapports sur les progrès des ingénieurs que l'inverse, car An'desha leur donnait des explications et y ajoutait des démonstrations. Karal se demandait où son ami trouvait l'énergie de faire tout ça.

Généralement, le novice essayait de rester invisible — sauf quand la santé d'Ulrich était en jeu. La première fois qu'il était rentré de *La Rose des Vents*, trouvant la suite déserte, il lui avait fallu toute sa volonté pour interrompre les mages et demander que son maître se repose. Après tout, il n'était qu'un secrétaire. Soit rien à côté d'Elspeth ou de Ventnoir. Mais le bien-être d'Ulrich était son affaire. Solaris l'avait investi de cette mission. Et ça n'était pas en restant debout jusqu'à l'aube puis en dormant une heure ou deux avant de recommencer à pratiquer une magie épuisante et complexe, qu'Ulrich se ménagerait ! Karal ne pensait pas que les autres, bien plus jeunes que son mentor, étaient conscients de la vitesse à laquelle il se fatiguait.

Prenant son courage à deux mains, il avait « rappelé » à Ulrich qu'il lui avait demandé de le prévenir à minuit, car il voulait être reposé pour le travail du lendemain. Son maître, surpris, avait rivé sur lui un long regard dur.

Karal avait fait de son mieux pour ne pas broncher.

Je ne partirai pas, avait-il pensé. (Il s'était toujours demandé si Ulrich était capable de lire dans son esprit.) *Je ferai ce qu'il faut pour que vous preniez du repos, quitte à inventer une urgence ou à faire intervenir Altra.*

Même s'il ne savait pas comment persuader le Chat de Feu d'entrer dans son jeu…

Karal ignorait toujours si Ulrich pouvait lire dans les pensées. Mais son mentor s'était levé, le remerciant d'être venu le chercher. Ensuite, il l'avait suivi chaque fois qu'il était venu le chercher, sans jamais lui faire de remontrance.

Si Karal avait toujours l'impression d'être au bord de l'épuisement, que devait ressentir Ulrich ?

Il savait ce qui les poussait tous à leurs limites — il le sentait lui-même. A chaque instant, derrière tout ce qu'ils faisaient, se cachait le même sentiment d'urgence.

Vite, vite, vite, murmurait-il d'une toute petite voix. *Ne perds pas de temps. Il n'y a pas un instant à perdre. Trouve la réponse, maintenant, avant qu'il ne soit trop tard.*

Bientôt, beaucoup trop tôt, dans quelques mois à peine, il serait trop tard. La tempête frapperait, et Valdemar était le pays le plus proche d'un des deux centres…

A l'exception des Shin'a'in.

Et des Kaled'a'in qui avaient élu domicile au bord des Plaines. Bien que Treyvan et Hydona ne disent rien, Karal les savait aussi inquiets pour les leurs que l'ambassadrice shin'a'in.

Il y avait une option : déplacer les populations avant que les tempêtes battent leur plein. Même si personne ne l'appréciait, elle sauverait des vies. Mais ce ne serait pas facile, car à ce moment-là les vagues de disruption surviendraient quotidiennement, rendant impossible l'utilisation de Portails. Il faudrait un exil à pied ou à cheval. Même les barges flottantes des Kaled'a'in ne leur seraient d'aucune utilité, sauf si leurs mages acceptaient de dépenser beaucoup d'énergie à les protéger des perturbations.

Karal avait déroulé la carte la plus récente devant lui et l'étudiait en attendant le retour d'Ulrich pour le déjeuner. La carte indiquait les zones de perturbations de la prochaine vague. Elle surviendrait douze jours et demi après la précédente et les cercles seraient assez grands pour qu'un gros animal soit pris à l'intérieur.

Un cheval shin'a'in, par exemple. Ou un taureau valdemarien.

Voire un cerf. Ça n'avait pas d'importance. Le

« lapin » avait failli arracher la main de quelqu'un. Une bête plus grosse serait mortelle pour quiconque se trouverait aux alentours.

Karal frémit à cette pensée. Avec de la chance, et l'aide des Hérauts en mission, ils réussiraient à prévenir la population de garder les bêtes enfermées, ou au moins de les empêcher de pénétrer dans les zones de perturbation. Si cela valait pour Valdemar, ça n'excluait pas qu'un animal sauvage soit pris dans un cercle de transformation. Altra avait emporté une copie de la carte à Solaris dès que Karal l'avait terminée — apparemment, le Chat de Feu n'avait aucun problème à jouer les messagers. Cela réglait aussi le problème de Karse.

Flammechant transmettrait l'information aux clans des Frères du Faucon grâce à la magie. Les Tayledras relaieraient le message aux Kaled'a'in et au Shin'a'in.

Le prince Daren avait envoyé un Héraut à Rethwellan la nuit précédente. Mais il n'y avait là-bas ni Héraut ni prêtre pour transmettre l'avertissement. Idem à Hardorn, dans les terres glacées, au nord de la Forêt des Tourments, et à Iftel.

Il n'y avait aucun moyen de prévenir quiconque au sud de Rethwellan, sauf si les Shin'a'in s'en chargeaient, ni de faire circuler l'avertissement dans les populations. Leur seul espoir était que la vague centrée sur le lac Evendim serait si faible en arrivant là-bas que son interaction avec l'autre, centrée sur les Plaines, resterait négligeable.

Mais ça ne durerait pas. Tôt ou tard, les vagues deviendraient assez puissantes pour que leurs effets se fassent sentir jusqu'à Ceejay. Alors, elles seraient beaucoup plus rapprochées.

Quelqu'un devait répandre la nouvelle. Et il fallait trouver un moyen d'arrêter le phénomène.

Vite, vite, vite, avant qu'il ne soit trop tard...

Ils ne pouvaient rien faire au sujet des Pelagirs et des montagnes du nord. Qu'arriverait-il quand les bêtes déjà étranges qui les peuplaient seraient frappées par cette deuxième force maudite ? Un étudiant avait suggéré qu'elles redeviendraient des lapins, des souris et des écureuils. Une idée amusante, mais totalement improbable...

Et l'Empire ? Il y avait toujours une armée, là-bas. Et si son chef décidait que Karse, Valdemar ou les deux étaient responsables ? Les Impériaux contrôlaient une grande puissance magique et militaire. Et s'ils pensaient avoir été attaqués et décidaient de se venger ?

A point nommé, la porte s'ouvrit et Ulrich entra.

Le bruit de ses pas alerta Karal, qui leva les yeux vers son maître. Ulrich n'avait pas de raison de traîner les pieds — sauf s'il était tellement épuisé que marcher lui demandait un effort.

Le novice frémit quand il vit que son mentor était très pâle.

— Vous avez encore abusé de vos forces.

— Non, je n'ai pas bien dormi, corrigea Ulrich. J'ai fait des rêves troublants, la nuit dernière. Au réveil, j'ai insisté auprès des autres pour que nous envoyions les avertissements, les cartes, les dates et les heures des prochaines vagues aux Tayledras, aux Shin'a'in, aux Kaled'a'in et à toutes les écoles de magie que nous connaissons. Il m'est venu à l'esprit qu'il y avait toujours quelqu'un occupé à enseigner ou à jeter un sort, et qu'il nous suffisait d'« interrompre » ce qui était en cours pour transmettre notre message.

« Les mages des Vents Blancs et de la Montagne Bleue nous ont beaucoup aidés. (Il eut un pâle sourire.) Nous avons couvert un bon bout de terrain, pour ainsi dire.

— Tout ça est bien beau, mais… (Karal secoua la tête.) Je suis navré. Je parle comme votre mère, ou un fils grognon, alors que je suis votre protégé et votre secrétaire. Pardonnez-moi, maître…

Ulrich ne prit pas ombrage de son comportement et sourit.

— Tu en as le droit, et si j'avais un fils, grognon ou non, j'aimerais qu'il soit exactement comme toi. Tu es un émerveillement constant pour moi, Karal. Quand je t'ai choisi, j'ai pensé être toujours un peu déçu parce que tu n'es pas un mage. J'avais tort.

— Tort ? répéta Karal, un peu assommé par la tournure de la conversation.

— Complètement tort ! (Ulrich s'approcha en traînant un peu les pieds et posa une main hésitante sur l'épaule du novice.) Tu as quelque chose de bien plus important, et d'infiniment plus rare qu'un don de mage, mon fils. Tu es un guerrier de l'esprit et un guérisseur de l'âme. Doté de plus de compassion que je ne pourrais jamais le comprendre, tu montres déjà les signes de la vraie sagesse. Les gens te font confiance instinctivement. Tu le sens et tu essaies de les aider. Un jour, tu seras un grand prêtre dans le sens le plus pur du terme, celui qui n'a rien à voir avec la magie, le pouvoir ou la politique. Je crois que c'est pour cela qu'Altra t'a été envoyé.

Karal tremblait sous la main d'Ulrich. Il ne s'était pas attendu à ça et il ne savait qu'en penser.

— Je crains que ta route ne soit pas facile, continua Ulrich. Mais il y a une personne à qui tu devrais prendre le temps de parler. Le Héraut Talia est un peu comme toi. C'est une guérisseuse du cœur plutôt que de l'âme. Cela mis à part, elle te comprendra quand même mieux que quiconque.

— Mais... mais... Solaris..., bégaya Karal.

Pourquoi parle-t-il ainsi ? On dirait qu'il pense ne plus être là quand j'aurai besoin de lui...

— Solaris, c'est tout autre chose ! Le Prophète doit s'inquiéter des besoins du peuple, pas de ceux des individus. Elle ne sera pas en mesure de t'aider... Même s'il se peut, un jour, que tu sois appelé à lui porter secours.

Karal baissa les yeux, la gorge nouée et la confusion au cœur. Ulrich lui posa un doigt sous le menton et lui releva la tête, pour qu'il croise son regard.

— Talia ne pourra pas t'aider sur un point, et tu devras trouver ta propre voie. Celle d'un vrai prêtre est souvent solitaire. Il peut parfois marcher avec une compagne, mais leurs chemins doivent se séparer tôt ou tard, sans qu'ils sachent s'ils se reverront. Ta vie appartient aux autres, et je crois que tu le comprends et l'acceptes, même si tu n'as pas encore réussi à formuler clairement cette pensée. Avec de la chance, tu trouveras une partenaire également capable de le comprendre et de l'accepter. Sinon, tu en souffriras. Mais alors, rappelle-toi ce que tu es. Si tu ne peux pas être aimé d'une seule personne, tu le seras par beaucoup.

Karal cligna des yeux, essayant de comprendre ce que disait son maître sans y parvenir tout à fait. Ulrich le regarda un moment, puis le lâcha avec un petit rire sec.

— Ah, mes rêves m'ont rendu bizarre, ou un peu fou, ou peut-être les deux ! Ou suis-je affamé au point de voir les ombres d'un futur qui n'arrivera jamais ? As-tu commandé le déjeuner ?

Soupirant de soulagement, Karal acquiesça.

— A propos du Héraut Talia… Elle désire nous parler d'An'desha. Selon elle, il est bouleversé, et elle pense que nous pouvons l'aider.

— Eh bien c'est possible…, commença Ulrich.

Il fut interrompu par un coup frappé à la porte.

— Entrez !

La porte s'ouvrit. Dame Talia entra, suivie par le page qui apportait leur déjeuner. Un moment, il régna une grande confusion dans la pièce, le temps que Karal débarrasse la table, que le page y pose son plateau et que tout le monde trouve sa place. Puis le jeune garçon s'inclina et sortit.

Pendant que Talia et Ulrich se saluaient, Karal se dirigea vers la pièce attenante pour y chercher une troisième chaise.

Il n'eut pas le temps d'atteindre la porte.

Quelque chose — un bruit étrange, ou peut-être pas un son, mais une sensation — le força à se retourner avec la certitude d'un danger imminent.

La cheminée était décorée de moulures en plâtre, comme celles de la salle du Conseil et de la plupart des autres pièces du Palais. Elles étaient situées de part et d'autre et au-dessus du manteau, formant des volutes, dont une plus grosse aux quatre coins.

Une vibration aiguë se fit entendre quand les quatre volutes éclatèrent, libérant des projectiles qui jaillirent dans la pièce et restèrent suspendus dans les airs. Karal ne réussit pas à voir à quoi ils ressemblaient. Les armes lui faisaient mal aux yeux et restaient floues même s'il se concentrait. Il eut l'impression que c'était des lames effilées, effrayantes et mortelles.

Karal ne réfléchit pas. Il agit. Se jetant instinctivement devant Talia, il lui fit un bouclier de son corps. Si quelqu'un était visé, ça ne pouvait être qu'elle !

L'instant d'après, Altra s'interposa entre le danger et lui. Le Chat de Feu, les poils hérissés, poussa un cri de guerre perçant qui rivalisa avec le hurlement aigu des projectiles.

Les lames entrèrent en mouvement. Les deux plus proches de Karal volèrent vers lui aussi vite que des mouches. Il se jeta en arrière, essayant de renverser Talia pour la protéger.

Il s'attendit à sentir les pointes lui transpercer le cœur…

Mais il y eut un *crac* ! sonore, et deux lames disparurent, désintégrées par l'éclair de feu lancé par Altra.

Mais ce ne fut pas suffisant.

Si la troisième s'enfonça dans le mur, la quatrième lame percuta la poitrine d'Ulrich avec assez de force pour le faire tomber à la renverse.

— Ulrich ! cria Karal.

Il se releva pour aller se jeter à genoux auprès de son maître.

Talia l'arrêta avant qu'il ait pu saisir l'arme qui dépassait de la poitrine du prêtre pour l'arracher. Ulrich respirait toujours, mais il était inconscient, et un filet de sang coulait au coin de sa bouche.

— Ne le touchez pas ! ordonna Talia. J'ai appelé de l'aide. Je suis un peu guérisseuse, laissez-moi…

Obéissant, il lui céda la place. Elle retira le projectile. La plaie siffla jusqu'à ce qu'elle appuie dessus.

— Il a été atteint au poumon, c'est mauvais, murmura Talia. Très mauvais… Où est donc passé ce maudit guérisseur ?

A côté d'elle, Karal se tordait les mains. Il désirait faire quelque chose, n'importe quoi, mais était incapable de l'aider.

— Ulrich, maître, murmura-t-il, une main posée sur le front de son mentor, l'autre sur son épaule. S'il vous plaît ! On va venir vous soigner. Ne me laissez pas. J'ai besoin de vous, ne me laissez pas !

Le temps ne paraissait pas s'écouler normalement. Rien ne semblait normal.

Ça ne peut pas être vraiment arrivé, pensa Karal. Les bruits de leurs voix et de leurs mouvements paraissaient étouffés, comme s'ils étaient au fond d'un puits, et la respiration haletante et sifflante d'Ulrich semblait bien trop forte.

Enfin, la porte s'ouvrit à la volée et une dizaine de personnes entrèrent. Deux d'entre elles étaient des guérisseurs en robes vertes. Ils entourèrent Ulrich, écartant Talia et Karal. Puis ils l'emportèrent, laissant le Héraut de la Reine et le novice en compagnie d'une grande femme blonde.

Karal voulut les suivre, mais une main se posa sur son épaule pour l'arrêter.

— Laissez-moi ! cracha-t-il.

Une deuxième main lui saisit le poignet et le força à pivoter. Son regard plongea dans les yeux verts de Kerowyn.

— Tu ne peux pas aider Ulrich et tu gêneras les guérisseurs, dit-elle, l'obligeant à affronter une vérité qu'il ne voulait pas entendre.

— Mais…, protesta-t-il.

Il la regarda et fondit en larmes.

Talia le prit dans ses bras… Bizarrement, Kerowyn aussi. Les deux femmes le soutinrent tandis que des sanglots lui déchiraient le corps.

— Pourquoi ? Pourquoi ? Il n'a jamais fait de

mal à personne ! C'est un vieil homme ! Il n'a jamais fait de mal à personne ! Pourquoi ?

Ni l'une ni l'autre ne répondirent. C'était tout aussi bien, car il n'aurait pas pu les entendre. Elles se contentèrent de l'étreindre. Au bout d'un moment, Kerowyn s'écarta, laissant Karal pleurer sur l'épaule de Talia pendant qu'elle lui caressait les cheveux et le berçait.

Tremblant de douleur, il était incapable de parler, d'entendre, et de penser.

Il revoyait sans cesse son maître s'écrouler.

L'épuisement le ramena à la réalité. Ses larmes se tarirent, sans doute parce qu'il avait versé jusqu'à la dernière. Hébété, il laissa Talia le guider vers un fauteuil, où il s'assit lourdement.

Kerowyn s'agenouilla devant lui, deux lames dans les mains.

— Ulrich n'a pas été le seul, dit-elle. L'ambassadrice shin'a'in est morte. Heureusement que les autres mages étaient réunis dans la suite des griffons quand des projectiles ont jailli pour les tuer. Ils ont réussi à les arrêter, mais Treyvan et Ventnoir ont été blessés.

« Il semble que ces armes étaient dissimulées dans les moulures de la cheminée des appartements des mages étrangers.

Karal cligna des yeux.

— Pourquoi ? demanda-t-il.

— Quelqu'un voulait éliminer les ambassadeurs. Ou il visait tous les mages, et a dû se rabattre sur les étrangers, les autres résidant dans l'Aile des Hérauts, à laquelle il n'avait sans doute pas accès. (Elle inclina la tête et fronça les sourcils.) Maintenant que j'y pense, il n'avait sûrement pas accès non plus à l'*ekele* de Flammechant. C'est peut-être pour ça qu'il y avait quatre lames ici. Les deux autres étaient pour Flammechant et An'desha.

— Pourquoi ? Pourquoi essayer de tuer quelqu'un ? Et qui cela pourrait-il être ?

— Dis-toi que l'Empire est derrière tout ça, et tu auras la réponse à cette question. Puisque je ne reconnais pas ces lames, et que je pensais connaître toutes les armes utilisées par les tueurs, qui d'autre que l'Empire peut avoir frappé ?

A ces mots, l'esprit du jeune homme recommença à fonctionner et lui présenta une myriade de possibilités.

— Pour détruire l'Alliance, je tuerais tous les ambassadeurs, dit-il d'une voix hésitante. Si Valdemar est incapable de protéger les émissaires à l'intérieur du Palais, ses alliés concluront qu'il est trop dangereux de signer un pacte. Il se peut que certains alliés, dont Karse, blâment Valdemar pour la mort de leurs ambassadeurs. Que toutes les cibles soient des mages n'est peut-être qu'une coïncidence.

Talia écarquilla les yeux et Kerowyn plissa le front.

— Ça ne m'était pas venu à l'esprit, admit-elle. Mais c'est une meilleure raison que de vouloir miner notre puissance magique.

Le cerveau de Karal fonctionnait toujours grâce à l'habitude et à l'enseignement d'Ulrich...

Oh, Ulrich... Je vous ai perdu. Nous vous avons tous perdu...

— L'Empire doit penser qu'il s'agit d'une alliance ordinaire, surtout entre Karse et Valdemar, continua-t-il. (Maintenant que son esprit était en marche, il ne s'arrêterait pas avant d'avoir suivi son idée jusqu'au bout.) Les Impériaux ne peuvent pas savoir que Solaris règne sous décret divin. Ils supposent sans doute que la mort de son ambassadeur la poussera à revenir à la vieille croyance qui présente Valdemar comme le Royaume des Démons. C'est pour ça que j'étais visé aussi... Histoire de ne laisser aucun témoin qui pourrait dire le contraire.

Kerowyn serra les mâchoires.

— C'est logique. Bon travail, Karal. Je vais apporter ces armes à Elspeth et à Ventnoir. Peut-être pourront-ils trouver quelque chose. Toi, tu t'installeras ailleurs dès que j'aurai pu faire venir mes hommes pour transporter tes affaires.

Il vit immédiatement où elle voulait en venir.

— Il y a un espion impérial au Palais, n'est-ce pas ? dit-il. Quelqu'un qui a accès à toutes les suites et la possibilité de cacher ces lames dans le plâtre.

— Et je ne sais pas qui c'est ! Donc, je ferai emménager tous les étrangers dans l'Aile des Hérauts. Non, j'ai une meilleure idée. Je te relogerai chez Flammechant et An'desha, s'ils sont d'accord. Flammechant a détruit cinq de ces armes à lui seul.

Karal la suivit des yeux quand elle se releva.

— Et... ? commença-t-il, les lèvres tremblantes et les yeux brûlants.

— Ulrich est entre les meilleures mains possibles, Karal, dit Talia. Il est trop tôt pour se prononcer... Ton maître est âgé, et nous savons tous les deux qu'il ne s'est pas ménagé, ces derniers temps.

Karal hocha la tête puis baissa les yeux, pour que Kerowyn ne voie pas ses larmes.

Kerowyn partit mais Talia resta. Quand il recommença à pleurer, un peu plus calmement, elle fut là pour le soutenir.

Talia resta avec lui toute la journée. En fin d'après-midi, Kerowyn revint avec quelques mercenaires. Ils emballèrent et emportèrent toutes ses affaires chez Flammechant et An'desha.

Karal retint ses larmes, car il ne voulait pas pleurer devant des soldats endurcis.

Un des hommes l'entendit étouffer un sanglot alors qu'il passait avec une brassée de robes appartenant à Ulrich. Il posa les vêtements et s'assit sur les talons devant Karal.

— Faut pas avoir honte de pleurer, gamin, dit-il en lui tapotant gauchement la main. (Il avait un accent si terrible que Karal eut du mal à le comprendre.) Ce genre de choses, c'est dur, même pour les types comme moi. Si tes larmes sont pour quelqu'un qui le mérite, il faut pas avoir honte de pleurer. D'accord ? On n'en pensera pas moins de bien de toi.

L'homme se releva dès que Karal hocha la tête et se remit au travail.

Le novice laissa donc ses larmes couler, ignorant les allées et venues.

Le soleil finit par se coucher et l'obscurité envahit la suite vide.

— Veux-tu aller au Collegium des Guérisseurs ? demanda Talia. Ou préfères-tu attendre ici ?

Rien ne le retenait en ces lieux. Les pièces étaient vides. Il n'y restait même pas l'odeur de l'encens qui parfumait les robes d'Ulrich — non qu'il eût encore de l'odorat, après avoir tant pleuré.

— J'aimerais aller chez les guérisseurs, répondit-il d'une voix rauque. Si c'est possible.

— Bien sûr ! (Talia lui tendit la main.) Viens, je t'y emmène.

Muré dans sa peine, Karal n'eut aucune conscience du trajet. Il se retrouva assis dans une autre pièce pleine de bancs usés où flottait comme un parfum d'attente. Alors qu'il reprenait conscience du monde extérieur, il vit Talia revenir vers lui. Il ne s'était même pas aperçu de son absence.

— Aucun changement, Karal, dit-elle, se mordillant la lèvre. Je ne te mentirai pas : ce n'est pas bon signe. Il n'a toujours pas repris connaissance.

Il hocha la tête et elle lui posa une main sur l'épaule.

— Je peux rester avec toi, si tu veux, proposa-t-elle.

Mais elle avait des choses plus importantes à faire que de le materner ! Grâce à Florian, il savait désormais ce qu'elle était, et combien elle comptait. En y repensant, il lui serait reconnaissant du temps qu'elle lui avait consacré aujourd'hui. Mais pour le moment, il n'y avait de place que pour sa peine.

— Vous devez partir, répondit-il. Je... je comprends. Je me débrouillerai.

Elle plongea ses yeux dans les siens.

— Oui, tu comprends, dit-elle, de l'étonnement dans la voix. Merci, Karal. Si tu ne te sens pas capable de rester seul, envoie-moi chercher.

Il acquiesça. Elle s'éloigna d'un pas vif, bien que légèrement boitillant.

Karal la regarda partir, puis il pria, même s'il ne savait pas pourquoi. Il ne serait pas juste de forcer Ulrich à vivre s'il devait être prisonnier d'un corps perclus de douleurs. Ces lames étaient longues... suffisamment pour avoir endommagé la colonne vertébrale de son maître. Etait-ce pour cela qu'il ne se réveillait pas ?

Karal essaya de se souvenir de ce que Ulrich lui avait enseigné. Vkandis n'était ni un comptable cosmique qui soupesait et mesurait un homme avant de décider s'il devait vivre ou mourir, ni un tortionnaire qui lui infligeait un châtiment après l'autre pour trouver son point de rupture.

Nous avons tous notre libre arbitre, lui avait dit Ulrich. *Le dieu ne joue pas avec nous comme un enfant avec ses soldats ou sa poupée. Il nous teste pour découvrir ce que nous sommes vraiment. Puis il nous permet de vivre nos vies et d'arrêter nos choix. Après, quand nous allons le rejoindre, il nous juge en fonction de ce que nous avons fait du libre arbitre qui nous a été accordé à la naissance... Et de la manière dont nous avons tenu nos promesses. Cela signifie des joies, ou des peines, souvent un peu des deux. C'est peut-être pour ça que de bonnes choses arrivent parfois à des gens mauvais. Et ce n'est pas la faute du Dieu du Soleil si des mauvaises frappent de bonnes personnes !*

Quelqu'un avait utilisé son libre arbitre pour mettre ces armes en place et les lâcher sur Ulrich. Hélas, il y en avait eu une de trop pour Altra. Si le Chat de Feu n'avait pas été là — par la volonté du Dieu du Soleil en personne — Karal aussi serait mort.

Si seulement j'avais été touché à la place d'Ulrich ! cria-t-il à Vkandis. *Oh, Dieu du Soleil, ç'aurait dû être moi !*

Le temps passa lentement, d'abord jusqu'à minuit, puis jusqu'à l'aube. Au cours de la nuit, quelqu'un vint souvent voir s'il allait bien, mais sans le déranger, et il ne trouva pas la force de parler.

Enfin, un homme approcha et lui toucha l'épaule.

Karal leva les yeux. La sympathie qu'il lut sur le visage du guérisseur lui apprit tout ce qu'il avait besoin de savoir.

Karal ne pouvait pas laisser libre cours à son chagrin devant des étrangers, même compatissants, et il ne voulait pas déranger Talia. Refusant leur réconfort, il sortit du bâtiment, la gorge tellement serrée qu'il ne pouvait plus déglutir.

L'aube approchait. L'herbe était couverte de cristaux de givre qui crissaient sous ses pas. Il devait aller quelque part... La vie continuait, après tout. Et il était désormais le seul représentant de Karse à Valdemar. Où Kerowyn avait-elle dit qu'elle faisait emporter ses affaires ?

*L'*ekele. *An'desha et Flammechant...*

Ce serait supportable. Mieux valait ça que se retrouver au milieu de Hérauts qu'il ne connaissait pas.

Il se mit en route. Dès qu'il fut loin du Collegium des guérisseurs — et de leur sympathie — il se laissa aller à pleurer. Aveuglé autant par ses pleurs que par l'obscurité, il suivit la barrière jusqu'à la porte du Champ des Compagnons. Il l'ouvrit et se glissa à l'intérieur...

Là, il s'effondra contre le montant, secoué par des sanglots qui lui déchiraient les entrailles.

Karal... La voix dans sa tête était hésitante et pleine de compassion. *Karal, je ne suis pas Talia, mais je peux t'aider.*

Le jeune homme se retourna et enfouit son visage contre l'épaule blanche du Compagnon, qui s'allongea près de lui pour le soutenir. Ses larmes inondant la crinière immaculée, Karal s'accrocha au cou de Florian. Il pleura jusqu'à ce que ses yeux soient réduits à des fentes…

La respiration du Compagnon était régulière et apaisante. Après une heure environ, celle de Karal se calma.

Karal, je suis avec toi. Ce n'est peut-être pas le meilleur moment, mais quelqu'un a autant de peine que toi, dit Florian. *Il a terriblement besoin de toi. Pour le moment, il n'a personne pour le consoler…*

Contrairement à moi…

Le sous-entendu n'avait pas échappé au jeune homme.

— Qui ? demanda-t-il, s'essuyant le nez.

Ecoute, se contenta de répondre Florian.

Karal tendit l'oreille. Par-dessus le bruit de la rivière, il entendit une plainte aiguë, si semblable à celle d'un bébé qu'il sursauta.

Un bébé, au milieu du Champ des Compagnons ?

Le gémissement exprimait une peine si intense que Karal se sentit obligé d'y répondre. Il partit dans la direction d'où il venait, Florian sur les talons. Quelques instants plus tard, il sut ce que c'était…

Pas un bébé, mais un chat.

— Altra ?

Oui, répondit le Compagnon. *Il ne t'a pas tout dit, Karal. Les Chats de Feu sont exactement comme nous… sauf qu'ils ont la magie pour se protéger et qu'ils peuvent voyager à leur guise sans utiliser de Portail. Ils sont mortels, ils mangent — Altra vole de la nourriture dans les cuisines — et ils ne savent pas plus ce qui va se produire que toi ou moi.*

— C'est pour ça qu'il ignorait que les vagues

de disruption arrivaient, même s'il devinait que quelque chose allait se passer ! dit Karal, distrait de sa peine par cette révélation.

Oui. C'est aussi pour ça qu'il ignorait que vous seriez attaqués. Et il ne sait pas qui a fait le coup. Il s'en veut. Je comprends ça. Ce matin, j'ai pensé te demander de faire une pause pour monter Trenor. Voilà des jours que tu ne l'as pas vu. Je n'arrête pas de me demander ce qui serait arrivé si je t'avais soumis mon idée…

— A quoi bon se poser ce genre de question ? dit Karal. Ça ne sert à rien, sauf à se rendre malheureux inutilement…

Je le sais. Tu le sais. C'est Altra qui a besoin de l'entendre.

Devant lui, Karal aperçut une forme blanche roulée en boule. Aussitôt, il perdit de nouveau le contrôle de ses émotions.

— *Altra…*, gémit-il, se jetant dans l'herbe près du Chat de Feu. (Il le prit dans ses bras, le berça comme Talia l'avait fait pour lui, et recommença à pleurer.) Altra, Altra, ce n'est pas votre faute !

Je devais faire un choix ! cria le Chat dans son esprit. *Il fallait choisir et j'ai été envoyé pour toi, alors je t'ai choisi.*

— Vous avez presque réussi à nous sauver tous les deux, répondit Karal. Vous n'êtes pas le Dieu du Soleil ! Altra, vous ne pouvez pas tout savoir ou être partout à la fois. Vous avez fait de votre mieux. Je le *sais*.

Mais… je n'ai… pas pu… le sauver !

La plainte reprit. Altra n'ayant pas de larme à verser, Karal le fit pour deux.

Florian resta debout à côté d'eux jusqu'à ce qu'ils soient trop fatigués pour pleurer.

Karal souleva le Chat — qui devait peser la

moitié de son poids — et le porta jusqu'à l'*ekele*, Florian marchant à côté de lui.

Flammechant était debout. Il ne dit rien quand ils entrèrent, se contentant de faire signe à Karal de le suivre dans la chambre aménagée pour ressembler à l'intérieur d'une tente.

Karal parla à Altra jusqu'à ce que le soleil se lève. Puis ils s'endormirent, épuisés…

Mais plus seuls.

Quand Karal se réveilla, il devina, à la lumière, que c'était l'après-midi. Il avait dormi beaucoup plus longtemps qu'il ne l'aurait cru, Altra toujours roulé en boule près de lui.

Le Chat de Feu ouvrit un œil quand il remua et leva la tête pour river sur lui son regard bleu et voilé.

— Altra ?

Ça va aller… La douleur est supportable, maintenant. Nous avons des choses à faire — toi surtout — et Ulrich ne serait pas content que nous négligions nos devoirs.

Karal se frotta les yeux. Son nez et ses joues étaient à vif à force de les essuyer. Etrange comme ces petits inconforts pouvaient détourner une personne de sa peine… Mais pas assez pour être davantage qu'un fardeau supplémentaire.

Il s'était réveillé avec le cœur si lourd que tout lui semblait drapé d'un voile gris. Même s'il aurait dû avoir faim, ça n'était pas le cas.

Il gratta les oreilles d'Altra, qui ne sembla pas se plaindre d'être traité comme un félin ordinaire.

Toutes ses affaires étaient là, dans des paniers, d'un côté de la pièce. La décoration était-elle censée rappeler l'intérieur d'une tente shin'a'in ?

Sans doute. La chambre d'An'desha... Bien qu'il doutât que son ami y dorme très souvent.

Soudain, il se demanda ce que Talia avait eu l'intention de leur dire, au sujet d'An'desha. Si elle n'était pas venue à leurs appartements, les choses auraient-elles été différentes ?

Aucune importance ! Karal devait suivre son propre conseil et ne pas se torturer avec des « si ». Le danger ne s'était pas envolé simplement parce qu'Ulrich était...

Ses yeux le brûlèrent.

Mais il avait beaucoup de travail à faire.

D'abord, il devait se changer.

— Altra, restez ici et reposez-vous. (Sous sa main, la fourrure était rêche ; le Chat ne semblait pas en forme, comme si les événements de la veille l'avaient vidé.) Je reviendrais dès que j'aurais réussi à découvrir ce que font les autres.

— Tout le monde — autrement dit les mages et le prince Daren — est en route pour ici, répondit Flammechant sur le seuil de la chambre. (Karal leva la tête. Il ne l'avait pas entendu arriver.) Puisqu'il y a un agent impérial au Palais, l'*ekele* est l'endroit le plus sûr. J'en ai supervisé la construction moi-même, et j'ai tout passé au peigne fin avant que tu n'arrives, au cas où d'autres « cadeaux » comme ceux d'hier auraient été déposés pour nous.

Le Frère du Faucon entra et s'assit sur les talons près de la paillasse que partageaient Karal et Altra. Il regarda longuement le jeune homme.

Karal ne dit rien. Il était trop fatigué et trop malheureux pour s'engager dans une joute verbale avec l'Adepte. Si Flammechant voulait savoir quelque chose, il n'avait qu'à demander !

— Je crois que je comprends, maintenant…

— Quoi ?

Karal n'était pas non plus d'humeur à échanger des phrases sibyllines.

— Ce qu'An'desha voit en vous, répondit l'Adepte.

Karal lui rendit son regard. Conscient que Flammechant le testait, il refusa de mordre à l'hameçon. Le Tayledras voulait peut-être lui faire oublier sa peine, mais sa tactique était mauvaise.

— Talia voulait vous parler et… (Flammechant hésita, puis se lança :) Elle s'est déjà entretenue avec moi. D'après elle, An'desha traverse une crise. Il a peur de libérer ses émotions et de perdre le contrôle s'il doit continuer à fouiller les souvenirs de « Ma'ar ». Apparemment, ce sont les plus puissants et les plus fascinants de tous. Fléaufaucon était fou, mais Ma'ar semblait aussi sain d'esprit que peut l'être un monstre dans son genre. Il rationalisait tout ce qu'il faisait. Je suppose que c'est ce qui rend ses souvenirs si « séduisants ».

Flammechant haussa les épaules.

— An'desha a peur de tout, et j'ai très souvent perdu patience face à sa timidité. Pour être franc, je doute qu'il nous soit très utile, à moins d'accepter d'affronter ce qu'il y a à l'intérieur de lui. Et je sais qu'il ne pourra pas… hum… nous aider s'il continue à refouler ses sentiments.

— C'est ce que vous avez dit à Talia ?

— Maintenant je vous le dis, à vous, confirma l'Adepte. En ce moment, nous ne pouvons pas permettre que l'un de nous soit handicapé. Or, An'desha est comme un faucon encapuchonné.

— Ou un cheval de course avec des œillères, acquiesça Karal. Laissez-moi y réfléchir.

— Bien. (Flammechant se leva. Aujourd'hui, il avait choisi de se vêtir en blanc, comme s'il voulait incarner l'hiver qui approchait à grands pas.) Je ne suis pas toujours aussi dur. Si j'avais le choix, je n'aurais pas mentionné ça avant que vous n'alliez mieux. Un fardeau dont vous auriez pu vous passer…

— Mais nous n'avons pas le temps d'être sensible, reconnut Karal. Je comprends.

— Vous pouvez vous laver dans les bassins du jardin, dit le mage, changeant de sujet. Et vous trouverez de quoi manger dans la cuisine. Les autres seront bientôt là.

Manger. Non, il ne voulait toujours pas y penser et se souvenir de toutes les fois où Ulrich l'avait taquiné sur la quantité de nourriture qu'il ingurgitait.

Non… J'ai tort de réagir comme ça. Je dois justement penser à ces choses.

Karal devait se souvenir. Tout ce que lui avait dit Ulrich était précieux, et désormais, il lui faudrait faire appel à sa mémoire pour préserver ce trésor.

Il avait l'habitude de me proposer de l'herbe à chat, comme si elle pouvait m'affecter à la manière d'un vrai félin.

Altra !

— Que lui répondais-tu ? demanda Karal.

Je le priais de faire du thé avec et de le servir d'une manière civilisée. La vie était drôle, à l'époque.

— Et elle le redeviendra un jour… Si tu veux, je peux t'apporter quelque chose à manger.

Ainsi, Florian a vendu mon secret ? De toute manière, je ne pouvais pas rester mystérieux éter-

nellement... Oui, apporte-moi quelque chose qui ne soit ni du pain ni un végétal.

— Dès que j'aurai pris un bain.

Au moins, Altra n'avait pas perdu l'appétit. Un bon signe. Il était sur la voie de la guérison.

Karal se sentit beaucoup mieux après s'être lavé et avoir changé de vêtements. Il appréciait que rien autour de lui ne lui rappelle Ulrich. Dans le cas contraire, il n'aurait pas pu garder son fragile équilibre.

Mais son appétit n'était pas revenu. Fouiller dans le garde-manger ne fit pas disparaître la boule froide qu'il avait au creux de l'estomac. Il se contenta de prendre soin d'Altra et trouva du poisson si frais qu'il avait dû être pêché le matin. Un de ses deux hôtes devait avoir deviné la vraie nature du Chat de Feu. Altra ne se jeta pas sur son repas comme un affamé, mais il le mangea jusqu'à la dernière miette.

Je suis désormais le seul représentant de Karse... Jusqu'à ce que Solaris envoie quelqu'un d'autre... c'est moi ou personne. Il faut donc que je soigne ma tenue.

Karal choisit une de ses robes d'apparat, se changea encore et ajusta le médaillon solaire sur sa poitrine. Il aurait aimé avoir un miroir.

Tu es parfait, dit Altra. *Et tu as grandi depuis ton arrivée. Un peu jeune pour un ambassadeur, mais pas plus que certains seigneurs ou monarques. J'ai même entendu parler de Fils du Soleil pas plus vieux que toi.*

Karal tira sur sa tunique.

— Il faudra bien que je fasse l'affaire... puisqu'il n'y a personne d'autre pour le moment.

— Vous ferez très bien l'affaire. (Flammechant

était de nouveau entré sans qu'il l'entende.) Désormais, vous n'êtes plus un secrétaire ! Descendons... Les autres nous attendent.

Tu seras parfait, murmura Altra.

Il avait raison — si l'apparence seule comptait. Mais il aurait aimé avoir autant confiance en ses capacités.

Logiquement, le but de la réunion fut de trouver un moyen de découvrir l'agent impérial.

— J'ai interrogé tous les serviteurs sous un Sort de Vérité, dit Elspeth quand Flammechant et Karal arrivèrent. Ils ne sont rien de plus que ce qu'ils semblent être. Donc, il ne peut pas s'agir d'un de nos serviteurs réguliers.

A côté d'elle, Ventnoir avait une épaule bandée, et Treyvan arborait des points de suture sur une aile.

— Ça pourrait être l'un de nous, vous savez, dit Karal.

Le prince Daren fit la grimace.

— Ça ne m'a pas échappé. Ou un des autres ambassadeurs, depuis longtemps à la cour. Qui que soit cet agent, il doit vivre parmi nous depuis quelque temps. C'est peut-être un étranger à qui nous faisons confiance. Mais les convaincre de se soumettre à un Sort de Vérité serait difficile.

— Difficile ? répéta Flammechant, sardonique. Seulement si vous ne voulez pas risquer un incident...

— Selenay n'y tient pas particulièrement, dit le prince. Nous en avons déjà assez comme ça. Solaris a envoyé un message magique pour nous signaler qu'elle était au courant de la situation et que ça ne changeait rien.

Sauf que Ulrich est mort... J'avais pourtant

promis de veiller sur lui. (Karal baissa la tête, le temps de reprendre le contrôle de ses émotions.) *Altra a dû lui apprendre la nouvelle avant de s'effondrer. Pas étonnant qu'il ait l'air tellement vidé.*

— Ça nous laisse... quoi ? Une centaine de suspects ? avança Kerowyn. Et un grand risque que le coupable récidive.

Karal fronça les sourcils. Peut-être passait-il trop de temps avec les ingénieurs... Mais il devait être possible de réduire le champ d'investigation.

— Attendez, dit-il. Il ne peut pas y avoir autant de monde que ça. Il faut que ce soit quelqu'un qui a une position assez élevée pour que nul ne s'étonne de le voir n'importe où dans le Palais. Mais pas assez élevée pour être un objet d'attention constante. De plus, le coupable doit avoir eu au moins une occasion de pénétrer dans les suites officielles cette année. S'il s'agit d'un agent en place depuis longtemps, l'Empire l'utilise aussi pour rassembler des informations... Donc, il faut qu'il ait des raisons d'expédier et de recevoir des paquets plusieurs fois par an. Rappelez-vous, avant l'année dernière, il n'aurait pas pu envoyer de messages magiques. Jusque-là, vous aviez une protection contre ce genre de choses...

Une fois de plus, son intellect l'obligeait à oublier un peu sa peine.

— Cela élimine les serviteurs, conclut-il.

Kerowyn se mordilla la lèvre inférieure.

— Et la plupart de mes suspects, admit-elle. Mais ça pourrait être un serviteur attaché à un noble.

— Ou un de vos nobles, fit remarquer Ventnoir. Ce ne serait pas la première fois qu'on comploterait contre Selenay.

— L'arme était imprégnée d'une magie résiduelle qui laisse penser qu'elle visait un individu particulier, dit timidement An'desha. Donc, l'agent doit être un mage. Ou alors, il a eu accès à un objet appartenant à chacune de ses victimes potentielles.

— Il s'agit également d'une personne qui a eu l'occasion de dissimuler ses « cadeaux » dans les moulures. (Kerowyn semblait perplexe.) Tout le monde est donc suspect, sauf les serviteurs.

Karal réfléchit à ce qu'il s'apprêtait à dire.

Soyons réaliste, je ne suis pas irremplaçable. Et j'ai Altra, qui me protégera. Donc, je dois le faire…

— Nous pourrions lui tendre un piège, dit-il. Avec moi comme appât. Deux de ces projectiles m'étaient destinés. Il suffit de me mettre dans une situation où l'espion pourra m'approcher. Honnêtement, je doute qu'il essaie de m'éliminer si peu de temps après sa première tentative. Il voudra d'abord savoir quelle est la position de Solaris, et si l'Alliance est en péril, à cause…

Il s'étrangla et déglutit douloureusement. Les autres lui laissèrent le temps de se reprendre.

Finalement, il retrouva le contrôle de sa voix.

— Si le but de cet agent était de briser l'Alliance, il m'abordera dès qu'il me croisera dans les couloirs du Palais. Je pourrais donc m'y promener pour voir qui vient me présenter ses condoléances et essayer de me soutirer des informations.

— Et s'il décidait d'assurer la défection de Karse en t'éliminant ? demanda Kerowyn.

— Ne m'avez-vous pas enseigné à rester en vie en attendant de l'aide ? Il n'est pas facile de se procurer des armes magiques. Si cet espion veut frapper de nouveau, il devra employer un moyen plus traditionnel. Il doit donc savoir s'en servir, et avoir l'occasion et le temps de le faire. Postulons qu'il possède le premier élément, je vais lui donner le deuxième, mais pas le troisième.

Voilà. Il espérait avoir parlé comme un ambassadeur karsite confiant. Pourtant, il ne se sentait pas du tout dans la peau du personnage !

Kerowyn continuait de se mordiller la lèvre.

— J'aime ce plan, et je le déteste, dit-elle finalement. Je le déteste, Karal, parce qu'il te met en danger. Mais je l'aime, parce qu'il a de grandes chances de réussir.

« En résumé, je ne te le demanderais pas, mais puisque tu es volontaire…

Je le suis aussi, dit Altra, s'adressant exclusivement à Karal. *Tu as raison de penser que je pourrai arpenter les couloirs en ta compagnie, pour te protéger. Et cette fois, je ferai mieux mon devoir.*

— Oui, je le suis, répondit Karal d'une voix ferme. Et je peux commencer sur-le-champ !

— Pas moi… Ou plutôt, pas mes hommes, fit Kerowyn, tendant une main pour lui tapoter le genou. Donne-moi le temps de tout mettre en place. Tu pourras t'y mettre, disons, après dîner. Ne viens pas manger avec la cour, ça donnera l'impression qu'il y a des problèmes au sein de l'Alliancc… Mais montre-toi après… Entre autres choses, tu pourras rassurer certains de nos gens sur le fait que la guerre n'est pas encore pour demain.

Karal se renfonça dans son siège et laissa les autres parler des projectiles. C'étaient des mages, et pas lui, donc il ne comprenait pas très bien ce qu'ils avaient découvert. Mais il pouvait quelque chose, maintenant. Le savoir l'aidait un peu.

Juste un peu, mais c'était un début.

Après dîner, Ulrich s'était souvent promené dans les jardins — ou, quand le temps ne s'y prêtait pas, dans les couloirs et les petites salles d'audience — avec les courtisans. La température étant assez fraîche, certains préféraient se balader à l'extérieur et d'autres à l'intérieur. Karal se résigna donc à une longue soirée de marche.

Les Valdemariens ne semblaient pas savoir comment le traiter. Hier, il était un petit secrétaire insignifiant. Aujourd'hui, il restait le seul représentant karsite à la cour. Il s'était d'ailleurs vêtu en conséquence — même si le velours était trop chaud pour l'intérieur et pas assez pour l'extérieur. La plupart des courtisans vinrent lui présenter leurs condoléances, s'empressant de s'éclipser aussitôt après.

Les premières heures, personne ne mentionna l'avenir de l'Alliance. Tantôt suant et tantôt frissonnant, Karal commençait à se demander s'il ne s'échinait pas en vain.

Le sénéchal fut le premier à évoquer la question. Une situation si absurde que le jeune homme faillit éclater de rire, tellement il était tendu. Seuls les mages étaient au courant du piège. Le prince Daren avait jugé préférable de ne pas mettre les conseillers dans la confidence. Etant de très mauvais acteurs, ils risquaient de tout faire échouer. Le sénéchal se montra pathétiquement transparent quand il tenta de connaître la position de Solaris d'après l'attitude de Karal. Pour le laisser croire que le Fils du Soleil était toujours indécis, le jeune homme affecta une certaine froideur. Devant la déception du pauvre homme, il lui fallut faire appel à toute sa volonté pour ne pas vendre la mèche.

Karal élimina ses interlocuteurs suivants, parce

qu'ils n'avaient eu aucun moyen d'accéder aux suites des ambassadeurs. Puis un long moment passa sans que personne ne l'aborde. Sa mine et ses vêtements sombres semblaient mettre les gens mal à l'aise.

Soupirant, il crut avoir perdu sa soirée.

Au moins, j'aurai essayé...

— Messire le secrétaire ? couina une voix derrière lui.

Karal se retourna et dut réfléchir pour reconnaître l'homme qui s'était adressé à lui. Dépourvu de signes particuliers, il avait le comportement et la personnalité d'une taupe.

— ... Euh, mes condoléances, messire le secrétaire, dit l'homme, en plissant les yeux et en se tordant nerveusement les mains. Vous ne vous souvenez sans doute pas de moi. Je ne suis ni assez important ni assez riche...

La tache de peinture verte qu'il avait sur un doigt le trahit.

— Bien sûr que je me souviens de vous, répondit Karal. Maître Célandine, n'est-ce pas ? Le peintre ?

— Oui... J'ai été terriblement navré d'apprendre la mort de maître Ulrich. Oui terriblement ! J'espère... je pric... pour quc votre gracieuse maîtresse ne prenne pas cet incident trop mal... Oh, dieux, non ! Ce serait affreux, affreux...

— Je suppose, du point de vue valdemarien..., répondit Karal d'un ton très neutre.

Il y avait quelque chose au sujet de cet homme... un détail sur lequel il n'arrivait pas à mettre le doigt.

— Oh, je ne suis pas valdemarien, mais ce serait quand même affreux pour moi, dit Célandine. Mes pigments sont... si difficiles à obtenir, voyez-vous, et avant l'Alliance, ils étaient hors de prix.

Karal frissonna et ses mains devinrent glacées.

Il est toujours *occupé à envoyer quelqu'un lui chercher des pigments et des couleurs. Je me rappelle l'avoir entendu dire ça pendant qu'il faisait le portrait d'Ulrich. Il doit recevoir un paquet toutes les deux semaines !*

Etait-ce possible ? Oh, sûrement pas ! Cet homme semblait si médiocre qu'il ne pouvait pas être l'agent qu'ils cherchaient. Tout le monde, à la cour, se moquait de lui et de son prétendu génie.

Mais... cela ne fait-il pas de lui un espion idéal ? Qui, sinon une personne insignifiante, peut observer sans se faire remarquer ?

— ... Votre maîtresse est-elle toujours intéressée par le portrait officiel que j'ai commencé, ou préfère-t-elle attendre d'avoir envoyé ici un autre ambassadeur... Dois-je faire un portrait à partir des croquis que j'ai faits de vous ?

Dieu du Soleil ! An'desha n'a-t-il pas dit qu'un mage a besoin d'un objet appartenant à une personne pour diriger sur elle une arme magique ? Cet homme peint des portraits, il croque les gens à longueur de journée et personne n'y prête attention !

Karal, dit Altra, *je crois que tu tiens quelque chose. Peux-tu t'arranger pour qu'il t'invite dans son atelier ? Je trouverai peut-être des preuves, en me faisant passer pour un simple chat.*

— Il vaut mieux attendre..., répondit Karal, affectant une grande dignité. J'ai cru comprendre que si l'Alliance tenait, l'envoi d'un nouvel émissaire ne tarderait pas.

Les petits yeux de l'homme brillèrent bizarrement. Mais avant qu'il n'ait parlé, Karal continua :

— Ce portrait de mon… maître, celui que vous avez indirectement mentionné… (Les larmes lui montèrent aux yeux.) J'aimerais beaucoup l'avoir. Est-il terminé ?

— Oh, oui ! Voudriez-vous venir le voir ?

Excellent, applaudit Altra. *J'avertis Florian, qui préviendra Kerowyn par le biais de Sayvil. Suis-le, avant qu'il ne change d'avis !*

— J'aimerais beaucoup ça, accepta Karal en s'essuyant les yeux. S'il vous plaît.

La « taupe » le guida vers ses quartiers. Altra les suivit, la queue en l'air, comme un bon chat domestique. Le peintre ne fit pas attention à lui.

L'atelier était situé au bout du couloir. Karal eut des palpitations en s'avisant que Kerowyn n'avait pas pu les suivre sans se faire remarquer. Et si Célandine laissait la porte ouverte, il verrait arriver le Héraut et ses renforts. Il avait beau avoir l'air myope comme une… taupe, le jeune homme savait qu'il ne l'était pas.

Je vais tirer la porte derrière moi, dit Altra, *juste assez pour qu'il ne puisse pas voir ce qui se passe dans le couloir. Avec un peu de chance, il sera si excité qu'il ne remarquera rien.*

Exactement ce qui arriva… Célandine fit entrer Karal dans son atclicr avcc forcc courbettes et révérences, et Altra put se glisser derrière eux et pousser la porte sans que le peintre ne s'en aperçoive. La pièce était un capharnaüm. Il y avait partout des chevalets et des sculptures à moitié terminées. Les fournitures du peintre s'entassaient sur les meubles. Des toiles vierges reposaient contre les murs. Et tout était couvert de poussière.

Karal doutait que les serviteurs mettent jamais les pieds ici.

La taupe n'avait qu'une idée en tête : emmener Karal dans le coin de l'atelier où plusieurs toiles, fixées sur des chevalets, étaient dissimulées sous des draps. Il plaça le jeune homme devant l'une d'elles et s'agita beaucoup sous prétexte de ménager le meilleur éclairage possible avant de la dévoiler.

Karal n'eut pas besoin de simuler sa réaction. La taupe était un véritable artiste. Il avait réussi à représenter Ulrich pendant un de ses rares moments de détente. Son visage débordait de bienveillance et un sourire flottait sur ses lèvres.

Les yeux du jeune homme se remplirent de larmes. Malgré lui, il avança d'un pas. Le portrait était encore meilleur de près.

Célandine sourit, découvrant ses dents minuscules.

— Maître Célandine, vous êtes... (Deux grosses larmes roulèrent sur les joues de Karal, qui les essuya en secouant la tête.) Il n'y a pas de mot, non pas de mot. Il me faut cette peinture.

La taupe se rengorgea.

— Eh bien, je dois admettre que je suis très content de la manière dont j'ai rendu la robe. Vous, les amateurs de noir... Oh, pardonnez-moi, mais c'est une couleur si difficile pour un peintre ! Ce ton particulier de *sebeline* le long des plis, c'est mon petit secret pour rendre le lustré du velours noir de qualité...

Il continua, sans voir que Karal s'était raidi en entendant le nom qu'il avait donné à la nuance de pigment blanc bleuté qui soulignait une des manches de la robe. Ce n'était pas un terme valdemarien !

Effectivement, confirma Altra. (Les bruits que Karal entendait derrière lui cessèrent. Le Chat de

Feu s'était immobilisé.) *Fais-le parler, Karal, pendant que je contacte mentalement un expert !*

— Comment faites-vous pour rendre les yeux si… si…, réussit à demander le jeune homme.

Cela suffit à relancer Célandine, cette fois sur le thème des reflets et des couleurs transparentes. Pendant ce temps, Karal attendait. La nuque fourmillant de picotements, il se demanda si le peintre avait eu accès à leurs appartements.

Alors qu'il se penchait pour mieux voir le portrait, il reconnut le décor, derrière Ulrich.

Bien sûr qu'il est venu dans notre suite ! Et pas seulement pour les croquis préliminaires ! Je l'ai trouvé en train de travailler sur les moulures, un après-midi. Il s'est plaint que le sénéchal lui demande de les restaurer chaque fois qu'elles se craquellent, sous prétexte qu'il est un artiste…

Célandine était aussi sculpteur, donc il devait être capable de reproduire ce qu'il voulait. Il avait du plâtre à sa disposition. Et il avait accès aux appartements, puisque le sénéchal lui ordonnait de restaurer les moulures quand c'était nécessaire.

Donc, il lui avait suffi de détériorer les moulures des suites de ses victimes — avant, pendant ou après les séances de pause —, histoire d'avoir à les réparer.

Karal ! appela Altra. (Pour la première fois, il y avait de la panique dans la voix du Chat de Feu.) *Ce mot est impérial… Et on trouve ce pigment exclusivement à l'est d'Hardorn !*

Célandine s'était glissé derrière Karal. La nuque du jeune homme le picotait tellement que c'en était douloureux. Il essaya d'observer la taupe du coin de l'œil sans se faire remarquer.

Karal !

Le jeune homme n'eut pas besoin de l'avertissement d'Altra. Il avait senti l'attaque du peintre une fraction de seconde avant que le cri ne résonne dans sa tête.

Il se baissa et pivota dans le même mouvement. Puis il contourna le chevalet et la peinture, les plaçant entre le peintre et lui.

Non... *l'agent*.

Le peintre avait disparu. A sa place se tenait un homme beaucoup plus dangereux. Il n'avait plus rien d'une taupe, mais tout d'un rat pris au piège. Ses petits yeux noirs brillant méchamment, il tenait un maillet dans une main et un couteau dans l'autre. La lame avait une teinte verdâtre et Karal eut l'intuition qu'il ne s'agissait pas de peinture.

— Il me tuera, vous savez, dit Célandine d'une voix anormalement calme.

— Qui ? demanda Karal. Qu'y a-t-il ? Pourquoi quelqu'un voudrait-il vous tuer ?

Gagne du temps. Les secours doivent être en route.

— Le grand duc Tremane. Je ne suis pas son agent, alors, il ne me juge pas indispensable. Je n'ai pas rempli ma mission. Les petits oiseaux se sont envolés, mais ils ont réussi à picorer le cœur d'une seule cible.

La lueur qui brillait dans le regard du peintre n'était pas de la méchanceté, mais de la folie. Il brandit son couteau, obligeant Karal à reculer.

— Il me tuera. Il détient mon portrait et une mèche de mes cheveux, donc il peut le faire. A moins que je ne finisse le travail maintenant.

Il avança et Karal tressaillit. Apparemment, Célandine savait ce qu'il faisait. Il avait tous les gestes d'un combattant aguerri.

La seule façon de s'en sortir, c'était de continuer à le faire parler.

Mais Célandine se jeta sur lui.

Karal se baissa et fit un pas de côté, réussissant de justesse à éviter la lame et le coup de maillet destiné à sa tête.

— Si je réussis à vous tuer, je vous laisserai dans le jardin avec un des couteaux d'Elspeth planté dans le cœur, continua l'espion. Nous en avons fait des copies, vous voyez, au cas où... Vous savez sans doute de quoi je veux parler.

— En fait, non, je ne...

Karal ! cria Altra. *Je ne peux pas lui bondir dessus ! Tu es dans la ligne d'attaque !*

Karal fit un pas de côté, mais Célandine le bloqua avec le bras qui tenait le maillet et il dut reprendre sa position initiale.

— L'arme qu'Elspeth a laissée dans le cœur de notre ambassadeur, bien entendu ! répondit Célandine, comme s'il s'adressait à un simple d'esprit. (Puis il cligna des yeux.) Vous essayez de gagner du temps !

Cette fois, il attaqua avec son couteau.

Karal ! La lame est empoisonnée ! Reste hors de portée... Utilise tout ce qui pourrait te servir de bouclier !

Un bouclier... de préférence un objet que Célandine ne voudrait pas voir abîmé.

Karal prit une des toiles au hasard — tandis que l'agent l'obligeait à reculer vers les fenêtres —, et la brandit devant lui. Célandine eut un rictus et poussa un grognement inarticulé.

— Lâchez ça, pauvre imbécile ! hurla-t-il. Comment osez-vous poser la main sur...

Il n'eut pas le temps de finir sa phrase.

Avec un bruit, toutes les vitres se fracassèrent au même instant. Instinctivement, Karal se baissa et, la tête dans les épaules, se fit aussi petit que possible. Des éclats de verre coupants tombèrent dans toute la pièce.

Célandine se redressa et regarda autour de lui...

Une dizaine de carreaux s'enfoncèrent dans sa poitrine.

... Il s'écroula sur le sol, les yeux déjà vitreux.

Karal s'assit par terre, les jambes coupées.

— Karal ! (Kerowyn entra par une fenêtre et renversa les chevalets dans sa hâte de l'atteindre.) Karal ! Ça va ? A-t-il réussi à t'égratigner avec sa lame ? Sayvil dit qu'elle était empoisonnée.

— Je vais bien, je vais bien, répondit le jeune homme d'une voix faible. Oh, Brillant Dieu du Soleil, je n'ai jamais été si reconnaissant qu'on m'ait enseigné quelque chose ! Vos leçons m'ont sauvé la vie !

Serrant la toile contre lui, il prit plusieurs inspirations pour se calmer.

— Il voulait me tuer et abandonner mon corps dans les jardins, avec un des couteaux d'Elspeth planté dans le cœur. Il a dit qu'ils ont fait des copies de celui qu'elle a laissé dans la poitrine de leur ambassadeur.

Il parlait pour ne rien dire, il le savait, mais il ne pouvait pas s'en empêcher. Altra réussit finalement à se frayer un chemin entre les fournitures et les chevalets renversés. Il lui tourna autour, ronronnant si fort qu'ils semblaient vibrer tous les deux.

— Le couteau d'Elspeth ?

Un homme aux épaules de lutteur enjamba le rebord de la fenêtre, une arbalète dans chaque main. Il fallut quelques secondes à Karal pour se rappeler son nom. *Skif*. Ce n'était pas un mage, mais il s'asseyait souvent à côté de Kerowyn pendant les Conseils.

— Le couteau d'Elspeth ? répéta-t-il, fronçant les sourcils. Que les démons l'emportent, je savais que cette arme reviendrait nous hanter !

Karal trembla quand il vit quelle peinture il avait saisie pour s'en faire un bouclier.

Le regard chaleureux et amusé d'Ulrich croisa le sien.

Le jeune homme éclata en sanglots.

CHAPITRE XVI

Tu es sûr d'être prêt ? demanda le Chat de Feu. *Ça risque d'être terriblement dangereux pour toi.*

Karal haussa les épaules et secoua la tête.

— Pour être franc, je ne suis pas certain du tout d'être préparé à ce genre de confrontation, admit-il. Mais nous n'avons pas le choix. An'desha a besoin d'aide. En plus d'avoir peur de laisser libre cours à ses émotions, il garde sa colère enfermée au plus profond de lui, car il craint d'utiliser ses pouvoirs.

Il se frotta pensivement l'aile du nez.

— Il faut qu'il comprenne que « contrôle » ne signifie pas forcément « refoulement ». Et que le moyen le plus simple n'est pas toujours le bon.

Altra se lécha les coussinets d'une patte.

J'ai vu sa réaction quand on lui a dit que tu avais failli être tué. Il a eu l'air terriblement en colère... Puis plus rien. Il avait complètement intériorisé sa fureur.

— La colère, c'est dangereux quand on est — ou était — un mage spécialisé dans la destruction, dit Karal. Quelqu'un doit lui prouver qu'il peut perdre son sang-froid et donner libre cours à ses émotions sans pour autant blesser autrui.

« Alors, il saura qu'il peut rechercher les affreux souvenirs de l'Adepte Ma'ar et apprendre tout ce qu'il savait sur la magie destructive. Flammechant pense que ces informations sont importantes. Et je sais qu'elles sont la clé de la situation actuelle. Je ne peux pas te dire ce qui m'en convainc, mais c'est comme ça...

Vite, vite, vite... Il était tendu comme la corde d'un arc. Plus que jamais, il avait la sensation que chaque seconde comptait.

Es-tu sûr d'être la personne la plus qualifiée pour ça ? demanda Altra avec une logique implacable. *Ne vaudrait-il pas mieux laisser ce travail à un mage ? Il serait plus apte à se défendre, si An'desha perdait tout contrôle. Tu n'as pas la moindre protection, et il risque de te réduire en cendres.* (Le Chat de Feu leva vers lui ses grands yeux bleus pleins d'inquiétude et de candeur.) *Je ne suis pas certain de pouvoir te protéger de sa rage destructrice.*

— C'est pour ça que je dois le faire ! Le cobaye doit être une personne complètement vulnérable, et il faut qu'An'desha le sache. De plus, il faut qu'il la connaisse assez pour qu'cllc puissc lc mettre en colère en un clin d'œil.

« Flammechant n'est pas qualifié. Il pourrait parer tous les assauts d'An'desha, mais qu'est-ce que ça prouverait ?

« De plus, il faut que ce soit fait ! Sinon, An'desha finira par s'autodétruire. Talia et Flammechant sont d'accord avec moi. S'il continue à intérioriser sa colère, un jour, ses pouvoirs prendront le même chemin et le consumeront.

Et puis, ajouta Altra, *c'est ton ami*...

— Oui. An'desha est mon ami. Et les amis sont faits pour s'entraider. Nous sommes tous deux des étrangers ici. Parfois, tout ce qu'il nous reste, ce sont nos amis...

Il ne parla pas des nuits où An'desha l'avait serré dans ses bras pendant qu'il pleurait Ulrich. Altra le savait, puisqu'il était là. Il ne dit pas un mot non plus des gentilles attentions de son ami — ni de la manière dont il détournait la jalousie de Flammechant. Rien de tout cela n'avait vraiment d'importance. L'essentiel, c'était qu'An'desha avait besoin d'aide, et que Karal pouvait la lui apporter.

Enfin, s'il n'aidait pas An'desha, ils n'auraient peut-être jamais les brise-lames dont ils avaient tant besoin. La dernière vague avait transformé un gros animal en un monstre qui avait massacré un troupeau avant que vingt hommes armés ne réussissent à en venir à bout.

Les Tayledras avaient constaté des dégâts sur les boucliers spéciaux qui entouraient leurs Vallées. D'après maître Levy, les ingénieurs et les mathématiciens avaient le moyen de prévoir la puissance de chaque vague. Pendant que Natoli le lui expliquait, Karal avait senti les mâchoires du temps se refermer sur eux. Ils devaient faire quelque chose, et vite !

Il lui avait fallu une grande partie de l'après-midi pour trouver le courage d'agir. Pourtant, il ne lui avait pas paru si difficile que ça de se résoudre à affronter un ennemi. Mais affronter un ami, sachant qu'il pouvait le tuer, demandait un tout autre genre de courage !

Enfin, il était aussi prêt qu'il le serait jamais. An'desha s'était réfugié sous sa tente, dans le jardin, déjà ébranlé par une confrontation avec

Flammechant — orchestrée par Karal et l'Adepte. Les effets de la dernière vague de disruption s'étant dissipés, il n'y aurait pas d'interférence de ce côté-là. C'était le moment où jamais !

Comme toujours, ses yeux rencontrèrent ceux du portrait d'Ulrich, désormais accroché dans sa chambre. *J'espère que j'ai pris la bonne décision, maître. Je ne suis pas aussi sûr de moi que je l'ai laissé croire à Altra et à Flammechant.*

Karal n'attendait pas de réponse du portrait. Il ne fut donc pas surpris de n'en recevoir aucune.

Il tira sur sa tunique, puis descendit dans le jardin.

Les réactions d'An'desha aux conflits émotionnels étaient devenues très prévisibles. Karal ayant pris sa chambre — par peur d'une nouvelle tentative d'assassinat, Kerowyn lui avait ordonné de rester à l'*ekele*, au moins jusqu'à ce que Solaris ait fait connaître sa volonté —, An'desha n'avait pas d'autre refuge que la petite tente. Chaque fois qu'il était bouleversé, c'était là qu'on le trouvait.

Et il y passait de plus en plus de temps.

Karal fit un signe de tête à Flammechant, qui resterait dans les parages. Serrant les mâchoires, l'Adepte lui répondit de la même façon. Il n'aimait pas plus quc lui lc rôlc qu'il avait dans tout ça.

Flammechant dresserait un bouclier miroir autour de la tente, au cas où An'desha perdrait son contrôle.

S'il doit y avoir des victimes, autant réduire leur nombre au strict minimum. Autrement dit : moi ! Je ne suis pas indispensable. Donc, je peux être sacrifié.

Je suis stupide. M'y voilà...

Il entra dans la tente et s'assit sur les talons à

côté d'An'desha. Celui-ci était allongé sur une paillasse identique à celle sur laquelle dormait Karal, un bras sur les yeux.

— Encore caché là-dedans ? lâcha Karal. Que s'est-il passé, cette fois ?

An'desha ne retira pas son bras.

— Flammechant. Il ne comprend pas. Il veut que je fouille dans les souvenirs de Ma'ar. (An'desha serra les poings.) Il refuse de comprendre. Ces souvenirs sont très vieux. Pour les connaître, je dois m'en approcher.

— Et alors ? demanda Karal, avec un certain mépris. Je crois que Flammechant a raison, An'desha. Tu ne penses à personne, sauf à toi. Pour être franc, tu es en train de devenir un enfant gâté. Nous t'avons dorloté et cherché toutes les excuses possibles, et tu es aussi invertébré qu'un champignon !

An'desha se redressa. Stupéfait, il regarda Karal.

— Que… quoi ? bégaya-t-il.

— Tu es aussi invertébré qu'un champignon, An'desha ! accusa Karal. Tu sais que la solution est quelque part dans ta mémoire, mais tu es trop peureux pour essayer de la trouver ! (Prenant un ton geignard, il ajouta :) « *Ces souvenirs sont dangereux, ils pourraient me faire du mal. Ils me font peur...* » Comme si nous n'avions rien de pire à craindre que quelques mauvais souvenirs !

— Mais je…, commença An'desha, accablé que Karal soit contre lui.

— Toi ! Toujours toi ! Et nous, alors ? Que fais-tu de tout ce que nous accomplissons ? De nos pertes, de la souffrance que nous subissons pendant que tu es roulé en boule ici, dans ton cocon d'auto-apitoiement, te sentant mal-aimé et abandonné de tous ? Que fais-tu des Tayledras, qui essaient de recréer leurs Vallées ? Et des Shin’a’in, qui craignent de voir leurs chevaux se transformer en monstres… Ou de leur ambassadrice, morte il y a quelques jours ? Que fais-tu d’eux ? De Karse ? De Rethwellan ?

An’desha s’était levé et essaya d’écarter Karal de son chemin. Le jeune homme le poussa violemment, refusant de le laisser quitter la tente — évidemment, il ne vint pas à l’esprit du mage qu’il pouvait découper la toile avec sa dague. Il recula d’un pas, et Karal le poussa de nouveau.

Ils étaient pratiquement nez à nez.

— Tu es un lâche et un égoïste, An’desha ! cracha Karal. Voilà beaucoup trop longtemps que tu joues au pauvre petit oiseau blessé ! J’en ai assez de ça, et les autres aussi ! Il est grand temps que tu commences à nous aider, au lieu de gémir que tu as peur ! Nous avons tous peur ! A moins que tu ne l’aies pas remarqué ? J’ai eu très peur quand Célandine a failli me tuer, mais tu ne m’as pas entendu me plaindre ! Et tu n’entends sûrement jamais Flammechant gémir qu’il est épuisé, même s’il travaille sur les boucliers jusqu’à en avoir le teint gris !

An’desha s’empourpra.

Mais il n’était pas encore assez furieux. Karal continua à le harceler.

— Tu n’entends pas Vcntnoir sc plaindre d’être exploité, même si sa blessure à l’épaule n’est pas guérie et qu’il travaille nuit et jour avec les autres mages ! Il est temps que tu cesses de gémir, An’desha, et que tu commences à agir… Sinon, trouve quelqu’un d’autre auprès de qui pleurnicher, parce que nous en avons tous assez de toi !

Le visage d’An’desha était tellement tordu

qu'il en devenait méconnaissable, mais Karal continua son attaque verbale.

Le jeune mage était aussi raide qu'un piquet de tente, et il avait les poings serrés…

… Ils étaient entourés de couleurs tourbillonnantes : du rouge brillant et du jaune explosif. Si Karal pouvait voir l'énergie magique, elle devait être assez puissante pour réduire un bâtiment en ruine.

Un jour, en sa présence, Ulrich avait frappé une cible avec la magie. La puissance, au bout des doigts d'An'desha, était deux ou trois fois plus brillante.

Karal aurait voulu prendre ses jambes à son cou. Il avait les nerfs à vif et tout son être lui criait de fuir.

Mais au lieu de détaler, il fit la chose la plus difficile qu'il ait jamais tentée — pire que d'affronter Célandine ou de venir dans ce pays étranger.

Il recula d'un pas, écarta les mains, et afficha un sourire méprisant.

— Eh bien ? J'ai raison, non ? J'ai raison, mais tu n'as pas le courage de l'admettre !

Sans cesser de sourire, il attendit qu'An'desha frappe.

L'air vibrait de pouvoir. Karal avait entendu parler de ce genre de chose, mais il n'en avait jamais fait l'expérience. Désormais, il avait vraiment les cheveux dressés sur la tête…

Finalement, An'desha perdit son contrôle.

— Maudit sois-tu ! hurla-t-il. Maudit sois-tu !

Il y eut un éclair orange et blanc, puis l'énergie se dissipa dans le sol, en un clin d'œil.

An'desha se laissa tomber sur la paillasse, roulé

en boule comme s'il était épuisé. Son visage blême exprimait une profonde douleur.

— Maudit sois-tu, répéta-t-il.

Karal se laissa tomber à genoux près de lui, craignant de l'avoir poussé à se brûler lui-même.

— Maudit sois-tu, prêtre, tu as raison.

An'desha leva un regard penaud quand Karal lui toucha l'épaule.

— Vous m'avez dorloté, et je me suis montré incroyablement égoïste.

Karal sourit.

An'desha le regarda, surpris.

— Oui, j'ai raison. Je t'avais dit que tu te sous-estimais. Ça n'est pas parce que tu détiens les souvenirs de Fléaufaucon ou de Ma'ar que tu partages leurs mauvais penchants. Tu pensais, si tu perdais le contrôle de tes émotions, que tu perdrais absolument *tout* contrôle. Eh bien… Tu t'es mis en colère, non ? Tu craignais d'apprendre ce que contiennent tes souvenirs, de peur d'utiliser ce savoir si tu cédais à la colère.

« Tu viens de te mettre en colère contre moi, et tu es toujours là, après n'avoir rien fait de plus que me maudire… Et je suis toujours là aussi, indemne. Fléaufaucon m'aurait fait traverser un mur, ou incinéré sur place. Toi, tu es assis là, de nouveau maître de toi, je me trompe ?

An'desha le regardait, les yeux ronds.

— Tu veux dire… tout ça était fait pour me prouver… (Il s'empourpra de nouveau.) Je devrais… je devrais…

Karal leva un sourcil.

— Pourquoi te retiens-tu, Adepte ?

— Tu ne vaux pas la peine que je fasse cet effort, prêtre, répondit An'desha, un sourire au fond des yeux. Et ma satisfaction personnelle ne mérite pas que j'attire sur moi les foudres de ton dieu vengeur. Maudit sois-tu ! Pourquoi faut-il toujours que tu aies raison ?

— Ce n'est pas ma faute ! protesta Karal. Je n'y peux rien !

— Foutaises ! répondit le jeune mage, lui flanquant un petit coup de poing sur l'épaule. Tu adores ça, et tu le sais ! Un de ces jours, tu auras tort, et j'espère être là pour le voir ! (Il souriait vraiment, maintenant.) J'ai tellement hâte !

— Moi aussi !

Et c'était la vérité...

Un instant plus tard, Flammechant écarta le rabat. Il les regarda tour à tour, et son beau visage s'éclaira.

Karal se sentit obligé d'être présent au côté de Flammechant quand An'desha décida de se plonger dans les souvenirs de Ma'ar. Allongé sur le dos, le jeune mage entra en transe. Ils le veillèrent et attendirent, se demandant s'ils n'avaient pas commis une erreur en le poussant à faire ça. Flammechant ne s'attendait pas à ce que cela dure plus d'une heure ou deux. Pourtant, l'après-midi s'écoula, puis une partie de la soirée, sans qu'il n'y ait de changement.

— C'est dangereux ? demanda Karal à l'Adepte, qui revenait prendre sa place près de son amant après avoir allumé des lampes magiques.

— Non... pas encore, en tout cas, répondit Flammechant, d'un ton suffisamment indécis pour déplaire au novice. Il m'est arrivé de rester en transe deux ou trois jours.

Au cours de ces transes, vous ne poursuiviez pas les souvenirs d'un sadique avide de pouvoir, pensa Karal.

Mais puisque ça n'avait pas encore mal tourné, il était inutile de chercher des ennuis.

Il aurait aimé qu'Altra soit là... Le Chat de Feu avait attendu de voir qu'il avait survécu à la colère d'An'desha, puis il s'était volatilisé sans donner d'explication. Karal aurait pourtant apprécié ses lumières. Si Solaris ne faisait pas exception, les Fils du Soleil étaient familiers des transes et de leurs effets.

Un mouvement ramena son attention sur An'desha. Ses paupières avaient-elles frémi ? S'ils avaient veillé à la lueur tremblotante des chandelles, Karal aurait pu croire à un jeu d'ombres. Mais les lampes magiques émettaient une lumière aussi stable que celle du soleil. Oui ! Les paupières d'An'desha papillonnèrent, comme celles d'un dormeur qui se réveille...

Le jeune mage ouvrit les yeux. Flammechant lui versa une tasse de thé, l'aida à s'asseoir et la lui tendit. An'desha referma dessus ses mains tremblantes et but en une seule longue gorgée.

— Il est tard ? demanda-t-il en tendant la tasse à Karal, qui la remplit.

— Près de minuit, répondit Flammechant.

An'desha hocha la tête. Karal fut soulagé de constater qu'il n'y avait rien, dans les manières et l'expression de son ami, qui ne lui soit pas familier.

— J'ai découvert que nous avons travaillé sur la base d'une idée fausse, dit enfin An'desha. Avant de mourir, Ma'ar dut faire face au genre de situation que nous connaissons aujourd'hui, bien que la destruction initiale ait visé un seul Portail et tous les sorts alentours. Rien à voir avec le cataclysme qui survint plus tard.

Flammechant acquiesça, de l'excitation dans les yeux.

Karal se pencha en avant.

— Alors, que fit-il ?

An'desha but son thé avant de répondre.

— L'important n'est pas tant ce qu'il fit que ce que fit son ennemi. Ma'ar se fichait des effets qu'avaient les vagues hors de son domaine. Il se contenta de construire le bouclier dont nous avons toujours pensé avoir besoin. (Il secoua la tête.) Mais ce serait une terrible erreur ! Un mur-bouclier réfléchirait les effets des vagues. Ainsi renvoyées, elles ont des effets encore plus dévastateurs que les originales !

Karal se renfonça dans son siège et revit, en mémoire, la maquette que les ingénieurs avaient construite. Un grand bassin au fond duquel était posée une miniature de Valdemar et des pays alentours. Il pensa aux expériences qu'avait conduites maître Levy, faisant tomber des pierres aux emplacements du lac Evendim et des Plaines de Dhorisha pour déterminer les interactions des vagues.

Quand elles atteignaient les bords du bassin, l'expérience était terminée, parce qu'elles repartaient de là pour créer des figures qui n'avaient plus rien à voir avec les cercles qu'il étudie.

— Je vois, dit-il. Mais…

— C'est ce que fit l'ennemi de Ma'ar qui est intéressant…, coupa An'desha. Au lieu d'utiliser un mur-bouclier plat, il créa un brise-lames comme celui dont nous a parlé maître Norten. Non seulement il arrêta les vagues, mais il absorba leur énergie.

« Ma'ar l'étudia et comprit son fonctionnement, mais il ne le reproduisit pas, jugeant que c'était une perte de temps et de ressources. Puisqu'il savait comment le reproduire, je le sais aussi ! Qui plus est, je sais aussi comment générer son mur-bouclier.

« Si nous combinons les deux… nous pourrons absorber les vagues qui déferlent sur nous et réfléchir les autres vers l'Empire.

Flammechant sursauta et Karal se rassit sur les talons.

— Je ne suis pas sûr que nous devions faire ça, dit-il, troublé. L'Empire le mérite-t-il ?

Flammechant lui jeta un regard incrédule.

— C'est vous qui dites ça, après ce qu'ils vous ont fait ?

Karal secoua la tête.

— Ils ne m'ont rien fait. Deux ou trois personnes seulement sont responsables. Célandine, qui a eu ce qu'il méritait. Le grand duc Tremane, qui que ça puisse être. Et peut-être l'empereur. L'Empire est vaste et composé de peuples qui ignorent souvent l'existence de Karse.

Il soupira.

— Flammechant, ne commettez pas l'erreur que nous avons faite au sujet de Valdemar. Ne transformez pas l'Empire en un troupeau d'ennemis sans visage que vous rendez responsables de ce que fait ou ne fait pas leur chef. Il y a des milliers d'innocents dans l'Empire. Ils ne méritent pas que leurs poules deviennent des carnivores dévoreurs d'enfants parce que quelques personnes nous ont causé du tort.

L'Adepte haussa les épaules, mais son regard troublé prouva à Karal qu'il l'avait écouté.

— Et ne commettez pas une autre erreur, continua-t-il. Ne présumez pas qu'un chef, parce qu'il a donné un ordre, connaît ses conséquences. A moins qu'il ne s'agisse d'un Héraut ou de Solaris, qui a un… (il eut un pauvre sourire en voyant Altra arriver à cet instant) … une conscience à quatre pattes qui fourre son nez partout, un chef n'est qu'un être humain qui oublie souvent de réfléchir avant d'agir.

Oh ? fit Altra, sarcastique. *Quel beau discours ! Comme ça, je fourre mon nez partout, hein ?*

Karal le gratta derrière les oreilles. Même s'il n'était pas un simple chat, Altra se soumettait volontiers à cette caresse.

— Tout ça est bien beau, mais nous devons quand même faire quelque chose, non ? dit An'desha, pragmatique. Dès que je serai de nouveau capable de penser clairement, nous rassemblerons les mages. Comme ça, je n'aurai pas besoin de me répéter.

— Devrai-je également prévenir maître Levy et maître Norten ? demanda Karal.

An'desha réfléchit un instant.

— Oui, je crois, répondit-il. Ils seront peut-être capables de déterminer les points clés où nous devrons bâtir nos défenses pour qu'elles soient le plus efficace. Leurs formules pourraient nous être d'un grand secours.

Karal s'aperçut qu'An'desha s'exprimait différemment. Ça n'était pas évident, et il ne disait rien qu'il n'aurait jamais pu dire avant… Non, c'était sa manière de se comporter qui avait changé.

Il… Par le Dieu du Soleil, il parle comme un adulte, et plus comme un enfant ! Il s'exprime — et il agit — comme quelqu'un de son âge !

Karal ne dit rien, mais cette transformation le réjouit. De son point de vue, c'était une excellente chose.

On peut se demander ce que Flammechant fera

d'un An'desha indépendant, dit Altra, comme s'il se parlait à lui-même.

Sa réflexion fit écho aux pensées de Karal.

Mais personne ne pouvait rien y faire... Flammechant devrait s'en accommoder. Parce que le jeune homme doutait que le changement survenu chez An'desha soit temporaire. Il faudrait laisser à l'Adepte le temps de s'apercevoir de la différence, et de s'y habituer.

Ou pas, dit Altra.

Karal lui flanqua un « coup de pied » mental. Une fois de temps en temps, il aurait aimé avoir un peu d'intimité.

— Je vais aller prévenir les autres que nous organisons une réunion demain matin, dit Karal en se levant. Je ne reviendrai pas avant de les avoir tous trouvés, alors ne m'attendez pas.

Il sortit et descendit sans leur laisser une occasion de répondre. Mais était-ce son imagination, ou entendit-il vraiment An'desha lancer : « Tu peux compter là-dessus. »

Et glousser ?

Au milieu de la matinée, les mathématiciens eurent réussi à ramener les points clés « nécessaires » à un nombre raisonnable. Il y aurait trois sites « essentiels » de blocage, et plusieurs autres, de moindre importance. Ces derniers pourraient être tenus par des maîtres, et ils étaient tous à quelques jours de cheval de Haven.

— Nous avons assez de mages ici, entre les nôtres et les ambassadeurs, pour assurer tous les points mineurs, dit Elspeth en parcourant une liste du regard. Ça ne devrait pas poser de problème.

— Mais ici, ici, et ici... (An'desha montra du doigt trois points sur la carte — au nord, au cœur de la Forêt des Soupirs, au sud, à la frontière karsite, et à l'est, à l'endroit où se croisaient les frontières d'Hardorn, Iftel et Valdemar.) Les trois principaux sont problématiques. Au premier stade, les brise-lames requièrent l'énergie d'une vague pour les stabiliser et les rendre autosuffisants.

« Pour les créer, les relier et les maintenir jusqu'à l'arrivée de la vague, il faudra deux Adeptes, ou un Adepte et deux Maîtres. (Il étudia la carte, et posa l'index sur le troisième point.) Celui-là sera le plus facile, mais aussi le plus vulnérable, car il est comme la clé de voûte d'un édifice. Le créer demandera moins de pouvoir, mais plus d'habileté. Et les mages devront être sur place pour construire le brise-lames et le relier aux autres.

— Nous n'avons que quatre Adeptes, fit gentiment remarquer Elspeth. Et seulement quelques jours devant nous pour les mettre en position, avant que la prochaine vague ne nous balaye…

— Nous avons deux Adeptes, dit An'desha, un Adepte Guérisseur et… moi.

Flammechant se tourna vers lui, écarquillant les yeux. Il apparut clairement à Karal qu'il ne savait pas de quoi parlait son compagnon.

— Autrement dit, un Adepte Sorcier, précisa An'desha. Le genre de mage capable de créer des êtres vivants. Tout le savoir de Ma'ar est mien, désormais. Je peux construire ces brise-lames parce que je l'ai déjà fait — en un sens ! Je travaillerai avec deux Maîtres. Et je ne suis pas forcé de faire équipe avec Flammechant.

Celui-ci pâlit, mais ne dit rien.

La bouche d'Elspeth s'arrondit. Elle baissa la tête pour cacher sa réaction.

— Bien, dit-elle, regardant sa liste. Voyons

comment nous allons positionner les Adeptes. (Elle mordilla le bout de sa plume.) Pour des raisons évidentes, du moins pour certains d'entre nous, je pense que Flammechant et moi devrions aller au nord. Nous pouvons nous y rendre par un Portail…

— On nous y aidera sans doute, marmonna Flammechant.

La bouche d'Elspeth frémit. Karal n'eut pas la moindre idée de ce que l'Adepte Guérisseur avait voulu dire. Sans doute était-ce une plaisanterie entre eux.

— Hydona et moi sommes des Maîtres, dit Treyvan. Ventnoir ouvrira un Portail pour nous rapprocher au maximum de notre objectif, et nous le transporterons ensuite dans la nacelle. Nous l'avons déjà fait. Alors, le sud ou l'est ?

Vous irez au sud.

Tout le monde leva la tête en entendant la voix mentale impérieuse. Altra sauta au milieu du groupe et atterrit pile sur le point clé situé à l'est. Le Chat de Feu prit la pose comme une statue. Il avait dans la gueule un parchemin roulé et scellé. A l'exception de Karal, de Flammechant et d'An'desha, les autres poussèrent des petits cris surpris en voyant l'animal tel qu'il était vraiment.

Les griffons et vous irez au sud, Ventnoir, répéta Altra. *Pour des raisons qu'il ne m'est pas encore permis de révéler, Karal et moi accompagnerons An'desha à l'est.*

— Karal et vous ? fit Elspeth, incrédule. Mais Karal n'est pas un mage ! Ce n'est même pas un véritable ambassadeur !

Il l'est maintenant, répondit le Chat de Feu en laissant tomber sur la table le document qu'il portait. *Solaris en a décidé ainsi. Karal remplacera*

Ulrich. Il est désormais un prêtre du Soleil à part entière. Mais surtout, Ulrich avait découvert qu'il est un canal magique. Je suis un mage. Karal, un Compagnon et moi irons avec An'desha.

Altra croisa le regard de la princesse, qui finit par baisser les yeux.

— C'est donc comme ça qu'Ulrich obtenait miraculeusement tous ces documents ! s'écria le prince Daren.

Altra lui jeta un regard approbateur.

— Attendez un peu. Vous avez parlé d'un Compagnon, dit Elspeth. Quel Héraut sera de l'aventure ?

Il n'y a pas de Héraut. Florian est dépourvu de partenaire. Lui aussi est un mage. Comme moi, il utilisera Karal pour canaliser l'énergie. Même si nous n'utilisons pas la magie de la même manière que les humains, nous sommes des mages, et nous pouvons jouer le rôle de Maîtres, avec Karal comme canal.

Elspeth le regarda, incrédule.

— C'est impossible ! Vous violez toutes les règles !

Et qui les a faites ? riposta le Chat de Feu.

Karal s'éclaircit la gorge.

— Je vous présente Altra, dit-il. Nous l'appelons un Chat de Feu. C'est une sorte d'Avatar. J'ignore si vous le savez, mais quatre projectiles impériaux ont été lancés sur Ulrich et sur moi. Altra en a détruit deux et dévié un troisième.

Tous connaissaient la rapidité des armes impériales. Ils regardèrent Altra avec un respect grandissant.

— A Karse, nous considérons qu'il est sage de ne pas contredire un Chat de Feu, conclut Karal, alors que le silence s'éternisait. Ils agissent souvent sur ordres.

Comme je le fais maintenant, confirma Altra. *J'ai des raisons d'avoir parlé ainsi, même si elles ne vous concernent pas encore, et ne vous concerneront peut-être jamais. L'avenir est fluctuant et sujet à des changements.*

Tu n'as jamais été si mystérieux et agaçant, pensa Karal à l'intention du Chat de Feu.

Altra tourna imperceptiblement la tête vers lui et lui fit un clin d'œil.

Elspeth n'était visiblement pas contente.

— Ecoutez... Avatar ou pas, je refuse de me laisser manipuler comme un pion sur un...

Elle ne termina pas sa phrase, car Altra se tourna vers elle.

Je comprends, dit-il avec une gentillesse surprenante. *Croyez-moi, dame Elspeth ! Ce qu'on m'a ordonné de vous dire ne vise pas à vous manipuler... mais à vous accorder, au contraire, le loisir d'utiliser votre libre arbitre.*

Il soupira. Tous eurent l'impression qu'il portait un lourd et triste fardeau.

Ni moi, ni Solaris, ni Vkandis ne connaissons l'avenir. Ulrich aurait dû être là. C'était un Adepte, même s'il ne s'en vantait pas. C'est lui qui aurait dû accompagner les griffons dans l'est. Elspeth et Ventnoir seraient allés ensemble dans le sud, et Flammechant et An'desha au nord.

La configuration actuelle n'est pas optimale. Florian et moi devons apporter notre contribution — vous n'avez pas assez de Maîtres pour couvrir tous les points mineurs et en envoyer deux avec An'desha.

De plus, il y a autre chose à considérer. Karal est le substitut le plus acceptable pour le... gardien...

qui sera satisfait uniquement par une présence qu'il reconnaîtra. Je ne suis pas encore autorisé à vous dire pourquoi. Mais soyez assurés que je le ferai dès que j'en aurais reçu l'autorisation... Si vous n'avez pas deviné tout seuls.

— Le gardien, murmura Elspeth pour elle-même, puis elle baissa les yeux sur l'arrière-train du Chat de Feu — ou plutôt sur la zone de la carte qu'il recouvrait. Dieux ! s'exclama-t-elle. Iftel !

Altra inclina la tête.

Précisément... Vérifiez les calculs de maître Levy. Vous découvrirez que le point clé est à l'endroit exact où Hardorn, Valdemar et Iftel se rejoignent. A cause des mages disponibles, ce point exige une certaine diplomatie, en ce qui concerne le gardien. Après tout, vous pratiquerez une Grande Magie qui se fondra avec la frontière d'Iftel. Le gardien devra être rassuré et il voudra être certain que cela ne fera aucun mal à son pays.

A l'origine, ce point clé devait être assuré par deux Adeptes, ou par Ulrich et les griffons. Aujourd'hui, il demande quatre intervenants. Deux travailleront en Valdemar...

— Florian, bien sûr, dit Elspeth. Et An'desha ?

Oui... et les deux autres en Iftel. Il doit s'agir de Karal et de moi. Le gardien ne reconnaîtrait pas les Prêtres-Mages de Vkandis présents à Valdemar. Bien qu'il s'agisse d'hommes et de femmes honnêtes et bons, ce sont d'abord des mages et ensuite des prêtres. Talia...

Le Chat marqua une pause.

Si Karal avait été tué avec Ulrich, Talia aurait peut-être pu le remplacer. Mais dans la situation actuelle, je refuse de prendre le moindre risque.

Il faut que ce soit Karal. Il est le seul, en dehors de moi, à qui le gardien laissera passer la fron-

tière. Et puisqu'il n'est pas un mage, mais un canal, il peut soutenir An'desha, avec l'aide de Florian et la mienne.

— Tout ça commence à ressembler à un rituel religieux, dit le prince Daren en riant tout bas.

Son rire mourut quand Altra tourna vers lui son regard bleu.

Vous n'avez pas tout à fait tort ! Les circonstances sont extraordinaires. Si Karal était mort avec Ulrich… (Il marqua de nouveau une pause.) *… Solaris en personne serait avec vous en ce moment. C'est dire si la situation est grave.*

— Oh, non ! s'écria Elspeth. Non, non, non ! Talia m'a parlé de Solaris, et je refuse d'envisager cette possibilité.

Altra haussa les épaules, même si le corps d'un chat n'était pas fait pour ce genre de mouvement.

Pensez-y. Si vous aviez su comment construire ces brise-lames avant la dernière vague, le point clé aurait concerné uniquement Hardorn et Valdemar. Et si vous attendez que la prochaine soit passée, il ne concernera plus que Valdemar et Iftel. Mais vous aurez toujours besoin de Karal, donc de Florian et de moi. (Il haussa de nouveau les épaules.) *C'est ainsi. Il ne s'agit pas d'une affaire d'héroïsme ou de Grande Destinée, si cela peut vous réconforter…*

— Les grandes destinées impliquent généralement de grandes funérailles, souffla Elspeth, comme si elle citait quelqu'un. Très bien. Dans ce cas, j'accepte. Merci d'avoir pris le temps de tout nous expliquer.

Eh bien, répondit Altra en se levant pour gagner le bord de la table, *vous détestez être manipulée. C'est un fait établi. Légendaire, même ! Si je ne m'étais pas expliqué, vous auriez peut-être trouvé un moyen de contourner mes ordres. Et ç'aurait été un désastre pour nous tous.*

— J'ai l'impression qu'il te connaît bien, murmura le prince Daren à sa belle-fille.

Elspeth rougit.

— Les chats, grommela-t-elle. Ils savent toujours tout. Mais pourquoi ne revenons-nous pas à nos moutons ?

— Je me fiche de ce qu'est ce chat et de ce qu'il dit ! cria Flammechant. Je n'aime pas l'idée que tu tiennes seul un point clé !

An'desha bloqua la réaction devenue pour lui une seconde nature — à savoir s'en remettre entièrement à Flammechant.

Nous ne pouvons pas nous permettre une dispute, pensa-t-il, terriblement conscient du peu de temps qu'ils avaient devant eux.

Altra avait parlé d'« attendre la prochaine vague », mais maître Levy et lui savaient que ce serait une très mauvaise idée, car certains points d'intersections se trouveraient dans des zones habitées.

Il savait, même s'il était le seul, qu'il y avait des humains à ces endroits… et qu'il ne serait pas possible de les avertir tous.

— Je n'aime pas ça plus que toi, *ke'chara*, répondit-il. En vérité, je suis terrifié. Je préférerais que ce soit toi, et pas moi. Karal n'a jamais servi de canal. Même si Altra le prépare, ce sera une expérience totalement nouvelle pour lui.

« Et je n'aime pas non plus te savoir sur le point le plus dangereux ! Elspeth est peut-être une Adepte, mais elle n'utilise pas ses pouvoirs depuis très longtemps. J'aurais préféré que tu aies quelqu'un de plus expérimenté avec toi.

— Tu n'es pas plus expérimenté... (Flammechant toussota.) Bien sûr... Tu as beaucoup d'expérience de seconde main, n'est-ce pas ?

Ainsi, l'Adepte ne s'était pas laissé détourner de son propos initial par l'inquiétude d'An'desha.

Au moins, j'aurai essayé...

— C'est toi qui m'as poussé à affronter ces souvenirs, et tu as eu raison de le faire.

— Vas-y, jette-moi mes propres paroles à la figure ! Maintenant que tu as toutes ces expériences à ta portée, je ne t'intéresse sans doute plus ! Dois-je m'attendre à rester sur le bord de la route, comme toutes les choses dont tu n'as plus besoin ?

Il continua ainsi un moment. Heureusement que Talia et Karal, ayant vu venir le coup, avaient prévenu An'desha. Il se serait senti profondément blessé s'il n'avait pas su ce qui se cachait derrière cet éclat.

Pour la première fois de son existence, Flammechant était jaloux et il avait peur... Peur qu'An'desha l'abandonne. Il pouvait le faire, désormais, n'étant plus ni effrayé ni dépendant. Ayant toujours été courtisé, Flammechant ne s'était jamais retrouvé dans la position inverse, et il n'avait aucune idée de ce qu'il devait faire.

Flammechant avait également peur pour An'desha. Substituer deux Maîtres et un canal à un Adepte était assez dangereux pour que le Shin'a'in en ait les cheveux qui se dressent sur la tête. Seule sa confiance en Karal lui faisait accepter cette solution.

Karal préférerait brûler sur place que flancher,

pensa-t-il, laissant Flammechant poursuivre son monologue. *Il a changé, lui aussi.*

Il savait que Flammechant voulait le bouleverser au point qu'il lui cède et le supplie de trouver une autre solution. Mais il avait passé trop de temps en compagnie de Karal.

J'ignorais que le sens des responsabilités se communiquait.

— Tu m'écoutes, au moins ? cria désespérément l'Adepte. Tu te fiches de ce que je dis et de ce que je traverse ?

— Non, répondit An'desha. (Il prit la main de Flammechant.) J'ai même écouté ce que tu ne m'as pas dit. Tu as peur pour moi et tu penses que je suis en danger. Tu as également peur que je te quitte. Que je ne t'aime plus ! Tu as raison, en ce qui concerne le danger, mais tort pour le reste.

La main du mage se raidit dans la sienne. Ses yeux argentés le supplièrent de lui accorder quelque chose qu'il pourrait garder tout au fond de lui.

— Je suis en danger, nous le sommes tous. Si nous ne faisons rien, ton peuple, le mien, et tous nos amis pourraient mourir. (Il espéra que son regard disait à Flammechant que c'était la vérité toute crue.) Si nous essayons de changer le plan…

Il soupira.

— J'avoue ignorer quelle différence ça ferait… Altra jure que c'est comme ça que nous utiliserons nos pouvoirs de façon optimale, et que tout changement vouerait notre entreprise à l'échec. Malgré toute mon « expérience », je ne peux pas te dire s'il a raison ou tort… mais je suis prêt à lui faire confiance.

Flammechant hocha la tête à contrecœur.

— Je ne t'abandonnerai pas. (An'desha prononça ces mots avec tant de force que Flammechant tressaillit.) Je ne suis pas fatigué de toi, et je ne te considère pas non plus comme un inférieur. (Il s'autorisa un sourire.) En fait, tu m'es supérieur dans bien des domaines.

An'desha serra très fort la main de Flammechant.

— Je n'avais encore jamais dit ça en utilisant de mots, *ashke*, mais je crois qu'il était temps que tu l'entendes.

Pour l'emporter avec toi...

— Je t'aime, souffla-t-il de tout son cœur, de toute son âme, de tout son corps.

Il n'était pas sûr que ce serait suffisant.

Mais la vérité l'était souvent.

Elle le fut cette fois encore.

Ils formaient un groupe étrange. Altra à côté de Florian, An'desha dans son costume tayledras flamboyant, et Karal en noir. Karal tenait Trenor par la bride. Dès qu'ils auraient franchi le Portail, An'desha devrait monter Florian, car il ne serait plus en état d'utiliser un cheval normal.

Ensuite, il leur resterait deux jours de voyage, entre l'endroit que connaissait An'desha — celui où les autres et lui avaient atterri, après leur fuite d'Hardorn — et la croisée des frontières. Chaque groupe avait autant de chemin à faire pour rejoindre son point clé. Et le premier jour, le mage qui aurait ouvert le Portail ne serait bon à rien.

Flammechant et Elspeth étaient partis les premiers, puis ç'avait été au tour de Ventnoir et des griffons. Maintenant, c'était celui d'An'desha.

Il se tourna vers Karal, comme pour lui dire quelque chose, puis regarda l'arche de pierre, dans la salle d'entraînement, qui leur servirait à tous de terminus.

Karal avait entendu parler des Portails, mais il n'en avait jamais vu. Après avoir regardé An'desha, il pensa qu'il serait bien content de ne jamais plus assister à ce spectacle.

En lui-même, le Portail n'était pas si horrible. Il était même plutôt beau, malgré le vide béant qui occupait maintenant la place du bureau de Kerowyn. Non, l'horreur, c'était de penser qu'il était composé de l'énergie d'An'desha. Le jeune homme n'était plus que l'ombre de lui-même, sa création se nourrissant de son essence, tel un splendide parasite. Karal se demanda comment un être vivant pouvait accepter d'en ouvrir un, sachant cela.

Soudain, l'obscurité béante, à l'intérieur de l'arche, devint l'image d'un endroit où la forêt avait recouvert les ruines d'une ferme.

— Allez-y, dit An'desha d'une voix étranglée.

Altra s'empressa d'obéir. Karal tourna Trenor vers le Portail, mais le hongre refusa de bouger.

Karal allait sauter à terre quand il jeta un coup d'œil à An'desha. Il était livide. Maintenir le Portail ouvert lui coûtait. S'excusant silencieusement, il talonna sa monture.

Il ne portait pas d'éperon. Mais sous l'effet de la surprise, le cheval réagit comme si c'était le cas.

Hennissant frénétiquement, il franchit le seuil.

On eût dit que le sol venait de se dérober sous eux. Une fraction de seconde, Karal pensa qu'il tombait, que leur univers s'était désintégré et qu'il était aveugle, sourd et pétrifié.

Puis ils arrivèrent de l'autre côté. Karal fit volter Trenor dès qu'ils eurent dégagé le chemin. A ce bout-là, le Portail était une étable de pierre, dont seuls un mur et la porte restaient debout. Un instant plus tard, Florian et An'desha arrivèrent au galop, et la salle d'entraînement du Palais disparut.

An'desha chancelait sur sa selle. Quelqu'un avait pensé à l'attacher pour qu'il ne tombe pas. Il serrait le pommeau à deux mains, laissant la bride sur le cou de Florian. Son visage avait pris la couleur de l'albâtre. Il ouvrit lentement les yeux quand Karal amena Trenor près de lui.

— Je ne veux plus jamais utiliser un Portail ! dit Karal, avec une telle intensité qu'An'desha se redressa, surpris. Plus question de te soumettre à ce genre d'épreuve !

— La prochaine fois, ce ne sera pas si terrible, répondit le jeune mage. Je te le promets. Nous ferons plusieurs étapes, étalées sur des jours.

— Il n'y aura pas de prochaine fois ! affirma le Karsite. (Il regarda le Compagnon.) Florian, peut-il chevaucher ?

Même s'il ne l'était pas, je suis capable de le porter. C'est pour ça qu'il est attaché à la selle. Nous n'avons pas le choix. Le temps presse.

— Alors, nous ferions bien de nous dépêcher. (Il fit reculer Trenor pour laisser passer Florian, qui n'avait pas besoin d'une carte pour les guider.) Si tu veux bien prendre la tête.

Karal retint Trenor et Altra sauta sur la plate-forme rembourrée installée derrière le cavalier. Rris les avait assurés que son célèbre cousin Warrl avait souvent voyagé ainsi, derrière la guerrière shin'a'in Tarma shena Tale'sedrin. Le Chat de Feu n'avait soulevé aucune objection. Pourtant, Trenor avait essayé de ruer la première fois qu'il lui avait sauté sur le dos.

Florian s'enfonça dans les bois. S'il suivait une piste, Karal ne voyait rien.

Mais je ne suis pas un forestier...

Il devait y avoir une piste, car Florian se frayait sans la moindre difficulté un chemin entre les buissons et les plantes. Le Compagnon avait adopté une allure assez rapide.

Pauvre Trenor. À ce rythme, il sera l'ombre de lui-même à l'arrivée.

Mais ils n'avaient pas le choix. Chaque heure qui passait les rapprochait de la vague à venir... et Natoli lui avait confié qu'il y avait plusieurs petits villages à des points d'intersection. Ceux qui se trouvaient sur le territoire de Valdemar avaient été évacués, bien sûr... Mais ailleurs ?

Ils devaient arrêter cette vague. Pour ça, il fallait être en position à temps.

Quand nous avons fait tout ce que nous pouvons, il est temps d'y ajouter nos prières. Un des proverbes préférés d'Ulrich... Eh bien, ils avaient fait tout ce qu'ils pouvaient. Karal ferma les yeux, se fiant à Trenor pour suivre Florian, et commença à prier.

Chaque fois que Karal sentait que son cheval était fatigué, ils s'arrêtaient pour se reposer, boire et manger. Ils chevauchèrent ainsi toute la nuit, et tout le jour suivant. La région qu'ils traversaient, désolée, était semée de fermes en ruine abandonnées aux mauvaises herbes. Karal n'eut pas très envie de demander ce qui s'était passé. Il sentait que cela avait un rapport avec la guerre contre Hardorn. Le peu qu'An'desha lui avait dit au sujet d'Ancar ne l'encourageait pas à en savoir plus.

Vite, vite, vite. Il ne reste plus beaucoup de temps.

Bizarrement, la vie sauvage aussi semblait avoir déserté les lieux. Les quelques oiseaux qu'il aperçut étaient silencieux. Même si l'hiver approchait, le givre faisant déjà crisser la végétation rare et desséchée, il aurait dû y avoir des bruits nocturnes : le cri d'une chouette, le glapissement d'un renard ou le hurlement d'un loup. Mais les seuls bruits audibles étaient ceux de leurs chevaux, et ce silence suffisait à faire dresser les cheveux sur la tête de Karal. An'desha dormait en selle depuis qu'ils avaient franchi le Portail. Altra n'était pas d'humeur à converser. Et Florian se concentrait sur la route. Karal n'avait donc rien de mieux à faire que s'inquiéter et prier.

Quand l'aube vint, jetant une lumière grisâtre sur le paysage, cela ne fit rien pour améliorer son humeur. Trenor se fatiguait de plus en plus vite. Karal détestait devoir le pousser ainsi, mais il savait ne pas avoir le choix. Ils devaient être en place au plus tard deux heures après l'aube, le lendemain.

Peu avant le lever du soleil, An'desha se secoua et regarda autour de lui.

— Je me rappelle, dit-il. Ancar a jadis dominé ces terres, et il les a vidées de leur essence. La nature a admirablement repris le dessus.

— Hein ? fit Karal, incrédule. Tu trouves ?

— Tu ne les as pas vues avant... Plus rien n'y poussait. Rien ! L'an prochain, tout devrait être rentré dans l'ordre.

D'autres souvenirs assombrirent son regard.

— Ma'ar laissait derrière lui des terres aussi désolées que celles-là, dit-il. Le plus terrible, c'est qu'il pensait bien faire en les créant.

— Parce qu'il avait un but ? demanda Karal.

An'desha acquiesça.

— Il a fait de son peuple une grande et puissante nation. Mais pour y arriver, il vida de leur énergie des pays qui gardent encore les cicatrices de ses guerres. A ses yeux, rien ne comptait sinon lui-même et son peuple… Il a commis d'horribles choses au nom du patriotisme, pensant qu'il avait raison. Je n'aime pas Ma'ar, mais je le comprends. Peut-être même un peu trop bien.

Karal devina que son ami était encore torturé par le doute.

— Comprendre une erreur, c'est ne pas être tenté de la refaire. Il m'étonnerait que Ma'ar se soit jamais compris lui-même !

An'desha éclata de rire.

— Tu as raison ! Voilà que tu arraches encore mes problèmes avant qu'ils ne prennent racine en moi.

« A quelle distance sommes-nous du point clé ?

A une journée, si rien ne vient nous retarder, répondit Florian.

… Juste avant qu'ils n'atteignent le sommet de la colline et découvrent une gorge de plusieurs centaines de pieds de profondeur. Au fond coulait une rivière écumante.

Ce ne devrait pas être là ! s'écria Florian.

Ils baissèrent les yeux et regardèrent le cours d'eau au courant si puissant qu'il aurait été suicidaire d'essayer de le traverser. Seul Trenor resta impassible, broutant les rares touffes d'herbe à sa portée.

Et voilà, à point nommé, la cause de notre retard, lâcha Altra.

— Pas nécessairement, dit Karal. Il doit y avoir un pont. Allons-nous en amont ou en aval ?

— En amont, je crois, répondit An'desha après réflexion. Ça nous conduira plus près de la frontière d'Iftel.

Ils trouvèrent un pont — une passerelle étroite et branlante faite de rondins et de planches mal dégrossies. Après qu'Altra s'y fut risqué le premier, Karal dut mettre un bandeau à Trenor pour le faire traverser. Mais cela les mit très en retard.

Ils atteignirent le point clé peu avant l'aube.

Karal s'était demandé comment ils sauraient faire la différence entre le côté valdemarien et le côté iftelien. Alors que le soleil se levait, la réponse lui sembla évidente.

— Que… qu'est-ce que c'est ? demanda-t-il en écarquillant les yeux devant le mur de lumière tremblotante qui courait au sommet de la colline et s'étendait de part et d'autre à perte de vue.

Il ne pouvait pas voir par-dessus. Quoi que ce fût, ce n'était pas de l'air. Pas de l'eau non plus, même si cela semblait couler et frémir comme la surface d'une rivière caressée par le vent. Plissant les yeux, Karal vit des taches sombres vertes et gris brun. Sans doute des arbres et des buissons.

C'est la frontière, dit Florian. *Ça n'a pas toujours été comme ça. Avant la guerre contre Ancar, elle n'était pas différente de celle qui sépare Valdemar de Rethwellan. Mais quand Ancar tenta de la faire franchir à son armée, ce « mur » se dressa devant lui. Tous ceux qui essayèrent de passer furent forcés de faire demi-tour. Et ceux qui voulurent l'attaquer avec la magie moururent. J'ai entendu dire que certains marchands sont autorisés à traverser. Mais ils deviennent muets dès qu'il est question de ce qu'ils ont vu à Iftel.*

— Je croyais qu'Iftel avait un ambassadeur à la cour de Valdemar, dit An'desha.

A une époque, il y a bien longtemps… Plus maintenant. (Florian eut un soupir.) *Il est de tradition de garder une suite prête pour leurs représentants, mais personne ne l'a occupée de mémoire d'homme*.

Karal blêmit.

De l'énergie pure. Une force brute. Et je suis censé traverser, alors que tous ceux qui ont essayé sont morts !

Pire encore, il devait le faire maintenant ! Il n'avait pas plus d'une heure avant que la vague ne déferle sur eux.

— Allez, dit-il, les mains glacées. Il faut avancer. Il n'y a pas de temps à perdre !

Donnant l'exemple, il lança le pauvre Trenor au trot, descendit dans la vallée couverte de hautes herbes puis gravit la colline. Le mur se dressait devant lui. Karal sentit qu'An'desha et Florian le rattrapaient, mais la puissance brute à laquelle il faisait face les chassa de ses pensées.

Il n'avait pas le temps d'étudier le phénomène, ni celui de décider de la meilleure approche possible. Il continua donc… espérant être épargné.

Un goût métallique dans la bouche, il talonna Trenor et ferma les yeux…

… Il les rouvrit au moment où ils atteignaient le mur.

Qui les saisit et les retint.

[Que… ?]

Karal ne pouvait plus bouger ni respirer. Il était enveloppé de lumière. Pourtant il ne voyait pas. Il devait attendre tandis qu'on l'examinait.

[Prêtre ?]

Etait-il un prêtre ? An'desha l'avait appelé ainsi en plaisantant. Solaris l'avait ordonné prêtre, mais ce n'était qu'un expédient. Qu'avait-il accompli pour mériter ce titre ?

[Ah…]

Soudain, l'entité le libéra. Il se retrouva en selle, face à An'desha et à Florian, qu'il voyait à travers un rideau de lumière, plus fin à cet endroit.

Il est vraiment plus fin, confirma Altra. *C'est*

nécessaire, si nous voulons pouvoir travailler avec An'desha et Florian. La vague arrive, Karal. Prends vite ta place. Allez !

Le jeune homme mit pied à terre et se tint debout comme Altra le lui avait appris, les bras levés.

Et maintenant, en transe !

Obéissant, Karal prononça les mots clés et plongea dans une transe légère. Elle n'était pas profonde au point qu'il ne soit pas conscient de ce qui l'entourait, mais assez pour qu'il ne puisse pas bouger. Il n'était pas sûr de ce qui allait se passer après.

An'desha et Altra n'étaient pas entrés dans les détails…

Une fraction de seconde plus tard, il comprit pourquoi ils s'étaient tus. S'ils avaient parlé, il aurait été trop terrifié pour faire ce qu'on attendait de lui.

Un torrent de puissance se déversa dans son corps, venant d'Altra et de Florian. Quelque chose en lui réunit les deux flux et les maintint — même si cela ressemblait étrangement à l'unique occasion où il avait été assez fou pour monter un étalon sauvage. Il ne contrôlait pas cette énergie. Elle lui permettait de la tenir — brièvement !

Puis An'desha se « tendit » vers Karal et le flot, désormais unique, passa en lui.

An'desha fit quelque chose avec cette énergie, mais Karal ne vit pas quoi. Il pouvait cependant le sentir, un peu comme un aveugle devine la présence d'une forteresse près de lui. Fermant les yeux, il se concentra pour que le flux reste régulier. Plus longtemps la puissance lui « permettait » de la tenir, plus il avait de contrôle sur elle.

Ce n'était pas facile et il capta quelque chose

d'autre. S'il faiblissait, cette force lui ferait des choses terribles. Et s'il y survivait, il regretterait de ne pas être mort.

Soudain, la vague de disruption passa.

Elle était plus forte que toutes les autres combinées.

Le sol se souleva et se cabra comme si le monde allait disparaître dans un formidable tremblement de terre. Il devint aveugle — mais pas comme s'il était plongé dans une obscurité totale. Non. Il n'y avait rien à voir, sinon des tourbillons, des volutes et des cascades de couleurs et de lumières. Il entendait les lumières rugir à ses oreilles et les couleurs avaient des goûts : fer, pierre brûlée, cuivre…

Confusément, il savait qu'Altra et Florian continuaient de déverser de l'énergie en lui. Il la sentait, brûlante et primitive, tout au fond de son corps…

Les lumières se transformèrent en des millions de serpents qui menacèrent de le broyer et les couleurs tentèrent de déferler sur lui jusqu'à ce que tout ait disparu et qu'il se retrouve seul au cœur d'une noirceur infinie dont il savait ne jamais pouvoir sortir…

… Alors, il flancha.

Submergé par la peur, il sentit l'énergie lui échapper.

Je ne peux plus tenir ! pensa-t-il, paniqué. *Il m'est impossible de faire ça ! C'est un travail pour une personne comme Ulrich ! Je ne peux pas…*

Son contrôle faiblit un peu plus et il sombra dans la confusion.

Je ne sais même plus ce que je suis.

Son cœur cognait contre ses côtes, comme s'il

voulait s'échapper de sa poitrine. Il avait besoin d'Ulrich. Il voulait être comme Ulrich…

Alors, du tréfonds de son être, monta un profond sentiment de responsabilité.

Il le faut. Il n'y a personne d'autre.

Karal domina le flot d'énergie qui menaçait de lui échapper. Il ignora la confusion, combattit la panique et tint bon.

Aussi abruptement que ça avait commencé, tout fut fini. Karal se retrouva du côté valdemarien de la frontière, debout dans l'herbe, les yeux dans ceux d'An'desha, à moins d'un pas de lui.

Comment était-il arrivé là ? Un mystère…

Les autres brise-lames sont en place, dit Florian d'une voix mentale rendue presque inaudible par l'épuisement. *Tous les trois sont reliés. La frontière d'Iftel en fait partie. Nous avons réussi, Karal.*

Le jeune homme se laissa tomber dans l'herbe. Altra y était déjà allongé, totalement vidé.

— Nous avons réussi ?

Vraiment ? soupira Altra. *Je crois que je vais rester étendu ici un moment. Un mois serait parfait. Peut-être deux. Comment avez-vous résisté, avec vos pauvres corps d'humains ?*

— Nous nous en sortons très bien, merci, répondit An'desha. N'oublie pas que je sais ce que c'est de ne pas en avoir. Alors, ne te plains pas.

Karal décida que l'idée d'Altra — rester allongé — n'était pas mauvaise. Il avait l'impression qu'on l'avait rempli de lumière, puis vidé. Ou qu'on avait retourné sa peau, comme un vêtement, la laissant cuire au soleil du désert avant de la remettre à l'endroit.

De l'aide est en route, annonça Florian. *Un Héraut… Reposez-vous jusqu'à ce qu'il soit là.*

— Nous avons réussi, répéta Karal d'un ton rêveur.

La barrière tiendra un temps... Nous pouvons souffler un peu.

Souffler. Du temps. Karal cligna des yeux et regarda le ciel bleu. Un petit somme.

Tout sonnait si bien !

Peu importait qu'il soit désormais l'ambassadeur de Karse à la cour de Valdemar, un poste qu'il n'avait pas convoité et qu'il ignorait comment tenir. Et peu importait qu'une jeune Valdemarienne le trouble et l'emplisse de pensées agréables.

L'armée impériale était toujours là... et personne ne savait ce qu'elle manigançait. Karal était désormais une cible majeure. Et une tempête magique cataclysmique approchait.

Pour le moment, cela n'a pas d'importance.

Aujourd'hui, ils avaient du temps.

Un peu de temps — et être ensemble — voilà peut-être tout ce dont ils avaient besoin.

Achevé d'imprimer sur les presses de

BUSSIÈRE

GROUPE CPI

à Saint-Amand-Montrond (Cher)
en mars 2003

POCKET - 12, avenue d'Italie - 75627 Paris Cedex 13
Tél. : 01-44-16-05-00

— N° d'imp. : 31909. —
Dépôt légal : avril 2003.

Imprimé en France